D1664115

Kurd Laßwitz

Sternentau
(Science-Fiction-Roman)

e-artnow 2018

Kurd Laßwitz
Auf zwei Planeten (Science-Fiction Klassiker)

Reinhold Eichacker
Walter-Werndt-Trilogie: Panik + Die Fahrt ins Nichts + Der Kampf ums Gold
(Science-Fiction-Klassiker)

Franz Werfel
Stern der Ungeborenen (Science-Fiction-Roman): Zukunftsreiseepos des
Autors von "Die vierzig Tage des Musa Dagh"

Alexander A. Bogdanow
Der rote Planet (Dystopie-Klassiker): Science-Fiction-Roman

Edward Bulwer-Lytton
Gesammelte Romane und Erzählungen: Die letzten Tage von Pompeji + Das
Geschlecht der Zukunft + Das Haus des schwarzen Magiers + Die Pilger des
Rheins + ... + Asmodeus aller Orten + Tomlinsoniana

Hans Dominik
Sämtliche Science-Fiction-Romane & Dystopie-Klassiker in einem Band

Johannes Kepler
Somnium - Eine Reise zum Mond: Science-Fiction-Klassiker (Traum vom
Mond, Der Dämon aus Levania, Von der Halbkugel der Privolvaner, Von der
Halbkugel der Subvolvaner)

Hans Dominik
Atomgewicht 500

Jules Verne
Sämtliche Werke (71 Titel in einem Buch)Reise um die Erde in 80 Tagen +
Reise nach dem Mittelpunkt der Erde + Die geheimnisvolle …dem Meer +
Der Kurier des Zaren + viel mehr

Edgar Allan Poe
Ligeia: Eine mystische Erzählung (Reinkarnation und Metaphysik)

Kurd Laßwitz

Sternentau (Science-Fiction-Roman)

Die Pflanze vom Neptunsmond

e-artnow, 2018
Kontakt: info@e-artnow.org

ISBN 978-80-273-1175-0

Inhaltsverzeichnis

Harda

Auf dem breiten Gartenwege vor der Villa Kern hielt das Automobil zur Abfahrt bereit. Der Fahrer stand daneben, seinen Auftrag erwartend.

Hermann Kern streckte seine zierliche Figur nach Möglichkeit in die Höhe. Er blickte suchend hinüber, wo ein Fußweg im Gebüsche verschwand.

»Wo bleiben denn die Mädel?« sagte er ungeduldig vor sich hin. Und dann zum Diener gewendet, der mit dem Staubmantel im Arm hinter ihm stand:

»Sie haben doch den Damen melden lassen, daß ich reise?«

»Gewiß, Herr Direktor, vor zehn Minuten.«

Kern zuckte mit den Schultern und wandte sich dem Wagen zu. In diesem Augenblick erschien ein helles Kleid zwischen den Büschen. Ein junges Mädchen im Tennisanzuge, den Schläger in der Hand, trat auf den Weg. Als sie das Auto vor der Tür stehen sah, begann sie zu laufen. Mit leichten, behenden Sprüngen näherte sie sich dem Vater, aus dessen Gesicht der unzufriedene Zug schon verschwunden war. Sie schlang die Arme um seinen Hals und küßte ihn.

»Du willst fort, Vater?« rief sie. »Beim Kaffee sagtest du doch noch nichts. Wo willst du denn hin?«

»Ich mußte mich ganz plötzlich entschließen. Es geht nur nach Berlin. Morgen in der Nacht komme ich zurück.«

»Aber jetzt ist doch gar keine Abfahrtszeit. Und im Auto –«

»Ich will den Blitzzug in Liebenau erreichen.«

»Da hättest du auch noch eine Stunde Zeit.«

»Will ich auch haben, aber in Liebenau. Ich muß dort noch mit Krakauer konferieren.«

»Wohl wegen des Patents?«

»Jetzt habe ich keine Zeit mehr, Kind. Wo bleibt denn Sigi?«

Kern lüftete seine Mütze und strich das Haar von der Seite nach vorn über die kahle Stirn. Da rief Harda:

»Ich glaube, jetzt kommt sie. Ich höre sie schon da hinten singen.«

»So leb wohl, Harda, mein Herzel! Kurbeln Sie an, Pätzold.« Er küßte Harda. Sie hielt ihn fest.

»Vater,« sagte sie, »nimm mich mit!«

»Es wird zu spät. Ich kann dich diesmal wirklich nicht brauchen.«

Ihre braunen Augen ruhten mit einem langen, forschenden Blicke in denen des Vaters. Er wandte sich ab, als sähe er nach Sigi aus.

»Vater!« sagte Harda wie warnend.

Über die kleinen Fältchen in dem energischen feinen Gesicht zuckte ein nervöses Lächeln, als er es Harda wieder zuwendete.

»Sei unbesorgt, Dummköppel! Grüße Sigi! Wenn sie so langsam daherstolziert, kann sie das Nachsehen haben.«

»Aber Vater, ich habe deinen Koffer seit vorgestern nicht revidiert. Du hast inzwischen doch nichts herausgenommen?«

»Ich hab' ihn gar nicht geöffnet.«

»Willst mich nicht mitnehmen?«

Kern schüttelte den Kopf.

»Aber ein Stückchen fahr' ich mit,« rief Harda.

»Kind, du hast ja keine Zeit! Frickhoff hat sich zum Abend angesagt.«

»Sigi ist doch da und Anna und Tante Minna.«

»Minna wollte sich zu Bett legen. Sie bekam Kopfschmerzen.«

Harda blickte wieder fragend zum Vater hin. Er war eifrig damit beschäftigt, den Staubmantel anzuziehen. Leise summte der Motor.

Soeben setzte Kern einen Fuß auf den Wagentritt; doch zwei jugendliche kräftige Arme zogen ihn zurück. Sigi war herangekommen.

»Reist man so ab, Vater?« sagte sie entschieden. »Hast mich aus meinem besten Spiel herausgerufen.«

»Und du hast mich mindestens fünf Minuten warten lassen.«

»Hier bin ich doch. Da hast du zwei Abschiedsküsse. Aber ich will auch was.«

»Einen Sonnenschirm oder eine Reitpeitsche?«

»Tielen und Randsberg –«

»Gleich alle beide?«

Der Vater und Harda lachten fröhlich.

Sigi machte eine Handbewegung gegen Harda und sagte mit unerschütterlichem Ernste: »Wir sind ja auch zwei. Ich habe sie eingeladen, zu abend zu bleiben. Bist du böse?«

»Schöpsel! Ist mir ganz recht. Frickhoff will nämlich kommen. Da hole dir nur auch noch einen Herren dazu, Harda? Wie wär' es mit dem langen Doktor? Dem bin ich's eigentlich schuldig. Zwei sind immer besser als einer.«

»Vater, reis' ab,« lachte Sigi. »Du bist unausstehlich.«

»Amüsiert euch gut, Kinder.«

»Adieu, ich muß zum Tennis.«

Sigi warf dem Vater noch eine Kußhand zu und ging gravitätisch von dannen.

»Los!« rief Kern.

»Ich fahre doch mit,« erklärte Harda. Sie sprang in den Wagen, der eben in Bewegung kam, indem sie über des Vaters Füße hinwegturnte.

»Daß dich!« rief der Vater lachend. »Wo willst du denn hin? Ich habe Eile und werde gleich schnell fahren. An der Brücke mußt du hinaus.«

»Nur noch den Berg hinauf bis zur Aussicht. Du fährst doch am Hellkamm entlang?«

»Daß dir's nicht zu weit wird. Und in dem Anzug!«

»Ich bin schon zur rechten Zeit zu Hause, direkt durch den Wald.«

»Bei der Aussicht halten Sie,« rief Kern dem Chauffeur zu.

Das Auto hatte inzwischen das Gartentor passiert. Auf der breiten Straße, die rechts nach den Hellbornwerken führte, bog es links ab und nahm mit mäßiger Geschwindigkeit die große Kehre, durch die der Weg ans Flußufer hinab gelangte. Jenseits der Brücke teilte sich die Straße wieder. Der Wagen fuhr am linken Ufer der Helle bergan, um in langgestreckten Windungen die Höhe zu gewinnen, die hier das weite Wiesberger Tal nach Nordwesten begrenzte.

»Vater,« begann Harda mit einem ängstlichen Blick, »kommst du auch wirklich morgen nacht wieder?«

»Kind, du weißt ja, absolut sicher ist nichts bei uns. Mir liegt sehr viel daran, hier zu sein. Übermorgen soll die Zwölfhundertpferdige fertig montiert sein. Aber wenn mir Krakauer Schwierigkeiten macht, muß ich vielleicht noch nach Hildenführ reisen, oder wenn die Berliner Vertretung der Nordbank nicht genügend instruiert ist, muß ich noch nach Hamburg, oder es kommt sonst eine neue Nachricht –«

»Nun ja, also Abschluß »H« und Abschluß »N«, und dann vielleicht noch »X«, »Y« und »Z«. Das kann lange dauern.«

»Mit dem »Z« kannst du recht haben, das kommt vielleicht noch. Aber erst kehre ich zurück. Ich habe die beste Hoffnung.«

»Ja?« rief Harda fröhlich. »Mit beiden?«

Kern nickte. Er sprach jetzt leiser in Hardas Ohr.

»Hildenführ wird nachgeben, denn ich habe das Patent auf das Härtungsverfahren sicher und ohne das nutzt ihnen das Kochverfahren nichts. Das werde ich jetzt Krakauer sagen, dann wird er auf Hildenführ drücken. Sobald wir aber das Kochpatent besitzen, haben wir einen solchen Vorsprung, Resinit im Großen herzustellen, daß uns kein anderes Werk einholen kann. Und dann wird auch die Nordbank sich beeilen. Denn unsere Gebäude stehen, die Kocher werden in vierzehn Tagen fertig. Frickhoff weiß das sehr genau, und der gibt doch den Ausschlag; das weißt du ja.«

»Acht Millionen,« sagte sie bedenklich.

»Soviel brauchen wir. Aber das wird bald wieder verdient sein. Die Kautschukeinfuhr kann den Bedarf nicht decken, und das Resinit ist das vollständige Ersatzmittel. Wir werden es viel billiger liefern – – und es hat noch in andrer Hinsicht eine große Zukunft, falls es spezifisch leicht genug wird –«

Kern verfiel in Nachdenken. Harda fragte nicht weiter. Sie wußte auch, warum er Frickhoff erwähnt hatte.

So saßen Vater und Tochter schweigend neben einander, beide mit ihren Gedanken beschäftigt.

Harda schrak auf, als der Vater plötzlich seine Hand auf die ihre legte und fragte:

»Nun, Herzel, wo denkst du denn noch hin? Wir sind sofort da.«

»Ich wollte, du nähmst mich mit.«

»Du kannst ganz ruhig sein, Harda. Für alle Fälle weißt du ja –«

»Ach Vater, ich möchte überhaupt fort, weit fort.«

»Kind, du weißt doch, es geht nicht, jetzt nicht. Und später –«

Harda schüttelte den Kopf. In diesem Augenblick hielt der Wagen.

Harda war sofort herausgesprungen.

»Adieu, Vater!«

»Adieu! – Nun aber vorwärts!« sagte Kern zum Fahrer und griff nach seiner Schutzbrille.

***

Harda stand auf dem Fußwege, der hier von der Straße links ab in den Wald führte, und blickte dem Wagen nach, der bald ihren Augen entschwunden war.

Oberhalb der Straße am Waldrande befand sich ein Tisch mit zwei Bänken. Der Platz hieß die »Aussicht«, und mit Recht. Der Blick schweifte nach Osten über die gesamte Ebene des fruchtbaren Tales von Wiesberg, über weite Getreidefelder, unterbrochen durch die dunkelgrünen Obstgärten der Dörfer, die mit ihren weißen Häusern und roten Dächern freundlich hervorlugten. Am Fuße der Waldberge sah man die Gebäudemassen, Kirchen und Schornsteine der verkehrsreichen Kreisstadt, deren Vorstädte sich bis nahe an den Abhang heranzogen, von dem Harda herabschaute. Hier bezeichneten Rauchwolken das Gebiet, wo sich die Industrie angesiedelt hatte und die Bodenschätze ausnützte, die der Absturz des Gebirges darbot.

Harda blickte weiter rechts in den nächsten Vordergrund. Daselbst trat der Fluß, die wasserkräftige Helle, durch eine kurze Schlucht von seinem Oberlaufe im Gebirge hervor, um durch das Wiesberger Tal einem größeren Strome zuzueilen. Gerade vor ihr, etwas tiefer, am bergansteigenden Ufer der Helle, leuchtete die stattliche Villa Kern mit ihren Nebengebäuden aus den parkartigen Anlagen. Die Entfernung war nicht groß, denn die Fahrstraße hatte sich in einer langen Kehre an der Berglehne dem Flusse wieder genähert, und hier, wo sie aufs neue zurückbog, lag die »Aussicht«. Harda konnte hinter der Villa auf dem höhergelegenen Tennisplatz die Figuren der Spieler sehen und glaubte sogar Sigi herauszuerkennen.

Sie warf noch einen Blick hinüber nach den Fabrikgebäuden, unter denen die hohen Neubauten ihre Aufmerksamkeit anzogen. Sie beobachtete eine Weile die Bahngeleise, wo eben ein langer Lastzug hereindampfte; dann wandte sie sich entschlossen um und trat in den Schatten des Waldes.

Der Fußweg senkte sich allmählich. Harda nahm sich Zeit. Unter die dunklen Fichten mischten sich breitästige Buchen, dazwischen bedeckte sich der Boden mit Gras und Kräutern, einzelne moosbewachsene Felstrümmer ragten hervor.

Je weiter sie schritt, um so mehr schwanden die Falten zwischen ihren Augenbrauen, und die Wangen röteten sich wieder jugendlich. Das volle aschblonde Haar über der Stirne glänzte in dem gebrochenen Lichte des Waldes in grünlichem Schimmer. Hier und da bückte sie sich nach einer Blume oder einer frühen Erdbeere, die gerade auf dem nach Süden abfallenden Berghang ein sonniges Plätzchen gefunden hatte.

Jetzt bog der Weg nach rechts. Harda blieb stehen und blickte in seiner Richtung. Ihre Augen ruhten wie in weiter Ferne, obwohl der sich windende Weg bald wieder im Walde verschwand. Sie seufzte leise.

»Wozu erst das Haus sehen,« dachte sie. »Es ist ja niemand da.«

Sie bog von dem Wege ab und stieg einen schmalen Pfad hinunter, der an der Kante des abfallenden Bergriegels hinführte. Dichter und wilder wurde der Wald. Über Steintrümmer, Baumäste und Wurzeln mußte sie ihren Weg suchen, und jetzt, an einer kleinen Waldwiese, hörte er ganz auf.

Aber Harda wußte Bescheid. Sie schritt auf die gegenüberliegende Ecke der Wiese zu, nach einer Lücke im Unterholz, und gelangte wieder in Hochwald, wo mächtige Buchen über grünem Rasenboden einen weiten Dom bildeten. Der Bergrücken selbst verengte sich mehr und mehr und endete jetzt mit einem gewaltigen Felsblock, um den sich Harda auf schmalem Stege absteigend herumwand, und nun befand sie sich auf einem kleinen Plateau in völlig abgeschlossener Waldeinsamkeit.

Hinter ihr erhob sich der überhangende Fels und bildete eine Art Grotte, die von einer breitästigen Buche, einem alten Waldriesen, überschattet war. An den drei andern Seiten blickte man direkt in die Wipfel hoher Fichten und Buchen; denn die Felsen stürzten steil ab, und es gab nur eine Stelle, an der man mit Hilfe einiger Stufen und einer Holztreppe, die in den Felsspalt geklemmt war, hinabsteigen konnte. Dies war die Fortsetzung des Pfades, auf dem Harda von oben herab gekommen war. Unten aber im Grunde umrauschten die Wasser der Helle die Felsecke und belebten mit ihrem gleichmäßigen Gurgeln und Plätschern die Stille des abgeschiedenen Platzes. Dicke Moospolster bedeckten die Felstrümmer und den Boden. Vor der dunklen Grotte zog sich junges, eigenmächtig aufgeschossenes Buchengebüsch um den Felsen und bildete mit seinem hellen Grün eine froh anmutende Pforte, als gäbe es dort einen Ausweg zum Lichte.

Die große Buche stand soweit von der Felswand ab, daß ihre machtvolle Krone nicht an der Ausbreitung behindert war, und ihr Wipfel ragte weit über die Felsen empor. Ihr Stamm und ein großer Teil ihrer Äste war von dichtem Efeu umschlungen, der an ihr hinauf zum Lichte strebte.

Unter der Buche, von Hardas Standpunkt aus noch nicht sichtbar, befand sich eine Bank mit einem einfachen Holztische davor. Sie war nach der Seite gerichtet, durch die man an einzelnen Stellen zwischen den Baumwipfeln hindurch den Blick ins freie Land mehr erraten als gewinnen konnte. Die Abgeschlossenheit blieb erhalten, aber man wußte, daß dort die lebendige Welt mit Himmelsblau und Sonnenschein lag.

Auf dieser Bank gedachte Harda sich niederzulassen. Hier war ihre Zuflucht in allen stürmischen Stunden, die ihr Herz freudig oder traurig bewegten. Hierhin floh sie, wenn ihr drüben in der Villa die Gesellschaft zu groß oder zu laut war, hierhin, wenn sie sich nicht mehr Rat wußte, wie sie sich durch andringende Fragen hindurchfinden sollte. Hier war ihre Waldkapelle, hieran knüpfte sich alles Tiefste und Innigste ihres jungen Lebens, Frieden und Sehnsucht. Und hier – –

Nun ja, es wird auch wieder sein!

Und sie bog das junge Buchengebüsch beiseite, das sie noch von dem Ruheplatz trennte.

Am Riesengrab

Beim erstem Blicke, den Harda durch die Zweige warf, zuckte sie zusammen. Es saß jemand auf der Bank. Ein Name wollte ihren Lippen entfliehen – wer auch sonst konnte hier – aber nein, es war nicht möglich, ihn hätte sie sogleich erkannt – es mußte ein Fremder sein. Wer hatte hier etwas zu suchen? Wollte man sie auch hier stören? Wie ärgerlich!

Es war ein einziger Augenblick, worin ihr diese Gefühle aufstiegen. Ohne Zögern trat sie auf den Platz und sah nun, wer der Eindringling war. Ein leichtes Lächeln spielte um ihren Mund. Der würde ihr jedenfalls keine Schwierigkeiten machen.

Auf dem Tische befanden sich ein Strohhut, einige mit ihren Wurzeln ausgelöste Pflanzen, Messerchen, Schere und zwei Glasfläschchen. Der Inhaber dieser Utensilien aber war so eifrig beschäftigt, daß er Hardas Kommen nicht einmal bemerkt hatte. Er betrachtete mit tief herabgebeugtem Kopfe durch die Lupe aufmerksam ein mit der Pinzette gehaltenes Blättchen. Erst als Harda dem Tische sich näherte, und er ihre Schritte vernahm, blickte er auf, und es dauerte noch kurze Zeit, ehe er seine Brille zurechtgeschoben und die Augen der Entfernung akkomodiert hatte. Dann sprang er auf und verbeugte sich höflich.

»Fräulein Kern!« sagte er überrascht. »O, da muß ich gewiß sehr um Entschuldigung bitten. Ich fürchte, ich bin hier ohne Erlaubnis auf Ihrem Grund und Boden eingedrungen. Aber, gnädiges Fräulein, ich kann versichern, ich bin mir dessen in keiner Weise bewußt gewesen.«

»Fürchten Sie gar nichts, Herr Doktor,« antwortete Harda freundlich. »Der Grundbesitz der Hellbornwerke reicht hier nur bis ans rechte Ufer der Helle. Aber aus meinem Anzuge könnten Sie freilich schließen, daß ich noch innerhalb der Parkgrenzen umherliefe.«

»O bitte –«

»Es ist aber ganz gleich, ich geniere mich nicht und setze mich ein wenig her. Aber Sie dürfen sich auch nicht stören lassen, nehmen Sie wieder Platz und – Ach!« unterbrach sie sich fast heftig, »da haben Sie ja meinen Sternentau!«

»Was habe ich? Wie nennen Sie die Pflanze? Sie kennen sie? Sternentau?« fragte der Doktor lebhaft.

»Nein, nein,« beruhigte Harda. »Ich nenne die blauen Blumensterne nur so für mich wegen der runden Erhebung im Innern, die wie ein Tautropfen glänzt. Es ist bloß ein Privatname zu meiner stillen Freude. Die Pflanze findet sich nämlich sonst nirgends als hier in der Nähe des Riesengrabs, und sie scheint überhaupt noch nicht entdeckt. Ach, ich drücke mich wohl sehr dumm aus. Sie steht in keiner Flora. Nun haben Sie die Blumen entdeckt und ich habe sie nicht mehr für mich. Aber das mußte ja doch einmal kommen.«

»Ich bitte Sie, Fräulein Kern,« sagte der Doktor mit ganz erschrockenem Gesicht, »wenn es sich wirklich so verhalten sollte, daß die Pflanze noch nicht bestimmt ist – mir ist sie allerdings völlig fremd, auch fremdartig – wenn sie bisher nur Ihnen bekannt war – so werde ich selbstverständlich Ihr Entdeckerrecht achten. Die Untersuchung wäre ja freilich sehr interessant, ja eine wissenschaftliche Pflicht – aber ohne Ihren ausdrücklichen Wunsch, das verspreche ich Ihnen, werde ich nichts bekannt geben.«

Harda sah ihn dankbar an, daß ihm ganz merkwürdig zumute wurde, und sprach lächelnd: »Es ist doch wahr, was unsre Leute von Ihnen sagen: Der Doktor Eynitz ist ein guter Mann.«

»Hm – bitte –« sagte Eynitz verlegen, und ein leichtes Erröten lief über sein freundliches Gesicht – »Das braucht nicht immer ein Lob zu sein, es kann auch eine Schwäche bedeuten.«

»Wenn Sie es lieber wollen, tun Sie mir einen Gefallen aus Schwäche. Eine Schwäche ist's ja auch, wenn ich das Pflänzchen noch eine Weile für mich behalten möchte. Aber die Pflanzen sind mir nun mal überhaupt ans Herz gewachsen. Die sind doch nicht einfach eine Sache, sie leben und fühlen ja, und jede einzelne ist was für sich. Ich bilde mir immer ein, wenn ich so ein Pflänzchen recht lieb habe, müßte mich's auch wieder gern haben.«

Sie nickte dem Blümchen, mit dem ihre Hand spielte, unwillkürlich vertraulich zu. Eynitz nickte ebenfalls.

»Ja, Herr Doktor,« fuhr Harda fort, »Ihr freundliches Anerbieten kann ich natürlich nicht ganz annehmen, aber wir könnten uns einigen. Sie studieren den Sternentau und bestimmen ihn und werden Ihr Resultat veröffentlichen, aber den Fundort, nicht wahr, den Fundort geben Sie nicht an, damit wir hier nicht von Botanikern überlaufen werden. Oder geht das nicht?«

»Nun« – Eynitz drehte bedenklich an seinem braunen Schnurrbärtchen und ließ die Augen zwischen Harda und dem Walde hin und hergehen, als lauerten dort schon Pflanzenjäger – »verschweigen kann man ja den Fundort freilich nicht – aber es ließe sich wohl ein Ausweg finden. Hat denn diese Felsgruppe einen offiziellen Namen?«

»Wir nennen sie das Riesengrab, weil die Leute behaupten, hier läge ein Riese begraben, aber ich glaube nicht, daß der Name auf einer Karte steht. Wo haben Sie denn den Sternentau überhaupt gefunden?«

»Hier unter dem Efeu und – ja, und dann auch ganz versteckt abseits zwischen den Felstrümmern am Wege hier herauf – d. h. Weg ist ja nicht da – ebenfalls unter Efeublättern.«

»Sonst nirgends? Nun ja, er wächst auch sonst nirgends. Aber dann genügt doch, wenn Sie sagen: »Westlich von Wiesberg, Ufer der Helleschlucht, unter Efeu. Dann können die Leute suchen. Und daß sie nicht hier heraufkommen, dafür will ich schon sorgen. Das Plateau hier oben, das muß eingezäunt werden – unauffällig. Die Gegend ist überhaupt nicht mehr ganz sicher vor Touristen. Ist's Ihnen so recht?«

»Mir ist alles recht, wie Sie's wünschen. Aber ich denke, dieses Terrain gehört nicht zu Ihrem Besitztum.«

»Allerdings nicht, aber ich kenne den Besitzer gut, und ich weiß, das tut er mir sicher zu Gefallen.«

»So sind wir hier auf Privatbesitz? Wem gehört denn dieser Wald?«

»Ach, es ist nur ein mäßiges Stückchen Fels, Wald, Wiese und ein umgebautes ehemaliges Bauernhäuschen. Solves heißt der Besitzer. Sie werden den Namen kennen.«

»Gco Solves etwa?«

»Freilich.«

»Ach gewiß! Jetzt erinnere ich mich ja, daß er sich vor einigen Jahren hier angekauft hat. Und das ist ein guter Freund von Ihnen?«

»Jetzt unser Nachbar. Aber ich kenne ihn freilich von Jugend auf. Er ist mein Pate.«

»Geo Solves Ihr Pate? Das ist interessant. Da sind Sie ja zu beneiden.«

»Ich beneide mich ja auch – Aber bitte, für was erklären Sie nun das Blümchen? Ist es nicht reizend mit den fünf glockenförmig nach außen gebogenen Blättchen, über die es von der Mitte her, von dem glänzenden Köpfchen, wie ein leichter, silberglitzernder Schleier von seidenen Fäden fällt! Und dieses feine Spitzengewebe der Ranken und Blätter! Eigentlich sieht's wie ein kletterndes Farnkraut aus, wenn's so was gibt. Aber diese offene Blüte? Man möchte an eine Akelei denken.«

»Ein Blümchen ist's nicht, gnädiges Fräulein. Ich habe schon mit der Lupe gesehen, daß kein Samen vorhanden ist, und die Fäden, die Sie wohl für Staubblätter halten, sind irgend ein anderes Organ. Und hier ganz im Innern, was Sie sehr bezeichnend mit einem Tautropfen verglichen, das ist kein Stempel. Das möchte ich für ein Sporangium halten, für eine Kapsel, darin die Sporen reifen. Ob man aber die Pflanze zu den Farnen rechnen darf, oder ob sie eine ganz neue Gattung von Kryptogamen vorstellt, das läßt sich nur mit Hilfe des Mikroskopes entscheiden, wenn man die weitere Entwicklung im Generationswechsel beobachtet.«

Harda sann einen Augenblick nach, dann begann sie wieder: »Mag's auch keine Blütenpflanze sein, so kann ich doch ruhig weiter Sternentau sagen. Das ist ein neutraler Name. Ich will Ihnen noch etwas Seltsames mitteilen, Herr Doktor. Die Pflanze ist nämlich erst seit vorigem Jahre hier aufgetreten. Das wird Ihnen erklären, warum sie noch nicht wissenschaftlich untersucht ist. Ich habe nun versucht, sie durch Ableger zu verpflanzen, sie ist aber nur an zwei Stellen fortgekommen, nämlich wo sie auch unter Efeu steht. Und dann habe ich aufs genaueste aufgepaßt, ob das Pflänzchen denn keine Früchte trägt, aber ich habe nie etwas finden können. Das würde ja mit dem stimmen, was Sie sagen. Von dem Generationswechsel habe ich gelesen, aber sehr klar ist es mir gegenwärtig nicht.«

»Wenn Sie gestatten – ein etwas groteskes Beispiel wird den Ausdruck sogleich klar machen. Nehmen Sie an: Eine Henne legt ein Ei, daraus kröche aber nicht wieder ein Hühnchen heraus, sondern es wüchse zunächst ein Strauch hervor. Der Strauch bilde zweierlei Blüten, weibliche und männliche; und eines schönen Tages lösen sie sich ab und fliegen als kleine Hühnchen und Hähnchen davon. Wenn sie erwachsen sind, finden sie sich zusammen, und die Hühnchen legen wieder Eier, aus denen dann Sträucher hervorwachsen. So lösen sich immer Strauch und Vogel in der Nachkommenschaft ab. Das wäre ein richtiger Generationswechsel.«

Harda lachte.

»Ja wohl,« rief sie lebhaft, »jetzt erinnere ich mich wieder. Der Vorgang ist gar nicht so abenteuerlich, wie er sich in dieser Form von Hühnern und Sträuchern anhört. Denn die Quallen, die so schön schillernd im Meere schwimmen, machen es tatsächlich ähnlich.«

»Ganz richtig,« sagte Eynitz. »Eine Qualle bringt ein Ei hervor, daraus entwickelt sich aber nicht eine frei schwimmende Qualle, sondern zunächst ein Wesen, das mehr Pflanze als Tier scheint, ein Polyp, der am Boden festsitzt. Aus ihm wachsen erst durch Knospung die Quallen heraus, die sich dann loslösen und fortschwimmen. Nun, unter den Pflanzen zeigen die Kryptogamen meist etwas Ähnliches. Nehmen wir an, unser Sternentau hielte es auch so, dann würden aus den Sporen dieser blauen Becher nicht wieder die Sternentaupflänzchen entsprießen, sondern irgend ein ganz andres Gewächs, vielleicht mikroskopisch klein, oder wenigstens unscheinbar, wie z. B. die grünen Täfelchen beim Farnkraut, die man den Vorkeim nennt. Erst an diesen Vorkeimen würden sich später Bildungen von zwei getrennten Geschlechtern zeigen, die Hühnchen und Hähnchen unseres Beispiels. Es könnte auch sein, daß die ganze Entwicklung sich schon innerhalb der Kapseln vollzöge und die Jungen Hühnchen und Hähnchen gleich fertig herausflögen. Und erst, wenn nachher die Hühner Eier legen, will sagen, wenn die betreffende zweite Generation ihrerseits Sporen hervorbringt, so wächst aus diesen durch Sprossung die grüne Sternentaupflanze heraus. Aber – ich langweile Sie – entschuldigen Sie, ich komme so leicht ins Dozieren.«

»Nein, nein, Herr Doktor. Ich danke Ihnen. Wenn sich's so verhält, so ist's ja ganz klar, warum ich keine Früchte finden konnte. Wer sagt uns denn, wie dieses Zwischengeschlecht beim Sternentau beschaffen ist? Es ist vielleicht ein ganz anderes Wesen, ein höheres – gar keine Pflanze mehr! Vielleicht ist's ein Elfchen, ein richtiges Geistchen, natürlich auch mit einem richtigen Körperchen. Sie lachen – ganz recht – was ich rede, ist wohl sehr dumm. Aber schön wär's doch, wir selbst hätten auch solchen Generationswechsel, natürlich nach Willkür, wie es Menschen geziemt, und man könnte manchmal aus seiner Haut heraus als ein freieres Wesen schweben – –«

Sie sah mit einem leichten Anhauch von Wehmut in die Ferne.

Eynitz lachte nicht. Er sah ganz ernsthaft aus, als er sagte:

»Wenn man nur sicher wäre, daß die eine Generation sich auch noch der andern erinnerte. Aber, gnädiges Fräulein, wer so glücklich ist wie Sie –«

Harda sah ihn fragend an.

»Ich meine, nach dem, was ich heute an Ihnen kennen lernte, da haben Sie ja das freie Wesen immer in sich. Sie brauchen nicht aus sich herauszugehen, Sie ziehen sich nur in Ihre Persönlichkeit zurück. Wenn Sie vom Haus oder der Fabrik oder dem Tennis in diesen Wald treten und mit den Pflanzenseelen leben, da wandeln Sie schon in dem höheren, in Ihrem eignen Reiche –«

»Ach bitte, nein,« rief Harda aufspringend, »philosophieren Sie nicht über mich, es lohnt sich wirklich nicht. Sehen Sie nur einmal diesen Efeu an, wie er an der Buche emporstrebt, und in welcher Fülle, immer höher und höher.«

Eynitz reckte seine lange Gestalt empor.

»Er will zum Lichte,« sagte er, »denn nur dort kann er blühen.«

»Und er will blühen, das glaube ich. Sehen Sie – wenn wir nun ein Generationswechsel vom Efeu wären? Wenn unser Bewußtsein von Zeit zu Zeit einmal durch die Efeuseele hindurchginge? Warum wächst der Efeu so oft auf Gräbern?«

»Weil wir ihn dort hinpflanzen.«

Harda bog die Blätter des Efeus beiseite. »Und sehen Sie, wie unser Sternentau sich ganz dicht an den Efeu schmiegt? Ich glaube, die haben etwas zusammen, die hecken etwas aus.«

»Ich habe mit der Lupe gesehen, der Sternentau besitzt ganz feine Fasern, die sich an den Efeu heften. Man muß das noch näher untersuchen.«

»Das tun Sie nur. Aber hier will ich Ihnen noch etwas zeigen, Sie müssen mir nur versprechen, das wirklich nicht weiter zu sagen – nur Ihnen als Botaniker verrat' ich's.«

Sie ging nach dem Felsen zu.

»Bitte, hier drüben müssen Sie ein paar Schritte hineinkriechen, und dann blicken Sie hinunter in den breiten Spalt des Felsens. Bücken Sie sich aber tüchtig – bitte hier.«

Harda drängte die Buchenzweige vor dem Grotteneingang beiseite und schlüpfte in die Höhlung. Eynitz folgte.

»Warten wir, bis sich das Auge an die Dunkelheit gewöhnt hat.«

Es war ganz still; draußen hörte man die Insekten summen.

»So!« sagte Harda. »Und nun – da unten – das sind die Schätze des Riesens, der hier begraben liegt.«

Sie standen schweigend vor der dunkeln Höhlung. Da drunten aber funkelte es grüngelb wie Gold und Edelsteine aus dem Geheimnis des Berginnern.

»Ein Märchen,« sprach Eynitz bewundernd.

»So fühlt man's, nicht wahr? Und das soll nicht mitfühlen? Sollte gar nichts merken, daß es mitstrebt, wie wir nach dem großen Gotte, dem Lichte?«

» Schizostega osmundacea«, sagte Eynitz leise vor sich hin.

»Ja, Leuchtmoos,« bemerkte Harda. »Ich weiß es. Lichtbrechende Zellen beleuchten sich ihr eignes Blattgrün. Aber Sie haben den Zauber gelöst – gehen wir, Sie müssen vorankriechen.«

Und draußen fragte sie: »Sie sind doch Mediziner, woher haben Sie Ihre botanischen und biologischen Kenntnisse?«

»Aber, gnädiges Fräulein, woher haben Sie die Ihren?«

»Ich habe keine. Ich habe nur hier und da etwas aufgeschnappt und habe mir manches erklären lassen können. Ich lese auch gern – ich hoffte ja, Botanik zu studieren.«

Ihre Augenbrauen zogen sich zusammen und sie schwieg.

Eynitz wagte nicht zu fragen. Er begann:

»Ich habe nun wirklich Biologie studiert, ich bin eigentlich Biologe, oder ich wollte es werden. Mein »Doktor« ist philosophioae, nicht medicinae. Dann mußte ich leider mein Studium aufgeben, als mein Vater plötzlich starb. Ich war gezwungen, ein Brotstudium zu ergreifen, und meine biologischen Vorkenntnisse ermöglichten mir, in verhältnismäßig kurzer Zeit das medizinische Staatsexamen zu bestehen. Jetzt habe ich kaum noch Zeit zu meinen Lieblingsarbeiten. Ein Kassenarzt, Sie wissen, ist mehr als vollauf beschäftigt. Aber –« und er machte sich daran, seine Utensilien und Pflanzen zusammen zu packen – »für den Sternentau muß sich doch noch Zeit finden.«

»Ich danke Ihnen aufrichtig, Herr Doktor. Nun sagen Sie mir bloß noch – ich bin wohl sehr neugierig – wie und woher sind Sie eigentlich hier heraufgekommen?«

»Ich botanisierte am linken Helle-Ufer aufwärts und geriet dabei mehr und mehr in Dickicht und Felstrümmer. Die wenigen Exemplare Ihres Pflänzchens, die ich fand, lockten mich immer höher, und schließlich sah ich, daß ich nicht mehr zurück konnte. Ich kroch also weiter, und auf einmal treffe ich auf richtige Steinstufen und dann auf eine Holztreppe. Das ist jedenfalls der Weg, den Sie heraufgekommen sind?«

»Nein, ich komme von oben. Da gibt es auch noch einen Weg, der aber zuletzt absichtlich vom Besitzer für den Fremden unkenntlich gemacht ist. Aber den von Ihnen gefundenen Weg werden wir dann hinabgehen.«

»Wo kommt der heraus?«

»An einem Laufstege über die Helle, der drüben mit einem Gatter verschlossen ist. Und den Schlüssel zu diesem Gatter habe ich hier.«

Sie holte mit einiger Mühe aus ihrer Tasche einen Schlüssel, den sie triumphierend vorwies.

»Und wo führt der Steg hin?«

»In den Park der Villa Kern, die Ihnen bekannt sein dürfte. Wie spät ist es denn überhaupt? Ich habe keine Uhr bei mir.«

»Sieben Uhr und zwanzig Minuten,« sagte Eynitz.

»Ach, da haben wir aber wirklich keine Zeit mehr. Ich glaubte, es wäre erst so weit nach sechs Uhr. »Wir« sage ich, entschuldigen Sie, denn ich muß Sie mitnehmen. Erstens wegen des Schlüssels, denn sonst finden Sie keinen gangbaren Weg. Und zweitens – ich habe nämlich den offiziellen Auftrag von meinem Vater, Herrn Doktor Eynitz zum Abendessen einzuladen. Was hiermit geschieht.«

Sie knickste mutwillig.

Eynitz machte ein verblüfftes Gesicht

»Mich? Ja, aber Sie konnten doch nicht wissen, daß Sie mich hier treffen würden.«

Harda lachte übermütig.

»Nein, Herr Doktor, so schlau war ich nicht. Aber da ich's nun so gut getroffen habe, so konnte ich's gerade persönlich ausrichten. Sonst hätte ich schon früher nach Hause laufen müssen, um Sie telephonisch einzuladen. Entschuldigen Sie die Formlosigkeit, es handelt sich natürlich um keine Gesellschaft.«

Eynitz sah höchst bekümmert aus. Nach kurzer Überlegung sagte er:»Haben Sie herzlichsten Dank, gnädiges Fräulein, aber sagen Sie Ihrem Herrn Vater –«

»Mein Vater mußte freilich plötzlich verreisen, aber Sie finden noch einige Herren bei uns, die wir auch erst nachmittags gebeten haben – Herrn Kommerzienrat Frickhoff, Leutnant von Randsberg, Leutnant Thielen.«

»Es tut mir ganz außerordentlich leid, ich kann die Einladung nicht annehmen, ich habe noch einige unumgängliche Besuche zu machen, die bis neun Uhr erledigt sein müssen. Nebenbei, ich müßte vorher auch erst nach Hause, denn nach dieser Kletterei kann ich unmöglich in solchem Aufzuge – und dann würde es doch zu spät werden –«

»Das ist ja schade,« bemerkte Harda nach einem prüfenden Blick auf Eynitz gleichmütig. »Nun, vielleicht kommen Sie noch nach Ihren Besuchen, vor elf gehen die Herren nicht.«

»Sehr liebenswürdig. Ich kann nur nichts versprechen. Sie wissen, der Arzt kann nicht über seine Zeit verfügen.«

»Sehen Sie zu. Ich gehe voran.«

Eynitz warf seine Expeditionstasche über die Schulter und folgte langsam. Er kannte den Weg nicht wie Harda, und so war ihre geschmeidig Gestalt auf dem buschigen Zickzackwege ihm bald entschwunden. Er beeilte sich auch nicht, denn erstens erforderte der kaum gebahnte Pfad Aufmerksamkeit, und zweitens waren seine Gedanken damit beschäftigt, ob es nicht doch eine Möglichkeit gäbe, die unerwartete Einladung anzunehmen.

Er hatte ja im Hause des Direktors der Hellbornwerke, das einen gesellschaftlichen Mittelpunkt von Wiesberg und Umgegend bildete, nur in den formellsten Grenzen verkehrt, zumal ihm weder seine Zeit gestattete, noch seine Neigung ihn drängte, lebhaftere Geselligkeit zu suchen. So kannte er auch die Töchter hauptsächlich vom Hörensagen als gefeierte Tänzerinnen und umworbene gute Partien. Nur mit Harda war er bei Krankenbesuchen in den Familien der Beamten und Arbeiter und im Krankenhaus einige Male zusammengetroffen und hatte sie dort in ihrer teilnehmenden Fürsorge schätzen gelernt. Und nun hatte er hier am Riesengrabe im Banne der Pflanzenseelen noch etwas ganz anderes erfahren – – Das Geheimnis des Sternentaus mußte sie notwendig wieder zusammenführen. Und dieser Verkehr hatte so viel Verlockendes! Es war in Wiesberg wirklich kein Überfluß an anregenden Persönlichkeiten – sollte er diese erste familiäre Einladung ablehnen? Komisch, wie war nur der Direktor gerade heute darauf gekommen? Sollte Harda improvisiert haben? Dann mußte er doch hin, wenn er sie nicht verletzen wollte. Aber nein – wie konnte er sich so etwas einbilden. Er ärgerte sich über sich selbst.

Da erblickte er den Steg dicht vor sich. Harda stand schon am andern Ufer, wo sich die Tür des Gatters befand, das am ganzen rechten Ufer hinlief und den Park der Villa abgrenzte.

Sie hatte die Tür geöffnet. Auf dem weißen Kleide spielten rötliche Strahlen der niedergehenden Sonne, grünlich schimmerten dagegen Haar und Schultern unter dem Widerschein des breiten Buchenlaubes, und die braunen Augen leuchteten ungeduldig aus dem mit der Hand beschatteten Gesicht, als sie ihm entgegenrief:

»Kommen Sie endlich, Herr Doktor? Hier müssen Sie noch hinüber, drüben an Ihrem Ufer geht kein Weg.«

Da stand sie wie eine lebendig gewordene Blume. Das Tor des Zaubergartens war geöffnet. Jetzt schloß es sich hinter dem Eingetretenen.

Einen Augenblick verharrte er unentschieden. Sollte er seine Ablehnung unter irgend einem Vorwande widerrufen?

»Wollen Sie direkt in die Kolonie?« fragte Harda. »Da gehen Sie am nächsten mit mir hier herauf an der Villa vorbei.«

»Nein,« antwortete Eynitz. »Ich muß zuerst in meine Wohnung.«

»Dann wandern Sie hier am Zaune entlang, aber langsam bergauf, da kommen Sie auf den Fahrweg, das Tor ist ja immer offen. Also –«

»Leben Sie wohl, gnädiges Fräulein, herzlichsten Dank. Über den Sternentau berichte ich, sobald ich klarer sehe.«

Harda reichte ihm die Hand und nickte mit dem Kopf.

»Adieu!« sagte sie und sprang den steilen Weg in den Park hinauf.

Er sah ihr nach, bis sie hinter den Bäumen verschwand. Dann ging er seinen Weg in Gedanken verloren. Es kam ihm vor, als wäre Harda nach seiner Ablehnung zurückhaltender geworden. War er ungeschickt gewesen?

Als er aus dem Gartentor herausschritt, rollte der Wagen des Kommerzienrats hinein.

Eynitz grüßte, dann warf er den Kopf in die Höhe und sprach bei sich:

»Nein, es wäre Torheit. Ich gehe nicht hin.«

Ebah, der Efeu

Am Riesengrabe spielte der Abendwind leicht in den Blättern der hohen Buche, unter ihr schwirrten kleine Fliegen und Käfer, Spinnen arbeiteten an Silberfäden, über den Boden raschelte eine Eidechse und im Grase zirpten die Grillen.

Das war alles, was der Menschen stumpfe Sinne vernehmen konnten. Aber zwischen Licht und Luft, Wasser und Erdreich bestrahlten, benetzten, berührten sich die zahllosen Zellen der Pflanzen in unerschöpflichen Einwirkungen. Alle bergen sie ihre Wurzeln und Würzelchen im gemeinsamen Bodenreich der Mutter Erde. Aus ihrer großen Einheit, wo aller Kräfteaustausch zusammenfließt, strömen die feinen Wandlungen der Stoffe zurück und werden wieder gespürt von Zellen und Blättern, von Kraut und Baum als die Regungen des gemeinsamen Ursprungs. In diesem weiten Felde von Wechselwirkung chemischer, elektrischer, mechanischer Spannungen pflanzt sich jede organische Veränderung gesetzlich fort, und jedes Organ nimmt nach seiner Eigenart die gebotenen Energien auf. Da werden die Gewächse ihres Lebens inne.

Die Seele des Planeten, die im Genius der Menschheit spricht wie im Flattern des werbenden Falters, wacht verbindend auch in den Pflanzen und leiht ihnen eine Sprache, die freilich für Menschensinne unverständlich bleibt.

Eine ganz leichte Änderung der Spannung in den Kletterwurzeln, womit der Efeu sich an die Rinde der Buche klammert, macht dem Baume den Zustand der Schlingpflanze unmittelbar verständlich. Dadurch sind beide Gewächse direkt verbunden und befreundet. Im übrigen verkehren alle Pflanzen mit einander durch Vermittlung des Erdreiches, und die Organe ihres Bewußtseinsaustausches sind die Wurzeln. Aber natürlich, auch die Pflanzen sind sehr verschiedenartig entwickelt und gestimmt; nicht alle verstehen sich und können sich mit einander verständigen.

Ebah, die Efeupflanze, die sich an der Buche emporrankte, hatte sehr aufmerksam all die leisen Einwirkungen aufgenommen, die durch Licht und Schall, Luft und Boden von der Anwesenheit Hardas zu ihr drangen. Durch das sanfte Berührungsspiel ihrer Haftwurzeln fragte sie die Buche:

»Die Treter sind wohl fort? Merkst du sie noch?«

»Nicht mehr, liebe Ebah,« antwortete die Buche in ihrer Art. »Sie streifen schon unten an den jungen Fichten vorüber.«

»Es war einer dabei, den ich noch nie gesehen habe,« bemerkte Ebah.

»Ich auch noch nicht. Aber Harda kannte ihn. Du wirst leicht erfahren können, wie die Menschen ihn nennen, wenn du mit deinen Sprossen sprichst.«

»Um Hardas willen möcht' ich's wissen,« sagte Ebah. »Sonst käme nicht viel darauf an. Ich wundre mich immer, daß sich die Treter so von einander unterscheiden; und man sagt doch, daß es ihrer so viele gibt.«

»Freilich. Wenn auch nicht so viele wie Buchen, aber doch sehr viele. Es waren aber auch Zeiten, da es erst wenige und andre gab, die wohnten bei uns im Walde.«

»Hast du die gekannt?«

»Ich bitte dich! Du weißt doch, daß wir Buchen nicht so alt werden. Schon viele Geschlechter von Buchen sind hier entsprossen und zertrümmert, seit der Gott entschlummerte und die alte Eiche stürzte.«

»Erzähle mir doch mehr von der alten Kunde. Wann höre ich alles?«

»Jetzt nicht, Ebah. Noch lacht die Sonne länger von Tag zu Tag, noch wacht der Wald im jungen Grün. Gedulde dich, bis die Tage sich kürzen. Lange wirst du nicht mehr zu warten brauchen.«

Ebah schwieg eine Weile, dann begann sie leise:

»Vernimmst du's, Schattende? Unten erzählen die Kräuter, der Treter habe viele von ihnen abgeschnitten und ausgegraben. Auch von der fremden Pflanze, meinem stummen Schützling, nahm er einige. Wir sahen sie ja auf dem Tische liegen. Sollen wir das dulden?«

»Kind, wir können's doch nicht hindern.«

»Ich begreift nicht, daß den Tretern das erlaubt ist. Sie sind doch dazu da, uns zu dienen.«

»Das gehört auch dazu, daß sie Nutzen von uns ziehen, wie wir von ihnen. Du solltest nicht immer so verächtlich von »Tretern« reden. Sie selbst nennen sich Menschen, und das halten sie für etwas sehr Gutes.«

»Was Gutes! Ohne uns könnten sie überhaupt nicht leben, so gut wie die andern Treter und Kriecher und Flieger, die sie Tiere nennen.«

»Freilich, aber sie könnten auch uns nicht dienen, wenn sie nichts von uns nehmen dürften.«

»Meinetwegen! Nur töten dürften sie uns nicht, ausreißen, daß wir sterben müssen wie die Pflänzchen dort auf dem Tische.«

»Sterben? Was heißt das für uns, Ebah? Der Mensch wohl kann getötet werden, weil er keine Dauerseele hat wie wir. Wir aber, wir sprossen doch weiter, wenn auch große Teile von uns zerfallen, ja wenn der ganze Einzelbaum hinsinkt. Was wir webten und fühlten im Sonnenlicht, das wirkt weiter im großen Wald und im dauernden Erdreich und in seiner Seele, zu der wir gehören.«

»Dann begreif ich's erst recht nicht,« sagte Ebah, »daß dem Menschen so viel Gewalt über uns gegeben ist. Oder – manchmal denke ich ja selbst, es muß etwas Besonderes sein, so für sich zu wachsen und zu wandern, ohne sich zu kümmern, wie die andern fühlen und gedeihen im Walde. Das muß wohl stark machen – vielleicht aber auch feindlich. Vielleicht ist der Mensch darum unser Feind? Denn er verfolgt uns doch, er tritt uns, er haßt uns. Soll ich ihn da nicht wieder hassen?«

»Auch Harda?«

»Nein, nein! Das ist freilich etwas anderes. Harda ist gut, ist kein Feind. Ich wünschte, sie gehörte nicht zu den Tretern – Menschen, wollte ich sagen. Ich nenne sie auch nicht so, ich nenne sie, wie sie sich selbst nennt, Harda.«

»Siehst du, daß du den Menschen vielleicht unrecht tust? Ich glaube, du hast manchmal zu viel auf das Geschwätz der unzufriedenen Fichten gehört. Gerade der Mensch, den du wirklich näher kennst, ist gut. Und wieviel Menschen kennst du überhaupt?«

»Gleichviel, um Hardas willen muß es mir leid tun, daß sie ein Mensch ist. Denn so hat sie doch keine Seele – ich meine, sie kann nicht weiterleben wie wir im unsterblichen Reiche Urd. Das kennen doch wohl die Menschen gar nicht?«

»Sie kennen es schon, sie nennen's Natur, aber sie halten es für tot, für unbeseelt«

»Wie dumm! Das kann Harda unmöglich glauben. Oder sie muß es besser lernen! Sie ist so gut – weißt du noch, Schattende, als der Treter mit der Axt in mich einschlug?«

»Freilich, meine arme Ebah, du weintest ja –«

»Nun, das war sicher ein schlechter Mensch, nicht wahr? Ein Feind, den ich hassen muß! Doch Harda kam zum Glück dazu. Wie sie den Treter schalt, wie sie ihn fortschickte! Sie hat mich gerettet. Aber eine tiefe Wunde hatte ich weg, und ein Zweig war mir abgehackt.«

»Die Wunde ist wieder geheilt, und der Zweig –«

»Ach ja, meine Hedo, meine liebe Hedo. Der Zweig wurde mein größtes Glück, und das danke ich auch Harda. Sie nahm den Zweig mit hinüber nach dem Garten, wo die vielen Zypressen stehen, drüben hinter dem Fluß. Dort pflanzte sie ihn auf einen kleinen Hügel, da schlug er Wurzel und wuchs, mein starker Sproß. Hedo nannte ich ihn, und mit den Jahren hat er den ganzen Hügel bedeckt und eingehüllt mit seinen Blättern. Hedo hat mir alles erzählt, sobald sie durch die Wurzeln sprechen konnte. Oftmals kommt Harda hin und ist traurig, wenn sie aber meine Tochter genetzt und den Hügel mit frischen Blumen geschmückt hat, da wird sie wieder froh.«

»Daran solltest du doch denken, Ebah! Was dir ein großes Übel erschien, das der Mensch tat, durch den Menschen wurde es zu deinem Glück, du hast eine Tochter –«

»Zwei habe ich ja! Auch die zweite, meine Kitto, verdanke ich Harda. Das war später. Wie lange ist es denn her? Zwei Sommer. Da war sie glücklich und fröhlich. Selbst suchte sie sich einen Zweig aus und schnitt ihn ab, und ich freute mich. Singend sprang sie mit dem Zweige davon. Den pflanzte sie ein, aber leider nicht draußen im Erdreich, sondern in einen Kasten in ihrem Zimmer, und als er wuchs, zog sie ihn um einen weißen Stein, der dort stand und aussieht wie der Kopf eines Menschen. Und Kitto kann nun Harda alle Tage sehen.«

»Wie glücklich bist du also!«

»Dankbar bin ich, denn ich selbst – ich habe ja noch nicht geblüht –«

»Um so besser für dich, daß du Sprossen besitzest.«

»Ach ja – aber blühen – es muß doch ganz etwas anderes sein, wenn man aus Samen herauswächst? Nicht wahr, ich bin aus Samen gewachsen? Du weißt es?«

»Ich weiß es, Ebah. Ich weiß es noch genau. Weiter oben im Walde, über dem Tale, liegt eine graue Ruine, ganz mit altem Efeu umwachsen. Dort steht deine Mutter. In jedem Herbste blüht der Efeu, und im Frühjahr trägt er schwarze Beeren. Und an einem sonnigen Frühlingsmorgen kam eine kleine Grasmücke, ein lustiges Vögelein, das trug eine Efeubeere im Schnäbelchen. Sie setzte sich auf einen meiner Zweige und knabberte. Der Samen aber fiel zwischen meine Wurzeln. Und daraus bist du hervorgesprossen und hast dich ausgedehnt, bis du mich ganz umsponnen hast, meine liebe Ebah. Und nun kannst du bald hinaussehen ins Freie.«

»Und blühen! Ja, Schattende, ich will blühen! Bin ich denn noch nicht hoch genug? Ich bin doch schon so alt. Nicht wahr, diesen Herbst, da werde ich blühen? Mir ist's so, als wüchsen mir oben schon spitzige Blätter, und ich fühle, die Sonne scheint darauf.«

»Du bist wacker heraufgekommen in den letzten Jahren, wir wollen hoffen, daß du's in diesem Jahre erreichst.«

»Und blühen, blühen!« Ebah rief's so recht aus innerster Tiefe heraus.

»Na, na, na! Bitte, etwas weniger lebhaft,« murrte die alte Fichte am Abhang. »Wenn du deiner Schattenden Geständnisse machst, so schreie nicht so, daß wir's hier unten hören.«

Von Schreien reden die Pflanzen, wenn die Unterhaltung über die Wahrnehmung der nächst Beteiligten hinausdringt, und das gilt für unanständig. Bei Ebahs Erregung hatten sich nicht nur die Haftwurzeln, sondern auch die Erdwurzeln beteiligt.

»Entschuldige, liebe Fichte,« sagte Ebah, »ich wollte dich nicht stören.«

»Ach was, stören! Meinetwegen blüh' du jedes Jahr dreizehnmal wie der Mond! Wenn dir's nur bekommt. Aber davon macht man kein Aufhebens.«

»Das glaub' ich dir,« mischte sich die Buche ein. »Es ist auch danach bei euch nacktsamigen Nadelhölzern! Wenn man keine Fruchtblätter hat –«

»Na, mit deinen grünen Kätzchen ist's auch nicht weit her! Übrigens, man wird ja sehen, wer's weiter bringt! Wir drängeln euch immer weiter zurück, ihr Laubbäume!«

»Und wir fürchten uns nicht vor euch, ihr Raubbäume! Aber wir wollen nicht streiten.«

»Mir ist's recht,« sagte die Fichte. »Ich will dir sogar einen guten Rat geben. Wenn du's mit dem Efeu gut meinst, so treib' ihn nicht zum Blühen. Warum hat er's denn so eilig damit?«

»Warum bist du denn unten erst so seitwärts gewachsen und hast dich gekrümmt, ehe du in die Höhe kamst?« antwortete der Efeu direkt.

»Weil ich zum Lichte will, vorlauter Efeu, und das Felsstück hier am Abhang mich daran hinderte. Aber ich kam darüber hinweg und brauche keine fremde Hilfe dazu, wie andere Leute.«

»Und warum wolltest du denn zum Lichte,« sagte die Buche. »Doch eben, weil du wachsen und blühen wolltest.«

»Was denkst du denn, was du daran besonderes haben wirst?« wandte sich die Fichte fragend an Ebah.

»Ich weiß es ja nicht recht. Aber ich meine, dann beginnt ein andres Leben, dann hält mich die Stelle nicht mehr hier, dann flieg' ich hinaus in den Raum und suche andre Orte, von denen mir hier nur berichtet wird.«

»Du fliegst hinaus?« rief die Fichte. »Täusche dich nicht, Efeu. Du bleibst hier wurzeln, nur die Früchtchen, die du etwa hervorbringst, die können dann wandern.«

»Sollt' ich da nicht selbst mit darin sein? Wo ist denn der Teil von mir, worin nicht meine ganze Seele ist? Stehen wir nicht überall im selben Zusammenhang? In jedem Zellchen leb' ich weiter, das ich erzeugt habe.«

»Eben darum, liebe Ebah,« bemerkte die Buche freundlich, »bedürfen wir auch nicht so unbedingt der Blüten und Früchte. Eben darum können wir uns gedulden, weil wir die Dauerseele haben.«

»Nein, nein, Schattende. Es ist noch etwas anderes, das ich fühle, wenn ich's auch wohl noch nicht recht verstehe. Es muß eine andre Seele geben, die ich ganz für mich habe. Und die, so denke ich, die werde ich gewinnen, wenn die Samenknospe in mir wächst, wenn die Blüte aufbricht, wenn die Wespe kommt und die Beere reift.«

»Gewinnen magst du sie,« sagte die Buche nachdenklich, »aber ob du nicht um so mehr dadurch verlierst? Ob es nicht überhaupt besser für die Pflanzen wäre, das Blühen und Fruchtbringen einschränken, was uns alle mehr und mehr von einander trennt? Jetzt schon müssen wir mit den Insekten uns gut stellen, schließlich kommt's dazu, daß wir wie Tiere und Menschen alles darauf einrichten, daß Männchen und Weibchen sich anlocken und finden. Und das haben wir doch gar nicht nötig, wir können uns ohne diese überflüssige Bemühung reichlich genug vermehren.«

»Da hast du einmal recht, alte Buche,« rief die Fichte herüber. »Die Blüte ist ein Luxus, und weiter nichts. Immer mehr und mehr hat man sie übertrieben, diese aristokratische Feintuerei!«

Unten am Boden regte sich's und wisperte zwischen den Pflänzchen im Moose. Der Waldmeister fing an zu reden, und der Sauerklee stimmte ihm bei.

»Was wollt ihr denn eigentlich, ihr Kleinen?« fragte die Buche gutmütig.

»Um Verzeihung,« sprach der Waldmeister, »aber ich höre, daß der Efeu noch nicht geblüht hat. Da scheint es mir doch nicht schicklich, in Gegenwart und unter Teilnahme solcher Kinder über derartige Themata wie Blühen und Fruchttragen zu sprechen.«

»Und überhaupt,« rief der Sauerklee, »es ist schon spät. Ich lege eben meine Blätter zusammen und möchte nicht gern im Schlafe gestört werden.«

»Schlaft nur, ihr Kleinen,« sagte Ebah belustigt. »Was fällt euch denn ein? Kaum zwei Monde seid ihr alt, und ihr werdet hier mich schulmeistern wollen, der ich schon Dutzende von euern Generationen habe aus der Erde kriechen und wieder verdorren sehen?«

»Aber du hast noch nicht geblüht!« rief der Waldmeister.

»Du hast noch nicht geblüht!« schalt der Sauerklee.

»Er hat noch nicht geblüht, und ich habe schon Früchte angesetzt,« höhnte ein Leberblümchen in der Nähe.

»Seid still, ihr Kleinen, und schlaft, wenn ihr könnt,« sagte die Buche. »Allerdings hat Ebah noch nicht geblüht, denn sie braucht eine andere Vorbereitung dazu als ihr Kurzlebigen. Aber ich will euch Großen etwas sagen, ihr Dauernden im Walde! Es scheint, daß die Zeit für Ebah gekommen ist, mitzusprechen unter uns älteren; denn ihre obersten Blätter spitzen sich zu, und der Lichttrieb bildet sich heraus. Da schlage ich vor, daß mein Schützling von nun ab berechtigt sein soll, teilzunehmen, wenn wir über das Geheimnis des Waldes reden. Und die Bäume hier am Riesengrab bitte ich um ihre Zustimmung.«

Da war kein Baum ringsum, der nicht bereitwillig sich gefügt hätte, und auch die Sträucher und Stauden und viele andere Pflanzen, die gar nicht gefragt waren, hielten es für richtig, der Buche und dem Efeu ihre Reverenz zu machen.

Es ging eine Bewegung durch den Wald über den ganzen Berg und über die Wiesen, daß man denken mochte, der Wind rausche dahin und beuge gewaltsam Wipfel und Halme. Es waren aber die Pflanzen selbst, die durch die Erde miteinander und zur Luft sprachen; da wirkte der Wind zusammen mit dem Willen der Pflanzen nach Bewegung. Da wallte der Wald, da rauschte das Laub, da atmete die Erde – – Natur. die unendliche, segnete eines ihrer Kinder.

Das weise Moos

Ebah drängte sich enger an die Buche und sagte dankbar:

»O Schattende, du gute, große! Nun fühl' ich tief das Glück, dir so nahe sein zu dürfen, der Mächtigen des Waldes, der Hüterin am Riesengrab.«

»Und ich freue mich, daß du nun immermehr vernehmen und verstehen wirst, was an Pflanzenleid und Pflanzenhoffnung lebt und zittert im Reiche Urd und was wir erflehen vom Schicksal des Planeten.«

Die Buche schwieg.

Nun regte sich's unten am Boden, hier und da, nicht ein einzelnes Pflänzchen, ein allgemeines Gemurmel war's von zahllosen Blättchen und Fäserchen der Wurzeln, von Stengelchen und Becherchen, und doch eine deutliche Stimme, gemeinsam dem dicken, weichen Teppich, der Fels und Erdreich und Baumwurzeln umzog. Durch den Wald ringsum vernehmbar sprachen die Moose.

»Es ist recht, ihr Kinder da oben, und du, Schattende, die du weiser bist als die andern, es ist recht, daß ihr Ebah aufgenommen habt in die Rede des Waldes.«

»›Ihr Kinder‹ nennt uns das Moos?« fragte Ebah heimlich die Buche.

»Das tut es immer. Der Wald ist sein großes Kind, so sagt es. Und es ist ja wahr, das Moos war vor uns da. Wenn es jetzt auch unseres Schattens bedarf, so konnten doch wir alle nur dadurch den festen Boden gewinnen und als Blütenpflanzen emporwachsen, weil uns das Moos die Erdkrume bereitet hat; von Meer und Sumpf zu Berg und Fels. Darum ehren wir's.«

»Das habe ich wohl gemerkt, nur konnte ich's bisher nie richtig verstehen, wenn es zu dir sprach.«

»Weil es dich eben noch nicht für mündig erachtete und daher nicht verstanden sein wollte. Das Moos ist etwas altväterisch, aber es ist sehr weise.«

»Doch warum ist es so klein geblieben?«

»Ach, Ebah, was ist klein? Was in uns wirkt und mächtig wird, das ist ja doch lebendig im allerkleinsten, in der Keimzelle, die das Gesetz des Wachstums birgt. Und das Moos ward klein, weil wir groß wurden. Aber höre, es spricht.«

»Das Tiefste bin ich im Wald,« sagte das Moos langsam, »das Niedrigste, aber das Älteste, das, was am engsten verschlungen ist und verwachsen der Mutter Erde. Wie ich ihre Stoffe umwandle in meinem zierlichen grünen Zellenleibe, so fließen von ihr zu mir ihre weiten großen Gefühle, und ich spinne sie für mich zu seinen, lockeren Seelenfädchen. Ihr mögt sie dann zu euern großen Gefäßbündeln und Stämmen verarbeiten und umwandeln in grobe Gedanken und törichte Wünsche, wie jeder kann und will. Ich aber sage euch, was ich mag.«

»Wir hören gern auf dich, weises Moos,« sagte die Buche.

»Ihr spracht vorhin mit der Fichte, Richtiges und Falsches.«

»Vorhin? Vorhin?« fragte die Buche leise den Efeu. »Was mag es damit meinen? Das Moos ist ein bischen langsam.«

»Wir sprachen vom Blühen; ich sehnte mich danach und die Fichte nannte es Luxus,« sagte Ebah.

»Sie macht ihn aber mit.«

»Durchaus nicht jedes Jahr und niemals vor dem fünfzigsten,« rief die Fichte unwillig hinüber.

»Pst!« erwiderte die Buche. »Was sagten wir Richtiges, weises Moos?«

»Von der Blüte. Sie ist ein Fehler, aber da er einmal gemacht worden ist, so ist sie nun kein Luxus, sondern ein notwendiges Übel. Das ist eine schwierige Frage, eine lange Geschichte. Ja, in der guten alten Zeit, als es nur Kryptogamen gab, da hielten wir noch alle zusammen mit der Mutter Erde. Aber jetzt spaltet sich mehr und mehr ab, und eine Blüte möchte sich benehmen wie ein Schmetterling.«

»Verzeihe, weises Moos,« sagte die Buche, »aber du hast uns doch gelehrt, daß der erste Fehler der Spaltung schon von den Kryptogamen gemacht worden ist.«

»Ja, das ist richtig, leider. Das war wohl ein Irrtum der Mutter Erde selbst, den sie oft bereut hat, damals die Spaltung von Tier und Pflanze. Das hätte nicht sein sollen, das ist das Tragische in der ganzen Erdentwicklung. Ich rede nicht gern davon, denn niemand weiß, wie da zu helfen ist.«

»Aber erzähle doch noch einmal, wie es geschah. Ebah hat das noch nicht gehört.«

»Wir auch nicht, wir auch nicht,« klang es auf allen Seiten von den jüngeren Gewächsen her.

»Im Anfang, als unsere Mutter Erde noch jung war,« so begann das Moos bedächtig, »da waren alle lebendigen Wesen auf ihr nur solche kleine einzelne Pflanzenzellen, wie sie auch jetzt noch zahllos in Luft und Wasser umherirren; jede wirtschaftete für sich und vermehrte sich immer nur durch Spaltung in zwei Zellen. Die edlen und feinen Säfte aber, aus denen sie sich aufbauten, die mußten sie mühsam sich selbst herstellen; denn Mutter Erde bot ihnen ihre Stoffe noch nicht fertig für sie bereitet. Sie hatte ihnen aber die Kunst mitgegeben, wenn der Lichtstrahl auf sie schien, in sich die Stoffe zu fügen zu den leuchtenden Kernen des Blattgrüns. Da hatten sie ein machtvolles Werkzeug, die Luft zu spalten und ihre Zellen immer neu und kräftig herzustellen. Das war eine Mühe, das wißt ihr; denn so machen wir's alle noch heute. Na, ihr braucht nicht zu murren da drinnen, ihr Schmarotzer; euch päppeln wir eben auf, weil wir euch anderweitig zu Dienern brauchen. Aber der große Abfall, die Raubstaatengründung, das war das Unheil.

Es kamen nämlich einmal schlimme Zeiten, da fehlte es an Licht, und vielen Lebendigen war es schwer, sich ihren Leib selber zu bereiten. Da verfielen einige darauf, die fertigen Nährstoffe den andern fortzunehmen, sie überfielen ihre Mitzellen und sogen sie in sich auf. So hatten sie's freilich bequemer und konnten leicht stärker werden als die andern.«

»Aber warum hat man das geduldet?« fragte Ebah empört. »Das ist doch ungerecht. Man mußte sich nicht fressen lassen.«

»Sie waren eben die Stärkeren,« beruhigte sie die Buche.

»Man konnte sich doch vereinigen –«

»Pst!«

»Ja,« sagte das Moos, »bei dieser Gelegenheit wurde es auch üblich, daß sich die einzelnen Zellen immer mehr und mehr zu ganzen Verbänden zusammenschlossen und die Arbeit unter sich teilten. Da streckten wir Wurzeln aus in den Boden und Blättchen in die Luft, aber die Gegner machten es auch so, die bildeten einen Sack mit einer Öffnung, da zogen sie nun die lebendigen fertigen Wesen hinein. Das nannten sie essen. Ihr müßt bedenken, daß wir damals fast alle im Wasser lebten. Und so wurden die immer kräftiger, die sich bloß von den andern Geschöpfen nährten und gar nicht mehr von der Erde selbst ihre Nahrung nahmen. Allmählich hatten sie überhaupt verlernt, wie man die Rohstoffe in Lebenssaft verwandeln kann, und so ist es gekommen, daß nur wir Pflanzen unmittelbar von der Erde zehren. Die andern aber, die Stopfsäcke, die Lebensräuber, wurden das, was wir Tiere nennen, und sie können auch nur existieren, wenn sie Pflanzen finden, die ihnen die Nahrung schon zur Lebensgestalt bereitet haben. Und das ist die Ursache, weshalb sie den engern Zusammenhang mit der Erde verloren haben. Die Pflanzen setzten sich fest, denn sie brauchten den Boden für ihre Wurzeln, und Luft und Wasser kamen zu ihnen. Da verbreiteten wir uns in mächtigen Vereinen über die Erde in Wald und Wiese, in Steppe, Moor und Wasser. Langsam und bedächtig ist unser Tun, aber sicher und dauernd lebt unsre Seele in der großen Mutter, die uns umfaßt.

Die Tiere aber mußten sich die Nahrung suchen, wo sie wuchs oder umherlief (denn sie fressen sich ja auch untereinander), und so mußten sie sich bewegen über den Boden oder durch das Wasser oder die Luft. Da wurden sie ein umherirrendes Geschlecht, eilig und unstet, flüchtig und gewaltsam. Und so verloren sie ihre Dauerseele. Freilich, in den einzelnen Tieren und in den Menschen, die ja die klügsten Tiere sind, da wohnt ein Rest der großen Erdseele, der aber ist seinen eigenen Weg gegangen; geschieden und abgegrenzt von der ewigen Mutter lebt die vergängliche Einzelseele. Wie sie die Nahrung suchen mußten, schweifende Geschöpfe, so müssen sie auch ewig suchen nach dem Zusammenhange des Erdbewußtseins, und in ihrem trümmerhaften Geiste bleibt für sie alles ein dunkles, fremdes Geheimnis

Das eben ist das große Unglück des Planeten, dem ich das erste Kleid gewoben habe um die starren Glieder. Zerrissen ist das Seelenband zwischen seinen Organen. Wir verstehen nicht mehr die Hastenden, und sie verstehen uns nicht. Wir wissen nur von den Menschen, daß sie sich abschieden vom Reiche Urd und es für schlummernd halten und seelenlos. Sie selber aber sind die Geschiedenen.«

»Arme Harda,« seufzte Ebah im Stillen.

Die Pflanzen schwiegen und sannen nach über die Rede des Mooses. Da begann die Fichte:

»Wie aber hängt das alles zusammen mit dem Blühen, wovon das weise Moos doch zuerst gesprochen hat? Warum soll das Blühen kein Luxus sein, sondern ein notwendiges Übel?«

»Richtig, richtig!« sagte das Moos. »Das ist nämlich eine neue Spaltung, die innerhalb der Pflanzenwelt eingetreten ist, freilich nicht eine Spaltung in feindliche Lager, sondern nur in der Ansicht darüber, wie wir Pflanzen es am besten weiterbringen, nachdem einmal die Tiere ihren eigenen Weg gegangen sind. Das ist aber eine sehr schwierige Frage, die auch mit der ersten Spaltung zusammenhängt. Und ich stehe da auf meinem festen Standpunkt, den ihr Bäume und alle ihr Offenblütigen für altmodisch haltet.«

»Altmodisch bin ich nun nicht, und Blüten trage ich auch,« sagte die Fichte. »Aber ich hätte gar nichts dagegen, wenn das Blühen wieder abgeschafft würde.«

»Das ist ja Unsinn,« klang es unten vom Hügel her, wo sich eine Roßkastanie vom Park aus hinverirrt hatte. »Das haben wir alles so fein ausgearbeitet mit dem Blühen, und das ist das Schönste und Vornehmste an uns. Das ist die ästhetische Kultur, wie die Menschen sagen, das ist Verfeinerung, das verbindet uns Tier und Mensch. Wenn man das abschaffte, würde man immer mehr in die Masse versinken. Aber es geht auch gar nicht.«

»Es ginge schon,« brummte der Nachtschatten, »wenn man's anfinge wie meine Verwandten auf dem Felde draußen, die Kartoffeln. Dann bildet ihr Blüten und Früchte zurück und legt alle eure Kraft auf die Knollen. Ja wohl! Wenn ihr lieber ein Kartoffelfeld habt als eine Wiese, lieber eine Fichtenpflanzung als einen gemischten Laubwald, da agitiert nur gegen die Blütenverfeinerung und werdet die richtigen Proletarier.«

»Das will ja eben die Fichte,« rief die Roßkastanie. »Mit der Masse will sie die Herrschaft im Walde gewinnen.«

»Schweigt,« rief die Buche. »Das Moos will uns noch etwas sagen.«

»Zankt euch nicht, Kinder!« hob das Moos wieder an. »Es kommt jetzt gar nicht darauf an, was man möchte, sondern wie es geworden ist. Unsre einzelligen Vorfahren haben sich immer so vermehrt, daß eine Zelle, wenn sie zu groß geworden war, sich teilte und die Kinder getrennt fortwuchsen. Aber die Nachkommen wurden da gar zu gleichartig, eintönig, schablonenhaft, es gab keinen Fortschritt. Da haben sich denn zwei verschiedene Zellen, eine große und eine kleine, vereinigt und verschmolzen, und wenn die sich dann wieder teilten, so waren die neuen Zellen auch wirklich neue Wesen, die von beiden Eltern etwas an Eigenschaften mitgebracht hatten. Als nun aber sich die Zellgenossenschaften der größeren Pflanzen und Tiere gebildet hatten, da wuchsen diese massigen Körper jeder für sich heran, indem immer Zelle auf Zelle sich teilte; nur unter besondern Umständen, von Zeit zu Zeit, konnten zwei Geschöpfe gleicher Art Zellen zur Verschmelzung aussenden, wie ihr's in euern Blüten tut. Das ist ja nun ganz gut, nur darf man den Zusammenhang mit der Mutter Erde nicht verlieren. Und deswegen halten wir Kryptogamen daran fest, daß wir immer zwei Generationen wechseln lassen. Die eine wurzelt in der Erde und vermehrt sich nur durch die Spaltung der Zellen, erzeugt aber dabei besondere Organe, unsre Sporen. Diese entsenden Zellen, die erst weiter wachsen, wenn sich zwei verschiedene, männliche und weibliche, verschmolzen haben. Das ist die zweite Generation, die sich vervollkommnen kann, weil jeder Nachkomme an den Eigenschaften beider Eltern teilnimmt. Ihre Kinder aber kehren nun erst wieder zur Erde zurück und wachsen aus ihr hervor. So bleiben wir immer im Zusammenhang mit der großen Mutter bei unsrer Vermehrung durch Sprossung und verfeinern und stärken uns doch durch die Vermählung.«

»Aber, weises Moos,« sagte die Buche, »das machen wir ja gerade so, nur haben wir diese zweite Generation abgekürzt auf die Entwicklung in der Blüte.«

»Drum meine ich eben, daß die Blüte ein notwendiges Übel ist, die Vermählung dürfen wir nicht entbehren. Den Fehler sehe ich nur darin, wie ihr die Sache eingerichtet habt. Die meisten von euch haben sich schon ganz von den Tieren abhängig gemacht, und wie ihr sie anlockt durch Honig oder Duft oder glänzendes Äußere, das wird euch schließlich das Wichtigste im Leben. Das scheint mir nicht der richtige Pflanzenstolz auf unsre Erdwurzelung.«

»Wir werden darum unsern Zusammenhang mit der Dauerseele nicht aufgeben,« meinte die Buche. »Aber das scheint mir doch ein großer Fortschritt, daß wir uns Wind und Wasser und vor allem die Tiere und den Menschen dienstbar machen, unsern Blütenstaub von Ort zu Ort zu schaffen und unser Gedeihen zu fördern.«

»Und es ist doch nichts Rechtes mit den Blüten,« schalt die Fichte. »Nichtstuer sind sie, denen ihr alles Beste an Nahrung abgeben müßt, und vor dem Regen ducken sie und fürchten sich, 's ist lächerlich.«

»Ich aber,« rief die Roßkastanie wieder herüber, »ich finde es lächerlich, sich mit so schuppig-schäbigen Blüten zu begnügen. Wir tun sehr Unrecht, die Gesellschaft der Hastenden nicht lebhafter zu suchen. In der Ausbildung der Blüte sehe ich einen Weg, ganz besonders dem Menschen uns zu nähern. Ich kenne diese Obertiere besser als ihr hier im Walde, denn meine Mutter steht drüben nahe an der Haustür. Sie müssen für die große Mutter Erde doch einen Nutzen haben, den wir nicht verstehen.«

»Ach was,« sagte die Fichte. »Eben um unsertwillen sind sie da. Wozu sollte die Erde sie sonst brauchen, da sie doch in uns ihre Organe hat.«

»Sie werden aber die Dinge von mehr Seiten betrachten können als wir feststehenden,« bemerkte die Buche.

»Gewiß,« rief die Kastanie. »Ihr solltet nur sehen, wie sie bald von dieser, bald von jener Seite kommen und was für wunderbare Dinge sie zu machen verstehen.«

»Aus uns!« höhnte die Fichte.

»Ja, aber dafür pflegen sie uns auch. Und sie kennen und unterscheiden uns viel besser als wir sie. Ihr Fichten solltet ihnen besonders dankbar sein!«

»Egoismus! Sie nützen uns aus.«

Ebah hatte eifrig der Unterhaltung gelauscht. Jetzt, da von den Menschen die Rede war, richteten sich alle ihre Gedanken auf Harda, und sie sagte schüchtern:

»Es gibt doch auch sehr gute Menschen, die uns gern helfen. Sollten wir nicht auch denen zu helfen suchen? Das weise Moos beklagt, daß die Hastenden und die Wurzelnden getrennt sind im großen Erdenleben, daß sie sich nicht mehr verstehen. Könnten wir nun nicht alle danach streben, daß wir uns wieder verstehen lernen? Daß die Menschen wieder teilnehmen an der Dauerseele, und daß auch wir nach dem trachten, was das Moos die Einzelseele nannte? Dann müßten wir uns doch recht bemühen um das Blühen, weil wir dabei für uns selbst etwas werden und fühlen. Vielleicht ist da ein Weg, wie Menschen und Planetenseele wieder sich vereinen können?«

»Was hast du für Gedanken,« flüsterte die Buche zu Ebah. »Ich habe dir doch gesagt, daß wir uns durch das Blühen mehr und mehr von einander trennen.«

»Ich meine eben, daß das nötig ist, damit uns die Menschen verstehen. Unsre gemeinsame Dauerseele ist ihnen zu fremd und groß; aber wenn wir ihnen ähnlicher werden in unserm Wesen als einzelne, wenn ein Mensch und eine Pflanze eine gemeinsame Sprache finden könnten, dann würden vielleicht vom einzelnen aus die Menschen wieder zum Ganzen der Erde zurückgeführt werden können. Vielleicht suchen die Menschen von oben her auch einen solchen Weg, die Pflanzenwelt zu verstehen, und wir könnten ihnen von unten her begegnen.«

»Phantastin!« brummte das Moos.

»Quäle dich doch nicht damit, Ebah,« beruhigte die Buche. »Du wirst erst später hören, wie wir es uns denken, daß die Pflanzen wieder die Herrschaft der Erde gewinnen, die der Mensch jetzt erstrebt. Vielleicht ist auch etwas Richtiges in deinen Gedanken. Aber nimm dir Zeit!«

»Ach, Schattende, ich möchte so gern, daß die Menschen nicht so schnell hinschwinden, sondern teilnehmen an unsrer Dauerseele. Was wird mit den Menschen, wenn sie sterben?«

»Weg sind sie!« rief die Fichte grob. »Dann wissen sie nichts mehr, dann fühlen sie nichts mehr, dann sind sie tot. Tot wie der Stein, der hinabrollt, oder das Harz, das eingetrocknet ist.«

»Woher weißt du das, daß sie tot sind?« ließ sich das Moos wieder hören. »Braucht sie die Erde nicht zu immer neuen Gestalten? Freilich sinken sie zurück in den Boden der Erdmutter. Da stürzen sich unsre kleinsten Genossen darauf, die Spaltpilze, und zerlegen die künstlich aufgebauten Stoffe ihres Leibes wieder in einfachere. Das gilt von den Menschen wie von den Tieren allen. Würmer und andre Geschöpfe wühlen sie durch den Boden, die Fadenpilze verknüpfen die Stoffe zu neuen Verbindungen, und nun erst ist für die grünen Pflanzen wieder der Grund geschaffen, darin und darauf sie wachsen können. Weißt du noch nicht, daß die grüne Pflanze der niedern Pflanze bedarf, und diese wieder – das ist nun durch die Abtrennung der Tiere leider so gekommen – diese vermag nur zu leben auf dem Boden, der durch den lebendigen Leib des Tieres gegangen ist. Das Tier aber und der Mensch müssen wieder die Pflanze haben. Der ewige Kreislauf ist da, der ist nicht zerrissen auf der Erde. Aber davon wissen die nichts, die nicht zur wurzelnden Pflanze gehören. Sie dienen wohl der großen Mutter, aber nur als ihre Werkzeuge. Die Menschen fühlen, sie wissen vielleicht im Augenblick, was mit ihnen geschieht, aber nicht, wozu es geschieht. Und wenn es geschehen ist, wissen sie nichts vom Zusammenhang mit den andern. Sie haben eben keine Dauerseele. – Nun hab' ich's dir gesagt, neue Waldgenossin, nun merke dir's und schlafe wohl. Ich will jetzt ruhen.«

Das Moos schwieg.

»Arme Harda!« seufzte Ebah zur Buche gewandt. »Wie unglücklich muß sie sein! Aber weißt du – ich kann's doch nicht glauben, daß die Menschen so verloren sein sollten. Sie machen sich doch Mitteilungen unter einander, das merken wir ja. Sie können sich gegenseitig verständigen, sie handeln gemeinsam, es gehen tausend Wirkungen hin und her zwischen ihnen und uns. Warum sollte es nicht einmal möglich sein, zu Harda zu sprechen?«

»Meine gute Ebah! Die Menschen sprechen untereinander, das ist keine Frage, aber wer soll unsre Sprache in die ihrige übersetzen? Sorge dich nicht, es ist gut, daß du Harda nicht sagen kannst, was ihr fehlt, denn sie weiß es jedenfalls nicht und wird ihre Dauerseele nicht vermissen.«

Ebah schwieg betrübt, dann sagte sie entschieden: »Und ich bleibe doch dabei!«

»Was willst du?«

»Blühen will ich! Alles will ich, was zur Einzelseele hinführt. Dann komme ich vielleicht Harda näher, dann kann ich sie vielleicht retten und ihr von meiner Dauerseele geben, daß sie mit uns zusammenlebt im heiligen Reiche Urd.«

»Ruhe jetzt, Ebah, schlafe. Der Wald ist still.«

Die Hastenden

»Ja, sehen Sie nu, Fräulein, da konnt' ich doch nicht dafür, weil ich halt drüben am Friedhof in den Graben gefallen bin, und ich mußte doch oben an dem Park lang gehen, da konnt' ich die Uhr halt nicht stechen –«

»Aber, Gelimer,« sagte Harda zu dem alten Nachtwächter der Villa, der den königlichen Namen Gelimer führte, »das ist nun schon das dritte Mal in den acht Tagen, seit der Vater verreist ist, daß Sie die Kontrolluhr nicht gestochen haben –«

»Ich mußte mir doch mein Bein verbinden, sehen Sie, Fräulein, hier unten, da ist die ganze Hose zerrissen, weil ich doch in den Graben gefallen bin –«

»Und warum sind Sie in den Graben gefallen? Das wissen Sie ganz genau! Weil Sie wieder betrunken waren –«

»Wegen dem Bissel Schnaps, Fräulein Kern, das werden Sie doch nicht erst dem Herrn Direktor melden. Denn, sehen Sie, Fräulein, der Herr Direktor hat doch gesagt –«

»Wenn Sie wieder den Dienst versäumen, daß Sie nicht länger Wächter sein können –«

»Ja, das hat er schon vielemal gesagt – aber wegen dem Bissel Schnaps – ich will Ihnen mal erzählen, Fräulein –«

»Nein, nein, ich weiß schon, ich habe gar keine Zeit! Aber das muß ich Ihnen sagen, Gelimer, wenn Sie wieder nicht zur rechten Zeit stechen, kann ich kein gutes Wort für Sie einlegen. Adieu!«

Ohne weiter auf den Alten zu hören, der sie vor der Haustür abgepaßt hatte, sprang Harda die Treppe hinauf in ihr Zimmer.

Sie kam von der jungen Frau des Chemikers, Doktor Emmeyer, der das Häuschen am Eingang zu den Hellbornwerken bewohnte. Ihr Kindchen war Hardas Patchen. Die Mutter mußte das Bett hüten und auf das junge Dienstmädchen war wenig Verlaß. Da lief Harda alle Vormittage hinüber, sah nach dem Rechten und badete das Kleine, nachdem sie die eigne umfangreiche Wirtschaft kontrolliert hatte. Nun endlich hoffte sie eine Stunde für sich zu haben. Denn seit der Abreise des Vaters war sie noch weniger zur Ruhe gekommen als sonst.

Kern war nicht, wie er sich vorgenommen hatte, in der zweiten Nacht nach seiner Abreise zurückgekehrt. Er hatte von Berlin aus durchs Telephon gemeldet, daß er noch einige Tage bleiben müsse. Das war Freitag. Am Sonntag kamen von Hamburg ausführliche Instruktionen an die Werke und die Nachricht, daß er noch in Hamburg und dann in Hildenführ zu tun habe; er hoffe aber bestimmt, am Mittwoch wieder in Wiesberg einzutreffen. Das war heute. Inzwischen gab es fortwährend Besuche, gesellschaftliche Verpflichtungen, Fürsorgen in den gemeinnützigen Einrichtungen der Fabrik. Am meisten aber machte ihr Tante Minna zu schaffen, die um so nervöser wurde, je länger Kern ausblieb. Da hatte Harda stets zu beruhigen und den Vater zu verteidigen. Wenn sie darauf rechnete, sich einmal zu ihren Büchern zu setzen oder Briefe zu schreiben, da ließ sie gewiß die Tante herunterbitten, die in ihrer unglücklichen Stimmung das Bedürfnis fühlte, sich von ihr trösten zu lassen.

Harda trat vor ihren Schreibtisch. Durch das große Fenster zu ihrer Linken überblickte sie dann einen Teil des Weges, der vom Gartentor nach der Villa führte, und darüber hinaus ein anmutiges Stück der Landschaft. An der Seitenwand zur Rechten stand ein Diwan und in der Ecke zwischen diesem und dem Schreibtisch ein Korbgestell, das dicht mit dunkelgrünem Efeu überzogen war. Das war Kitto, der Ableger von Ebah unter der Buche am Riesengrab. Vor diesem Hintergrund, noch mit anderen Pflanzen umgeben, hob sich wirkungsvoll die Porträtbüste von Geo Solves ab. Unter dem Schutze des Efeus hatte Harda auch einen Ableger des Sterntaus aufgezogen, der einige der schönen blauen Blümchen, oder, wie sie jetzt sagte, einige Sporenträger entwickelt hatte.

Die seltsame neue Pflanze besaß für Harda außer dem ästhetischen Gefallen, das sie daran hatte, das persönliche Interesse des eigensten Besitzes. Es war etwas, wovon niemand in der Welt etwas wußte und was ihr ganz allein gehörte, wie ihre geheimsten und liebsten Gedanken, und damit hatte sie auch den Sternentau verknüpft. Und nun war ihr das Geheimnis gestört worden! Aber der lange Doktor war ein artiger und bescheidner Mann. Sie hatte den Eindruck, daß sie ihm vertrauen könne. Und so fühlte sie sich eigentlich nicht gestört in ihrem Besitze, sondern die Pflanze hatte ein neues Interesse für sie gewonnen durch die Aufklärung, die ihr Eynitz über die Eigentümlichkeiten des Sternentaus gegeben hatte. Was sie an botanischen Lehrbüchern und Nachschlagwerken besaß, hatte sie schon hervorgesucht, es war freilich nicht viel und konnte ihr nur geringe Anleitung zum Studium der Pflanze geben. Sie hatte, wenn auch mit schwerem Herzen, eines der Blümchen geopfert, um es zu zerschneiden und mit der Lupe, die sie noch vom naturwissenschaftlichen Unterricht im Realgymnasium her besaß, die Struktur des Sporangiums zu studieren. Aber sie konnte nichts damit erreichen. Und sie hatte ja auch keine Ruhe – auch nicht zum Lesen – heute früh war sie wieder mitten in dem schwierigen Kapitel über den Generationswechsel der Moose unterbrochen worden.

Sie nahm das Buch in die Hand, als ihr einfiel, noch einmal nach ihren Pflanzen zu sehen. Denn sie hatte bemerkt, daß die Blümchen des Sternentaus sich in den letzten Tagen zu verändern anfingen, indem sie sich weiter öffneten und die weißen Fäden sich stärker entwickelten. Besonders das eine hatte gestern am Tage den Eindruck gemacht, als ob die Fäden sich geradezu wie ein Büschel herausdrängten. Als sie die Blätter des Efeus auseinanderbog, fand sie zu ihrem Schrecken statt ihrer fünf Sporenbecher nur noch vier vor. Das Blümchen mit der vorgeschrittenen Entwicklung hing mit vertrockneter Hülle herab. Von den silberglänzenden Fäden aber war jede Spur verschwunden. Vergeblich suchte Harda unter dem Efeu nach dem fehlenden Inhalt der Kapsel. Sie sagte sich, das alles müßte sich wohl in unsichtbar kleine Sporen aufgelöst haben. Aber vielleicht würden doch noch Reste davon in der Hülle oder an den Blättern in der Nähe zu entdecken sein. Wenn sie nur ein Mikroskop hätte!

Mußte sie nicht Eynitz benachrichtigen? Aber wie? Er war weder an dem Abend gekommen, wozu sie ihn eingeladen hatte, noch hatte er sich sonst sehen lassen. Ihm telephonieren oder schreiben? Das wollte ihr nicht gefallen. Sie mußte schon warten, bis er sich selbst meldete, dann würde sie ihm ihre Beobachtungen mitteilen. Vielleicht war es auch gar nicht so wichtig.

Aber hübsch wäre es doch, wenn sie selbst etwas finden könnte. Und – – warum war ihr das noch nicht eingefallen – drüben im Laboratorium hatten sie ja mehrere gute Mikroskope, da konnte sie sich eines entleihen. Freilich, der Vater hatte es nicht gern, wenn sie sich dort etwas holte, aber der war ja nicht da, die Herren würden es ihr nicht abschlagen, und bis zum Abend – eher kam der Vater keinesfalls – da hatte sie das Instrument wieder hinübergeschickt. Mit den feinen Methoden, mit Präparieren, Färben und so weiter bei starken Vergrößerungen, damit wußte sie nicht Bescheid, darauf konnte und wollte sie sich ja auch nicht einlassen. Aber einen einfachen Schnitt machen, unter das Deckgläschen bringen und einstellen, das hatte sie gelernt – vielleicht reichte das aus – jedenfalls wollte sie es probieren.

Also schnell den Sonnenschirm genommen und hinüber! Schon war sie aus dem Hause.

»Nein, nein, Diana! Du bleibst hier!« Der große Hund ging gekränkt nach seinem Platze zurück.

»Fräulein, Fräulein!« rief eine rundliche Frau aus der Waschküche. »Sind denn das hier die Sachen, die noch zurückbleiben sollen?«

Harda lief hin und sah in den Korb. »Ja, ja! Ich komme übrigens gleich wieder.«

Das Laboratorium lag in dem älteren Teile der Fabrik. Sie mußte an den Kreissägen vorüber, die in voller Arbeit heulten. Es war ein höllischer Lärm, aber sie konnte nicht vorbei, ohne einen Augenblick zuzusehen. Wenn das Kreischen nicht gewesen wäre, wie ein kurzer Schmerzensschrei der sterbenden Baumstämme, man hätte geglaubt, nur ein Spiel vor sich zu sehen. Denn die Rundhölzer glitten durch die Sägen ebenso schnell hindurch wie vorher durch die bloße Luft und fielen in Stücke geschnitten herab in die Transportwagen. Die blanken Sägeblätter aber rotierten so rasch, daß sie still zu stehen schienen. Es war wie ein Zauber.

Oben über dem Wagen stand ein Werkmeister. Er grüßte Harda und rief ihr etwas zu. Gerade heulten die Sägen auf, sie konnte kein Wort verstehen, aber ihr Blick folgte der Armbewegung des Mannes. Sie sah gleich, was er meinte. Drüben aus dem Schornstein des neuen Maschinenhauses kam Rauch.

»Die neue Maschine?« schrie Harda.

»Ja wohl, Fräulein. Es wird wohl gleich losgehn«, schrie der Werkmeister.

Richtig! Fast hatte sie das vergessen! Der Vater hatte ja angeordnet, daß man nicht auf ihn warten sollte. Die neue zwölfhundertpferdige Dampfmaschine war montiert, heute sollte sie probeweise in Betrieb gesetzt werden. Da mußte sie dabei sein.

Harda bog von der bisherigen Richtung ab und wandte sich nach dem neuen Teil der Werke. Hier wurde noch viel gebaut, die Straßen waren zerfahren, trotz des schönen Sommertages waren die schmutzigen Spuren des gestrigen Gewitterregens noch sehr merklich. Vorsichtig wand sich Harda zwischen Fuhrwerken und Sandhaufen, karrenden Arbeitern und Kalkgruben hindurch. Jetzt nur noch über einen aufgeweichten Platz, dann war sie am neuen Maschinenhaus.

Plötzlich schrak sie zurück. Ein lauter Knall, darauf ein heftiges Zischen, Pfeifen, Geschrei von Menschen. Einen Augenblick stutzte alles, in der Erwartung, was noch geschehen würde. Dann stürzten die in der Nähe Befindlichen herbei und drängten nach der Tür. Aber von innen trat ihnen ein Vorarbeiter entgegen und rief: »Niemand nötig! Niemand herein!«

Harda hatte ihre Kleider rücksichtslos zusammengenommen und war durch den Schmutz des Platzes gesprungen.

»Ein Unglück passiert?« rief sie atemlos.

»Nicht schlimm. Ein Rohr geplatzt.«

»Jemand verletzt?«

»Der Blomann wird wohl was verbrüht sein. Der dumme Kerl ist ganz allein schuld, er muß doch wissen, welchen Hahn er nicht zudrehen darf. Es ist schon nach dem Krankenwagen telefoniert, Fräulein.«

»Lassen Sie mich hinein. Verbandzeug ist doch drin?«

»Selbstverständlich. Sie sind schon beim Verbinden.«

Harda trat ein. Man brachte eben den Verwundeten in bessere Lage. Der eine Arm war verbrüht, die Stirn blutete.

Harda wusch vorsichtig das Blut von der Stirn. Der Mann öffnete die Augen und stöhnte. Dann sagte er:

»Das mit der Stirn ist nichts, ich bin nur angerannt, als ich im Schreck zurücksprang. Aber der Arm tut höllisch weh.«

Harda legte einen Verband um die Stirn, während ein Werkführer den Ärmel vorsichtig aufschnitt. Da rief der Arbeiter von draußen herein: »Hier kommt zufällig der Herr Doktor. Soll ich ihn vielleicht holen?«

Er wartete keine Antwort ab, sondern lief hinaus.

Vorsichtig steckte Harda die Sicherheitsnadel in die Binde und richtete sich dann auf. Sie nickte allen freundlich zu, wünschte baldige Besserung und ging hinaus. Vor der Tür traf sie auf Eynitz. Da hatte sie ihn nun, aber jetzt war keine Zeit für Sternentau. Er zog den Hut. Einen Augenblick schien er in seinem eiligen Schritt zu zögern, aber er fragte nur:

»Ist es schlimm?«

»Ich hoffe, nicht lebensgefährlich.«

Da war er auch schon in dem Raume verschwunden.

Harda ging langsam am Maschinenhause entlang. Sie überlegte. Sollte sie nicht hier warten, bis Eynitz seine ärztlichen Anordnungen getroffen hatte? Dann war es doch natürlich, daß sie ihn befragte, und daran hätte sich dann das Übrige geknüpft. Sie drehte um und ging langsam zurück. Ehe sie noch die Tür wieder erreicht hatte, sah sie den Maschineningenieur heraustreten und ihr entgegenkommen. Er sah bestürzt aus.

»Wie steht es?« fragte sie.

Er zögerte mit der Antwort, er war offenbar ganz mit seinen Gedanken beschäftigt.

»Mit dem Blomann?« fragte sie weiter.

»Ach, der kann von Glück sagen, daß er so davon gekommen ist,« antwortete jetzt der Ingenieur. »Aber –«

»Aber?« rief Harda erschrocken, »die Maschine?«

»Der Blomann ist dran schuld, dreht den Hahn zu – Es war ein Wasserschlag. Alles konnte zum Teufel gehn. Das geplatzte Rohr hat nicht viel zu sagen, aber –«

»Nun was denn?«

»Ach, gnädiges Fräulein, ich glaube, die Kolbenstange ist verbogen.«

»O weh!«

»Ja, das kann lange dauern, ehe wir das wieder ersetzen können. Und wir brauchen die Maschine so nötig. Auch die zweite neue Maschine ist noch nicht da. Sie behaupten ja in Nikolai, daß sie fertig sei und verladen werde, aber wer weiß, ob das nicht eine Ausrede ist. Und nun ist Herr Direktor nicht hier, aus Hamburg ist er schon abgereist – wenn ihn ein Telegramm unterwegs treffen könnte, würde er selbst noch disponieren können, aber auch Herr Milke weiß keine weitere Adresse.«

Milke war der stellvertretende Direktor.

»Was wollen Sie telegraphieren?« fragte Harda.

»Den Tatbestand. Ich glaube, dann würde Herr Kern sofort selbst nach Oberschlesien fahren, und dann bekommen wir die Sachen gleich hierher. Ja, gnädiges Fräulein, sie wissen ja, so ist es immer gewesen. Wenn Ihr Herr Vater den Herren auf die Bude rückt, da ist auf einmal alles fix und fertig.«

Harda lächelte. Dann verfinsterte sich ihre Stirn, sie dachte nach.

»Es ist sehr wichtig?« fragte sie noch einmal.

»Das sehen Sie selbst. Wir können Wochen verlieren, und so reichen vielleicht wenige Tage aus.«

»Dann, bitte, setzen Sie mir das Telegramm auf. Ich habe noch eine Adresse, allerdings nur für Privatangelegenheiten. Aber ich will es in diesem Falle verantworten. Vielleicht erreicht ihn dort noch das Telegramm.«

Der Ingenieur verschwand im Hause, und kam nach wenigen Minuten mit einem Blatt Papier zurück, das er Harda überreichte.

»Ich werde die Depesche sofort selbst aufgeben,« sagte sie. Denn sie wollte die Adresse nicht mitteilen.

Als sich der Ingenieur unter Danksagungen entfernt hatte, blickte sich Harda wieder um. Von dem Doktor war nichts zu sehen. Länger durfte sie nicht warten. Sie eilte nach dem Bureau, dort übermittelte sie die Depesche telephonisch nach dem Telegraphenamt.

Jetzt gedachte sie, sich noch einmal nach dem Befinden des Verwundeten zu erkundigen, aber sie war nicht weit gekommen, als ein Schreiber sie einholte, der ihr eiligst nachgeschickt worden war. Eben hätte Fräulein Blattner aus der Villa herübergesprochen und gefragt, ob Fräulein Kern vielleicht in der Fabrik sei. Sie möchte so freundlich sein und sogleich nach Hause kommen, es hätten sich Gäste angemeldet.

Harda seufzte. Aber was wollte sie tun? Sie konnte die Tante nicht im Stich lassen. Also nach Hause.

Auf der Veranda erkannte sie bald den Landrat von Spachtel in lebhaftem Gespräch mit der Tante.

Der alte Herr sprang auf und kam ihr entgegen.

»Ach, mein liebes gnädiges Fräulein,« sagte er unter vielem Händeschütteln, »ich bin ganz unglücklich, daß ich die unschuldige Ursache bin, wenn Sie in Ihrem Vergnügen gestört worden sind –«

»O bitte –«

»Doch, doch! Junge Damen sind immer vergnügt; waren wir auch als junge Mädchen! Ha, ha! Na – sehen Sie mal das Telegramm – sagt sich da ein alter Studienfreund bei mir an, Brunnhausen, war früher Geheimer Regierungsrat, ist jetzt Aufsichtsrat bei den Pechwerken in Hildenführ, A.-G. –«

Harda warf der Tante einen Blick zu.

»Ja, ja,« fuhr der Landrat fort, »klingt bischen klebrig, was? Aber großartige Firma. Mein Freund fährt zufällig hier durch, war mit seiner Frau auf einer Erholungsreise, meldet sich bei mir an, heute, zu Tisch. Ja, und nun, meine Frau, gerade großes Reinemachen!«

»Aber lieber Herr Landrat,« unterbrach ihn Minna, »das versteht sich doch ganz von selbst. Sie sind mit Ihrer lieben Frau bei uns zu Tisch eingeladen, ganz einfach, in Familie, und da bringen Sie Ihre Gäste mit, da ist doch kein Wort weiter zu verlieren.«

»Nun ja, ich habe ja schon angenommen, aber daß ich nun Fräulein Harda inkommodieren soll –«

»Nicht doch,« sagte Harda. »Ich mußte so wie so jetzt einmal nach der Küche sehen.«

»Bitte, daß Sie ja keine Umstände machen!«

»Gar nicht,« sagte die Tante. »Nur eins dürfen wir zufügen, Herr Landrat, Ihre Lieblingsspeise.«

»Doch nicht etwa Ihre berühmte Pfirsichtorte?«

»Selbstverständlich, wird gemacht,« rief Harda.

»Nein, meine Damen, Sie sind zu liebenswürdig. Aber ich darf Sie nicht länger aufhalten, es geht auf zwölf Uhr. Um ein Uhr kommt der Zug, ich muß sehen, daß ich noch einen Wagen bekomme, mein Freund kommt auf dem Ostbahnhof an.«

»Sie nehmen natürlich unsern Wagen. Um halb eins ist er vor Ihrer Tür. Oder am besten, Sie warten hier noch ein Viertelstündchen – Harda, du sagst es wohl einmal draußen –«

Spachtel machte abwehrende Bewegungen.

»Ich glaube, Tante«, sagte Harda, »Heinrich wird heute Schwierigkeiten machen mit den Rappen – – Wissen Sie, Herr Landrat, wir schicken Ihnen das Automobil, da geht die ganze Sache schneller. Ich will's gleich bestellen. Also auf Wiedersehen!«

Harda reichte ihm die Hand und eilte fort.

Man lebte in der Familie Kern sehr einfach, besonders wenn der Vater verreist war. Es waren also doch einige Anordnungen und plötzliche Änderungen im Küchenzettel notwendig. Sigi war mit dem Fräulein in die Stadt gefahren, um Besorgungen zu erledigen, so mußte Harda selbst Hand anlegen, und es war ein Uhr, ehe sie an ihre Toilette denken konnte.

Als sie herabkam, fand sie Sigi bei der Tante in der Veranda. Sie hatten eben erst von dem Unglücksfall in der Fabrik gehört. Minna erklärte, sie wolle nach Tisch selbst nach dem Verwundeten sehen. Dann sagte sie:

»Aber während die Gäste da sind, Kinder, wollen wir nicht davon reden. Dieser plötzliche Besuch bei Landrats ist mir nicht recht geheuer. Der gute Spachtel tut ja freilich, als wäre er ganz überrascht. Er wußte übrigens nicht, daß Hermann noch nicht zurück ist.«

»Der Landrat ist vielleicht auch harmlos, aber Brunnhausen kommt ganz sicher her, um zu kundschaften, nur so im allgemeinen; denn er weiß gewiß, daß Vater noch nicht zurück sein kann. Man wird ihm von Hildenführ telegraphiert haben, er möchte sich einmal zufällig hier umsehen.«

»Wenn Vater nicht hier ist, kommt er nicht in die Werke,« bemerkte Sigi.

»Nein, das dürfen wir nicht ohne Vaters Erlaubnis zulassen,« meinte Harda, »aber andererseits müssen wir ihn sehr schonend behandeln. Deshalb wollte ich jetzt den Wagen nicht geben, da wir die Pferde nachmittags brauchen werden.«

»Da hast du ganz recht, Harda,« stimmte Minna bei. »Wir müssen ihn beschäftigen. Aber wir hätten ja auch nachmittags das Automobil nehmen können.«

»Das können wir immer noch, wenn du mitfahren willst, Tante, oder Sigi.«

Beide wehrten ab.

»Ich dachte mir, daß Ihr keine Lust haben würdet, deshalb brauchen wir eben den Wagen. Wenn Landrats und die Fremden darin sitzen, so ist er gefüllt und wir bedürfen keiner Entschuldigung. Das wird bei Tisch gleich festgemacht, um drei Uhr fährt der Wagen vor – sie können ja nach der Wilhelmsburg fahren – und abends werden sie doch bei Landrats sein.«

»Abends reisen sie schon weiter,« sagte die Tante.

»Um so besser, so kommen wir hoffentlich über die Frage hinweg.«

»Redet nur nichts von Geschäften,« sagte Sigi.

»Sei du nur möglichst liebenswürdig,« neckte Harda.

»Kennst du mich anders?« antwortete Sigi. »Aber bitte, für den Landrat gleich den schweren Rotwein. Dann fängt er an Geschichten zu erzählen, und wir sind entlastet.«

»Übrigens müssen sie jeden Augenblick kommen.«

»Gut prophezeit!« rief Sigi. »Ich habe nämlich die Huppe gehört.«

Die beiden Mädchen sprangen auf und liefen den Gästen entgegen.

Gespenster

Die Tafel war programmäßig verlaufen. Der Wagen fuhr zum Gartentor hinaus und die Gäste winkten noch mit den Tüchern. Der Geheimrat versicherte dem Landrat, daß die Kernschen Damen entzückend liebenswürdig seien und die Weine vortrefflich. Die Werke schienen ja geradezu imposant. Das bestätigte der Landrat aufs eifrigste.

Harda war sehr müde. Sie trat in ihr Zimmer mit der Absicht, sich auf ein Stündchen hinzulegen. Aber als sie die Tür öffnete, sprangen ihr zwei junge Mädchen mit Jubelrufen entgegen und umarmten sie..

»Wir warten schon lange!«

»Wir wollten uns unten nicht sehen lassen.«

»Kinder, was bringt ihr denn?«

»Wir sind ja das Komitee, wir beide und du sind gewählt.«

Es waren Gerda Wellmut und Annemi von Ratuch, die Töchter des Bürgermeisters und des Obersten. Sie erklärten, die Erholungs-Gesellschaft hätte beschlossen, ein großes ländliches Fest zu veranstalten, und sie drei müßten seitens der jungen Mädchen einige Überraschungen vorbereiten.

Damit umfaßten sie Harda und alle drei tanzten vor Vergnügen im Zimmer herum. Die Müdigkeit war verschwunden.

Die Beratung war sehr eingehend. Dann ging man zum Kaffee hinunter in die Veranda, Sigi und Tante Minna kamen hinzu, und es war sechs Uhr geworden, ehe es die Mädchen merkten. Nun war es ja höchste Zeit, zur Tennispartie zu gehen.

Sie hatten sich von der Tante verabschiedet und begannen eben im Scherze einen Wettlauf nach dem Spielplatz, als Harda einen Telegraphenboten bemerkte, der sein Rad an das Gartentor stellte. Sie rief den Mädchen zu, daß sie warten sollten und ging dem Boten entgegen. Die Depesche war an sie persönlich. Sie wußte, was darin stehen würde. Der Vater telegraphierte aus Breslau: »Bin auf dem Wege nach Nikolai wegen Maschine. Komme bestimmt bis Sonnabend früh zurück. Teile dies Minna, Milke, Frickhoff mündlich mit.«

»Was ist denn los?« rief Sigi.

»Geht nur, ich kann erst später kommen, ich muß noch mit Tante sprechen. Der Vater bleibt zwei Tage länger fort.«

»Komm nur bald nach.«

Hardas Übermut war vorüber. Sie ging zunächst auf ihr Zimmer, um die Depesche fortzulegen. »Teile dies mündlich mit.« Sie wußte, warum. Es brauchte niemand zu wissen, wo ihre Nachricht den Vater erreicht hatte. Sie schloß die Depesche in ihren Schreibtisch und stützte den Kopf in ihre Hände. Jetzt fühlte sie wieder, daß sie müde war. Wie zufällig richtete sich ihr Blick auf den Efeu hinter der Büste. Dann schloß sie auf einen Augenblick die Augen. Da war es ihr, als wenn ein kühler, beruhigender Hauch um ihr Haar wehte, alles wurde ganz still in ihr; statt des Efeus in ihrem Zimmer sah sie draußen die Buche am Riesengrab in ihrem dichten, dunklen Efeukleide. Und es stieg in ihr auf wie eine Botschaft, die vom Walde käme:

»Arme Harda, warum sorgst du dich unter den Hastenden? Wache auf und blühe mit uns unter den Wurzelnden! Groß und lebendig und dauernd ist das Reich der Werdewelt. Wir hasten nicht, wir wachsen nach unserm Gesetze. Ich will dir von meiner Seele geben, daß du nur der Macht folgst, die dich zur Eigenblüte bildet im großen Walde des Lebendigen.«

Harda fuhr empor. Vor ihren Augen hatte sie wieder den dunkeln Efeu mit der weißen Büste davor. Sie konnte nicht sagen, daß sie eigentlich Worte gehört hatte, aber die Gedanken waren ganz deutlich in ihrem Bewußtsein. Wie ein trostvoller Ruf zum eignen Wollen. Hatte sie denn geträumt? Nein, nein! Es war wohl ein Mahnruf des geliebten, fernen Freundes, der ihr durch das Nachbild der Büste erweckt war.

Der kühle Hauch um ihr Haar war verschwunden, aber sie fühlte sich wieder frisch und mutig, wie von der Kraft einer andern Welt erfüllt.

Sie stand auf. Jetzt wollte sie ihre Botschaft an die Tante ausrichten, und dann – dann mußte sich Zeit finden. –

Tante Minna saß mit einem Buche im Garten, als Harda herantrat.

»Du bist es?« sagte Minna erstaunt aufblickend. »Ich denke, du bist beim Tennis?«

»Ich war im Begriff, hinzugehen, da kam eine Depesche vom Vater.«

»Wann kommt er?«

»Übermorgen, mit dem Nachtzug.«

»Erst übermorgen? Nicht heute? Warum denn? Wo ist die Depesche?«

»Sie war an mich, ich – ich habe sie nicht hier. Vater hat sich entschlossen, noch nach Nikolai zu fahren, um die Ankunft der Maschinen zu beschleunigen.«

»So so, – nach Nikolai,« sagte Minna nervös. »Da muß er ja wohl über Breslau.«

Harda nickte.

»Und da braucht er zwei ganze Tage.«

»Aber Tante, er muß sich doch in Nikolai aufhalten, da kann er sich die Zeit auch nicht aussuchen, in der er die Herren gerade in der richtigen Stimmung trifft.«

»Das konnte er doch überhaupt telegraphisch machen.«

»Das hat eben nichts geholfen. Du weißt, wenn Vater selbst kommt, das ist etwas ganz anderes.«

»Nun so eilig ist die Sache wohl nicht.«

»Sie ist äußerst eilig, besonders wegen der neuen Maschine –«

»Das konnte ja Hermann gar nicht wissen, er war schon unterwegs –«

»Hm, – vielleicht hatte Milke noch eine Adresse.«

»Du hast immer eine Entschuldigung für den Vater. Zeig mir doch mal die Depesche.«

»Ich sagte dir ja, ich habe sie nicht hier.«

»So hole sie doch einmal. Wo war sie denn ausgegeben?«

»Aber Tante, das ist ja ganz gleichgültig. Es stand nichts drin, als was ich dir gesagt habe, und daß ich es dir, Milke und Frickhoff mitteilen soll. Und das will ich jetzt tun.«

Harda wandte sich zum Fortgehen. Sie wollte das Telephon im Hause benutzen.

»Harda!« rief Minna heftig. »Ich will wissen, woher die Depesche war! Warum sagst du's nicht? Aber ich weiß schon. Sie war aus Breslau!«

Harda zuckte mit den Achseln.

»O, ich weiß schon!« sprach Minna immer aufgeregter. »Das war wieder eine abgekartete Sache mit Breslau! Nikolai ist ein Vorwand. O ja! Und ihr steckt alle zusammen! Alle gegen mich im Komplott! Ich arme, arme –«

Harda trat an die Schluchzende heran und legte ihr beruhigend den Arm um die Schulter. Minna wies sie zurück.

»Geh nur, geh!« rief sie. »Ich will nichts von dir wissen. Du bist ebenso schlecht wie dein Vater! Ihr betrügt mich alle!«

»Tante!« sagte Harda entschieden. »Ich bitte dich, mäßige dich. Ich kann das nicht hören. Du weißt es.«

»So lauf' nur fort! Allein ist mir am wohlsten. Geh nur! Du wolltest ja lange schon auf die Universität. Kannst ja auch nach Breslau gehen! Viel Vergnügen zur Gesellschaft! Hahaha!«

Sie lachte krampfhaft.

»Tante,« sagte Harda ruhiger, »ich will dir etwas sagen. So geht das nicht. Ich habe mir's immer und immer wieder überlegt – ich halte das nicht mehr aus. Den ganzen Tag in Unruhe, und dann von dir diese Beleidigungen. Ich weiß ja, es tut dir nachher wieder leid, aber es kehrt auch immer wieder. Ja, ich gehe auf die Universität, wenn auch nicht gerade nach Breslau. Sobald Vater hier ist, werde ich es ihm sagen. Noch nächste Woche gehe ich fort.«

»Geh nur, geh! Wenn du mir nur aus den Augen kommst!«

Harda schritt langsam auf das Haus zu. Sie klingelte dem Fräulein und schickte es mit einer Erfrischung zu Minna. Dann trat sie ans Telephon und benachrichtigte nach dem Auftrage des Vaters den stellvertretenden Direktor und den Kommerzienrat.

Als sie durch den Hausflur ging, um sich in ihr Zimmer zu begeben, kam ihr Sigi eilig entgegen.

»Was ist denn?« fragte sie. »Warum kommst du nicht? Und Tante sitzt im Garten und sieht aus, als wenn sie geweint hätte. Es ist doch dem Vater nichts passiert?«

»Nein, nein, gar nichts. Er ist noch wegen der Maschinen nach Nikolai gefahren, und ich – ich habe einen kleinen Streit mit der Tante gehabt.«

Sigi sah der Schwester tief in die Augen.

»Harda,« sagte sie ernst, »der Vater ist gesund, wahrhaftig?«

»Ja, Schöpsel,« antwortete Harda und küßte Sigi zärtlich.

»Nun denn,« sagte Sigi wieder in ihrem gleichmütigen Tone, »dann ist kein Grund, hier Trübsal zu blasen. Gleich kommst du mit hinüber und machst kein Aufsehen.«

Sie zog Harda vor das Haus und wies hinüber nach dem Wege, wo im Schatten des Gebüsches die weißen Anzüge zweier Herren schimmerten.

»Da ist meine Eskorte!«

»Randsberg und Tielen, natürlich. Da muß ich dich freilich bemuttern.«

»Nun endlich! Ich bringe sie!« rief Sigi hinüber und zog die Schwester mit sich fort.

***

Es war schon spät, als die Mädchen nach Hause kamen; denn man mußte die schönen hellen Abende zum Spiel ausnützen. Harda hatte, um weiteren Erörterungen vorzubeugen, ihre Freundin Anna Reiner, eine entfernte Cousine, mitgebracht. Es wäre gar nicht nötig gewesen, denn sie fanden schon Besuch vor. Der Kommerzienrat Frickhoff war gekommen und fragte mit Interesse nach den unerwarteten Gästen aus Hildenführ.

Als es dunkel geworden war, lustwandelte man an dem herrlichen Sommerabend durch Garten und Park. Frickhoff hatte sich zu Harda gesellt, Minna ging mit den beiden andern Mädchen, von denen jedoch Sigi nach einiger Zeit verschwunden war.

»Wenn wir mit Hildenführ zur Einigung kommen, Fräulein Harda,« sagte der Kommerzienrat, »dann werden Sie sicher ein ganz wesentliches Verdienst darum haben. Der Landrat war ganz neidisch, so liebenswürdig sollen Sie gegen seinen Freund gewesen sein.«

»Glauben Sie wirklich, daß der Geheimrat so großen Einfluß hat?« fragte Harda.

»Ausschlaggebend ist natürlich die technische und geschäftliche Erwägung, und die ist uns jedenfalls günstig. Es ist aber doch bei jeder solchen großen Sache ein Risiko, und da kommt es auch darauf an, mit welcher Stimmung die entscheidenden Persönlichkeiten an den Entschluß gehen. Außerdem haben wir Mitbewerber. Ich bin überzeugt, daß Brunnhausen nur hier war, um einen – sozusagen – lokalen Eindruck zu gewinnen. Nun, einen bessern konnte er nicht finden. Solche Tischnachbarin –«

»Sagen Sie weiter nichts, sonst verlange ich Provision, wenn der Abschluß »H« perfekt wird.«

»Verlangen Sie nur, ich garantiere Ihnen persönlich.«

»Ich will mir's überlegen, Herr Kommerzienrat.«

»Ach, geraten Sie nicht schon wieder ins Formelle. Ich war doch so artig.«

»Meinetwegen. Also, Onkel Frickhoff.«

»Sie sind schrecklich! Sagen Sie mir lieber, was Sie sich wünschen.«

»Wünschen – ach – das würde Ihnen auch nicht gefallen. Eigentlich wissen Sie's ja längst. Aber im Ernste – ich kann diese fortwährende Unruhe hier nicht gut vertragen. Ich werde Vater bitten, daß er nun sein altes Versprechen einlöst und mich studieren läßt. Ich sage es Ihnen ganz offen, damit Sie sich nicht wundern, wenn ich nächste Woche abreise.«

»Harda! Nein – nun erschrecken Sie mich wirklich. Ich glaubte, Sie hätten endlich diese – diesen alten Wunsch glücklich überwunden. Sie haben doch hier eine Tätigkeit gefunden, wie Sie sich keine schönere, größere, einflußreichere denken können. Sie haben sich einen gemeinnützigen Wirkungskreis geschaffen, in unsern sozialen Einrichtungen und in unsern repräsentativen Verpflichtungen. Was wollen Sie dafür eintauschen? Ein Verschwinden in beengten Verhältnissen, ein Studium, von dem sie nicht einmal wissen, ob es Ihnen Befriedigung gewähren wird.«

»Das wird es, das weiß ich. Und hier finde ich eben die Befriedigung nicht. Ich werde hin und her geworfen in tausend Dingen, von denen mich keines zu innerer Ruhe kommen läßt. Ich möchte Sammlung und – Freiheit!«

»Die würden Sie dort nicht finden. Und warum so plötzlich? Ist irgend etwas vorgekommen –«

»Es ist der alte Gedanke, der mich nicht verläßt. Hier finde ich keine Zeit, meine Kenntnisse zu vertiefen, und ich kann nicht länger warten, wenn mir nicht das verloren gehen soll, was ich mit der Reifeprüfung erworben habe. Und, sehen Sie, wenn Sie mein Freund sind, so sollten Sie mich darin unterstützen.«

»Daß ich Ihr Freund bin, Harda, von ganzem Herzen, das wissen Sie. Aber gerade darum bitte ich Sie, überlegen Sie noch. Übrigens würden Sie ja jetzt mitten in das Semester hineinkommen – doch das ist Nebensache. Ich bin überzeugt, Ihr Glück liegt auf andrer Seite. Sie brauchen nicht erst zu suchen, was Ihre Aufgabe ist. Sie können andre glücklich machen, das weiß ich. Sehen Sie, Harda, Sie gehören in einen großen Wirkungskreis, und Sie wollen Freiheit. Das läßt sich vereinigen. Wenn Sie die Freiheit hier nicht finden, ich könnte mir eine Stellung für Sie denken, ja ich wünschte nichts sehnlicher –«

»Nein, nein, Herr Kommerzienrat, bitte, lassen Sie mich jetzt in meinem Traum – in meiner Freiheit – machen Sie mir nicht alles schwerer – jetzt nicht –«

Sie blieb stehen und sah sich nach den andern um.

Frickhoff blickte sie von der Seite an mit überwältigendem Verlangen. Aber er wagte im Augenblick nichts weiter zu sagen.

Minna und Anna näherten sich, Harda lief ihnen entgegen, Frickhoff kam langsam nach.

»Sigi!« rief Harda halb singend in die Nacht hinaus.

Ganz von weitem klang eine signalartige Antwort.

»Wir gehen nach Haus!« sang Harda hellstimmig.

Vor der Haustür trafen sie auf Sigi. Da stand auch der Wagen Frickhoffs. Er bot sich an, Anna Reiner nach Hause zu bringen. Bei der Verabschiedung hielt er lange Hardas Hand fest und fragte dann scherzend: »Zum Gesellschaftsfest sind Sie doch noch hier?«

»Vielleicht,« antwortete Harda lächelnd.

»Ich gehe schlafen,« sagte Minna kurz, als der Wagen fortgefahren war. »Gute Nacht.«

»Ich auch,« fügte Sigi hinzu. »Gute Nacht.«

Beide traten ins Haus.

Harda rief ihnen neckend einen freundlichen Gruß nach.

Sie selbst konnte sich von der stillen, milden Nacht noch nicht trennen. Sie rief Diana und ging, von dem treuen Hunde begleitet, noch einmal langsam die breite Straße oberhalb des Parkes entlang.

Der junge Mond war im Untergange begriffen. Die zwischen hohen Bäumen hinlaufende Straße wurde nur in der Mitte schwach von der Dämmerung der Sommernacht im Norden erhellt. Die Seiten lagen in tiefem Schatten. Zur Linken erstreckte sich jetzt die alte niedrige Friedhofsmauer. Schwerer, süßer Fliederduft zog herüber.

Harda sog tiefatmend den Nachthauch ein. Solche reich blühende Büsche standen auch drüben am Grabe der Mutter, wo unter dem Efeu der Sternentau seine blauen Kapseln geöffnet hatte. Dort mußte ja inzwischen die Entwicklung ebenfalls vorgeschritten sein, dort wollte sie nachsehen – freilich, jetzt ging das nicht, aber nächstens, am Tage. Und nun waren ihre Gedanken wieder bei der Frage – Wie weit mochte inzwischen der Botaniker gekommen sein?

Da war es ihr plötzlich, als wehe es ihr wieder leise kühlend um die Stirn, sie sah die efeuumzogene Buche, ihr Bewußtsein zerfloß in einem seltsam wonnigen, allgemeinen Gefühle, das sich aus eigner Kraft zu einem mutigen Wollen verdichtete – –

Aber auf einmal schrak sie zusammen. Diana gab Laut. Der große Leonberger richtete sich auf, er wurde durch irgend etwas beunruhigt, das sich über Hardas Haupte befinden mußte. Zugleich war die wundersame Stimmung entflohen. Der Hund bellte noch ein paar Mal in die

Luft und rannte ein Stück auf der Straße vorwärts, als wenn er dort einen Gegenstand verfolgte, dann kam er wie beschämt zurück.

Harda sann verwundert über die seltsame Erregung nach. Gerade so hatte die Stimmung eingesetzt, als sie am Nachmittage vor ihrem Schreibtisch saß und den Waldefeu vor sich zu sehen glaubte; aber dann hatte sich das Gefühl zu deutlichen Gedanken ausgebildet. Diesmal war Dianas Gebell dazwischen gekommen. War's nicht wirklich so ein kleiner Traumansatz im Moment des Einschlummerns? Sie war eine Meisterin darin, im Sitzen einzuschlafen, warum nicht auch im langsamen Gehen? Und die Vorstellungs-Assoziation war ja sehr natürlich, der Fliederduft und der Friedhof hatte sie an das Grab der Mutter und den Efeu, dieser an den Sternentau und den Efeu im Walde und die Begegnung erinnert – Aber wozu grübeln? Die Nacht war so schön! Doch es war wohl Zeit umzukehren, die Müdigkeit meldete sich. Sie war schon ein ganzes Stück hinaus über den Friedhof und in den eigentlichen Bergwald hineingekommen. Harda ging zurück. Bald schien es ihr, als höre sie Schritte eines Entgegenkommenden. Der Hund stutzte und eilte ihr dann in großen Sätzen voraus, wo er eine dunkle Gestalt mit Freudesprüngen begrüßte. Es war der alte Nachtwächter Gelimer.

»Gott sei Dank und Lob! Sie sind's, Fräulein Kern,« rief er aufgeregt. »Hatt' ich doch einen Schreck, als ich so 'ne weiße Gestalt sah! Ist Ihnen nichts passiert, Fräulein?«

»Mir? Warum? Sie dachten wohl, ich wär' ein Gespenst?« sagte Harda lachend.

»Lachen Sie nicht, Fräulein,« sprach Gelimer geheimnisvoll. »Es ist was nicht geheuer. Es ist gut, daß ich bei Ihnen bin. Wir wollen machen, daß wir schnell hier vorbeikommen. Wissen Sie, Fräulein,« flüsterte er, »auf dem Friedhof spukt's.«

Jetzt lachte Harda laut auf. »Gelimer, Sie werden doch nicht –«

»Nein, nein, Fräulein. Ich bin ganz nüchtern, aber ich hab's wirklich gesehen. Es sind Lichter zwischen den Bäumen, das sind Seelen, die dort 'rumfliegen! Sie können mir's glauben.«

»Es werden Glühwürmchen gewesen sein.«

»Nee, das kenn' ich doch. Sie waren viel größer und viel weniger hell, nur so ganz matt schimmernd, man konnt's nicht deutlich erkennen. Wissen Sie, Fräulein, so wie kleine Puppen – wir werden's gleich sehen, wenn sie noch da sind. Ruhig, Diana!«

Nach einigen weiteren Schritten blieb Gelimer stehen.

»Nu ganz leise,« flüsterte er. »Sie sind jetzt weiter drüben. Dort in dem Baume, sehen Sie nicht, Fräulein?«

Harda blickte aufmerksam in das Dunkel. Seltsam, da schimmerte es wirklich gelblich – –

»Ach!« rief sie plötzlich. »Das ist ja Goldregen! Das ist weiter nichts als die langen Blütendolden, die herüberschimmern.«

»Aber Fräulein, vorhin waren sie weiter vorn und bewegt haben sie sich auch.«

»Das wird ein andrer Strauch gewesen sein, den Sie da gesehen haben. Vielleicht hat sie ein leichter Wind bewegt, oder eine Katze ist in den Ästen gewesen.«

»Nee, nee, Fräulein! Und sehen Sie, jetzt sind sie auch weg.«

In diesem Augenblick heulte der Hund kurz auf und schnappte in die Luft. Erst auf Gelimers Zuruf beruhigte er sich wieder.

Harda spähte scharf hinüber zwischen die Bäume.

»Allerdings,« sagte sie, »ich kann sie jetzt nicht mehr erkennen, aber es ist eben auch dunkler geworden. Es scheint, daß Wolken heraufziehen. Wir können ja von hier nur ein kleines Stück Himmel sehen. Kommen Sie nur, Gelimer. Was Sie gesehen haben, waren sicher keine Gespenster.«

»Fräulein,« begann Gelimer vorsichtig, »es gibt solche Sachen. Ob es Seelen sind, das weiß ich ja nicht sicher. Auf dem Friedhof, da denkt man eben daran. Aber im Walde, als ich noch beim Förster Gabling war, da hab' ich einmal gesehen, im Mondschein, wissen Sie, mitten auf der Wiese, da stand ein Distelstrauch, und da guckte etwas Helles heraus –«

»Ach, Gelimer, da aus Ihrer Tasche guckt auch was Helles! Da haben Sie vielleicht schon zu tief hineingeguckt.«

»Fräulein, das ist noch gar nicht aufgemacht. Das ist nur für den Morgen, wenn's kalt wird.«

»Daß Sie nur nicht wieder in den Graben fallen! Gute Nacht, Gelimer.«

Harda lief leichtfüßig die Straße entlang, in fröhlichen Sprüngen folgte ihr der Hund. Sie wollte allein sein.

Bald war das Haus erreicht. Diana lagerte sich im Hausflur. Leise stieg Harda die Treppe zu ihrem Zimmer hinauf.

»Nein,« sagte sie dabei entschlossen zu sich, »Gespenster wollen wir nicht sehen, aber den Sternentau auf dem Friedhof, den wollen wir doch morgen aufsuchen.«

Der Vater

Die Wolken, von denen Harda auf ihrem nächtlichen Spaziergange gesprochen hatte, waren wirklich aufgezogen, der ganze Donnerstag verlief regnerisch und erst am Freitag klarte das Wetter auf. Gegen Abend konnte dann Harda ihr Vorhaben ausführen, nach dem Sternentau zu sehen, den sie unter dem Efeu auf dem Friedhof angepflanzt hatte. Zu ihrem großen Erstaunen fand sie, daß hier eine Anzahl von Sporenbechern bereits verwelkt waren wie der eine in ihrem Zimmer, daß aber auch noch zahlreiche jüngere in der Entwicklung begriffen waren.

Das Leben in der Villa und in den Werken war an beiden Tagen so unruhig wie gewöhnlich. Die Tante schwankte zwischen Liebenswürdigkeit und Verstimmung, der Haushalt erforderte mehrfach Hardas Eingreifen, Besuche kamen und gingen, und die Mitglieder des weiblichen »Vergnügungskomitees« hielten jeden Nachmittag einige Stunden lang ihre Sitzung auf Hardas Zimmer ab. So war sie auch nicht dazu gekommen, ihren Studienplan auszuführen und selbst am Sternentau etwas zu entdecken.

Vom Vater war keine Nachricht mehr gekommen. Eigentlich beabsichtigte Harda, ihn in der Nacht vom Freitag zu Sonnabend zu erwarten, aber sie sah wieder davon ab, da es der Vater nicht liebte, wenn sie seiner Ankunft wegen ihre Ruhe aufgab. Dafür war sie am Sonnabend Morgen schon um halb sechs Uhr am Frühstückstische; sie hatte Gelimer beauftragt, sie rechtzeitig zu wecken, falls der Vater in der Nacht zurückgekehrt sei.

Und pünktlich wie immer erschien der Vater um dreiviertel auf sechs Uhr zum Frühstück, das im Sommer in der Veranda eingenommen wurde. Da pflegte es sehr hastig herzugehen; denn um sechs Uhr zeigte sich Kern mit absoluter Sicherheit irgendwo in den Werken und machte seinen Rundgang durch die Fabrik.

Er freute sich sehr, daß Harda da war, und begrüßte sie aufs herzlichste, konnte aber doch nur flüchtige Worte mit ihr wechseln. Mit dem Erfolg seiner Reise war er sehr zufrieden, die Maschinen seien unterwegs.

»Ich hoffe, in acht Tagen laufen sie. Dieser Wasserschlag war eine dumme Geschichte. Wie geht's dem Blomann? Also der Geheimrat Brunnhausen war schon hier? Famos. Das habt ihr recht gemacht, daß ihr so nett wart. Was macht denn der Ponny? Wie, ein großes Waldfest wollt ihr loslassen? Na, immer zu!« Dazwischen nur kurze Auseinandersetzungen von Harda. Da hatte er schon in großer Eile, aber sorgfältigst, mit der Serviette seinen Schnurrbart geputzt und seine Fabrikmütze ergriffen.

»Laß dir's gut gehen, Herzel!« Ein flüchtiger Kuß und schon war er im Garten. Von dort rief er noch zurück.

»Eure Pakete sind im Koffer. Nimm sie bald heraus und seht zu, ob ich's richtig mit den Farben getroffen habe.«

Nach einigen häuslichen Besorgungen ging Harda in das Zimmer des Vaters, um den Koffer auszupacken und wieder frisch zu füllen. Es war eine stehende Aufgabe für sie, die Sachen, die der Vater zu einer seiner plötzlichen Reisen bedurfte, stets gebrauchsfertig vorbereitet zu halten, und das überließ sie keiner Bedienung; auch gegen Minna verteidigte sie ihr Gewohnheitsrecht standhaft.

Eben betrachtete Harda mit mädchenhaftem Entzücken die beiden prächtigen Blusen, die der Vater für die Töchter ausgesucht hatte, als sie abgerufen wurde. Es galt erst eine lebhafte Meinungsdifferenz über die Güte von Salat und Erdbeeren zwischen der Köchin und dem Gärtner zu schlichten, dann im Hühnerhofe eine Entscheidung zu treffen und ein entbehrliches Kleidungsstück für eine arme Frau herauszusuchen, so daß längere Zeit verstrich, ehe Harda in das Zimmer des Vaters zurückkehrte. Als sie die Tür öffnete, fand sie zu ihrem Erstaunen Minna in dem Zimmer.

»Guten Morgen, Tante,« sagte Harda freundlich. »Schon so früh auf?«

»Ich wollte nur sehen, ob Hermann diese Nacht gekommen ist,« antwortete Minna. Damit wandte sie sich schnell an Harda vorüber.

»Hast du denn die reizende Brosche gesehen, die Vater dir mitgebracht hat?« Sie hielt das geöffnete Etui der Tante entgegen. Diese warf einen unwilligen Blick darauf, ohne die Hand danach auszustrecken, zuckte mit den Schultern, drehte sich um und verschwand eilend durch die Tür.

Harda sah ihr erschrocken nach.

»Da ist wieder etwas passiert,« sagte sie sich. »Sie hat irgend etwas gefunden. Das wird schlimm.«

Seufzend ging sie daran, ihr Werk zu vollenden und den Kofferinhalt zu ordnen. Da merkte sie gleich, daß sich die Tante inzwischen damit beschäftigt hatte. Sorgfältig prüfte Harda sämtliche Taschen der Anzüge; denn der Vater war darin sehr zerstreut und ließ manchmal wichtige Briefe stecken. Sie fand aber nichts Bemerkenswertes.

Am Vormittage hatte Harda dringend in der Stadt zu tun und sah die Ihrigen erst wieder, als sie im letzten Momente zu Tische kam. Sie bedankte sich herzlich beim Vater für das schöne Geschenk, Sigi scherzte, der Vater erzählte allerlei von Hildenführ, Hamburg und Oberschlesien. Man unterhielt sich sehr eifrig. Aber Harda sah es am nervösen Zittern der Hand des Vaters und an den rotgeweinten Augen der Tante, daß eine heftige Szene stattgefunden haben mußte.

Als Harda gegen Abend allein zum Tennisplatze ging – denn Sigi war immer schon bedeutend früher verschwunden – trat ihr im Park die schlanke Gestalt des Vaters hastig entgegen.

»Kind,« sagte er, »ich will's nur gestehen, ich hab' dich abgepaßt. Du hast's ja doch schon gemerkt. Ich muß mit dir reden.«

»Ja, Vater,« antwortete sie leise, »ich hab's gemerkt.«

Er faßte Harda, gegen die er klein erschien, unter dem Arm und führte sie nach einem abgelegenen Plätzchen des Parkes; hier ließen sie sich auf einer Bank nieder.

Harda sah zu Boden und spielte mit ihrem Racket. Kern hatte seinen Strohhut neben sich gelegt, er preßte seine seinen Hände zusammen und starrte geradeaus. Da er weiter schwieg, wendete Harda besorgt den Kopf nach ihm. Sie sah, wie sich die kleinen Falten in seinem energischen Gesicht vertieft hatten, die Enden seines Schnurrbarts zuckten, und in seinem Auge stand eine Träne.

Harda konnte den Anblick nicht ertragen, wie der starke Mann mit sich kämpfte. Sie schlang die Arme um seinen Hals und lehnte sich an ihn. Er faßte ihre Hand und streichelte sie.

»Herzel,« sagte er mit erzwungener Stimme, »kannst du nicht hierbleiben? Du willst durchaus fort, behauptet sie.«

»Ja, Vater. Ich kann's hier nicht mehr ertragen. Und es ist auch Zeit. Du hast mir's doch versprochen.«

»Ich habe ja nicht gewußt, daß es mit Minna so schlimm werden würde. Heute wieder –«

»Ach Vater! Ich kann mir's denken. Die Depesche aus Breslau, sie hat den Ort erraten. Aber Vater, warum mußtest du auch – du hast die – die Person doch wieder gesehn?«

»Mein liebes gutes Kindel! Es ist mir schrecklich, zu dir davon zu sprechen. Ja – ich mußte – aber gegen meinen Willen. Sie hat mich gezwungen, sie läßt mich nicht los. Und ich, ich bin schwach. Ich bin ja doch schuld daran – ihr gegenüber. Es ist eine schwere Last – jetzt nur Last, eine fortwährende Aufsaugung. Doch man würde wohl schließlich einmal fertig damit – wenn nicht das andre wäre! Nein, Harda, du darfst mich nicht verlassen!«

»Vater, ich hab' dich ja so lieb, ich – wenn es sein muß, so müßte ich eben auf meinen innigsten Wunsch verzichten –« die Tränen traten ihr in die Augen – »aber zusammen mit der Tante, bei all der Unruhe, die ich sonst durchmachen muß, auch noch diese Qual – nein, Vater, das mußt du nicht verlangen. Also laß mich fort, oder veranlasse die Tante, fortzugehen.«

»Das tut sie nicht.«

»Die Tante dauert mich gewiß von Herzen, sie leidet selbst so darunter. Aber Vater, schließlich bist du Herr in deinem Hause und mußt es sein. Wenn sie so eifersüchtig ist, das ist doch krankhaft. Sie muß eben anderswohin ziehn. Mit uns beiden erwachsenen Töchtern geht das nicht mehr. Soll ich hierbleiben, so darf mir nicht immer noch jemand hineinreden wollen.«

»Ja, liebes Kindel, ich wünschte mir ja gar nichts anderes, als dich und Sigi für mich zu haben, aber das gibt sie nie zu.«

»Sie muß.«

»Ach, Harda, du weißt ja nicht –«

»Vater, ich weiß es, sie will, daß du sie heiratest – sie schreit es ja heraus, wenn sie ihren Anfall hat. Aber das eben, meine ich, ist doch nur eine bedauernswerte krankhafte Einbildung, sie verliert sich vielleicht in einer Heilanstalt –«

»Harda, du weißt nicht, wie unglücklich ich bin – unglücklich um euretwillen. Du hast schon ein gut Teil deiner Jugend verloren, und Sigi – nein, nein, sie soll nicht auch darunter leiden.«

»Sie soll nichts erfahren, so lange ich hier bin. Aber eben darum mußt du dafür sorgen, daß Tante sich zu einem andern Aufenthalt entschließt, wenigstens zeitweise.«

Der Vater schüttelte traurig den Kopf:

»Du Armes, du opferst dich auf. Das ist der Vorwurf, der mich quält, daß ich durch meinen Leichtsinn euch unglücklich mache –«

»So entschließe dich doch.«

»Ja, ich muß dir's sagen. Ich hatte mir's schon öfter vorgenommen, nur fand ich nicht den Mut. Aber da du gestern so bestimmt erklärtest, fortzugehen, so mußt du wissen, warum ich gegen Minna nichts vermag, ganz abgesehen von aller Teilnahme. Ich bin ihr gegenüber nicht frei. Ich habe – eine Schuld auf mich geladen.«

Harda sah den Vater erschrocken an, sie wußte gar nicht, was sie denken sollte.

Leise fuhr er fort: »Ich habe ihr die Ehe versprochen.«

»Du, Vater, du hast – – Wann?«

»Ihr wart beide in der Pension. Sigi war eben hingekommen, du tratest gerade ins Gymnasium ein – vor sieben Jahren etwa. Wir lebten allein hier. Es waren schwere Jahre voller Sorgen. Minna war so teilnehmend, so gut und lieb – wir – Kind, ich kann nicht davon reden! Kurzum, ich gab ihr das Versprechen, sie zu heiraten, sobald die geschäftliche Gefahr vorüber sei – es war damals eine große Krisis. Nachher kam die Überlegung zurück, ich schob die Erfüllung hinaus – immer wieder. Ich konnte mich nicht entschließen, ich genierte mich, vor den Menschen, vor euch – – und jetzt – – Verzeihe mir, Harda!«

Er war aufgesprungen.

Sie stand schweigend auf und küßte ihn.

»Armer, armer Vater,« sagte sie dann. »Du konntest einmal nicht anders, du bist so. Es ist gut, daß ich nun alles weiß.«

Sie gingen schweigend ein Stück neben einander her. Dann blieb Harda stehen und legte den Arm um seine Schulter.

»Vater,« sagte sie, »sei ruhig, es wird Rat werden. Aber eins muß sogleich geschehen, unbedingt, es koste, was es wolle. Oder hast du etwa auch dort – –«

»Nein, nein, niemals.«

»Diese Sache in Breslau muß aus der Welt. Übergib sie deinem Anwalt. Hast du nicht genügend flüssig, nimm es von mir, ich weiß, du gibst mir's wieder –«

»Herzel, ich danke dir, aber soviel Kredit habe ich jetzt, daß ich nicht von dir zu borgen brauche. Du hast recht. Es soll geschehen. Und du, du denkst nicht schlecht von mir, du –?«

»Wir wollen beide unsre Pflicht tun. Ich will mich zusammennehmen. Aber auch du, Vater – Versprechen ist Versprechen –«

»Du weißt ja, wie ich Minna zu schätzen weiß, ja, wie lieb ich sie habe. Doch unter den jetzigen Umständen ist es unmöglich.«

»Wenn du in Breslau frei bist, wird es besser werden. Und wir – nun – – leb wohl, Vater!«

Sie küßte ihn nochmals und schritt dann langsam weiter, während Kern den Weg nach der Fabrik nachdenklich einschlug.

Noch einmal blieb Harda stehen, ihre Stirn faltete sich. Dann richtete sie sich energisch in die Höhe und eilte dem Tennisplatz zu.

Als sie sichtbar wurde, stürzten ihr Assessor Ingeling und Leutnant von Randsberg entgegen.

»Ich bitte um den Vorzug –«

»Nein ich – ich bin um eine Nasenlänge voran!« rief Randsberg.

»Was gibt's denn?« fragte Harda.

»Zur großen Waldpolonaise natürlich.«

»Da wird überhaupt nicht engagiert. Das ist alles Überraschung.«

»Vorwärts doch,« rief Sigi herüber, »wir warten!«

Gestörte Nacht

Die großen Fenster in Hardas Zimmer standen weit offen. Durch die herabgelassenen Jalousien drang der würzige Odem der warmen Nacht. Er durchhauchte den Raum mit dem feinen Dufte der blühenden Gartensträucher.

Die brennende Lampe über dem Bett beleuchtete nur die nächste Umgebung, während der rosige Schimmer ihres Schirms alles Übrige in ein schwaches Dämmerlicht hüllte. Auf dem Teppich vor dem Bett lag ein Buch, aufgeschlagen, wie es herabgefallen war.

Es war jetzt still, ganz still im Hause. Man konnte das ferne Rauschen der Helle vernehmen.

Unhörbar öffnete sich die Tür und lautlos trat Harda herein. Das lange volle Haar hing aufgelöst über dem weißen Nachtgewand. Sie schloß und verriegelte die Tür und lauschte noch einmal ängstlich.

Als alles still blieb, ging sie langsam nach dem Bett zu und hob mechanisch das Buch auf. Sie setzte sich auf den Bettrand und hielt es in den Händen, aber ihre Augen starrten in die Ferne. So saß sie lange regungslos. Dann schauerte sie zusammen, sprang auf, schleuderte das Buch auf das Bett und drehte die Lampe aus. Im Dunkeln schritt sie auf den Diwan zu, der an der gegenüberliegenden Wand nahe am Fenster stand. Hier warf sie sich hin und hüllte sich in die Decke, mit der sie ein leises Schluchzen erstickte. Oh, sie hatte es ja gefürchtet – diese Nacht wird wieder eine von den schlimmen.

Sie war es geworden.

Als Harda mit Sigi vom Tennisspiel nach Hause kam, fand sie wieder Besuch vor, der ziemlich lange sitzen blieb. Nach dem Aufbruch der Gäste hatte sich die gesamte Familie sofort zurückgezogen. Ermüdet suchte Harda ihr Bett auf, und nur, um ihren Gedanken eine andere Richtung zu geben, hatte sie ein Buch ergriffen, das naturwissenschaftliche Essais enthielt.

Sie hatte kaum zu lesen angefangen, als sie zusammenschrak.

Ein leises Wimmern ertönte, das in ein weinerliches Schluchzen überging – dann wieder aufs neue einsetzte. Es kam aus dem Nebenzimmer, dem Schlafzimmer von Tante Minna. Jedes der Zimmer besaß seinen eigenen Zugang vom Flure her, aber es klang durch die Verbindungstür, die allerdings verschlossen und durch eine Kommode versetzt war. Harda kannte das. Minna bekam einen ihrer nervösen Anfälle. Sie durfte dann nicht allein gelassen werden, sonst geriet sie in eine Aufregung, die das Äußerste befürchten ließ. Aber auch fremde Bedienung mochte man nicht zu Hilfe ziehen, denn Minna wußte dann nicht immer, was sie sprach, und in der höchsten Steigerung ihres Anfalls führte sie mitunter Reden, für die man fremde Ohren nicht brauchen konnte. So war Harda die einzige, der die Nachtwache zufiel. Sie litt unendlich unter diesem Jammer. Oft drohte ihre Kraft zu versagen; denn sie mußte immer auf den Gedankengang der Erkrankten eingehen, wenn sich die Wutausbrüche nicht steigern sollten.

Eilig sprang Harda empor und hatte nur Zeit, ihr Nachtkleid überzuwerfen, denn das Weinen im Nebenzimmer wurde lauter, und Harda fürchtete, daß Sigi es hören könne. Sie lief über den Flur in das Zimmer der Tante und suchte sie zu beruhigen.

Jetzt erst erfuhr sie durch Minnas rücksichtslose Anklagen, was den Anlaß zu den heutigen Aufregungen gegeben hatte. In ihrem eifersüchtigen Mißtrauen fürchtete Minna stets, daß Hermann auf seinen Geschäftsreisen Zusammenkünfte mit jener Dame habe, von der sie wußte, daß er einmal mit ihr in intimen Beziehungen gestanden hatte. Seine Versuche, sich von diesen Einflüssen zu befreien, hielt sie wohl nicht für ganz ernsthaft, jedenfalls schienen sie nicht erfolgreich.

Minna hatte am frühen Morgen, als sie sich in Hardas Abwesenheit an Hermanns Koffer zu tun machte, zum Unheil einen vielsagenden Brief gefunden, der sie äußerst erregte. Damit trieb sie dann Hermann in die Enge und quälte ihn bis zur Verzweiflung. Bald erklärte sie ihm ihre Verachtung, bald wieder drang sie auf Erfüllung seines Versprechens, sie zu heiraten. Alles dies brachte die Unglückliche jetzt unter Klagen und Zornausbrüchen Harda gegenüber aufs neue vor. Dabei verlor sie immermehr ihre Selbstbeherrschung. Zuletzt verstieg sie sich zu Vorwürfen gegen Harda, die den Vater in seinen Heimlichkeiten unterstütze, gegen sie intrigiere, ihre Rechte im Hause schmälere, nur den eigenen Vergnügungen nachjage, den Männern die Köpfe verdrehe – –

Harda kannte das schon, ja sie war froh, daß es so weit kam. Denn dann pflegte der Paroxysmus sich seinem Ende zu nahen.

Die Kranke wurde schwächer, und es gelang Harda, sie zu bewegen, daß sie das für diese Anfälle vom Arzte vorgeschriebene Mittel nahm. Dann endlich verfiel sie in Schlaf, und am andern Morgen wußte sie nur noch wenig davon, wie schrecklich die Nacht gewesen war.

Endlich, endlich gingen die Atemzüge ruhiger. Minna schlief.

Es waren drei Stunden vergangen, als Harda in ihr Zimmer zurückkehrte, wo sie sich jetzt auf den Diwan hingeworfen hatte.

Das Zimmer war nun völlig dunkel. Der Himmel hatte sich leicht umzogen, die Jalousien ließen nur einen so schwachen Schimmer ein, daß man gerade die Stelle erraten konnte, wo sich der weiße Kopf der Büste vor dem Efeu befand, ganz nahe zu Häupten Hardas.

Sie schloß die Augen, aber der Schlaf kam nicht, trotz ihrer Erschöpfung. Sie hatte noch nicht Zeit gefunden, ihre Gedanken zu ordnen. Ja, wenn das ginge!

Freiheit, Freiheit! Das häusliche Elend, das sie vor jedermann verbergen mußte! Diese Angst, daß es zu einem Unglück kommt! Diese furchtbaren Nächte! Der arme Vater, die bemitleidenswerte Tante! Und die stete Unruhe, die Unregelmäßigkeit des Lebens, die der große Haushalt und die fortwährende geschäftliche Repräsentation mit sich brachten!

Freilich, während sie in diesem geselligen Leben schwamm, bei Besuchen und Festen, Tanz und Spiel, da war sie mit dem vollen Genuß der Jugend dabei, da war sie lustig und übermütig, sie wollte es sein. Aber sie wußte auch, warum. Vergessen, vergessen! Das alles war ja nur ein Betäubungsmittel, um sich der Gedanken an den eignen Zustand zu entschlagen. Eine stille Beschaulichkeit lag ihrem Wesen näher, eine Betrachtung der Dinge, eine Teilnahme am Geheimnis und am großen Gesetze der Natur. Deshalb sehnte sie sich danach, sich einem Studium in dieser Richtung zu widmen. Gewiß, sie interessierte sich sehr für die Hellbornwerke, für die umsichtige, rastlose Tätigkeit des Vaters. Hier zog sie das eigentlich Technische an, das Gelingen, das in diesem großen Organismus des industriellen Schaffens lag, und es wurde ihr verklärt durch die Verehrung für den geliebten Vater, dessen eigenstes Werk sie darin sah. Denn die Hellbornwerke waren nicht ursprünglich mit dem Millionenkapital gegründet, das sie jetzt repräsentierten, sondern aus ein paar Sägemühlen im Tale der Helle war durch Kerns Energie die blühende chemische Fabrik entstanden, die jetzt keine Schwierigkeit mehr fand, über große Geldmittel zu verfügen.

Als Harda mit dem Reifezeugnis des Realgymnasiums zurückkam, hatte sie gedacht, bald eine Universität beziehen zu können. Aber die Verhältnisse, die sie vorfand, hielten sie nun schon über ein Jahr hier fest. Sie hatte sich ihnen schnell gewachsen gezeigt; nur zu dem stillen Genusse ihrer Seele kam sie überhaupt nicht mehr. Bis jetzt hatte sie sich dem Vater zu Liebe in Geduld gefaßt, immer in der Hoffnung, daß bald, bald doch die Tante den nunmehr erwachsenen Töchtern das Haus räumen würde.

Seit heute wußte sie, daß sie darauf nicht rechnen dürfe. Die Tante ging nicht. Bleiben konnte es so nicht. Aber zugleich hatte sie erkannt, daß auch ihr der Weg verschlossen war, das Haus zu verlassen.

Äußerlich hätte sie ja nichts gehindert. Im letzten Winter war sie mündig geworden. Sie besaß von ihrem Großvater mütterlicherseits ein ausreichendes Vermögen, um selbständig leben zu können, wenn auch in bescheidener Weise. Freilich war sie verwöhnt, aber doch erst in den letzten Jahren, und sie wußte sehr wohl von früher her, wie einfach man bestehen kann. Auch hätte der Vater nie einen äußeren Zwang auf sie ausgeübt, und der Rat und die Fürsorge von ihrem Paten Solves, schlechthin Onkel Geo genannt, war ihr sicher. Sie konnte morgen abreisen.

Konnte! Ja, konnte! Das war das dumme vieldeutige Wort! Sie konnte eben nicht, weil sie nicht durfte. Ein inneres Gesetz hinderte sie, eine Pflicht.

Der Vater bat nicht nur, er brauchte sie wirklich. Seine Tätigkeit für die Hellbornwerke war aufs engste mit dem Bestande seiner Häuslichkeit verknüpft. Seine rastlose Tätigkeit war nur möglich, wenn er daheim stets die Erholung zu kurzem Aufatmen fand und zugleich ein gastliches Haus, das zu jeder Stunde unerwarteten Besuchern, wichtigen und anspruchsvollen Geschäftsfreunden offenstand. Tante Minna leistete darin allerdings Außerordentliches. Sie war in Gesellschaft in höchstem Grade liebenswürdig und anregend, sie bildete einen gesuchten Mittelpunkt des Verkehrs und der gemeinnützigen Tätigkeit. Aber niemand hatte eine Ahnung von den Schwierigkeiten, unter denen dieser Schein des Behagens aufrecht erhalten wurde. Und daß dies möglich war, daß dies so blieb, das konnte allein Harda bewirken, Hardas Aufopferung.

So sollte sie denn unlösbar gebunden sein? War es nicht des Vaters Pflicht, das zu tragen, was er verschuldet hatte, die Folgen seines Leichtsinns auf sich zu nehmen? Mochte er doch die Tante heiraten! Dann würde sie gewiß wieder ruhig, vernünftig und gesund werden. Dann fand das Haus seine natürliche Repräsentation. Dazu den Vater zu bestimmen, sollte jetzt ihre Aufgabe sein. Dann konnte auch sie getrost auf die Universität gehen – –

Aber Sigi! Sigi – nein, nein – ihr konnte sie nicht zumuten, sich in diese neuen Zustände zu fügen, die sicher zu schwierigen Konflikten führen würden. Sigi sollte nicht darunter im Genusse ihrer Jugend leiden oder sich aus dem Hause getrieben fühlen. Um ihretwillen hatte sie ja jetzt alle Sorge und Qual allein getragen. Sigi bedurfte ihrer. Sie konnte nicht fort.

Und es mußte doch einen Weg geben! Wann konnte eine Pflicht gelöst werden? Konnte sie es? Ja, gewiß, aber nur durch eine höhere Pflicht. Und wo gab es eine solche? Die Pflicht gegen sich selbst? Sich selbst zu erhalten, sich den Lebensberuf, die Tätigkeit zu wählen, die allein ihrem Wesen gemäß schien, das Studium? Genügte das nicht?

Harda war nicht sicher, ob das ausreiche. Ihr Gefühl sprach dagegen. Es handelte sich dabei doch nur um ihr eigenes Wohl und Wehe, es lag etwas Egoistisches darin. Ja, wenn noch eine weitere Rücksicht mitspielte, nicht allein auf sich, auf jemand, der nicht geringeres Recht hatte als die Schwester? Wenn sie nun heiratete? Das war doch das Natürliche in ihrem Alter. Ja, das fühlte sie, wenn sie liebte und geliebt wurde, dann würde sie nicht zögern – – Und doch, wie konnte sie dem, der sie liebte, das gestehn, was sie von ihrem Hause zu verbergen hatte? Das schien ihr unmöglich – Aber wozu auch darüber grübeln? Der Fall lag ja gar nicht vor, sie liebte nicht – – Sie wollte darüber nicht nachdenken.

Und trotz alledem, der Gedanke verließ sie nicht. Fort wollte sie. Da war doch wohl nur der eine Ausweg – heiraten. Wenn sie wollte, Anträge konnte sie genug haben. Aber – konnte sie wollen? Wen denn? Sollte sie sich das wirklich überlegen?

Eigentlich war ihr die Frage in der letzten Zeit sehr stark entgegengetreten. Den niedlichen Ingeling und auch den stattlichen Elzer hatte sie beizeiten abfallen lassen, als sie ihr Geständnisse zu machen begannen. Randsberg? Sie lächelte nur, wenn sie an ihn dachte; das hatte sie noch nie bekümmert.

Aber es gab eine ernstere Frage, die sie nicht gern in Erwägung zog – sie fürchtete sich davor. Und doch wurde sie wahrscheinlich sehr bald vor die Entscheidung gestellt. Gestern abend – es war gar nicht mißzuverstehen. Eigentlich mochte sie ihn gern, den Kommerzienrat. Er war ihr sehr sympathisch, obwohl er reichlich fünfundzwanzig Jahre älter als sie war. Aber sie hatte überhaupt eine Vorliebe für ältere Herren. Und Frickhoff war trotz seines leicht ergrauten Haares eine glänzende Erscheinung, groß und kräftig, mit vornehmer Haltung, hoher Stirn, elegantem Bart und lebhaften Augen. Und er schwärmte für sie; immer rücksichtsvoll und zartfühlend machte er doch keinen Hehl aus seiner aufrichtigen Zuneigung. Sie wußte das ganz genau, daß er nichts Sehnlicheres wünschte, als sie in seine prächtige Villa im Gebirge zu führen und in sein glänzendes Haus in der Hauptstadt.

Frickhoff war der einflußreichste unter den Aufsichtsräten der Hellbornwerke. Durch seinen Reichtum und seine Verbindungen in der Finanzwelt war er von der größten Wichtigkeit für das Unternehmen. Niemals hatte Harda mit ihrem Vater anders als in harmlosen Neckereien über Frickhoffs Liebenswürdigkeiten gesprochen; dennoch wußte sie, daß er glücklich sein würde, wenn sie durch ihre Vermählung diese Verbindung festigte. Aber immer hatte sie mit instinktivem Takte Frickhoff in der Stellung des väterlichen Freundes gehalten, so daß er bis jetzt nicht gewagt hatte, sich direkt auszusprechen. Trotzdem konnte sie jeden Tag, wenn sie wollte, eine Entscheidung herbeiführen; nur hatte sie bisher im Ernst gar nicht daran gedacht, es zu wollen. Natürlich war ihr manchmal der Gedanke aufgestiegen, es war auch gar kein so übler Gedanke, über die Frickhoff'schen Millionen zu verfügen, und sie wußte von so mancher, die ihn sehr bestrickend fand – aber ihr flößte der Altersunterschied Bedenken ein, und vor allem, sie wollte noch gar nicht heiraten, sie wollte noch jung sein und – sie hatte so ihre Ideale – – Er war ja stattlich, ritterlich, gütig, klug und wohl auch ehrlich und zuverlässig, indessen, er war doch ganz und gar Geschäftsmann. Und wenn sie ihn heiratete, gewann sie denn dann, was sie suchte? Er sprach von Freiheit, nun ja, aber das konnte doch nicht die Freiheit werden, die sie sich erträumte. Aus diesem Hause kam sie wohl heraus, aber nicht aus der Unruhe, aus dem Kreise des großindustriellen Getriebes, aus der Hast des Geschäftslebens und den Pflichten ausgedehntester Geselligkeit – denn den Pflichten ihrer Stellung wollte sie sich nicht entziehen, um irgendwo ihren Privatneigungen zu leben – an ihr Studium würde also dann auch nicht zu denken sein. Nein, sie wollte nicht das große Leben, sie wollte – wenn sie überhaupt heiratete, so sollte es jemand sein, dessen Arbeitskreis und dessen Neigungen mit dem übereinstimmten, was ihre stille Freude war –

Warum hatte sich denn eigentlich der Doktor Eynitz gar nicht mehr sehen lassen? War sie mit der Einladung etwas voreilig gewesen? Wenn sie ihn nicht zufällig getroffen hätte, wäre wohl die Aufforderung unterblieben. Immerhin, er hätte doch seinen Besuch machen müssen. Daß er bei der flüchtigen Begegnung am Maschinenhause sich nicht aufhalten konnte, war ja selbstverständlich. Vielleicht hatte er auch noch gar nichts über den Sternentau mitzuteilen.

Warum fiel ihr das überhaupt jetzt ein? Diese Unterhaltung unter der Buche am Riesengrab! Ach ja, das war einmal so etwas anderes, das war ein sich Erschließen, sich Verstehen in einem Gemeinsamen, in dem Ganzen, Großen, Göttlichen des Lebens, wo die Rätsel wunschlos sind, im Frieden der Natur und Seele. Es war fast wie das Liebste und Schönste, das sie kannte, wie ein Sprechen und Schauen, ein Wandern und Fühlen mit ihm, mit dem besten, dem teuersten Freunde.

Sie öffnete die müden Augen und suchte die Dunkelheit zu durchdringen. Ganz nahe, in der Ecke vor ihr, schimmerte der weiße Marmor. Die Züge konnte sie nicht erkennen, aber die sah sie ja vor sich, wenn sie wollte. Du Lieber, Guter! Dich habe ich ja immer – was würdest du mir sagen, wenn ich dich fragte? Warum frage ich dich nicht? Noch ist die Zeit nicht gekommen. Ich weiß, was du sagen würdest: »Wage zu denken, vertraue dir selbst!« Ja, das will ich. Aber wenn ich nicht weiter weiß, dann wirst du mir das Rechte sagen – darauf will ich warten. Ich habe ja dich!

Noch einmal suchte ihr Blick die Büste. Doch was war das?

Dort in der Ecke, unter dem Laube des dichten Efeus, wo sie wußte, daß sich die Sporenbecher des Sternentaus weiter entwickelt hatten, dort glimmten zwei mattleuchtende Flecke, einer deutlich hellblau, der andere etwas dunkler. Und wirklich, was jetzt sichtbar wurde, waren zwei der Glöckchen, bei denen Harda schon am Tage ein stärkeres Hervordringen der silbernen Fädchen beobachtet hatte. Sie befanden sich ganz nahe an Hardas Platze; wenn sie sich aufgerichtet und vorgebeugt hätte, konnten ihre Finger sie berühren.

Jetzt bemerkte sie deutlich, daß sich die silberglänzenden Fäden kranzförmig hervorwölbten; von ihnen ging das Licht aus, das die blauen Kelche farbig sichtbar machte. Die ganze Erscheinung war in unverkennbarer Bewegung; die Entwicklung schritt merklich fort. Wie eine von feinsten Fäden gesponnene Krone wölbte sich eine Kuppel über dem Kelche und wurde zusehends größer.

Harda wollte aufspringen, Licht machen, näher hinblicken, nur fürchtete sie, etwas an der merkwürdigen Erscheinung zu versäumen. Doch sie hatte ja einen Einschalter unmittelbar zur Hand, da brannte die Wandbeleuchtung – so – es wurde hell. Die blauen Kelche blickten unter dem Efeu hervor, die Blätter waren auseinandergedrängt, aber die leuchtenden Fäden und die glänzenden Perlen im Innern waren überhaupt verschwunden, es war nichts weiter zu sehen. Sie drehte das Licht ab, und die Erscheinung war wieder vorhanden. Offenbar war die Bildung so fein und durchsichtig, daß sie nur im Dunkeln durch ihr Eigenlicht sichtbar wurde.

Harda streckte die Hand aus, zog sie jedoch wieder zurück, sie fürchtete durch ihre Berührung den offenbar äußerst zarten Prozeß zu schädigen. Und jetzt klopfte ihr das Herz, als sie sah, was weiter geschah.

Aus den Kelchen stieg es wie ein leichter, kaum sichtbarer, weißlicher Nebel; wie ein schwach schimmerndes Wölkchen zog es hervor, ohne bestimmte Gestalt zunächst. Nun aber wuchs es allmählich zu länglich runder Form und gliederte sich beweglich, schleierverhüllt. Die Erscheinung zeigte sich bei beiden Blüten, nur bei der dunkelblauen etwas später, so daß Harda die aufeinander folgenden Stufen wohl vergleichen konnte. Doch waren eben nur Umrisse wahrnehmbar.

Und nun – ist es möglich – die leichten Gestalten lösen sich ab von den Kapseln und frei, in sanfter Bewegung, schweben sie durch die Luft. Und während sie so dahingleiten, streckt es sich aus ihnen hervor wie zierliche Arme, die das feine Fadengespinst der Hülle abstreifen, und es zeigen sich kleine, fast menschenartige Figuren. Sie ergreifen das abgestreifte Gespinst, ziehen es auseinander und werfen es in neuer Form um sich wie einen Schleier. So anmutig schwebend ziehen sie im Zimmer umher, langsam, hierhin und dorthin, als wollten sie sich in dem unbekannten Raum orientieren.

Ihre Gestalt war durch den phosphoreszierenden Schleier so verhüllt, daß sie nicht deutlich erkennbar war. Wie gebannt folgten Hardas Augen ihren Bewegungen – gab es wirklich einen Reigen der Blumenelfen in der Nacht? Stiegen solche ätherische Wesen aus den Sporenkapseln des Sternentaus? Was würde Eynitz dazu sagen? Aber – jetzt werden die Elfen größer – nein, die Dunkelheit täuscht nur – sie schweben gerade auf Harda zu! Sie will aufspringen, sie kann es nicht; doch ihr ist gar nicht ängstlich zumute, nein – wie ein sanfter, wohltätiger, kühler Hauch geht es von den fremden Wesen aus – sie fühlt sich so ruhig, so still – die Augen fallen ihr zu – –

Und die Elfen schweben weiter und lassen sich auf das Haupt des Mädchens nieder, dort ruhen sie in der weichen, elastischen Seide des Haares. Sie reden zu einander in einer Sprache, die von Menschen nirgends gesprochen wird, und doch, was sie sagen, bebt nach im Gehirn der Schlummernden und wirkt darin Gedanken nach Menschenart. Stimmen des Waldes glaubt sie zu vernehmen, und unbekannte Welten öffnen geheimnisvolle Pforten vor großleuchtenden Augen. Des Tages Hast und Unruhe sinkt hinab ins Reich des Überwundenen, und freundliche Hoffnungen steigen siegreich empor.

Der Botaniker

Als Eynitz sich nach seiner Begegnung mit Harda am Riesengrabe von ihr verabschiedet hatte, war er überzeugt, einen sehr richtigen Entschluß gefaßt zu haben, daß er der Einladung zu Direktor Kern nicht Folge leistete. So schritt er schnell seiner Wohnung zu. Es drängte ihn, der hochinteressanten, wissenschaftlichen Aufgabe, die ihm durch die neu entdeckte Pflanze gestellt war, sich möglichst eifrig zu widmen. Allerdings, es blieb dabei nicht zu vermeiden, sich auch mit der ersten Auffinderin des Sternentaus zu beschäftigen, aber – das konnte ja ganz objektiv geschehen – eine Gemeinsamkeit theoretischer Interessen brauchte zu nichts zu verpflichten. Das heißt, ja, verpflichtet war er durch allerlei Mitteilungen – richtig! Efeu, lebenden Efeu mußte er haben, sonst konnte er seine Ausbeute am Sternentau nicht in lebendiger Entwicklung beobachten. Hatte ihm Fräulein Kern doch gesagt, daß die Pflanze nur unter Efeu gedeihe.

Es gelang Eynitz in der Tat gleich auf dem Heimwege, trotz des schon eingetretenen Feierabends, bei einem Gärtner in seiner Nachbarschaft sich einen geeigneten Efeustock zu verschaffen, und noch ehe er sich eine hastige Abendmahlzeit gönnte, setzte er die sorgfältig am Riesengrab losgelösten Exemplare ein.

Seine Krankenbesuche erledigte er so schnell wie möglich und traf dann alle Vorbereitungen zu seiner Untersuchung. Er besaß noch von seiner Studienzeit her ein vorzügliches Mikroskop, das mit allen Apparaten zu subtilen biologischen Arbeiten versehen war. Bis spät in die Nacht hinein saß er vor seinen Präparaten, soweit dies bei Lampenlicht möglich war, und schon am frühen Morgen nahm er die Arbeit wieder auf.

Auch die nächsten Tage widmete er jede freie Stunde dem Rätsel des Sternentaus. Was er sah, spannte seine Wißbegier aufs höchste. Jeder Erfolg, der ihn vorwärts führte, stellte ihn vor neue Probleme. Technische Schwierigkeiten, neue Methoden der Färbung, der Beleuchtung waren zu versuchen, dann galt es, die erhaltenen Funde zu deuten.

Zum Glück war in den Hellbornwerken der Gesundheitszustand verhältnismäßig gut, und kein größerer Unfall erforderte seine ärztliche Tätigkeit. Sehr bald hatte er feststellen können, daß die gefundenen Glöckchen des Sternentaus, wie er vermutet, nur scheinbar Blüten waren, daß sie vielmehr die Träger von Sporangien vorstellten, die in den perlenartigen Vorsprüngen ihren Sitz hatten. Was er aber weiter an der schnell fortschreitenden Entwicklung wahrnahm, das überstieg so völlig alles bisher an Kryptogamen Beobachtete, daß er erst seinen Augen nicht trauen wollte. Es blieb indessen kein Zweifel, derselbe Prozeß wiederholte sich bei jeder Versuchsreihe, jedoch immer nur bis zu einem bestimmten Zustande. Dann wurden die Zellen während ihrer Veränderung allmählich unsichtbar, kein Mittel mehr vermochte eine Färbung hervorzurufen, das Präparat verschwand langsam unter dem Mikroskop. Die Gesamtmasse der Fäden zwar blieb an der Kapsel noch sichtbar, aber unter dem Mikroskop waren die lebenden Zellen nicht mehr wahrzunehmen. Die zu Versuchszwecken angeschnittenen Teile entwickelten sich an der Pflanze nicht weiter.

Jeden Tag dachte Eynitz daran, was er Harda zu berichten habe, was er berichten könne, und jedesmal hoffte er sicherer Entscheidendes zu erfahren, wenn er noch einen Tag warte. So war eine Woche vergangen. Es ließ sich ja nicht ändern, daß er immer wieder an jene Begegnung am Riesengrab zurückdachte. Dafür sorgte schon das Problem des Sternentaus. Da er nur die notwendigsten Wege machte, war er auch Harda nicht zufällig begegnet, nur einmal glaubte er sie von ferne in ihrem Wagen gesehen zu haben.

Da kam das flüchtige Zusammentreffen bei dem Unfall im neuen Maschinenhaus. Es war ja wirklich keine Zeit zu einer Unterhaltung, aber schließlich erschien er sich doch recht ungeschickt – steckte nicht eine Art Verlegenheit dahinter, daß er so schnell vorübergelaufen war? Nachträglich betraf er sich manchmal bei einem Bedauern, daß er nicht die Gelegenheit jener Einladung benutzt hatte, der Familie näher zu treten. Und jetzt, als er wieder daran dachte, schlug er sich symbolisch mit der Hand vor den Kopf – ganz in sein Problem versunken hatte er ja die einfachste gesellige Höflichkeit außer Acht gelassen, er hatte noch nicht einmal seinen Dankbesuch für die Einladung abgestattet.

Trotzdem nahmen ihn die Untersuchungen so in Anspruch, daß er drei weitere Tage versäumte. Am Samstag Abend fiel ihm das wieder ein. Heute war's schon zu spät. Aber morgen wollte er bestimmt hingehen. Überhaupt morgen, Sonntag, das war ja der richtige Tag dazu. Einen gewissen Abschluß hatte er erreicht. In so kurzer Zeit ließ sich eben mehr nicht feststellen; er bedurfte jetzt, um weiter zu kommen, ganz neuer Studien, über die noch Monate hingehen mochten.

Spät in der Nacht setzte sich Eynitz noch über ein neues Präparat. Er hatte zum ersten Male beobachtet, daß bei zwei seiner Sporenbecher die Entwicklung der Fäden sich auffallend beschleunigte. Um diese Phase zu studieren, entnahm er dem einen Pflänzchen ein Stückchen der wachsenden Substanz und brachte einen seinen Schnitt davon unter das Mikroskop; aber hier mußte er bald bemerken, daß sie ebenfalls seinen Augen entschwand.

Da ging die Klingel, er wurde zu einem Kranken gerufen; er wußte, daß hier Gefahr im geringsten Verzuge war, ließ alles stehen und liegen und lief fort.

Als er nach einer Stunde zurückkehrend sich durch den dunkeln Korridor getastet hatte und die Tür seines Zimmers öffnete, sah er an dem offenen Fenster einen unbestimmten Lichtschimmer, als zöge dort ein etwa handgroßer, leicht phosphoreszierender Gegenstand hinaus. Er eilte an das Fenster, konnte aber hier im Dämmer der Sommernacht nichts Bestimmtes erkennen. Es war wohl eine Täuschung gewesen, vielleicht irgend ein subjektives Nachbild.

Schnell warf er, ohne Licht zu machen, die Kleider ab, und nur, als er das Futteral mit den Instrumenten, die er bei sich trug, auf den Arbeitstisch legte, brachte er rein mechanisch sein Auge für einen Moment an das Okular des Mikroskops. Und da – merkwürdig – das Gesichtsfeld schien schwach erhellt. War es ein Reflex? Nun sah er näher zu. Er hatte beim Fortlaufen das Präparat unter dem Objektiv gelassen. Und jetzt, als alles finster war, sah er wieder die Zellen, aber nun selbstleuchtend, wenn auch nur ganz schwach. Er machte Licht und nichts mehr war zu sehen. Aber im Dunkeln vermochte er wieder das Präparat in seinem matten Eigenlicht zu erkennen. Er prüfte sorgfältig und suchte sich die eingetretenen Veränderungen möglichst genau einzuprägen, um sie zeichnerisch festzuhalten. Dazu mußte er aber Licht haben. Als er dies wieder auslöschte, um nochmals sein Präparat zu vergleichen, hatte es sich so stark verändert, daß er jeden Versuch aufgeben mußte, den Verlauf zu verfolgen. Er erleuchtete nun das Zimmer und untersuchte den Zustand der lebenden Sporenkapseln.

Aber wohin war der Inhalt gekommen? Die blauen Blättchen hingen traurig herab, die Silberfäden dagegen und ihr gesamtes, hervorgewölbtes Gespinst war vollständig verschwunden. Er kleidete sich wieder an und untersuchte mikroskopisch die vertrockneten Stellen, wo die Fäden sich abgelöst hatten, die Reste der Becher, die Blätter und Bodenteilchen der Umgebung, um irgend welche Spuren von Sporen zu finden, in die sich die Fäden aufgelöst haben mochten, aber es war nichts zu sehen. Sie mußten wirklich optisch unsichtbar oder unter der Sehschärfe seines Instrumentes sein. Doch auch das Präparat zeigte sich jetzt nicht mehr auffindbar, weder bei Beleuchtung noch im Dunkeln. Es war jedenfalls abgestorben, so daß es nicht mehr selbst leuchten konnte.

Der Morgen dämmerte schon hell, als Eynitz ermüdet sein Lager aufsuchte.

∗∗∗

Gegen Mittag betrat Eynitz die Empfangsräume der Villa Kern. Ob er Harda treffen würde? Und im glücklichen Falle, wie sollte er zu einer Aussprache kommen? Was er ihr über den Sternentau zu sagen hatte, das konnte er nur unter vier Augen mitteilen. Und er traute sich gar keinen Anspruch darauf zu, daß Harda ihm dazu Gelegenheit geben würde. Wer weiß, ob ihr Interesse an der Natur des Sternentaus überhaupt noch vorhanden ist? Das geplante große Waldfest der Erholungsgesellschaft war ja Wiesberger Stadtgespräch. Da mochte wohl Harda Kern an nichts anderes mehr denken.

Er hatte einige Zeit zu warten, dann erschien die Tante, Fräulein Minna Blattner. Sie empfing ihn mit der Liebenswürdigkeit, die in ihrer Natur lag und nur verschwand, sobald sie die Erinnerung an ihre getäuschte Hoffnung überwältigte. Sie bedauerte, daß ihre Nichten nicht anwesend wären, Sigi hätte in der Stadt zu tun und Harda – – Eigentlich wollte sie sagen, daß Harda eine schlechte Nacht gehabt habe und noch schliefe, im Augenblicke fiel ihr aber ein, daß es ratsamer wäre, Eynitz gegenüber vom Gesundheitenstand der Familie überhaupt nicht zu sprechen. Daher ging sie über Eynitz' Frage nach dem Befinden Hardas mit einem freundlichen »Danke« hinweg und verwickelte ihn in ein Gespräch über den Gesundheitszustand und die sanitären Maßregeln in der Fabrik.

Eynitz beeilte sich nicht, den Besuch abzubrechen, da er immer noch auf das Erscheinen von Harda hoffte, schließlich aber, zumal weitere Gäste gemeldet wurden, mußte er doch nach seinem Hute greifen und sich empfehlen.

***

Nach ihrem Erlebnis mit den Elfen des Sternentaus hatte Harda nur wenige Stunden auf dem Divan geschlummert. Schon um sechs Uhr war sie beim Frühstück des Vaters erschienen, aber sogleich nachher wieder auf ihr Zimmer geeilt. Sie schloß Fenster und Vorhänge und legte sich zu Bett, denn sie hatte das Bedürfnis der Ruhe. Vor ihren geschlossenen Augen sah sie noch einen Augenblick die beiden vertrockneten Fruchtkapseln des Sternentaus, aus denen zwei seltsame Gestalten emporschwebten. Ohne Erstaunen erkannte sie darin den Kommerzienrat und Eynitz, die einen Luftreigen um die Büste aufführten und zu dieser irgend etwas sagten, was Harda nicht mehr verstand; dann umhüllte sie der glückliche, traumlose Schlaf der Jugend.

Als Harda erwachte, war es wirklich schon spät am Vormittag.

Sie fühlte sich ganz wohl. Ja sie spürte sogar einen recht realen Hunger. Ach, da in ihrem Schränkchen gab es immer etwas seine Schokolade, die schmeckte jetzt ausgezeichnet.

Erst während sie Toilette machte, trat ihr wieder die merkwürdige Erscheinung der Nacht lebendig vor Augen. Sie suchte sich alles genau zu vergegenwärtigen. War denn so etwas möglich? Aber es konnte kein Traum sein. Dort vom Divan aus hatte sie es deutlich gesehen. Das weiße Gespinst im Innern der blauen Glöckchen war jetzt tatsächlich völlig verschwunden, während die Kapseln zwar vertrocknet, aber doch noch vorhanden waren. Wo sind die schwebenden Figuren hingekommen? Sie wußte ja, daß sie bei Licht nicht sichtbar sind. Es war doch wirklich unausstehlich von Eynitz, daß er gar nichts über den Sternentau hatte hören lassen! Außerdem war er noch einen Besuch schuldig. Nun, er mochte wohl vor dem Sonntag dazu wirklich nicht Zeit gefunden haben. Das wäre ja heute! Aber, wenn sie ihn auch über kurz oder lang allein sprechen sollte, würde sie sich nicht lächerlich machen, wenn sie von den leuchtenden Elfen etwas sagte?

Als sie so in ihren Überlegungen hin und wieder zwischen den Spalten der Jalousien hindurch die Blicke hinausschweifen ließ, sah sie auf dem Wege vom Gartentor her einen Herrn in hohem Hute und schwarzem Rocke herankommen. Jetzt hob er ein wenig den Kopf und spähte flüchtig nach den Fenstern. Das war ja der Doktor Eynitz, freilich! Auf einmal erschien er ihr gar nicht als ein so verwerflicher Verbrecher. Vielmehr verspürte sie eine ganz besondere Lust, ihn womöglich ohne weitere Zeugen zu sprechen. Sie mußte endlich etwas vom Sternentau erfahren. Da unten, während des offiziellen Besuches, war dazu wahrscheinlich keine Gelegenheit. Den mochte er nur ruhig erst abmachen.

Schnell zog sie sich zum Ausgehen an. Sie verließ das Haus auf der Seite nach dem Park zu und wandte sich erst hinter den Warmhäusern nach dem Eingangstore, wo sie den Gemüsegarten und die Blumenbeete eingehend inspizierte. Einem vorfahrenden Wagen wich sie rechtzeitig hinter den Sträuchern aus, dann sagte sie bei sich unwillig: »Macht dieser langweilige Mensch einen langweiligen Besuch!« Endlich aber sah sie die schwarze Gestalt auf dem Wege von der Villa her herankommen.

Einen Blumenstrauß, den sie sammelte, in der Hand haltend, hatte Harda nur Augen für die Beete, als sie nahe Schritte hörte und zugleich Eynitz' Begrüßungsworte vernahm. Genau verstand sie eigentlich nicht, was er sagte; denn die Entschuldigung war ziemlich verworren, und sie mußte sich gerade herab bücken, um eine weiße Nelke zu pflücken, wobei ihr zu ihrem Ärger das Blut in die Wangen stieg.

»Ja,« sagte er fortfahrend, »meine Untersuchungen ließen leider nicht eher zu, daß ich – ich bin sehr glücklich, gnädiges Fräulein noch zu treffen – es ist so Merkwürdiges, was ich zu sagen habe. Wann darf ich Ihnen wohl einmal Bericht erstatten?«

»Also, Sie wissen Näheres vom Sternentau?« antwortete Harda jetzt lebhaft. »Das ist brav, Herr Doktor. Ja, haben Sie jetzt vielleicht Zeit? Ich wollte eben noch einen kleinen Gang durch unsern Park machen.«

Heute hatte er natürlich Zeit.

Sternentau

Die beiden Botaniker schritten durch den Wirtschaftsgarten nach den Anlagen, wo hohe Buchen wohltuenden Schatten verbreiteten. Öfter blieb Eynitz stehen, wenn seine Demonstrationen eifriger wurden. Er holte einige Zeichnungen aus der Tasche und erläuterte daran, was er berichtete. »Zunächst also,« wiederholte er, »hat sich meine Annahme vollständig bestätigt, daß es sich bei den Pflänzchen des Sternentaus um Sporenbildung auf ungeschlechtlichem Wege handelt. Die glänzenden kleinen Erhebungen unter den silbernen – richtiger seidenartig schimmernden – Fädchen, wonach Sie der Pflanze den bezeichnenden Namen Sternentau gaben, erzeugen in sich Sporen. Die wuchsen in der Tat wie bei manchen Kryptogamen sogleich in der Kapsel weiter aus, wobei die Fäden eine selbständige Rolle spielten – es war mir das ganz neu. Es wuchs nämlich jede der Sporen mit mehreren Fäden zusammen. Hierbei zeigte sich nun, daß die bisher überall in den Zellen vorhandenen Doppelkerne sich trennten. Die neu entstandenen Gebilde enthielten nur Zellen mit einem Kern. Diese Reduktion der Kerne beweist, daß hier eine ganz andere Generation im Entstehen begriffen ist. Entschuldigen Sie, aber ich muß da etwas ausführlicher sein –«

»Sie brauchen sich nicht zu entschuldigen, Herr Doktor, ich bin auf akademische Vorträge vorbereitet,« sagte Harda lächelnd. »Habe ich Ihnen nicht mitgeteilt, daß ich das Reifezeugnis eines Realgymnasiums besitze?«

»Sie haben – ach, gnädiges Fräulein – Sie sprachen allerdings von dem Wunsche, Botanik zu studieren – ich habe das nicht so formell verstanden –«

»Es ist ganz ernstlich gemeint. Vater konnte mich nur bis jetzt nicht entbehren. Aber bitte, fahren Sie fort. Sie wollen jedenfalls sagen, daß eine Trennung der Geschlechter auftritt, männliche und weibliche Sporen.«

»Ganz richtig. Nur paßt eben die Bezeichnung Sporen nicht mehr, man müßte da neue Fachausdrücke einführen. Es bilden sich nämlich nicht etwa gleich Keimzellen, die ausschwärmen und dann durch ihre Vereinigung den neuen Pflanzenkeim erzeugen, sondern die Sache verläuft viel komplizierter. Und – um es gleich zu sagen – ich habe sie bisher leider nicht bis zu Ende verfolgen können. Aus den Sporenbechern erhebt sich ein verwickelter eigenartiger Organismus, zu dem die Fäden sich vereinigen, und zwar zeigt dieses Wachstum in den hellblauen und den dunkelblauen Bechern etwas verschiedene Formen, woraus ich auf einen Geschlechtsunterschied der beiden Bildungen schließe. Nun ist aber dabei noch etwas ganz Unerklärliches.«

Eynitz machte eine Pause. Harda ging schweigend neben ihm in ungeduldiger Spannung. Aber sie wagte keine Frage zu stellen. Endlich begann Eynitz wieder:

»Es wird Ihnen vielleicht sehr gleichgültig sein und nebensächlich vorkommen, aber als Biologe muß ich Ihnen sagen, wenn ich es nicht durch wiederholte Prüfungen festgestellt hätte, würde ich es nicht glauben. Leider konnte ich keine Photographien ausführen, jedoch hier sind die Zeichnungen. Die neuen Bildungen zeigten Formen, wie sie bei Pflanzen bisher überhaupt niemals beobachtet worden sind – die Zeichnungen werden Ihnen ja nichts sagen – die Sache ist die, daß sich der ganze Charakter des neuen Organismus verändert hat, auch chemisch, soweit ich dies feststellen konnte. Wenn man eine entsprechende Bildung in der Natur sucht, so kann man sie nur im Tierreich finden, in den Zellen der nervösen Substanz, im Gehirn des Menschen. Und nun, als ich so weit war, daß über diese vollkommen neue Tatsache kein Zweifel mehr bestehen konnte, da wurde jede weitere Untersuchung unmöglich. Die Präparate verschwanden einfach unter dem Mikroskop, das heißt, es gelang durch kein Mittel, irgend eine Einzelheit sichtbar zu machen.«

»Sie mußten die Versuche aufgeben?«

»Sagen wir, vorläufig abbrechen. Denn es kommt noch etwas ganz Seltsames. Denken Sie sich, in dieser Nacht –«

»In dieser Nacht –« stieß Harda unwillkürlich hervor und blieb stehen.

»Ja,« fuhr Eynitz fort, »ich wurde gerufen zu den armen Sands – Sie wissen – Bei meiner Wiederkehr blickte ich, gewissermaßen zufällig oder spielerisch, während das Zimmer vollständig dunkel war, in das Mikroskop, und was sehe ich? Die bei Beleuchtung unsichtbaren Zellen zeigten sich jetzt in einem matten Eigenlichte, das bei Belichtung wieder verschwand.«

»War das Licht der Substanz so – so phosphoreszenzartig?« fragte Harda mit erregter Stimme.

»Ja. Ich muß noch etwas ergänzen. Sie können sich denken, daß die Exemplare, die ich bisher untersucht hatte, durch meine Eingriffe in ihrer Entwicklung gestört wurden. Ich sah nun zum ersten Mal den, wie es scheint, letzten Prozeß der sichtbaren Entfaltung, der außerordentlich rasch vor sich geht. Als ich das letzte Präparat entnahm, waren zwei der Sporenbecher in diesem höchsten Stadium, die Fäden bildeten eine stark hervorgequollene Wölbung. Als ich nach meiner Rückkehr danach sah, war der ganze Inhalt vollständig verschwunden – es war nichts mehr zu entdecken als die vertrockneten Kapseln, und weder in diesen noch irgend in der Umgebung konnte ich Spuren von zerstreuter oder zerstörter Substanz auffinden. Die ganze Masse muß direkt unsichtbar geworden sein.«

»Oder davongeflogen,« sagte Harda leise.

»Wie?« fragte Eynitz.

Harda schüttelte nur den Kopf.

Sie waren bis nahe zur Grenze des Parkes gekommen. Vor einer Bank stand ein Naturtisch. Hinter einem Geländer blickte man durch Baumwipfel in die Schlucht, auf deren andrer Seite das Riesengrab anstieg. Unten rauschte die Helle.

Harda setzte sich. Sie mußte erst versuchen, sich klar zu machen, was das alles bedeute. Sollte sie von ihrer Beobachtung erzählen? Wenn er sie bloß für einen Traum hielt?

»Es ist nun eine sehr wichtige Frage,« hub Eynitz wieder an, »wie Sie, gnädiges Fräulein, sich zu meiner Entdeckung stellen. Freilich ist das Ganze für eine Veröffentlichung noch nicht reif, darüber kann noch längere Zeit vergehen, man muß vorsichtig sein. Auf der andern Seite liegen aber hier Probleme, über deren Konsequenzen ich mich gar nicht recht auszusprechen wage – die jedenfalls von der Wissenschaft verfolgt werden müssen und denen ich allein nicht gewachsen bin – weder nach Zeit noch nach Mitteln der Untersuchung.«

»Aber was soll dabei auf mich ankommen?« fragte Harda.

»Sie haben die Pflanze zuerst gefunden und gezogen, Sie haben mich auf den Zusammenhang mit dem Efeu aufmerksam gemacht, Sie waren auch so gütig, mir die Veröffentlichung zu gestatten. Nun hat sich aber etwas ergeben, das ganz über alle Erwartung hinausgeht. Es handelt sich voraussichtlich um einen Generationswechsel zwischen organischen Formen, von denen man noch gar nichts weiß. Ich kann das Wunderbare nicht besser verdeutlichen als mit dem Bilde, das ich schon einmal gebraucht habe, von dem Strauche, der Hühnchen und Hähnchen trägt, aus deren Eiern erst wieder der Strauch wächst – nur daß wir die Hühnchen und Hähnchen noch nicht selbst gesehen haben – hm, ja – wie dem auch sein mag – Eines ist unbedingt nötig: Das Material der Untersuchung muß der Wissenschaft zugänglich gemacht werden. In meinen Augen sind Sie die einzige Herrin –«

Harda sah ihn mit einem leichten Lächeln an. Er gefiel ihr doch wirklich sehr in seinem Eifer, die Augen glänzten ihm entschlossen und er war so ganz bei der Sache, er hatte gewiß gar nicht den Doppelsinn seiner Worte gemerkt. Und doch stockte er bei Hardas Blick momentan.

»Ich meine, Sie haben über das Material zu verfügen – wenn ich Mitarbeiter in der gelehrten Welt finde, wird die Sache Aufsehen erregen, und dann kann ich doch Näheres über die Auffindung, wohl auch Ihren Namen nicht verschweigen. Der Platz wird aufgesucht werden, es handelt sich nicht mehr um eine Spezialität für Liebhaber, sondern um einen Typus, der auf ganz neue Anschauungen führen kann – und gegen Ihren Wunsch tue ich selbstverständlich nichts.«

Eynitz hatte seinen Hut auf den Tisch gestellt neben Hardas Blumen. Sie sah vor sich nieder und spielte mit ihrem Schirm. Dann sagte sie nachdenklich:

»Halten Sie mich nicht für unbescheiden oder neugierig –«

Eynitz machte eine Bewegung des Entsetzens, als hätte er die größte Lästerung vernommen.

»Ich habe einen ganz bestimmten Grund zu fragen. An was dachten Sie wohl, als Sie von Konsequenzen sprachen, über die Sie sich nicht äußern wollten? Darf ich davon nichts hören? Bitte, setzen Sie sich doch.«

»O, Fräulein Kern, Ihnen gegenüber darf ich vielleicht etwas sagen, was mir vor meinem wissenschaftlichen Gewissen selbst noch zu phantastisch scheint. Aber der Gedanke beschäftigt mich. Man muß sich doch sagen: Wenngleich die Individuen der neuen Generation unsern bisherigen Forschungsmitteln vorläufig entschwunden sind, es muß immerhin etwas aus ihnen geworden sein. Wo sind die Fädengespinste hingekommen? Mögen sie auch für unsre Sinne unsichtbar geworden sein, irgendwo und wie müssen sie noch existieren, denn sonst könnte sich der Sternentau nicht durch Sporen fortpflanzen, also auch nicht hier so unvermittelt aufgetreten sein. Es muß sein Keim irgendwoher gekommen sein, und dieser Keim muß einer solchen Generation entstammen, wie sie unsern Augen entschwunden ist. Und das letzte, was ich von dieser gesehen habe, das waren keine pflanzlichen Gebilde, es war etwas nach unserm bisherigen Wissen auf Erden überhaupt Neues wie der Sternentau selbst. Nun – was soll man da denken? Ich kann mir nicht helfen! Bestehen jene unbekannten Organismen aus Zellen nicht bloß tierischen, sondern geradezu nervösen Gefüges, so – man möchte meinen – sind es bewußte, vielleicht intelligente Wesen, deren Körper uns unsichtbar sind.«

Er drückte die Hand an seine Stirn.

»Fräulein Kern, halten Sie mich für keinen Phantasten, ich weiß nur nicht –«

Er sah ganz verzweifelt aus. Harda mußte ihn anblicken. Sie verstand ihn. So steht ein ernster, gewissenhafter Forscher vor dem Naturgeheimnis – fast durchsichtig war der Schleier geworden, der ihn davon trennte, aber er traute seinen Augen nicht. Denn er wußte, er befand sich an einer Grenze, jenseits deren seine Mittel keine Macht mehr hatten. Und sie, sie hatte Teil daran, sie wußte noch mehr – –

»Aber vielleicht irre ich mich,« sagte er tonlos.

»Sie irren sich nicht!« rief Harda. Sie erschrak fast über das Wort, aber sie hatte es gesagt.

Er sah sie erstaunt an, freudig erstaunt.

»Ich darf es Ihnen nicht länger verschweigen,« sprach sie lebhaft weiter. »Ich habe auch eine Beobachtung gemacht. Nur hatte ich nicht den Mut, sie für wirklich zu halten. Unter dem Efeu in meinem Zimmer habe ich ebenfalls Sternentau gezogen, der eine Anzahl Sporenkapseln entwickelt hat. Die eine war besonders weit vorgeschritten, wie ein weißes Spitzen-Häubchen kam es heraus –«

Eynitz nickte eifrig beistimmend. »Sehr zutreffend!«

»Und am andern Morgen, als ich nachsah, – alles fort, die Kapseln leer und vertrocknet! Eigentlich wollte ich es Ihnen gleich mitteilen – es war am Mittwoch – aber Sie waren sehr eilig – doch das gehört nicht hierher. Machen Sie kein so bekümmertes Gesicht, Herr Doktor. Ich habe etwas viel Wichtigeres zu sagen, etwas Ernstes, wie mir jetzt scheint, von der Nacht zu heute. Ich lag schlaflos auf dem Diwan, die Becher waren meinem Gesicht so nahe, daß ich sie fast mit der Hand erreichen konnte. Zwei von ihnen hatten wieder diese Häubchen angesetzt, das hatte ich schon am Tage bemerkt. Nun war es ganz finster. Da sah ich, daß die Becher bläulich leuchten, und zwar ging das Licht von dem Fadengespinst aus, so daß man die blauen Blätter erkannte. Auf einmal nahm die Entwicklung lebhaften Fortgang, wie schwach leuchtende Wölkchen und schleierhafte Gestalten wuchs es heraus. Ich machte Licht, da sah man nichts; im Dunkeln war alles wieder da. Ich fing an mich zu ängstigen. Vor meinen Augen wurden diese Gebilde etwa handgroß, leicht hin und her wehend; sie lösten sich von den Kapseln ab, sie streiften wie mit feinen Ärmchen an sich herum und hüllten sich ein; so schwebten sie durch das Zimmer wie Elfen im Reigen, auf mich zu – da verlor ich das Bewußtsein. Als ich aufwachte, war es Tag, alles ist verschwunden – wie Sie wissen. Sie können sich denken, daß ich annehmen mußte, ich hätte nur geträumt.«

Eynitz saß noch eine Weile mit weiten Augen in tiefem Nachdenken. Dann fuhr er auf.

»Nein, nein! So ist es! Was Sie sagen, erklärt mir vieles. Als ich in mein verdunkeltes Zimmer trat, sah ich etwas schwach Leuchtendes, das durchs offene Fenster hinausschwebte; ich glaubte an eine Täuschung und legte dem kein Gewicht bei, da ich an gar keinen Zusammenhang dachte. Aber die Fäden waren fort. Nein, Fräulein Kern, Sie haben nicht geträumt. Es kann nicht anders sein, ich sehe den Zusammenhang. Die Individuen der zweiten Generation des

Sternentaus, botanisch wären sie als »Gametophyten« zu bezeichnen, sind offenbar durchscheinend wie Luft, im Tageslicht nicht sichtbar, können aber Eigenlicht entwickeln, so daß sie im Dunkeln wahrnehmbar werden. Bei der Reife lösen sie sich von den Kapseln des Sternentaus ab und schweben frei in der Luft, wie die Quallen vom Korallenstock im Wasser schweben – Sagten Sie nicht auch etwas von Ärmchen? – Gleichviel! Es paßt alles zusammen! O, wie danke ich Ihnen! So ist doch ein Sinn darin, überraschend, neu, aber doch nicht wunderbar, nicht mehr unerklärlich.«

Harda stand erregt auf.

»Dann dürfen wir uns wohl gratulieren?« sagte sie lebhaft und streckte ihm die Hand entgegen. Auch ihr glänzten die Augen freudig. »Sehen Sie,« sagte sie heiter, »da habe ich in meiner Dummheit ganz recht gehabt, wenn ich meinte, die neue Generation werden richtige Elfen sein, Blumengeister, die aus den Blüten in die Lüfte schweben.«

Eynitz lächelte erst glücklich, dann wurde sein Gesicht wieder ernst. Nachdenklich sah er vor sich hin und schwieg. Auch Harda hielt an. Sie hatte sagen wollen: »Wer weiß, welche Geheimnisse sie uns noch verraten.« Da kam ihr die geheimnisvolle Stimmung in den Sinn, die schon zweimal an sie herangetreten war, und der Gedanke war ihr unheimlich, daß hier vielleicht wirklich ein Zusammenhang sein könnte.

»Glauben Sie denn,« fragte sie fast schüchtern, »daß diese Individuen der zweiten Generation, wie Sie sagen, wirklich auch geistige Fähigkeiten haben könnten, ein gewisses Verständnis für das, was sie wahrnehmen? Wenn sie doch tierähnlich organisiert sind –«

»Ja,« sagte Eynitz, »besteht die organische Verwandtschaft, so wird auch die psychische mindestens denkbar. Aber – hier liegt überhaupt das Bedenken, was alle unsre schönen Ergebnisse in Frage stellt. Aus Pflanzen können keine hochstehenden Tiere, mit Gehirn und Intelligenz, hervorgehen. Das ist unmöglich, einfach unmöglich. Es widerspricht dem Gesetze der Entwicklung, wonach die Trennung zwischen Pflanze und Tier ganz unten im Stammbaum der Organismen, bei den Protisten, ein für allemal eingetreten ist. Und daran scheitert unsre Hypothese. Eine höhere Pflanze und ein intelligentes Geschöpf, sagen wir auch nur ein tierartiges Wesen, als gegenseitige Geschlechtsfolge, das ist auf der Erde nicht denkbar.«

»Die Erde ist nicht die Welt!« Harda wußte selbst nicht, wie ihr der Ausruf auf einmal in die Gedanken kam. Es war wohl in Erinnerung an ein Gespräch mit Geo.

Eynitz sah sie groß an. Er nickte.

»Schon wahr, schon wahr,« sagte er. »Aber wir sind auf der Erde. Und wo führt das hin? Wir dürfen nur verwenden, was wir beweisen können.«

Harda seufzte.

»Übrigens,« bemerkte Eynitz tröstend, »warum sollen denn diese schwebenden Blasen, die Gametophyten des Sternentaus, gerade höhere Organismen, womöglich gar Intelligenzen sein? Es war das ein voreiliger Einfall von mir. Der morphologische Befund, soweit er bis jetzt reicht, ließe wohl noch andere Deutungen zu. Naturwissenschaftlich geht uns das ja gar nichts an, ob sie bewußte Wesen sind oder nicht. Vielleicht sind's bloß mit Luftballons, ich meine mit Gasblasen, segelnde Vorkeime von bisher unbekannter Bildung. Wir haben nur Bau, Wachstum, Funktionen ihres Körpers festzustellen. Und damit haben wir vorläufig noch genug zu tun.«

»Sie haben ganz recht, Herr Doktor, wir wollen weiter beobachten. Jeder auf seine Weise. Und teilen wir uns alles ehrlich mit.«

»Ich hoffe, recht bald wieder vorzusprechen. Darf ich noch fragen, wie lange wohl die ganze Entwicklung gedauert hat von dem lebhaften Hervorquellen an bis zur Loslösung?«

»Genau kann ich es nicht sagen, aber es war drei Uhr vorüber, als ich mich niederlegte, und um vier Uhr schlief ich schon, denn die erste Dampfpfeife habe ich nicht mehr gehört. Ich glaube, mehr wie eine halbe Stunde nahm der Vorgang nicht in Anspruch.«

»Dann wäre es auch erklärlich, daß ich nichts davon bemerkte. Der Prozeß muß sich gerade in der Stunde abgespielt haben, in der ich abberufen war. Und da das Fenster offen stand, konnten die Gespenster davonfliegen.«

»Das nächste Mal müssen wir sie festhalten. Aber wie?« rief Harda.

»Wenn ich nur wüßte, wo noch genügend entwickelte Kapseln sind. Ich werde versuchen, heute nachmittag von oben her den Weg zum Riesengrabe zu finden.«

»Das können Sie von unten her bequemer haben,« lachte Harda. »Mit Hilfe unseres Schlüssels.«

Harda unterbrach sich. Sie überlegte. Es fiel ihr ein, daß ja vor allem auf dem Friedhof die Untersuchung zu machen wäre, dort gab es gewiß Ausbeute. Und auf einmal erschienen ihr die Gespenster des Wächters Gelimer in anderm Lichte. Nach dem, was sie gestern gesehen hatte, wäre es doch nicht undenkbar, daß es sich um die Gametophyten des Sternentaus handelte – ach, »Elfen« ist hübscher und kürzer, sagen wir »Elfen«, dachte sie. Und hinüber mußte sie endlich. Aber sie konnte doch den Doktor nicht zu einem Stelldichein auf den Friedhof einladen? Sollte sie überhaupt von ihrem eigensten Erlebnis etwas sagen? Alles das ging ihr blitzschnell durch den Kopf. Sie begann.

»Es fällt mir ein, ich habe noch eine Stelle, wo Sternentau reichlich wächst. Es ist freilich – am Grabe meiner Mutter. Aber wir haben ja einen ernsten Zweck, ich kann keine Pietätlosigkeit darin finden, wenn Sie dort einige Pflänzchen entnehmen. Ich gebe Ihnen die ausdrückliche Erlaubnis. Es ist ganz nahe von hier.«

»Das ist sehr liebenswürdig, ich würde gern davon Gebrauch machen, aber – Fräulein Kern, für mich allein würde ich mir das nicht erlauben. Das dürfte nur durch Ihre eigene Hand geschehen.«

Das gefiel ihr. Ohne weiteres Besinnen sagte sie: »Nun gut, im Interesse der Wissenschaft. Wann haben Sie heute nachmittag Zeit?«

»Um halb fünf habe ich einen Gang durchs Krankenhaus zu machen, es ist Gott sei Dank fast leer, von fünf an bin ich frei. Bestimmen Sie über mich.«

Harda antwortete nicht gleich. Sie war doch zu schnell gewesen. Sie wollte Zeit gewinnen. Es wurde ihr klar, daß sich dieses Geheimnis des Sternentaus zu zweien unmöglich fortspinnen ließ, wenn sie sich über die weiteren Untersuchungen von Eynitz wollte auf dem Laufenden halten lassen. Inzwischen schritten sie auf dem Parkwege langsam nebeneinander fort.

Eynitz bewegte das Gehörte lebhaft in Gedanken. Es war so überraschend. Und dabei neben ihm die schlanke Gestalt, das Antlitz leicht gerötet, an den Schläfen diese lose sich hervordrängenden Löckchen. Wie die braunen Augen bei ihrem Bericht geleuchtet hatten! So erzählt man keinen Traum. Das war volle, erlebte Wirklichkeit. Ein Traum war nur das Glück – –

Sie waren bis in die Nähe des Hauses zurückgekommen. Plötzlich blieb Harda stehen.

»Wissen Sie, Herr Doktor,« sagte sie, »kommen Sie heute abend zu uns. Sonntags finden Sie immer Bekannte bei uns. Den Sternentau vom Friedhof werde ich Ihnen selbst besorgen, Sie können ihn heute abend mitnehmen, ich werde alles sorgfältigst verpacken. Und dann – Sie wollen und können doch die weiteren Untersuchungen nicht geheim halten – ich kann auch nicht immer hier Versteck spielen. Die Meinigen wissen bis jetzt nichts, als daß ich merkwürdige blaue Blümchen ziehe, alles das Theoretische, was daran hängt, würde sie auch kaum interessieren, aber das müssen sie doch erfahren, daß Sie, Herr Doktor, an dieser Pflanze einige botanische Studien machen möchten. Es ist das Beste, ich spreche mit meinem Vater. Sie können mir das getrost überlassen.«

»Sie sind zu gütig. Ich hätte mir das ja selbst sagen müssen – Ihre Mitteilung hat mich so überrascht – Freilich weiß ich nicht, ob Ihrem Herrn Vater diese Studien bei mir gerade sehr sympathisch sein werden.«

»O, Sie kennen ihn nicht. Die Sache wird ihn sehr interessieren, wenn er auch nicht Zeit hat, sich darum zu kümmern. Aber er kann Ihnen ganz andre Mittel zur Verfügung stellen, als Sie bisher hatten. Drüben im Laboratorium haben sie ja für Photographie, auch für Mikrophotographie die besten Apparate. Wenn der Vater mir einen Wunsch erfüllen kann, so tut er's gewiß. Also sind Sie einverstanden?«

»Ich kann nur darum bitten.«

»Nur –« Harda zögerte ein wenig – »um eines möchte ich Sie bitten, wenn vom Sternentau gesprochen wird, erzählen Sie nur, was Sie selbst gesehen haben.«

»Aber selbstverständlich. Und auch da werde ich äußerst zurückhaltend sein, denn es muß ja alles noch bestätigt werden. Haben Sie nochmals herzlichsten Dank. Meine ergebensten Empfehlungen –«

»Auf Wiedersehen,« sagte Harda, ihm die Hand reichend.

Nachdenklich ging sie dem Hause zu, während Eynitz mit schnellen Schritten durch das Gartentor eilte. Gleich darauf begegnete er dem Kernschen Wagen, der den Direktor mit Sigi und Anna Reiner in raschester Fahrt nach Hause führte. Kern winkte dem Arzte jovial zu.

Unsichtbare Früchte

Sigi hatte den Vater verabredetermaßen in der Weinstube von Borninger abgeholt. Eigentlich sollte Harda sie begleiten, aber die hatte sich noch gar nicht gezeigt, als Sigi das Haus verließ. Sie traf den Vater dort mit Frickhoff und zwei fremden Herrn, dem Vertreter von Hildenführ und dessen Patentanwalt, und mußte notgedrungen ein Glas und noch ein Glas mittrinken. Gleich sah sie dem Vater an, daß er alles durchgesetzt hatte, was er wollte; sie sah auch, daß die beiden fremden Herren Pommery nicht vertrugen. Das teilte sie Harda noch in Kürze unmittelbar vor Tische mit.

Kern war in vorzüglicher Laune. Er erzählte allerlei lustige Episoden aus seinen Verhandlungen mit den Vertretern von Hildenführ. In der Familie pflegte er sich sehr offen auszusprechen, das gehörte eben mit zu seiner Erholung. Anna Reiner störte dabei nicht, sie war wie ein Kind im Hause, wußte, daß nichts ausgeplaudert werden durfte, und hatte auch nicht einmal ein genügendes Verständnis und Interesse dafür. Minna hatte nach dem nächtlichen Ausbruch wieder ihren liebenswürdigen Tag. Innerlich war sie von Herzen froh über Hermanns Erfolg und seine Heiterkeit, denn sie hing ebenso mit inniger Liebe an ihm, wie sie ihn dadurch unter Umständen quälte. Ihre schönen Augen glänzten heute in ruhiger Freude. Sie lobte ehrlich die Tätigkeit des Doktor Eynitz, nach dessen Besuch Hermann gefragt hatte.

»Dem wird der Abschluß »H« auch gut tun,« lachte Kern gutmütig. »Die Nordbank kommt nun sicher, dafür wird Frickhoff sorgen. Im nächsten Jahr werden wir wohl fünfhundert Mann mehr haben. Möglich, daß wir dann unser gesamtes Krankenwesen in eigne Verwaltung nehmen. Das wäre eine Stellung für ihn. Natürlich muß er dann einen Assistenten bekommen.«

Harda beschloß, die Gelegenheit beim Schopfe zu ergreifen. Der Vater so wohlgemut, die ganze Familie zusammen, da konnte sie die Sache auf einmal abmachen und brauchte sich nicht den einzelnen zu erklären. Was sie etwa noch vom Vater speziell haben wollte, das würde sie schon zur rechten Zeit sagen.

»Weißt du,« knüpfte sie an, »daß der Doktor Werner Eynitz ursprünglich Botanik studieren wollte?«

»Also seid ihr Kollegen?« scherzte der Vater. »Da siehst du, daß einem das Abspringen recht gut ausschlagen kann. Nimm dir ein Beispiel.«

»Höre nur erst mal, ob du nicht Respekt vor mir bekommst. Ich habe nämlich eine neue Pflanze entdeckt.«

»Hoho! Du! Na, hoffentlich einen neuen Salat!«

»Wer weiß, was noch daraus wird. Der Doktor sagte, daß sie noch vollständig unbekannt sei. Und weißt du, was es ist? Das blaue Blümchen –«

»Die blaue Blume der Romantik,« parodierte Sigi sentimental mit verstellter Stimme.

»Du, das ist aber ein alter Zauber!« sagte der Vater.

»Erlaube!« rief Harda. »Ganz neu! Ros stellarius Kern. Sternentau, entdeckt von Harda Kern. Noch niemals auf dieser Erde gesehen!«

»Donnerwetter! Alle Achtung!« Kern amüsierte sich über Hardas lustige Grandezza.

Sigi stand schweigend auf und machte einen tiefen Knix vor ihrer Schwester. Alle brachen in ein herzliches Gelächter aus.

Nun erzählte Harda ganz kurz, wie Eynitz zur Untersuchung der Pflanze gekommen sei und wie sich die Eigentümlichkeit gezeigt hätte, daß die Früchte der Pflanze ganz spurlos verschwänden. Der Einfachheit wegen bezeichnete sie die Gametophyten schlechthin als Früchte, denn eine nähere Erklärung hielt sie nicht für nötig.

Der Vater neckte sie hartnäckig.

»Das ist ausgezeichnet. Und jetzt glaube ich, daß die Pflanze von dir entdeckt ist, wenn die Früchte verschwinden. Weißt du, das war früher an deinen Aprikosenbäumen auch immer so. Nu sag’ aber mal, Mädel, nimmt denn der Doktor die Sache wirklich ernst?«

»Ja,« sagte Harda. »Es handelt sich nämlich dabei um ganz eigenartige Vorgänge in den Blüten, die nur mikroskopisch zu verfolgen sind. Und da möchte er gern einige Studien darüber machen. Er sagte auch, daß chemisch ganz neue Stoffe aufzutreten scheinen.«

Sie hatte sich erlaubt, Eynitz Worte ein wenig anders auszudrücken. Aber sie hatte den gewünschten Erfolg.

Der Vater bemerkte sogleich etwas ernsthafter:

»Das soll er ja mal gründlich untersuchen. Es kommen da manchmal in kleinsten Mengen Stoffe von größter Wichtigkeit zu Tage. Läßt sich deine Pflanze vielleicht anbauen? Hoffentlich kommt es dabei nicht auf die Früchte an. Das wäre fatal. Aber vielleicht gibt das Kraut ein gutes Viehfutter. Das soll er nur studieren. Sag mal im Ernste, Harda – der – wie nanntest du das Ding?«

»Sternentau.«

»Der Sternentau soll nur hier bei uns vorkommen? Das ist seltsam. Da wird es jedenfalls nicht lange dauern, und man wird ihn auch anderweitig auffinden. Wenn die Früchte wirklich verschwinden, so muß irgend ein unbekannter Prozeß zugrunde liegen. Wir wollen mal die Sache im Auge behalten. Der Doktor ist doch ein zuverlässiger Mann. Was stellt er sich denn darunter vor, daß die Früchte verschwinden? Es wird sich wohl um ein Zerstäuben in so kleine Körnchen handeln, daß man nichts davon merkt.«

»Es scheint doch nicht, sonst hätten sich mit dem Mikroskop irgend welche Spuren finden lassen müssen. Der Doktor glaubt eher, daß sich ein außerordentlich feines Gespinst bilde, das bei Tageslicht durchsichtig wie die Luft ist und davongetragen wird. Übrigens soll das eben erst näher erforscht werden.«

»Na, na,« sagte Minna. »Das schmeckt ein wenig nach dem Märchen von den unsichtbaren Kleidern des Königs«

»Und mir ist die Sache noch zu luftig,« lachte der Vater. »Aber ich werde mir mal den Doktor anhören. Wenn ihr etwa unsichtbare Gewebe fertig bringt, so kaufe ich euch das Patent ab. Na, Sigi, du bist wohl übergeschnappt?«

Sigi experimentierte nämlich aufs Komischste mit ihren Händen.

»Seht ihr denn nicht,« fragte sie ernsthaft, »was für wunderbar durchsichtige Handschuhe ich habe? Da kann man sämtliche Ringe darunter bewundern.«

»Amüsiert euch nur,« sagte Harda. »Es kann doch Stoffe geben, die während der Bearbeitung durch irgend ein Verfahren sichtbar gemacht werden können, dann aber wieder –«

»Verschwinden!« rief Sigi.

»Abwarten, Kleine!« drohte Harda.

»Na, dann schlaft wohl inzwischen!« sagte Kern, sich erhebend. »Das heißt, ich für mich wünsche wohl zu schlafen. Um vier Uhr den Landauer.«

Die Spazierfahrt war bei schönem Wetter das stehende Sonntagnachmittag-Programm.

Harda huschte hinauf in des Vaters Zimmer, wo sie noch vor ihm ankam. Hier ließ sie es sich nicht nehmen, ihm die Decke zu seinem Nachmittagsschläfchen zurecht zu rücken.

»Du, Vater,« sagte sie schmeichelnd, »ich brauche doch heute nachmittag nicht mit euch zu fahren.«

»Was hast du denn wieder ausgeklügelt, Herzel?«

»Ich möchte mal nach meinem Sternentau sehen, drüben auf dem Friedhof; ich bin die letzte Woche nicht hingekommen, und dort ist wahrscheinlich allerlei aufgeblüht. Ich habe nämlich dem Doktor versprochen, ihm etwas Material zu besorgen.«

Kern hatte eine Zeitung in die Hand genommen. Aber die Augen fielen ihm zu.

»Mach's nur, wie du willst,« sagte er müde. »Wir sind so schon vier im Wagen. Übrigens – ja – klingele doch hernach mal bei Eynitz an, ich ließe ihn fragen, ob er nicht heute abend bei uns – ich möchte doch – zum Abendessen –«

Mit der Zeitung in der Hand schlief er ein.

***

Der Wagen war fortgefahren.

Harda beeilte sich, das Haus zu verlassen, um nicht durch irgend eine Störung abgehalten zu werden. Den Auftrag des Vaters hatte sie ausgeführt; es war ihr sehr angenehm, daß ihre persönliche Einladung noch diese offizielle Form erhalten hatte. Überhaupt war sie mit dem Verlauf des Tages sehr zufrieden. Das Rätsel des Sternentaus hatte eine greifbarere Gestalt angenommen, es war zu einer Aufgabe geworden. Sie bestrebte sich bestimmte Fragen zu stellen, deren Antwort zu suchen war. Was ist aus den entschwundenen »Elfen« geworden? Wie kann man ihrer habhaft werden? Nur fort mit den mystischen Phantasieen! Hübsch nüchtern, wie der Doktor. Sicherlich handelt es sich um sogenannte Vorkeime, die dann die Sporen der neuen Generation entwickeln; im vorliegenden Falle lösen sie sich von der Pflanze und werden durch Gasblasen, die leichter als die Luft sind und im Dunkeln leuchten, aufs Ungewisse hinausgetrieben. Soviel wird an ihren Beobachtungen richtig sein. Was sie sonst gesehen und erlebt zu haben glaubte, das wird sie wohl in ihrer Erregung hinzugeträumt haben.

In solchen Gedanken schritt sie in den schönen, nicht zu heißen Junitag hinein unter dem Schatten der hohen Bäume, die an der Straße zwischen dem Park und dem Friedhof standen. Sie suchte zunächst die Stelle zu finden, wo sie in der Nacht die Blüten des Goldregens gesehen hatte, die der Wächter Gelimer für Gespenster erklärte. Es standen ja dadrüben auf dem Friedhof mehrere Sträucher. Aber ein Teil der goldenen Blütentrauben hatte schon abgeblüht, ein anderer hatte durch den Regen gelitten. Die Verteilung der hellen Stellen, die sie in der Nacht sich einzuprägen versucht hatte, konnte sie nicht mehr zustandebringen. Es schien ihr doch zweifelhaft, ob sie damals wirklich diese Blüten gesehen habe. Und da an der Existenz der leuchtenden »Elfen« des Sternentaus nicht zu zweifeln war, da doch vermutlich auch hier viele dieser Sendlinge des Pflänzchens sich entwickelt hatten, so mochten es wirklich diese gewesen sein, die Gelimer in Aufregung versetzt hatten. Aber das waren ja ganz harmlose Pflanzenprodukte.

Doch halt! Eines fiel ihr an dieser Stelle wieder ein. Das seltsame Verhalten des Hundes. Es war kein Zweifel, daß er einen Gegenstand gewittert hatte, den sie selbst nicht wahrnehmen konnte. Aber warum nicht? Diese »Elfen«, die ja, sobald sie nicht im Eigenlicht schimmerten, unsichtbar waren, konnten sehr wohl irgend einen schwachen Geruch ausströmen, der dem Menschen entging, der feinen Nase des Hundes aber bemerklich und verdächtig war. Das mußte sie doch Eynitz gelegentlich noch mitteilen.

Harda durchschritt nun das Tor des einsamen Friedhofs und suchte das Grab ihrer Mutter auf.

Sie brauchte kaum die Efeublätter zurückzubiegen, so sah sie schon eine reichliche Anzahl der blauen Sterne leuchten, die sich hier besonders günstig entwickelt hatten. Vermutlich war eben hier Lage und Boden viel zuträglicher als auf dem Berge unter der Buche, geschweige denn als in ihrem Zimmer. Und als sie nun niederkniete und unter dem Efeu näher Umschau hielt, fand sie zahlreiche Reste eingetrockneter Sporenkapseln. Es mußten also von hier aus eine ganze Schar Sternentau-Elfen in die Welt hinaus geflogen sein. Irgend etwas Neues vermochte sie nicht zu entdecken.

Jetzt löste sie vorsichtig eine größere Zahl der Pflänzchen mit geöffneten Sporenkapseln ab und pflanzte sie zugleich mit den Efeuzweigen, denen sie sich dicht angeschmiegt hatten, in das Erdreich, mit dem sie eine flache Schüssel am Boden des mitgebrachten Korbes bedeckt hatte. Er war dadurch ziemlich schwer geworden. Sie hob ihn auf die Bank, die in der Nähe des Grabes angebracht war, legte ihren Hut ab, und setzte sich ausruhend daneben. Es herrschte völliges Schweigen. Kein Mensch war in der Nähe. Nur die Insekten summten um die blühenden Sträucher.

Harda saß in stiller Andacht. Ihre erste Jugend zog an ihrem Auge vorüber, manche Erinnerung an ihre schöne, sanfte, gütige Mutter mit dem bleichen Antlitz. Wie schwer hatte sie gearbeitet, oft bis spät in die Nacht noch gerechnet und geschrieben, unermüdlich mit tätig am Werke und an den Sorgen des Gatten. Nun die glänzenden Früchte des Lebens reiften, war ihr nicht mehr beschieden, sich ihrer zu erfreuen. Zu erfreuen? Diese hastende Form des Erfolgs, wäre sie der Mutter, der stillen, sinnenden, wäre sie ihr reine Freude gewesen? Wäre es ihr nicht ergangen, wie es jetzt Harda selbst erging? Ein Tragen aus Pflicht mit einem Sehnen nach Freiheit?

Freiheit! Natürlich mußte sie in Pflichterfüllung bestehen. Also andere Pflichten! Eine Pflicht, wie sie dem eignen Wesen entspricht. Nicht dieses Hin- und Herwerfen von Moment zu Moment. Eine solche Aufgabe hatte sie jetzt, im Augenblick, aber wie lange? Was fand sie vielleicht schon zu Hause vor? Doch der Nachmittag gehörte ihr noch, vielleicht der Abend. Da würde vielleicht –

Was kam da für ein kühler Hauch von oben? Das war ja wieder das seltsame Gefühl wie neulich – Nein, sie wollte nicht träumen! Die Hand aber, die sie nach dem Kopfe erhob, fiel zurück in ihren Schoß. Wie ein sanfter, wohltätiger Dämmerzustand legte es sich über sie. Und vor ihren Augen stand wieder der Efeu um die Buche am Riesengrab. Wie man hinter der Spiegelscheibe eines Schaufensters mitten unter den Gegenständen der Auslage das Bild der Straße erblickt, bald das eine, bald das andre deutlicher je nach der Anpassung des Auges, so sah sie die Buche zwischen der Szenerie des Friedhofs, zugleich mit dem Efeu des Grabhügels. Es fiel ihr auch gar nicht ein, sich dagegen zu wehren, denn all ihre Aufmerksamkeit war gefangen genommen von den Vorstellungen, die sich wie die Worte eines Zwiegesprächs in ihrer Seele entwickelten.

»Harda ist bei dir, liebe Hedo? Wie bin ich froh, ich sorgte mich um sie. Zwei Viertel des Mondes sind vergangen, ohne daß ich von ihr erfuhr. Warum sprachst du nicht zu mir? Warum hast du mir nicht geantwortet?«

Harda wußte bestimmt, daß dies eine Äußerung des Efeus unter der Buche an diesen seinen Ableger war, den sie hier auf dem Friedhof von ihm gezogen hatte.

Auch ein Gefühl der Verwunderung stieg in ihr auf, daß der Efeu sprechen sollte. Aber das hatte keine weiteren Folgen, sie kam nicht zu selbständiger Überlegung. Ihr Gehirn stand ganz unter dem Einflusse einer Macht, die ihr das Gespräch der Pflanzen zum Bewußtsein brachte. Dem mußte sie sich hingeben.

»Ich konnte nicht sprechen,« antwortete der Efeu auf dem Grabhügel, »bis zu dieser Stunde nicht. Die fremde Pflanze mit den blauen Blüten verhinderte mich, sie hat sich mit ganz feinen Kletterfasern an mich geklammert. Sie sprach nicht, aber auch ich vermochte es nicht. Da kam Harda und schnitt viele der Blümchen ab und die Zweige, die sie umsponnen hatten. So wurde ich wieder freier, aber nur teilweise, ich fühle es. Mit der Pflanze ist etwas ganz Ungewöhnliches vorgegangen. O, sie beginnt wieder, mich zu hemmen, ich soll es nicht sagen.«

»Seltsam. Bei mir hat die fremde Pflanze noch nicht gesprochen. Es wird wohl mit ihr sein wie mit den ausländischen Sträuchern, von denen mir meine Freunde im Park erzählten. Den fremden Pflanzen, die manchmal von den Menschen hergesetzt werden, ist im Anfang der Boden ungewohnt. Sie haben Mühe, überhaupt ihre Nahrung zu gewinnen, dann erst lernen sie das Erdreich kennen und die feinen Pilzfasern, denen sie sich anzupassen haben. Nachher beginnen sie zu sprechen und uns zu verstehen. Ähnlich wird es wohl mit der fremden Pflanze auch noch kommen. Wir sind hier oben in der Entwicklung zurück gegen euch in eurer geschützten Lage. So lehrte mich die Schattende, an der ich hafte. Kannst du mir nicht sagen, was mit der fremden Pflanze geschah?«

Es kam keine Antwort.

Noch einmal begann der alte Efeu:

»Ich möchte so gern von dir wissen, ob Harda froh ist. Ich wünschte, daß sie hier wäre. Ich werde blühen. Ich bin aufgenommen in die große Gemeinschaft des Waldes. Ach, wenn Harda wüßte, wie schön es ist, zu blühen still für sich und doch zu wurzeln –«

Ganz plötzlich wich der Traumzustand von Harda. Es war, als ob sich etwas von ihrer Stirn löste, der kühle Hauch war verschwunden, verschwunden das Bild der Buche mit dem Efeu, unterbrochen die Rede, die sie zu vernehmen glaubte. Der helle Sommertag lag über den dicht umbuschten Grabsteinen mit ihrem Blumenschmuck, neben ihr stand der Korb mit Sternentau.

Harda strich sich mit den Händen über das Haar und setzte ihren Hut auf. Sie schüttelte den Kopf.

»Das ist doch toll!« dachte sie. »Schlafe ich denn wirklich so ruckweise ein? Aber das war ja ein ganz deutliches Gespräch, als ob sich wirklich zwei Pflanzen unterhalten könnten, und es käme irgend etwas zu mir, das mir ihre Sprache in Menschenworte übersetzte. Es ist ja Unsinn! Natürlich Traumzustand! Zentrale Reize! Aber ich fühle mich ganz gesund. Soll ich etwa mal den Doktor fragen? Damit er mich auslacht?«

Sie hob den Korb auf. Eigentlich wollte sie ihn nach Hause tragen. Aber es war ihr doch beschwerlich. Sie brachte ihn nur bis an das Häuschen des Friedhofswärters, dessen Frau sie zu Hause fand. Dort stellte sie ihn ein. Gelimer würde ihn abholen.

Auf dem Heimwege fiel ihr ein, daß sie jetzt sehr gut einmal nach dem Sternentau am Riesengrab sehen könne. Ob die Kapseln dort wirklich noch so unentwickelt waren, wie der Efeu in ihrem Traume angedeutet hatte? Sie mußte darüber lächeln, aber hin wollte sie doch. Zu Hause lief sie immer Gefahr, von einem Besuche gestört zu werden. Zum Tennis? Mochten die sich behelfen! Wenn sie Lust dazu bekam, blieb noch Zeit genug. Sie holte sich in ihrem Zimmer den Schlüssel zum Gatter, ergriff ein Buch von Solves und machte sich auf den Weg.

Ja, dort oben war der richtige Platz für ihre Stimmung. Dort wohnten die guten Geister ihres Lebens. Willkommen, alte Buche! Also drüben mit deinem Ableger auf dem Friedhofe kannst du dich unterhalten, mein getreuer Efeu? Wie nanntest du ihn doch? Ich habe sicher einen Namen gehört. War's nicht Hedo? Vielleicht auch gar mit dem Efeu in meinem Zimmer stehst du in Verbindung? Diese unterirdische Fernsprecherei ist etwas indiskret. Und du möchtest wissen, was dem Sternentau Absonderliches passiert ist? Ich will dir's sagen. Seine Kapseln sind ins Schleierhafte gegangen, unsichtbare Elfen sind herausgeflogen. Ja, jetzt habt ihr fliegende Pflanzen, die euch umschweben. Ach, das sollte dir Hedo gewiß nicht verraten? Na, da weißt du's jetzt. Hast du mich verstanden?

Der Efeu antwortete nicht. Er wußte kaum, daß Harda überhaupt sprach, nur daß sie da war, bemerkte er. Aber die Menschensprache war für ihn so fremd wie ihr die Pflanzensprache. Und ein Dolmetscher war nicht da.

Harda sah nach dem Sternentau. Wirklich, die Pflänzchen waren nur wenig stärker entwickelt als vor vierzehn Tagen. Und leere Kapseln fand sie trotz allen Suchens nicht. Hier waren noch keine Elfen ausgeflogen. Sie ließ sich auf der Bank nieder und schlug ihr Buch auf.

Pflanzenseele

Harda las behaglich, sah dazwischen mitunter träumerisch ins Grün und überdachte das Gelesene. Alle diese Worte hörte sie deutlich mit der Stimme des Verfassers, mit den kleinen Eigenheiten seiner Sprache, sie sah das treue, vertraute Antlitz vor sich mit dem weißen, vollen Haar, mit der hohen Stirn und den weichen, bartlosen Lippen, immer bewegt von allerlei schelmischen Einfällen, die über den Grund einer großen, weltumfassenden Seele huschten. Und eine unergründliche Sehnsucht ergriff sie, sich auszusprechen, ihr Herz auszuschütten dem treuen Freunde, vor dem man nichts, gar nichts zu verschweigen brauchte, und der auch alles das sah und erkannte, was ihr selbst noch im Dunkel lag. Ja, wenn sie es eben wüßte, nach was sie sich sehnte!

Sagte nicht der Efeu drüben etwas Ähnliches zu seinem Sproß auf dem Friedhofe? »Wenn Harda wüßte, wie schön es ist –?« Ja, du hast die Buche bei dir, den treuen Freund, und den kleinen Sternentau, der sich an dich hält. So sprich doch, erzähle! Ich bin jetzt hier, ich, Harda. Warum sprichst du nicht jetzt?

Aber der Efeu antwortete nicht. Harda versuchte sich in die Stimmung zu versetzen wie auf dem Friedhofe, sie wollte sehen, ob sie ihre Träumerei nicht erzwingen könne. Es gelang nicht. Die Pflanzen sprachen nicht anders, als sie immer zu aufmerksamen Menschenkindern sprechen, mit sonnigem Farbenschimmer, mit dunklem Schattenwink, mit dem leisen Blätterrauschen und dem reinen, stillen Waldesatem – –

Doch da war ein Laut. Das waren Menschentritte. Jetzt bewegten sich die jungen Buchen am Felsen, ein Mensch trat gebückt hervor und richtete sich dann zu stattlicher Länge auf. Dieser Mensch blieb fast erschrocken stehen und nahm seinen Hut ab.

»Oh,« sagte er dann, »verzeihen Sie, gnädiges Fräulein! Wenn ich das gewußt hätte –«

Harda lachte. Sie dachte gar nicht daran, daß sie gestört wurde.

»Dann wären Sie nicht hergekommen?« fragte sie harmlos.

»Ich glaubte,« sagte Eynitz, »Sie wollten nach dem Friedhof gehen.«

»Da war ich auch, es ist alles besorgt. Es sind dort mindestens ein Dutzend Kapseln aufgesprungen. Ich glaube, die Elfen schwärmen da umher wie Maikäfer, darum bin ich fortgelaufen. Und sehen Sie mal nach, hier ist noch keine einzige Kapsel vertrocknet, hier scheint man vor den Gespenstern noch sicher zu sein.«

Eynitz machte sich wirklich daran, den Efeu zu durchsuchen. Dazwischen sagte er:

»Mich trieb außer meinem botanischen Interesse die alte Touristenleidenschaft, einen unbekannten Weg aufzufinden. Und heute glaubte ich wirklich, Sie in Ihrem Reviere nicht zu stören.«

»Das tun Sie auch nicht. Wir haben ja noch genug zu besprechen. Nehmen Sie nur Platz, da unten finden Sie nichts Neues.«

Eynitz setzte sich neben sie auf die Bank. Er trug einen eleganten Sommeranzug und sah frisch aus, nicht einmal erhitzt. Die Expeditionstasche fehlte. Es fiel ihr auch auf, daß er keinen Stock hatte.

»Nun erzählen Sie erst einmal,« sagte Harda gemütlich, »wie Sie eigentlich hier heraufgekommen sind. Sie sehen gar nicht aus, als wenn Sie gekraxelt wären. Sind Sie die ganze Chaussee bis zur Aussicht gelaufen?«

»Durchaus nicht. Ich habe zunächst die Generalstabskarte studiert. Daraufhin bin ich gleich hinter der Brücke einen Feldweg entlang gegangen bis an den Wald, und dort fand ich einen schmalen Fußweg in westlicher Richtung. Er führte steil bergan, und an einer Lichtung sah ich, daß ich meine Absicht erreicht und das Riesengrab nördlich umgangen hatte. Nun hielt ich mich wieder links und kam auf eine kleine Wiese. Jetzt wußte ich nach der Karte, wo ich war, und so sehen Sie mich hier. Es war gar nicht schwierig. Nur ganz zuletzt mußte ich durchs Gebüsch.«

Er stäubte sich einige welke Blätter vom Anzuge.

»Nun lassen Sie mich Ihnen zunächst für die gütige Vermittlung der Einladung –«

Harda unterbrach ihn. »Da war gar nichts zu vermitteln. Ich erzählte bei Tisch vom Sternentau. Natürlich wurde ich gehörig aufgezogen. Aber Vater interessierte sich doch so dafür, daß er ganz von selbst sagte, er wolle mit Ihnen darüber sprechen, und mir auftrug, Sie zum Abend zu bitten. Das Theoretische ist ihm ja freilich nicht so wichtig, aber bei der Neuheit der Pflanze dachte er an eine mögliche praktische Verwertung.«

»Das wird beides aufs engste zusammenhängen. Was haben Sie denn über das Verschwinden der Gametophyten gesagt?«

»Ich wollte mich nicht in botanische Erklärungen einlassen. Ich habe einfach gesagt, daß die Früchte unsichtbar werden.«

Eynitz sah sie vergnüglich an. Harda fuhr sogleich fort:

»Und was für einen Feldzugsplan haben Sie denn ausgeheckt?«

»Das ist eine schwierige Sache. Sehen Sie, Fräulein Kern, hier ist die Grenze, die mir die ganze Frage sperrt und von einer einfachen wissenschaftlichen Untersuchung zu einem Problem hinweist, das – wie soll ich sagen – das über die mir vertrauten Methoden hinausreicht. Die mikroskopischen Untersuchungen werden ja immer noch ein fruchtbares Arbeitsgebiet liefern, aber diese, wie es scheint, aus allem Botanischen heraustretenden fliegenden – unsichtbaren Wesen – – Es ist vielleicht eine Schwäche von mir, aber ich kann das Gefühl nicht los werden, als würde mir hier der sichere biologische Boden entzogen, als würde ich gegen meinen Willen ins Spekulative geführt.«

»Ich verstehe Sie vollständig,« antwortete Harda. »Ich habe Ihnen auch dann noch etwas darüber zu sagen. Aber lassen Sie mich zunächst einmal ganz praktisch fragen: Was werden Sie meinem Vater vorschlagen? Ist denn nicht jetzt vor allem nötig, diese unsichtbaren – Elfen – zur Stelle zu schaffen?«

»Ganz gewiß. Und da habe ich zwei einfache Wege im Auge. Zunächst die Photographie. Die einzelnen Phasen der letzten Entwicklung und die sich ablösenden »Elfen« – Sie sehen, ich folge schon Ihrem Sprachgebrauch – kürzer ist er jedenfalls, aber die darin liegende psychologische Hypothese lehne ich ab – also die Erscheinung muß photographiert werden. Das wird aber vielleicht große Schwierigkeiten haben, denn für die kurze Expositionszeit, die man zur Verfügung hat, wird die Lichtentwicklung zu schwach sein. Andrerseits ist es denkbar, ja sogar wahrscheinlich, daß von den für unser Auge nicht mehr wahrnehmbaren »Elfen« kurzwellige Strahlen ausgehen, die noch auf die photographische Platte wirken. Könnte man so eine unsichtbare »Elfe« photographisch festhalten, so wäre ihre physische Realität erwiesen, und manches könnte sich aufhellen.«

»Fein!« rief Harda und nickte ihm freundlich zu.

»Und zweitens,« fuhr Eynitz fort, »müssen wir die »Elfen« verhindern, sich uns zu entziehen. Wir müssen die Pflanzen in einen Verschluß bringen, der sie in ihrer Entwicklung nicht stört, aber für die »Elfen« undurchdringlich ist. Einfach mit Drahtgaze kommt man da nicht aus. Ich denke mir Glaskästen, die sowohl an den untern Rändern als oben durch enge Drahtgitter verschlossen sind, um die Luftzirkulation zu erhalten.«

»Sehen Sie! Das ist recht. Daran habe ich auch schon gedacht.«

»Ja, ganz gut! Aber – Fräulein Kern – das alles kostet Geld – und –«

»Aber Herr Doktor,« sagte Harda lachend. »Darum habe ich ja eben den Vater neugierig gemacht. Wenn ich ihn bitte, da bewilligt er alles ohne weiteres. Und auch ohne das würde er ja der Sache näher treten wollen.«

Eynitz sah sie dankbar an. Und als er sie so anblickte, und ihre Augen im Eifer glänzten und ihr jugendfrisches, anmutiges Antlitz leuchtete und im Gegenschein des Buchenlaubes das volle, wellige Haar selbst wie in goldigem Grün schimmerte, alles Leben und Seele zugleich, da vergaß er ganz, was er sagen wollte, und daß er sie anstarrte, und sie merkte es auch nicht gleich, bis er irgend etwas zu stammeln anfing.

»Das versteht sich doch von selbst,« sagte sie errötend. »Es ist ja mein Sternentau, und Ihnen danke ich wirklich von Herzen, daß Sie sich seiner so annehmen. Wissen Sie was?« rief sie übermütig. »Wenn wir erst ein paar Elfen gefangen haben, dann halten wir sie uns im Bauer und richten sie ab!«

»Vielleicht zum Sprechen?« sagte er, auf den Scherz eingehend. »Vielleicht erzählen sie Ihnen dann eine Geschichte aus ihrem pflanzlichen Vorleben.«

Der Übermut verschwand im Augenblick aus Hardas Zügen. Sie senkte den Kopf und saß nachdenklich da.

Eynitz erschrak. Hatte er denn irgend etwas Verletzendes gesagt? Aber schon richtete sich Harda wieder auf und sah ihn ernsthaft an.

»Ich muß Ihnen etwas mitteilen, Herr Doktor,« sagte sie entschlossen, »was ich eigentlich für mich behalten wollte. Denn es ist vielleicht eine krankhafte Einbildung. Aber wir haben hier im Scherz eine Frage berührt, der wir möglicher Weise noch im Ernst näher treten müssen.«

Und sie berichtete dem erstaunt Lauschenden erst über das Verhalten des Hundes an jenem Abende, dann über die verschiedenen Fälle, in denen sie wie in einem Traumzustande die Stimmen der Efeupflanzen zu vernehmen glaubte.

»Ich schlafe ja leicht ein und fahre dann aus einem Traume auf,« sagte sie wehmütig lächelnd, »aber in diesen Fällen war es doch etwas anders. Ich sah die redende Pflanze zwischen den Gegenständen um mich, und die Worte hörte ich eigentlich nicht mit dem Ohre von außen, sondern es war vielmehr, als wenn Vorstellungen in mir selbst entstünden, die ihren akustischen Ausdruck sich in meinen eigenen Organen bildeten.«

»Ich kann so nichts Krankhaftes darin erkennen,« sagte Eynitz kopfschüttelnd. »Aber Sie berühren da eben ein Gebiet, auf das ich schon hindeutete. Ich fürchte, das Sternentau-Problem führt uns weit über die bisherige Erfahrung hinaus.«

»Wollen Sie mir einmal aufrichtig etwas sagen?« fragte Harda.

»Was ich irgend kann.«

»Ich bin fest überzeugt, daß die Pflanzen Bewußtsein besitzen. Das habe ich schon oft mit Onkel Geo besprochen. Ich möchte nun wissen, wie Sie darüber denken, und ob Sie sich irgend eine Möglichkeit vorzustellen vermögen, wie von Pflanzen erlebte Empfindungen und Gefühle in einem Menschengehirn reproduziert werden könnten. Selbstverständlich meine ich nicht mystisch oder poetisch, sondern auf naturgesetzlichem Wege, durch physisch vermittelte Übertragung.«

»Zunächst muß ich konstatieren,« antwortete Eynitz bedachtsam, »daß die Frage nach der Pflanzenseele keine naturwissenschaftliche ist. Ob den Pflanzen Bewußtsein zukommt oder nicht, macht für uns gar nichts aus. Denn etwas erklären können wir nur aus dem, was objektiv feststellbar ist, niemals aber aus dem, was möglicherweise subjektiv irgendwie erlebt wird. Das wäre die Methode des Wilden, der, wo ihm etwas rätselhaft ist, schnell einen Geist hineinsetzt.«

»Einverstanden,« nickte Harda. »Erklären wir die Naturwissenschaft für neutral. Denn Sie sind doch wohl auch der Ansicht, daß die Ergebnisse über den Bau und die Funktionen der Pflanze heutzutage der Annahme einer Pflanzenseele nicht widersprechen.«

»Ich gebe zu, daß, wer die niederen Tiere für beseelt erklärt, auch für die Pflanzen ein Gleiches annehmen darf. Nur ist mir der Ausdruck »Seele« zu unbestimmt. Über die Form dieses Bewußtseins, ob es blos ein dumpfes Gefühl ist, ob es sich bis zur Vorstellung erhebt, inwieweit es Individualität besitzt, darüber läßt sich gar nichts sagen.«

»Jedenfalls werden wohl die Empfindungen und Gefühle, ebenso die Triebe, bei den Pflanzen andersartig sein als bei uns, weil ja ihre Organe abweichend gebaut sind und funktionieren. Aber vieles muß doch auch mit uns übereinstimmen. Und da gäbe es wohl einen Anknüpfungspunkt. Wie?«

»Gewiß,« bestätigte Eynitz. »Die gemeinsame Abstammung von den Einzellern wird sich nicht verläugnen. Ernährung, Stoffwechsel, Fortpflanzung haben soviel Verwandtes bei Tier und Pflanze, daß die Orientierung im Raum, das Verhalten gegen Licht, Wärme usw., chemische und mechanische Reize ohne Zweifel den beiden großen organischen Gruppen gemeinsam sind.«

Da er Hardas Augen noch weiter erwartungsvoll auf sich gerichtet sah, fuhr er fort:

»Ferner besitzen die Pflanzen ein soziales Leben in Wald und Feld, Wiese und Moor, sie wirken aufeinander ein. Die Konsequenz verlangt, daß wir demnach auch bis zu einem gewissen Grade ein individuelles Bewußtsein annehmen, als das notwendige Gegenstück ihrer Einheit im Gesamtverkehr. Bei den höheren Pflanzen wird man eine Form des Bewußtseins zugeben dürfen, die unserm Vorstellungsleben analog ist. Ob sie Erfahrungen sammeln, ob sie diese miteinander austauschen, ob ihr Bewußtsein ganz tief unter dem unseren steht, oder uns vielleicht nach einer uns ganz unbekannten Richtung hin überlegen ist, das kann niemand wissen. Darüber zu grübeln hat auch gar keinen Sinn, es sei denn zur Übung der Phantasie.«

»Ganz so unfruchtbar ist diese Grübelei doch nicht,« sagte Harda nachdenklich. »Sehen Sie, Herr Doktor, Sie geben doch zu, daß eine gewisse Gemeinsamkeit zwischen dem gesamten Erfahrungsinhalt der Menschen und dem der höchsten Pflanzen besteht, schon weil beide auf einander angewiesene Produkte der gemeinsamen Mutter Erde sind. Nun habe ich mir das etwa so gedacht. Die Pflanzen haben sich nach ihrer Art einen gewissen Schatz von Vorstellungen erworben; dafür werden sie auch irgend eine Form gegenseitiger Mitteilung besitzen, eine Art Sprache. Die braucht natürlich nicht wie bei uns akustisch oder optisch zu sein; vielleicht besteht sie in chemischen oder elektrischen Spannungsreizen, die sich durch den Boden oder die Luft fortpflanzen. Diese Form der Sprache ist nur für Pflanzenorgane verständlich. Aber es können ja doch schon durch unsere Technik feinste chemische und elektrische Reize, die wir direkt nicht wahrnehmen, mittels Mikroskop und Mikrophon für uns sichtbar und hörbar gemacht werden. Daher ist es, wie ich meine, naturwissenschaftlich wohl denkbar, daß jene nur für Pflanzenorgane verständlichen Reize auf irgend eine Weise auch für menschliche Organe faßbar umgeformt werden könnten. Sie könnten z. B. direkt auf unser Gehirn wirken und dort entsprechende Änderungen bewirken, die uns dann in der uns geläufigen Form von Tönen und Farben zum Bewußtsein kommen. Könnte das nicht sein?«

»Denkbar, ja, Fräulein Kern, denkbar, d. h. ohne logischen Widerspruch und ohne Verstoß gegen unsere bisherige wissenschaftliche Erfahrung ist das wohl. Aber –«

»Nun bitte,« rief Harda eifrig. »Das genügt mir vorläufig. Haben Sie irgend eine Idee, wodurch sich etwa die Pflanzenvorstellungen von den unsern unterscheiden könnten?«

»Nein, das ist zuviel verlangt.« Und da Harda eine ungeduldige Bewegung machte, setzte Eynitz hinzu: »Die Reize wirken bei der Pflanze langsamer als im Tierreich, daraus könnte man vermuten, daß auch ihr Vorstellungsleben langsamer, ruhiger, stiller verläuft. Es braucht darum nicht weniger intensiv und nachdrücklich zu sein, vielleicht ist es nach mancher Seite hin viel feiner ausgebildet. Viele Erlebnisse, die uns erst auf Umwegen übermittelt werden, könnten sich z. B. bei den Pflanzen unmittelbar aussprechen, weil sie in ununterbrochenem Zusammenhang mit dem Erdkörper wurzelhaft stehen, während wir uns davon gelöst und befreit haben. Die eigentümliche Art der Vorstellungsweise bei den Pflanzen, wenn sie besteht, läßt sich jedenfalls vom Menschen nicht erfassen, aber ich gebe zu, es ließe sich eine annähernde Übertragung in menschliche Anschauungsweise denken. Sie würde freilich sehr unvollkommen bleiben, etwa, wie man ein Bild oder ein Ereignis nur verstümmelt durch die Sprache beschreiben kann.«

Harda bewegte den Kopf zustimmend.

»Verstümmelt, freilich,« sagte sie nach einer Pause. »Umgeformt in menschliche Erfahrung. Aber ist es denn im Grunde nicht ebenso mit dem Verständnis der Menschen untereinander? Jeder kennt nur, was er selbst erfahren hat. Was der andre erlebt, muß er sich nach seinem eignen Vermögen deuten. Und wie oft mag er sich irren. Manchmal meine ich, eine Pflanze besser zu verstehen als einen Menschen.«

Ihr Blick ruhte unwillkürlich seitwärts auf der Buche. Eynitz suchte nach einem herzlichen Worte, aber er fand nur ein humoristisches.

»O wie unverständlich muß ich mich da ausgedrückt haben!« seufzte er.

»Nein, nein,« sagte Harda lächelnd. »Ich sprach nur ganz allgemein. Ich glaube im Gegenteil, daß wir uns besser verstehen, als es den Anschein hat. Für die Beantwortung meiner zudringlichen Fragen danke ich Ihnen recht herzlich. Aber Sie werden jetzt wohl gemerkt haben, warum ich sie stellte.«

Eynitz blickte sie fragend an.

»Setzen Sie sich nur mal in Gehirnrapport,« sagte sie belustigt. »Formen Sie meine Erfahrung in Ihre individuelle um. Aber vielleicht bin ich zu dumm.«

»Das dachte ich eben von mir. Aber halt! Sie ziehen mich empor! Ich fange an zu begreifen. Ihre Frage knüpfte an den seltsamen Traumzustand an, von dem Sie berichteten. Sie denken doch nicht etwa daran, daß hier eine solche Übertragung des Efeu-Bewußtseins auf das Ihrige stattgefunden habe?«

Harda nickte mit dem Kopfe.

»Und das ist der Ernst der Sache,« sagte sie. »Eine psychische Fernwirkung ist natürlich Unsinn. Aber wenn es ein organisches Wesen gäbe, von pflanzlicher Abstammung, jedoch mit menschenähnlichem Zentralnervensystem und entsprechender Intelligenz, das demnach wirklich Pflanzenbewußtsein aus mein Gehirn übertragen könnte, nämlich Gehirnzustände in mir hervorriefe, die ich nun erlebe als Reproduktion eines Pflanzenerlebnisses – ich weiß nicht, ob ich mich richtig ausdrücke –«

»Ich verstehe, ich verstehe,« sagte Eynitz. »Sie denken an eine zentrale Auslösung sprachlicher Vorstellungen. Aber ich bitte Sie, Fräulein Kern, solche Wesen gibt es ja nicht. Sie müssen sich solchen Phantasien nicht hingeben.«

»Ich phantasiere nicht, ich habe einen ganz bestimmten Verdacht. Diese Zustände sind bei mir nur eingetreten, seit diese »Elfen« des Sternentaus bei uns ausgeschwärmt sind, und sie sind nur dort eingetreten, wo solche in der Nähe zu vermuten waren. Hier bin ich noch frei davon. Die »Elfen« sind pflanzlichen Ursprungs, und Sie selbst haben festgestellt, daß ihre Entwicklung Formen annimmt, wie sie im Gehirn intelligenter Wesen vorkommen –«

»Nein, nein, das muß anders zu deuten sein –«

»Jede solche Einwirkung begann mit einem äußeren Reiz wie mit der Berührung durch einen kühlen Hauch. Es handelt sich um einen fremden Körper, um einen animalischen, denn der Hund witterte ihn wie ein Tier – es kann gar nicht anders sein.«

»Und nochmals, liebes, verehrtes Fräulein,« sagte Eynitz erregt und erschreckt, »glauben Sie mir, solche Wesen sind unmöglich, keine Pflanze auf Erden kann derartige Wesen hervorbringen. Der Stammbaum von Pflanze und Tier schied sich auf der untersten Stufe der Organismen, eine spätere Verwandtschaft ist undenkbar. Ja es gibt Symbiosen, aber es gibt keinen Übergang von höheren Pflanzen in Tiere oder gar in Intelligenzwesen.«

Harda hatte sich erhoben. Sie stützte sich mit der Hand auf den Tisch. Eynitz war ebenfalls aufgesprungen. Eifrig sprach er weiter:

»Und dann, abgesehen von allem andern, warum sollten sich solche Erscheinungen nur bei Ihnen zeigen? Warum nicht auch bei mir oder bei andern?«

»Das kann ja noch kommen. Niemand war den »Elfen« so nahe wie ich, ich hatte sie in meinem Schlafzimmer – und – ich bin vielleicht ein geeigneteres Objekt.«

Sie versuchte zu lächeln. Aber es gelang nicht recht. In ihre Augen drängten sich Tränen. Unwillig schüttelte sie den Kopf. Sie ergriff ihren Hut, gab ihm einige Püffe mit der Hand und stülpte ihn gewaltsam aus das Haupt.

»So will ich euch kriegen, wartet nur, Elfengesellschaft!« sagte sie halblaut. Sie machte einige Schritte. Dann wandte sie sich zu Eynitz zurück, der ihr ängstlich und mit innigster Teilnahme zugesehen hatte.

»Kommen Sie mit, Herr Doktor?« fragte sie freundlich.

Er nahm das Buch, das sie hatte liegen lassen, und folgte ihr bis an die schmale Treppe zwischen den Felsen. Hier blieb sie stehen. Sie war wieder ruhig. Sie blickte Eynitz an, wie fragend, lächelnd, unendlich anmutig und sagte:

»Seien Sie mir nicht böse, Herr Doktor, und wundern Sie sich nicht über meine Unart. Nein, nein – ich möchte nicht von Ihnen verkannt werden – ich bin Ihnen wirklich von Herzen dankbar. Ich weiß nur nicht, was ich hier will. Diese Anfälle, die ich den Elfen zuschreibe, sind mir nicht unangenehm, ich möchte sie gar nicht entbehren. Aber der Gedanke, dem Willen einer fremden unheimlichen Macht ausgesetzt zu sein, der empört mich. Frei will ich sein. Und dieser Widerspruch regte mich so auf. Verstehen Sie mich?«

Sie streckte ihm die Hand hin und sah ihn treuherzig an.

Eynitz ergriff ihre Hand freudig und hielt sie lange fest.

»Ich verstehe Sie und ich danke Ihnen, und ich bitte Sie, machen Sie sich keine Sorgen. Sie sind keiner fremden Macht ausgesetzt. Bis jetzt sind Sie nur überrascht worden. Von jetzt ab werden Sie selbst bestimmen. Fühlen Sie das erste Vorzeichen, den kühlen Hauch, und wollen Sie sich dem Einflusse dieses Reizes nicht hingeben, so konzentrieren Sie Ihre Gedanken mit festem Willen auf eine höhere Macht, die Sie ganz erfüllt, auf eine Person, die Sie lieben, auf ein Problem, das Sie beschäftigt, nur nicht auf die »Elfenfrage«. Sie werden dann dem Einflusse nicht erliegen. Die Macht des sittlichen Willens kann auch der geschickteste Hypnotiseur nicht bezwingen. Dessen können Sie sicher sein. Und im Übrigen, Fräulein Harda, wenn Sie einen Rat brauchen, einen Menschen, der ganz –«

Harda sah ihm ernst in die Augen; dann entzog sie ihm mit freundlichem Drucke ihre Hand.

»Ich weiß es,« sagte sie. Und dann plötzlich den Ton ändernd:

»Übrigens hab' ich's Ihnen schon mal hier oben gesagt, daß der Doktor Eynitz ein guter Mann ist!«

Damit sprang sie die Stufen hinab. Erst unten sagte sie: »Wir haben ja ganz vergessen, noch Sternentau mitzunehmen. Aber es ist auch nicht nötig. Ich habe einen großen Kasten für Sie, er wird Ihnen noch heute ins Haus gebracht. Kommen Sie nur gleich mit zu uns. Jetzt vor Tisch können Sie am besten mit dem Vater sprechen. Nachher stellt sich jedenfalls mehr Besuch ein.«

Eynitz antwortete noch nicht. Er fürchtete zudringlich zu erscheinen.

Auf dem Steg über die Helle nahm Harda ihren Hut ab und betrachtete ihn prüfend.

»Damit kann ich mich nicht mehr sehen lassen!« rief sie.

Sie hielt ihn weit über das Geländer.

»Rechts oder links?« fragte sie. »Wohin wird er fliegen?«

»Gar nicht,« sagte Eynitz, indem er den Hut an einer Bandschleife faßte. »Damit können Sie noch irgend einen Menschen glücklich machen.«

»Aber ich habe nicht Lust, mich weiter damit zu schleppen. Soll ich mich zur Sklavin meines Hutes machen, der längst ausgedient hat?«

»Dann werfen Sie ihn wenigstens nicht ins Wasser. Wenn Sie keine eigne Vernunftentscheidung treffen wollen, so überlassen sie es dem Zufall, wer ihn findet.«

Harda ließ den Hut los, Eynitz behielt ihn in der Hand. Sie lachte übermütig und rief fröhlich: »Da haben Sie ihn, als ehrlicher Finder!«

Eynitz zog gelassen seine Schere hervor und schnitt ein Stück von dem Hutbande ab, das er andächtig in seine Brieftasche legte.

»Das genügt mir als Andenken,« bemerkte er. »Den Hut wollen wir an dieses Gatter hängen, auf daß er seine Herrin finde.«

Harda lachte aufs neue. »Damit erreichen Sie weiter gar nichts,« sagte sie, »als daß mir Gelimer heute Abend oder morgen früh den Hut wiederbringt und ein Trinkgeld dafür erwartet, das er sofort in Schnaps umsetzen wird. Ist das vernünftig?«

Eynitz zuckte die Schultern. »Dann bleibt nichts übrig, als daß ich um Erlaubnis bitte, Ihnen den Hut bis nach Hause zu tragen.«

»Den Berg hinauf? Also jetzt gleich? Nennen Sie das eine Vernunftentscheidung?«

»Ja, ich handle aus freier Selbstbestimmung«

Hardas Augen leuchteten hell auf, als sie ihn ansah. Dann wandte sie sich schweigend und schritt vorwärts. Eynitz neben ihr, den verstümmelten Hut in der Hand. Für diesen Blick hätte er ihn durch die ganze Stadt getragen.

Die Elfen kommen

In tiefem Dunkel lag der Platz unter der Buche am Riesengrab. Nur hin und wieder schimmerte ein Leuchtkäferchen durch die Büsche. Kein Lufthauch regte sich im Walde.

Durch den Efeu ging ein leises Zittern. Von den Wurzeln her kam es, durch den Erdleib sprach es:

»Was ist dir, Ebah?« fragte die Buche.

»Ich sorge mich um meine Kinder, die nicht sprechen dürfen. Und ich sorge mich um Harda, die wieder mit demselben fremden Menschen hier war. In manchem Augenblicke kommt es mir vor, als könnte ich zu ihr sprechen, aber das verging bald, und als sie hier saß, vernahm sie mich nicht. Der Fremde wird ihr doch kein Leides tun?«

»Närrchen, sie waren ja freundlich miteinander, soviel merkte man.«

»Es wurde oft im Walde erzählt von Menschen, die lieb zu einander waren unter den Bäumen und auf dem Moose, daß sie nachher trauernd einhergingen, wenn sie allein kamen.«

»Was wissen wir Genaueres von Menschenlust und Leid? Viel merkwürdiger ist es, daß die fremde Pflanze drüben bei deinem Sprößling sich soviel herausnimmt, und hier spricht sie nicht und rührt sich nicht, soviel man sie auch fragt.«

»Und doch, Schattende, seit der Abend kam, scheint es mir, als verändere sich die neue Pflanze, als hätte mein kleiner Schützling einen Wunsch, nur vermag sie ihn noch nicht deutlich zu machen. Sie schmiegt sich so eng an mich an.«

»So wird sie wohl jetzt unsere Sprache erlernen. Warte nur ab. Es gibt nichts Fertiges. Was da ist, das muß vorher werden. Auch des Menschen schnelles Handeln braucht Weile; und selbst der Gott gewinnt Wirklichkeit nur in der Zeit. Zeit ist der Pflanze größter Reichtum, und ihr Vorzug vor allem Lebendigen ist die Geduld.«

»Aber widerspricht sich das nicht, Leben und Geduld?« fragte der Efeu. »Denn Leben heißt Wünschen. Ich wünsche zu blühen, ich wünsche, daß Harda glücklich werde im Segen der Dauerseele, und wenn ich nicht wünschte, was hieße dann leben? Wünschen aber heißt, keine Geduld haben.«

»O Ebah,« sprach die Buche tadelnd, »was redest du? Wünschen ohne Geduld heißt leben in Unlust und Qual, Wünschen aber in Geduld heißt dauernde Freude im Denken ans Kommende, heißt Hoffnung. Und was wir so hegen im Innersten und träumend erwarten, das ist viel schöner, als was wirklich aufsteigt zum Geschehen. Denn Phantasie kann gebieten, Wirklichkeit muß gehorchen. Geduld ist Herrin, Tat ist Knecht.«

Während der weisen Betrachtung der Buche fühlte Ebah wieder den leisen Druck der Ranken des Sternentaus. Und aufmerkend wurde sie zwischen ihren Blättern einiger schwach schimmernder Stellen gewahr. Das war nicht das grünliche Licht des Leuchtwurms, nein, es glomm bläulich, und jetzt ward's immer deutlicher. Die Kapseln des Sternentaus sind's, die da schimmern, hellblau, dunkelblau, hier und dort, wie sie zerstreut wachsen zwischen dem ausgedehnten Laubkleide des Efeus.

»Was ist das?« sagte der Waldmeister leise zum Sauerklee. »Siehst du nicht, was sich der Efeu wieder herausnimmt?«

»Laß mich, ich will schlafen. Was geht's mich an?«

»Ich glaube, Ebah ist die Blühlust schlecht bekommen. Statt nach oben schlägt sie nach unten aus.«

»Still,« riefen die jungen Buchenbüsche. »Das ist kein gewöhnliches Blühen, das ist etwas ganz Seltsames. Das kommt ja von der fremden Pflanze.«

Die sehr jungen Fichten, die sich am Felsen angesiedelt hatten, wurden aufmerksam; sie benachrichtigten ihre hohen Verwandten am Abhang.

»Die fremde Pflanze macht sich bemerklich?« fragte die gekrümmte Fichte mißtrauisch. »Ich habe schon lange meine Bedenken. Warum versteckt sie der Efeu unter seinen Blättern? Und warum kriecht er so um die Buche herum?«

»Das ist eben das Schmeicheln hier und das Protegieren dort,« sagte eine schlanke, starke Fichte. »Das ruiniert den Wald. Dieses Buchenprotzentum hat abgewirtschaftet.«

»Es wäre Zeit für uns, die Leitung im Wald zu übernehmen,« rief eine dritte.

»Sehr richtig,« bemerkte eine Kiefer. »Die Laubhölzer haben sich nicht bewährt. Da gibt's keine Ausdauer. Im Winter ist's kahl zum jammern.«

Und eine alte, vom Sturm gekrümmte Kiefer, die oben auf dem Felsen hinkroch, fügte hinzu: »Dieser bedecktsamige Blütenindividualismus muß zur Selbstüberhebung führen. Jeder will etwas Besonderes sein.«

Aus den schlanken geraden Fichten murrte es dagegen: »Wärst du nur nicht dort hinaufgestiegen! Wir müssen zusammenhalten. Siehe unsre soziale Gleichmäßigkeit! Es leben die Coniferen!«

»Nicht zu laut, nicht zu laut!« warnte die alte Fichte. »Ich bin überzeugt, die Buchen wittern schon, daß ihre unhaltbare Stellung bedroht ist, und sie bereiten irgend etwas Heimliches vor, um den Wald, vielleicht gewaltsam, zu beherrschen. Was sollte sonst diese fremde Pflanze bedeuten? Wenn es überhaupt eine Pflanze ist! Dieses Glimmen im Dunkeln erinnert an tierische Gewohnheiten.«

»Seien wir nicht ungerecht,« beruhigte eine alte Lärche. »Auch die Laubhölzer haben ihre Verdienste. Jedenfalls dürfen gerade wir nicht gegen das Prinzip des freien Wettbewerbs auftreten. Aber wir könnten ja einmal die Buche interpellieren, was sie eigentlich –«

»Ruhig, ruhig!« rief die Fichte. »Nur keine Übereilung! Sie sind verbunden, es von selbst mitzuteilen, wenn sie etwas von allgemeiner Bedeutung vorhaben. Das ist Waldrecht. Aber auf dem Posten wollen wir sein.«

»Hört ihr nicht? Sagte die Buche nicht etwas?« fragte die Lärche.

Alle lauschten.

»Nein, nein,« flüsterte ein kleiner Buchenfarn. »Aber der Efeu ist aufgeregt. Er spricht mit jemand, jedoch man kann es nicht verstehen. Er spricht direkt, also wohl mit der Buche.«

»Seht da, seht! Da ist doch ein weißlicher Lichtschimmer unter dem Efeu?«

Die bläulichen Sterne verblichen. An ihrer Stelle breitete sich ein bleicher, phosphoreszierender Glanz aus und drang hier und da durch das dichte Laub des Efeus.

Ebah zitterte.

»O sieh, sieh!« flüsterte sie zur Buche. »Die fremde Pflanze! Aus den Bechern drängen sich die Fäden wie leuchtende Gespinste hervor. Was soll das werden?«

»Ich weiß es nicht, Ebah,« antwortete die Buche. »Es wächst etwas Neues aus der fremden Pflanze. Das hat der Wald nicht gesehen.«

»Das ist jedenfalls das Seltsame, was die neue Pflanze schon drüben bei Hedo getan hat, und was mir Hedo nicht sagen durfte. Was wird geschehen? O höre! Höre! Hörst du nichts, Schattende?« Ebah rief es ängstlich.

»Ich höre nichts.«

»Aber ich! Zu mir spricht es, die neue Pflanze spricht! Ich klammre mich fester an dich. So – jetzt mußt du es mithören. Nicht wahr?«

»Ich höre, aber noch kann ich nichts verstehen.«

»Jetzt wird es deutlicher, ja, sie spricht.«

»Bio, Bio,« klang es zaghaft vom Sternentau.

Ebah empfand es fremdartig, wie ein Probieren ungewohnter Sprache.

Und nun wieder:

»Bio wird – ich werde –«

»Wer bist du?« fragte Ebah sanft.

»Ich bin Bio –«

»Bio? So heißest du?«

»Bio – ich heiße Bio – ich wachse –«

»Und warum sprachest du nie bisher?«

»Ich nicht vermochte, ich lernte – nun ich wachse, ich spreche.«

»Warum leuchtest du?«

»Ich wachse zum Wesen, aus mir wächst mein Wesen.«

»Noch verstehe ich dich nicht. Du heißest Bio. Ist das dein Eigenname, wie ich Ebah heiße, oder ist das der Name deiner Gattung, wie ich Efeu bin? Wie heißt Euere Pflanzengattung? Und wo kommst du her?«

»Du fragst viel, Ebah. Noch bin ich Euere Sprache nicht geübt – doch bald werde ich alles sagen können. Höre! Ich bin mein wachsendes Wesen, bin die Pflanze, Bio. Aber aus mir wachse ich selbst noch einmal als freies Wesen. Das freie Wesen kann im Dunkeln leuchten –« die Sprache wurde sicherer und geläufiger – »wenn es herausgewachsen ist, verwelken meine Fruchtbecher, aber ich bleibe bei dir, und dann werde ich zu dir sprechen dürfen von mir, der Pflanze Bio und von meinem freien Wesen.«

»Und dein freies Wesen, was wird aus ihm?«

»Du wirst es erfahren. Es schwebt frei durch die Luft, wohin es will, und es kann leuchten oder unsichtbar sein wie die Luft, je wie es will.«

»So ist es eine fliegende Pflanze? Aber wo wurzelt es?«

»Es bedarf keiner Wurzel, es ist keine Pflanze wie ihr oder ich. Unsere freien Wesen sind – wir nennen sie »Idonen«. Ich weiß nicht, ob es das bei euch gibt. Aber ich habe die beweglichen Wesen gesehen, die ihr Menschen nennt. An sie erinnert ein wenig der Idonen Gestalt, nur sind die Idonen viel kleiner und feiner und schweben unsichtbar umher, sichtbar nur für ihresgleichen. Wie nennt ihr solche Wesen?«

»Die sind uns nicht bekannt. Menschen oder Tiere wachsen bei uns nicht aus den Pflanzen. Sie können nicht zu uns sprechen, und wir nicht zu ihnen. Aber ich weiß jetzt, daß Menschen klug und mächtig sind.«

»Das sind die Idonen auch, und wohl noch viel mehr. Und sie können mit den Pflanzen sprechen und wir mit ihnen. Wenn meine – doch jetzt – oh – laß mich jetzt schweigen – ich wachse, wachse –«

Bio zitterte an den Efeu geschmiegt, der Efeu klammerte sich an die Buche. Ein Lichtwölkchen war aus dem Becher des Sternentaus hervorgequollen und löste sich jetzt ab. Hier und da, nach und nach, wie viel reife Fruchtbecher am Sternentau sich geöffnet hatten, so viel schwach schimmernde Idonen wurden sichtbar. Sie streiften ihre Gespinste ab und hüllten sich frei hinein.

Durch die Zwischenräume der Efeublätter schlüpften sie hindurch, hinaus unter die Buche, dort schwebten sie auf dem freien Platze.

Einige faßten einander an und schwangen sich in leichtem Reigen. Sie führten eine lebhafte Unterhaltung, doch konnte sie Ebah nicht verstehen, denn sie sprachen nicht die Sprache der Erdenpflanzen. Wohl aber verstand sie der Sternentau, nur teilte er sich jetzt Ebah nicht mit.

Andere Idonen kamen noch dazu, die an anderen Stellen und schon in den vorangehenden Tagen frei geworden waren. Alle versammelten sich unter der Buche, wo der erste Sternentau auf Erden, die Stammutter des Geschlechtes sich angesiedelt hatte. Mit dem Sternentau unterhielten sie sich lange, ohne daß Ebah etwas verstehen konnte. Dann tanzten sie wieder ihren Reigen wie die Blumenelfen des Märchens und berieten sich. Schließlich zerstreuten sie sich und verschwanden nach verschiedenen Richtungen zwischen den Bäumen.

Ein Schauer ging durch den Wald. Was war das? War der Gott erwacht? Aus der Pflanze geboren ward der Gott? Kam er zu erlösen von der Herrschaft der Menschen? Kam er zu vereinen die Lebendigen der Erde? Der Wald schwieg, gebannt zwischen Furcht und Andacht.

Vom Sternentau her klang es jetzt wieder ganz leise:

»Ebah!«

»Was willst du, Bio?« fragte der Efeu.

»Jetzt bin ich eine Pflanze auf der Erde, wie ihr, nur fremd. Schütze mich, Ebah, und bitte auch die Buche darum. Denn ohne dich kann ich nicht gedeihen. Aber jetzt kann ich zu dir sprechen.«

»Warum ließet ihr Hedo nicht zu mir reden? Warum sprach der Sternentau nicht dort?«

»Jetzt wird auch er sprechen. Unter uns konnten wir ja schon immer sprechen, ohne daß ihr es vernahmt oder verstandet. Aber die Pflanzen hier in meiner Nähe sollten nicht eher von den Idonen erfahren, bis ich, die Stammutter, zu euch reden konnte; und das vermochte ich erst, wenn mein Wesen frei wurde. Auch mit den Idonen kann ich reden, wenn sie nicht gar zu weit entfernt sind. Selbst was ihr untereinander sagtet, konnte ich ihnen mitteilen, denn das verstand ich schon lange; nur vermochte ich nicht, auch mich selbst verständlich zu machen, bevor meine Becher sich ganz öffneten. So kennen wir schon vieles von dem Leben der Pflanze.«

»Und wohin sind jetzt die Idonen gegangen?«

»Sie suchen einander und ziehen dann hinaus in dies unbekannte Land, es zu erforschen. Sie wollen erkunden, was die Tiere und die Menschen tun. Und wenn sie wiederkommen, werdet auch ihr viel Neues erfahren können, so weit ihr es versteht.«

»Aber wo wohnen sie? Wie ernähren sie sich?«

»Wohnungen werden sie sich bauen, wo sie es für geeignet finden. Im allgemeinen leben sie einsam oder zu zweien, nur hin und wieder vereinen sie sich zur Beratung. Und Nahrung brauchen sie nicht mehr, als die Luft ihnen bietet und das Wasser und weniges vielleicht vom Boden. Denn genährt haben sie sich als Pflanze. Das ist die Zeit ihres Wachsens, da nehmen sie auf, was sie brauchen. Als freie Wesen haben sie anderes zu tun. Doch laß mich jetzt ruhen, ich bin ermüdet.«

»Was tun sie?« fragte Ebah hartnäckig.

»Wie soll ich dir das kund tun? Jetzt als Pflanze vermag ich nur zu sagen, was der Pflanzen Wissen und Rede ist. Die Idonen aber sind der Teil von uns, der Wissen und Macht hat. Ihre Gedanken sind die Welt.«

»Wie ist das möglich? Woher kommt ihr?«

»Ich verstehe nicht, es auszudrücken, auch weiß ich es selbst nicht recht. Die Welt, von der wir stammen, sah anders aus als die neue. Wohl fern, fern von hier ist unsere Heimat.«

Der Sternentau versank in Schweigen. Der Wald schlief.

Auf dem Neptunsmond

Um die niedrigen Berggipfel der fremdartigen Landschaft breitet es sich wie weißliche Wolkenstreifen. Häufig lösen sich einzelne Stücke ab und gleiten durch die Luft hierhin und dahin, begegnen sich und weichen sich aus. Unter ihnen liegt das Land von üppigem Pflanzenwuchs bedeckt wie ein blühender Garten, durchzogen von Kanälen, die flache Seen verbinden. Ihre Wasserspiegel blinken in den wunderbarsten Farbenreflexen.

Denn über dem allen spannt sich ein blau-violetter Himmel, woran eine große leuchtende Scheibe mit verschwommenen Rändern prangt. Ein sichelförmiger Teil von ihr strahlt in weißlichem Lichte, der übrige glimmt matter mit einem ins Grünliche spielenden Gelb. Nach dem Horizont zu schimmert es von Blau bis Rot in allen Abstufungen des Spektrums.

Sämtliche Farben sind sanft und matt, selbst die Helligkeit ist nirgends blendend. Auch scharfe Schatten fehlen bei der großen Fläche des leuchtenden Himmelskörpers. Nur an einer Stelle, nach der Seite der weißen Sichel hin, strahlt am Himmelsgrund ein glänzender Stern.

Das ist unsre Sonne.

Unsere Sonne, gesehen in einer Entfernung, die dreißigmal so groß ist als ihr Abstand von der Erde. Denn jene große mattleuchtende Scheibe am Himmel ist der äußerste Planet unsres Sonnensystems, der Neptun. Jene Landschaft mit ihren Pflanzen und Seen liegt auf dem Monde, der den Planeten Neptun umkreist.

Wenn das Licht der Sonne dorthin gelangt, so hat es nur noch den neunhundertsten Teil der Helligkeit wie auf der Erde; das bedeutet immer noch die Leuchtkraft von 630 Vollmonden bei uns. Aber es wird noch weiter gedämpft durch die Dichtigkeit der Atmosphäre, die dem Neptunsmond zu eigen ist. Dafür liefert der große Planet selbst, dessen Durchmesser mehr als das Siebenfache von dem der Erde beträgt, außer dem reflektierten weißen Sonnenlicht auch Licht und Wärme von seinem eignen Vorrate. Denn er ist selbst noch gasförmig und warm. Den Bewohnern des Neptunsmonds erscheint er als eine Scheibe, deren Durchmesser das Sechzehnfache unsrer Mondscheibe ausmacht. Der von der Sonne nicht bestrahlte Teil und der sehr viel hellere weiße wechseln ziemlich schnell ihre Größe, denn in kaum sechs Tagen vollendet der Mond den Umlauf um seinen Planeten und hat daher diesen bald auf derselben, bald auf der entgegengesetzten Seite wie die Sonne.

Ja, dieser Neptunsmond, der äußerste Himmelskörper unsers Sonnensystems, besitzt Bewohner, und zwar ziemlich zahlreiche. Er hat überhaupt in seiner physischen Beschaffenheit eine gewisse Ähnlichkeit mit unsrer Erde, obwohl seine Größe nur ungefähr der unsres Mondes entspricht. Unserer Erde gleicht er darin, daß er eine Atmosphäre besitzt, während unser Mond ja ohne Atmosphäre, starr und scheinbar abgestorben ist. Der Neptunsmond aber befindet sich gegenwärtig annähernd im Entwicklungsstand unsrer Erde. Wegen seiner Kleinheit konnte er sich schneller abkühlen als sein Planet. Die Schwerkraft ist auf ihm wesentlich geringer als bei uns, alles ist leichter und freier beweglich. So sind auch die Organismen auf diesem Himmelskörper von unsern Pflanzen und Tieren recht verschieden, entsprechend der Anpassung an die Verhältnisse des Neptunsmonds.

Wie die Gesetze der Mechanik, so sind auch die Grundformen des Lebendigen die gleichen im ganzen Universum. Die Wechselwirkung zwischen der Zelle und ihrem Kern, die Teilung und Verschmelzung der Zellen, die Bildung von Zellgesellschaften, aus denen organische Individuen höherer Ordnung hervorgehen, der Fortschritt endlich dieser komplizierten Organismen zu immer klarerem Selbstbewußtsein, vom einfachen Sinneswesen bis zur Höhe der Vernunft, – diese allgemeinen Bestimmungen gelten für den Kosmos überhaupt. Aber die Resultate des Werdeganges sind sehr verschieden. Wie die Arbeitsleistung der Kultur sich unter die lebendigen Wesen verteilt, wie die einzelnen Organismen ihre Einheit mit der Natur aufrecht erhalten und ihre Freiheit in der Kultur gewinnen, ob sie überhaupt trennende Bahnen einschlagen, das ist eine Form der Entwicklung, die sich auf verschiedenen Weltkörpern verschieden vollzieht.

***

Die weißen Streifen an den Gipfeln und Hängen der Berge und die lichten Wölkchen, die sich von ihnen lösen, um in willkürlichen Richtungen durch die Luft über die Landschaft zu ziehen, sind nichts anderes als die Werkstätten der herrschenden Bewohner des Neptunsmonds, die sich selbst Idonen nennen.

Man könnte diese Wohnungen etwa mit großen, laubenförmigen Körben vergleichen, die aus feinen Geflechten filigranartig gebildet sind und mit schimmernden Gespinsten überzogen. Zahlreiche abgeschlossene Zimmer enthalten sie in sich, über- und nebeneinander geordnet, dazwischen ziehen sich verschlungene durchsichtige Röhren hin, gefüllt mit ebenfalls unsichtbaren Gasen, leichter als die Luft, die jene kunstvollen Gebäude schwebend erhalten. Ihre Architektonik, die auf die Schwere des Stoffes keine Rücksicht zu nehmen braucht, folgt frei den wechselreichen Formen der Wolkengebilde, deren leichten Zug wir an unserm Himmel bewundern. Bald legen sich die einzelnen Wohnungen an einander zu großen Städten, bald trennen sie sich und fahren einsam oder in willigen Gesellschaften durch die Höhen.

Auf den Dächern der luftigen Häuser sieht man einzelne Idonen ruhen, die meisten aber fliegen frei durch die Luft. Denn das ist ihre gewöhnliche Bewegung. Sie sind zierliche, kleine Gestalten von etwa ein Drittel Meter Höhe mit frei beweglichen, biegsamen Armen und flügelartigen Ruderfüßen. Durch willkürliche Zusammenziehung und Ausdehnung ihres sehr elastischen Körpers können sie sich heben und senken. In feine, nachschleppende Schleier gehüllt schweben sie anmutig dahin; sie haben keine Eile.

Für menschliche Augen würden sie schwer erkennbar sein, weil ihre Körper nahezu durchsichtig erscheinen, und nur die Reflexe an ihren großen Augen dürften auffallen. Der innere Bau ihres Körpers ist in weit höherem Grade als beim Menschen auf das Vorherrschen des geistigen Lebens eingerichtet, so daß man sie als schwebende Gehirne bezeichnen möchte. Mit der physischen Arbeit zur Erhaltung ihres Lebens haben sie wenig zu tun, ihre Energie konzentriert sich in der Bewältigung ihrer Gedankenwelt. Die schaffende Macht der Natur hat bei ihnen die Form selbständigen Bewußtseins gewonnen; ihre Phantasie löst die Widerstände der Wirklichkeit auf zum freien Spiele gütigen Wollens und beglückender Liebe.

Die Idonen werden nicht von Idonen erzeugt und geboren und bringen nicht wieder Idonen zur Welt. Sie wachsen hervor aus einer pflanzlichen Generation, die sich allein durch Zellteilung, durch Knospung vermehrt und so die innige Verbindung mit Leib und Seele des Weltkörpers dauernd bewahrt, auf dem sie gedeiht. Die Idonen aber sind das frei bewegliche Geschlecht, dessen Individuen sich in persönlicher Wahl, männliche und weibliche, vereinen in allen Feinheiten der Liebessehnsucht und Liebesgemeinschaft. Dieser Vereinigung entsprießen nicht junge Idonen, sondern ein Gebilde, das in pflanzliche Keime zerfällt; aus ihnen wachsen dann wieder die Pflanzen, welche die neue Generation darstellen. Während der Durchgang durch die wurzelnde Pflanze den steten Zusammenhang mit dem Leben und der Kraft des Weltkörpers aufrecht erhält, gibt die geschlechtliche Fortpflanzung und ihre freie Wahl den Idonen die Fähigkeit, alle Erwerbungen ihres individuellen Lebens der Gattung nutzbar zu machen. So hat hier ein dauernder Wechsel zwischen Pflanze und Gehirnwesen die günstigste Arbeitsteilung errungen, um die Energie des leiblichen Lebens und die Macht des geistigen zur höchsten Stufe der Kultur zu führen.

Fänu, eine junge Idonenfrau, verließ ihre Wohnung und schwebte hinab zu den gartenartigen Wäldern und Wiesen der Mondoberfläche. Langsam war ihr Flug und vorsichtig, als berge sie etwas Kostbares unter ihrem Schleier.

Um sie herum, die Umgebung gewissermaßen prüfend und sie vor zufälligen Störungen schützend, flog Fren, ihr Gatte, bald rechts oder links, oben oder unten. Das hinderte die beiden nicht, ihre Gedanken leise auszutauschen. Denn ihre Sprache war nicht an so geringe Entfernungen gebunden wie die des menschlichen Mundes. Zwar beruhten ihre Mitteilungen auch auf Luftschwingungen, aber ihre Organe waren ungleich empfindlicher als die der Menschen, ihre Verständigung bediente sich der mannigfachsten und feinsten Mittel.

Über blumengeschmückte Wiesen hinweg flog Fänu einem ausgedehnten Walde zu, dessen Bäume sich bis über zehn Meter hoch erhoben. Auf der Erde freilich würden diese Pflanzen als zierliche Ranken am Boden hinkriechen müssen, wenn sie nicht eine äußere Hilfe fänden. Bei der geringen Schwerkraft aber, die hier herrscht, konnten sie leicht ihr eigenes Gewicht tragen und strebten frei in die Luft, wo sie sich in zahllosen feinen Sprossen verzweigten und mit ihren vielfach gefiederten Blättern ein dichtes Laubdach bildeten.

Die Zweige dieser Ranken waren hier und da mit blauen Kelchen geschmückt, die in verschiedenen Entwicklungsstufen standen. Auch andere Pflanzengattungen zeigten sich zwischen den Rankenbäumen, kleinere Arten bedeckten den Boden, und eine mannigfaltige Tierwelt, wie eine bunte Gesellschaft seltsam gestalteter, freigewordener Blüten, kroch am Boden umher oder flatterte durch die Luft. Alle diese Tiere pflanzten sich wie die Idonen in einem Generationswechsel mit der Pflanzenwelt fort, jeder Tierform entsprach eine bestimmte Pflanzenform als Stammmutter, und sie alle bildeten Vorstufen zu dem höchsten Produkt der Entwicklung, das der Neptunsmond hervorgebracht hatte, den Idonen.

»Schon sehe ich den Hügel der Mutter,« sagte Fänu. »Laß uns ein wenig rasten, ehe wir sie begrüßen.«

»Dort auf den Zweigen des Dunkelbaums,« antwortete Fren. »Kennst du ihn noch?«

Fänu schmiegte sich zärtlich an den Geliebten. »Wenn die Bilder der Frohgefühle kommen, um den Seelenreigen zu schlingen, dann sind sie bekränzt mit dem Spitzengewebe des Dunkelbaums.«

»Denn solchen Schmuck wand ich zuerst um diesen Gürtel, als ich das Glück gewann hier unter dem Baum.«

»Und nun magst du damit mich wieder zieren, da wir zum heiligen frohen Feste fliegen. Sieh, die Sichel ist schon schmal, bald werden wir im Schatten des Planeten sein.«

Sie blickten beide in die Ferne hinaus.

»Der Planet steht nicht mehr sehr hoch,« begann Fänu. »Ich möchte wieder einmal bis dahin reisen, wo sich sowohl der Planet als die Sonne ganz unter unserm Horizont befinden. Ich möchte wieder einmal Sterne sehen.«

»Das ist noch recht weit bis dahin,« sagte Fren. »Aber wir wollen daran denken. Was gefällt dir so Besonderes an den Sternen? Glänzen nicht überall bei uns funkelnde Lichter in den Wassern, am Boden, in der Luft?«

»Das sind nur Leuchten wie wir, höchstens wie wir. Aber die Sterne sind Welten, größer, prächtiger als der Boden, auf dem wir wohnen, größer zum Teil als unser Planet, der dort so machtvoll herüberwärmt. Wenn ich sie sehe in der großen, fremden Weite, so ist freilich dem Blicke scheinbar nicht mehr gegeben als hier in der vertrauten holden Nähe; aber unmittelbarer doch faßt es uns, daß so unendlich viel Glück lebt in der Welt. Glück überall in unzähligen Welten.«

»Woher willst du das wissen? Es gibt Gelehrte, die behaupten, daß die Sterne durchaus unbewohnbar seien, sogar die Planeten, die wie wir um unsre Sonne kreisen. Ja, sie sagen, daß es nirgends in der Welt vernünftige Wesen geben könne als auf unserm Lande, weil nur hier die Bedingungen zur Existenz der Idonen zusammentreffen.«

»So ein kluger Idone sollte lieber sogleich erklären, daß es überhaupt kein anderes vernünftiges Wesen geben könne als ihn selbst. Denn wozu erst die andern? Wenn die Vernunft nichts übrig hat für die andern Sterne, warum soll sie so verschwenderisch sein, hier bei uns mehr als das eine vernünftige Wesen, den einen weisen Idonen zu erzeugen? Und wozu jene großen Weltkörper, nahe der Sonne, in ihren Strahlen schwelgend, wenn sie nicht Organe ihres eigenen Wesens, ihrer Vernunft besitzen sollen? Oder meint der weise Mann vielleicht, daß die Planeten selbst keine bewußten, vernünftigen Wesen seien? Daß sie tot hinfliegen wie die stürzenden Trümmer am Gebirge? Daß etwa unser Planet da drüben keine Seele habe? Dann vielleicht auch nicht sein Trabant, auf dem wir wohnen? Dann auch nicht unsre Pflanzen, nicht unsre Mütter, nicht meine Mutter Bio, der ich entsprossen bin? Woher sollen unsre Seelen kommen, wenn nicht aus den Pflanzen, und woher die Pflanzen, wenn nicht aus dem Grunde, darin sie wurzeln?«

»Ereifere dich nicht zu sehr, Fänu. Wer zweifelt an der Seele unsres Planeten, und doch wohnen auf ihm keine bewußten Wesen wie wir.«

»Ach, Fren, verwirre dich nicht, mein Guter! Wer sind denn wir? Sind wir nicht diese bewußten Wesen? Daß wir nicht auf dem Planeten selbst wohnen, sondern auf seinem Monde, das macht doch nichts aus; das ist nur ein nebensächlicher Unterschied. Oder ist dieser Mond nicht bewohnt, weil es nicht jede Stelle ist, weil die fernen Hochwüsten im Norden nicht bewohnt sind? Ist nicht der Mond ein Teil des Planeten? Das haben wir doch schon in der ersten Jugend gelernt, daß wir hier nur wohnen, weil der Planet noch zu warm für uns ist, zu wenig fest. Wenn er sich aber abgekühlt hat, und es für uns hier zu frostig wird, dann werden wir auf ihn übersiedeln.«

»Du hast ja völlig recht, Liebste. Aber erinnerst du dich nicht des Buches von Kurla, das wir gelesen haben? Wie ein Idone auf einen Stern in der Nähe der Sonne verschlagen wird und dort als Herrscher riesenhafte Wesen trifft, die denken und reden können, aber nicht fliegen? Auch Pflanzen aller Art findet er dort, mächtige Bäume, schöne Blumen, unsichtbar kleine Zellen. Da beschreibt der Verfasser, wie die Herrscher des dortigen Planeten behaupten, daß die Pflanzen überhaupt keine Seele haben. Sie behandeln sie als Wesen ohne Bewußtsein, weil sie nicht mehr mit ihnen zu sprechen wissen. Denn sie haben sich in ihrer Entwicklung völlig von den Pflanzen getrennt, sie verstehen nicht mehr die Stimme des Planeten, die aus den Pflanzen spricht, und bilden sich ein, ihnen, den Herrschern allein, sei eine besondere Offenbarung geworden, die der ganzen Natur verschlossen ist. Erst müsse man das Leben ertöten, dann erst finde man die Seligkeit im Himmel.«

»Freilich erinnere ich mich. Jedoch ich meine, die Phantasie des Dichters, soweit sie nicht als reines Spiel ihren absoluten Wert hat, will hier wohl als Satire auftreten. Denn wenn in Wirklichkeit irgendwo solche Wesen existieren sollten, so wäre das ein Abweg der Natur, den die Vernunft selbst korrigieren wird. Entweder werden jene Wesen untergehen, weil sie den Zusammenhang mit der Natur verloren haben, oder sie werden ihn wiedergewinnen, indem sie ihren Irrtum durch Vernunft erkennen lernen.«

»So hat es sich auch der Dichter gedacht. Die Pflanzen finden ihr Recht.«

Fänu schauerte zusammen.

»Was ist dir?« fragte Fren besorgt.

»Huh! Ich dachte daran – wenn ich nun eine Frau auf solchem Planeten wäre, wie schrecklich müßte das sein! Denke nur.« Sie zog den Schleier sanft zusammen und fuhr fort: »Statt unsres stillen ruhegeborgenen Schatzes hier, der in seiner Hülle die Hoffnung unendlichen Lebens umfaßt, hielte ich dann ein kleines zappelndes Wesen, ein hilfloses Idonchen, das nicht sagen kann, was es will, das schreit und hungert –«

»Oder vielleicht auch lächelt und froh ist und uns beglückt.«

»Es müßte ja doch hinwelken, wovon sollte es leben? Entsetzlicher Gedanke! Diese fortwährende Sorge, die Bewachung des jungen Lebens, die Verantwortung für Ereignisse, über die wir keine Macht haben! Wo blieben da Ruhe und Glück? Unreife Dinger, deren wir uns eigentlich schämen müßten, hätten wir zu bejammern. Und diese lärmende, unzurechnungsfähige, rücksichtslose Gesellschaft würde uns in jeder höheren und freien Tätigkeit stören. Wo bliebe uns Zeit und Kraft übrig, die stolze Aufgabe des Idonenlebens zu erfüllen, ein Ich zu sein in voller Freiheit, das in seinem unverletzlichen Zusammenhange mit der Seele des ewigen Alls den großen Weltplan auf seine besondere Weise zu spiegeln sucht?«

»Du hast wohl recht, Liebling. Die Sorge um das kommende Geschlecht müßte so ganz alle Pflicht und Arbeit in Anspruch nehmen, daß Verständnis und Gefühl für das höchste Ziel nicht mehr gepflegt werden könnten. Daher blieb jene Aufgabe der Pflanze zugewiesen, wir aber haben genug zu tun. Denn es ist nicht leicht die Notwendigkeit zu begreifen, die in Sternen und Zellen waltet, und doch diese unendliche Macht frei aufzunehmen im Gefühle der Liebe, die uns mit allen Wesen vereint. Es ist nicht leicht, den Gott zu lieben in uns selbst, und doch nicht uns selbst zu sehen in dem Gotte.«

»Und es wäre unmöglich, Liebe zu hegen zugleich in Würde und in Freude, wenn diese Liebe das einzige Mittel der Natur sein müßte, sich zu erhalten. Und doch ist jedes Gefühl ohne Recht, das sich löst vom Zusammenhange der Natur. Darum ist es ein entsetzlicher Gedanke, daß die höchste Seligkeit der Liebe verhaftet sein soll mit einer Verantwortung für das kommende Geschlecht. Welcher Planet könnte eine solche Sinnlosigkeit aussinnen, eine Marter der Vernunft? Wenn es irgendwo solche unglückliche Frauen gibt, die lebendige Wesen ihrer eignen Art zur Welt bringen und sie hilflos sehen und pflegen müssen, dann wundert es mich nicht, wenn ein so naturbedrücktes Geschlecht seinen Gott nicht finden kann im ewigen Gesetz des Lebenswandels, wenn es ihn draußen sucht, jenseits des Lebens und der Liebe der Natur.«

»Es wäre ja möglich, daß manche Geschöpfe erst auf dem Umwege des Leidens zur Vernunft geführt werden.«

»Aber wie kann es Wesen geben, die ihresgleichen gebären? Wir alle müssen doch erst wieder hindurchgehen durch den Mondleib in den Pflanzenleib, und erst aus dem Pflanzenleib empfangen wir wieder die Kraft, zu schweben in der Freiheit des Idonenleibes. Und Leib und Seele sind doch untrennbar eines?«

»Das eben verstehen jene Wesen nicht, von denen der Dichter fabelt. Sie haben sich vom Bewußtsein des Mond- oder des Planetenleibes und des Pflanzenleibes getrennt, und nun können sie erst durch einen langen, langen Prozeß des Denkens und der Not wieder zur Einheit der Natur zurückgeführt werden.«

»Ich kann's nicht glauben. Stelle dir vor, unsre Eltern lebten noch gleichzeitig mit uns als Idonen, sie wären Intelligenzwesen wie wir, wir müßten auf einer Stufe mit ihnen leben, welche Fülle von hemmenden Bindungen wäre dadurch gegeben! Wie können jung und alt einander verstehen? Und hier sollten sie sich umeinander sorgen, hätten Verpflichtungen. Wie sollte da die Selbständigkeit des Denkens und Wollens bestehen? Tausend Konflikte der Natur und der Freiheit, tausend Schwierigkeiten des Lebens, ja zuletzt den Wunsch nach gegenseitiger Lösung sehe ich da sich notwendig ergeben. Wieviel glücklicher sind wir so gestellt! Unsre Pflanzenmutter steht friedlich im grünen Walde, dort lebt sie fort und wir leben auf unsre Weise in der Luft. Keiner stört den andern, denn jeder hat seinen eignen Weg und seine eigne Art zu gedeihen. Unsre Nachkommen kennen wir nicht, ihr Erbe wird ihnen von der Natur übergeben mit der ganzen Fülle des Erwerbes ihrer Vorfahren. Nicht als Mechanismus des Instinkts, sondern als Freiheit des Verstandes empfangen sie es, und ihren Dank richten sie an den Unendlichen. Mit unsrer Pflanzenmutter aber können wir sprechen, so oft es uns treibt, dem Gefühle Worte zu leihen, das dem Zusammenhange des ganzen Geschlechts im Bodengrunde der wurzelnden Rankenbäume gilt. Denn dort liegt unsre Kraft. Sie hat uns hervorgebildet aus der heiligen Urmutter unsres Sternes und uns den Vorrat dauernder Lebensmacht mitgegeben, ihn fröhlich zu nutzen in Luft und Arbeit des Geistes.«

»So laß uns aufbrechen, Fänu, zu deiner Mutter. Bio soll uns den Segen sprechen über unsern Schatz, ehe wir ihn zurückgeben dem Grunde des Lebens, daß er wieder als Pflanze gedeihe und Kraft gewinne für unsre Enkel.«

Sie flogen weiter und hatten bald ihr Ziel erreicht.

Zur Erde

Bio war ein stattlicher Baum in einem Haine gleichartiger Rankenbäume, an deren Zweigen sich hier und da jene blauen Sporenbecher in verschiedenen Entwicklungsstadien zeigten. Die allgemeine Bezeichnung für die pflanzliche Stufe der den Neptunsmond bewohnenden lebenden Wesen ist »Fyten«. Die Idonen pflegen ihre Fyten ehrfurchtsvoll. Sobald sie irgend wo einen jungen Rankenbaum im Aufkeimen bemerken, sorgen sie für sein weiteres Gedeihen. Nur die Aussaat dieser Keime selbst, ob sie überhaupt zu einer Entwicklung gelangen, überlassen sie einer höheren Macht. Sie halten es für einen Frevel, hier in die unbekannten Pläne des Himmelskörpers mit ihrer eignen, doch immerhin beschränkten Überlegung einzugreifen.

Fänu und Fren senkten ihren Flug bis an die Wurzel des Baumes. Dort ließ Fänu sich nieder. Sie blickte hinaus in das grünende Laubdach und hinab auf den Boden und sagte dann:

»Mutter, wir grüßen dich. Wir bringen zu dir zum ersten Mal das Geheimnis des Schleiers, damit du es segnest, ehe wir es hinsenden auf die dunklen Wanderwege der Hoffnung.«

»Sei willkommen, Kind, und du, Fren, Genosse ihres Glücks und ihrer Freiheit.«

So sprach Bio, langsam, wie Pflanzen pflegen. Es war eine feierliche Handlung, zu der sie die Idonen empfing. Die schöne Freiheit beider Generationen kam ihnen hier zu erhebendem Bewußtsein, und die Pflanze fühlte sich dabei im Stolze der Vermittlerin zwischen Natur und Würde.

»Ich erwidere euern Gruß,« fuhr Bio fort, »ich, die ich wachse im Reiche der bauenden Welt. Euch baute ich empor aus der Tiefe des Planetenmondes, damit ihr lebt im goldenen Reiche des schönen Scheins. In euerm Denken schafft ihr eure Welt, euer spielendes Wollen ist holdeste Erfüllung des Gefühls. Was ihr tut, ist des Planeten lebendig freie Freude. Ihr schwebt durch die Höhen, frohe Idonen, und Glück und Würde ist in euch geeint. Mit euch erleb' ich Höhe und Glück. Freudig nun streut aus der Gemeinsamkeit höchste Blüte, streut aus ins Unbestimmte zur Bestimmung.«

»Wir danken dir, Mutter. Sage uns noch den Segen des ewigen Werdens!«

Wieder begann Bio:

»Aufs neue erhebe sich der Kreislauf. Ins Unbestimmte schweben die Zellchen des Lebens, die euerm seligen Bunde entsprungen sind, ob sie vergehen und einzeln schwinden, ob sie bestehen und wurzeln im Boden, der uns trägt.

Nehme er gnädig und fördernd sie auf, daß sie gedeihen zum grünenden, blühenden Baume!

Fülle er sie wieder mit der Urkraft des Schaffenden, tränke er sie mit der Seele des gemeinsamen Lebens aller Wesen, die im Sonnenreiche zusammenwirken!

Gehet hinaus, Endliches zum Unendlichen, daß es neu geboren kehre, Unendliches ins Endliche!

Denn das ist der Sinn des Gottes.

Nicht uns läßt er leben, sondern er lebt in uns, und wir sind es, als die er sich wandelt, der Schöpfende, von Wirklichkeit zum Spiel, vom Spiele zur Wirklichkeit.

Werden und Scheinen ist unser Wandel, Götterleid und Götterlust. Flieget empor, Fänu und Fren!

Von der Höhe der Wolken gleite schwebend hinab die Frucht des seligen Scheins, um wieder zu werden und zu wachsen im Pflanzengrunde!«

Schweigend erhob sich das Paar und flog weiter noch manche Strecke. Dann hielten sie an und wandten sich dem Planeten zu, dessen Scheibe groß und still in ihrem milden Lichte herüberschien.

In ihnen glühte der Stolz der Idonen, die Leben ausstreuen zum Ewiglebenden, hingeben und nicht verlieren, was Leben ist. Denn Leben ist Schein und Schein ist Leben. Nicht tötet eines das andere, beide sind sie das ewig Schaffende. Sie lösen sich ab wie zwei treue Freunde in der Arbeit. So schreitet das Einzelbewußtsein, in dauerndem Wechsel immer neu sich selbst gestaltend, von dem einen Reiche zum andern. Höher und höher arbeitet sich in Leib und Seele die Anpassung des Lebendigen an gehofftes Unendliches, immer wieder neu sich verjüngend im

Pflanzenwachstum, dann neu sich erhebend im Reiche des freien Gedankens zur Götterwonne, und keine Träne fließt hier mehr dem Leiden.

So deutet der Glaube der Idonen die Natur ihres Sternes.

Fänu wehte mit dem Schleier zur Sonne hin – –

Das Glück schwebte in der Luft. Ihr Glück im Herzen kehrten sie heim.

***

Aus Fänus wehendem Schleier war ein durchscheinendes Etwas hinausgeschwebt ins Wolkenreich. Das löste sich auf in Millionen unsichtbarer kleinster Zellchen, die Dauersporen der Pflanze Bio vom Neptunsmond.

Diese kleinen Körnchen besaßen einen Durchmesser, der nur etwa den sechstausendsten Teil eines Millimeters betrug. Sie waren also kleiner als die Wellenlänge des Lichts und nahe an der Grenze dessen, was das beste Mikroskop dem Menschenauge noch zu zeigen vermag. Und doch waren sie nicht kleiner als die kleinsten Pflanzensamen, die auf der Erde vorkommen, und jedes umfaßte noch viele Millionen Molekeln.

Die Schar dieser kleinsten Hüllen schlummernden Lebens schwebte in der Atmosphäre des Neptunsmonds.

Lange mochten sie hier verweilen, von jedem leisesten Luftzuge umhergetrieben und zerstreut, und nur langsam, ganz langsam konnten sie auf den Boden sinken, wo dann einzelne so glücklich sein mochten, auf fruchtbarem Lande sich festzusetzen und aufzuwachsen zum Rankenbaum.

Weiter war der Mond auf seiner Bahn um den Neptun geschritten, und einige der kleinen Wandersporen waren auf die Nachtseite geraten, die jetzt weder von der Sonne noch vom Planeten erleuchtet wurde. Hier kamen sie in elektrische Entladungen der hohen Schichten der Mondatmosphäre, durch die sie eine Abstoßung erlitten und fort vom Monde und vom Planeten in den leeren Weltraum hinausgetrieben wurden.

Aber auch der Weltraum ist nicht ganz leer. Staubteilchen verschiedener Größe, auf verschiedene Weise verdunstet und entflohen von den Weltkörpern, schweben darin umher. Je nach ihrer Masse werden sie durch die Schwerkraft nach der Sonne hingezogen, oder sie werden, wenn sie zwischen gewissen Grenzen der Kleinheit liegen, durch den Strahlendruck der Sonne von ihr abgestoßen.

Die Dauersporen des Rankenbaums Bio besitzen eine Größe derart, daß für sie der abstoßende Strahlendruck der Sonne, eine Folge der Energiestrahlung dieses heißen Weltkörpers, die Anziehungskraft der Sonne überwiegt. Sie wurden also von der Sonne fort in den Weltraum getrieben, aus dem Anziehungsbereich des Neptun und aus unserm Sonnensystem überhaupt hinaus, und mögen dort irgend einmal in die Herrschaft eines fremden Sternes geraten.

Einer aber dieser kleinen Keime traf, als er eben weit genug vom Neptun entfernt war, um nicht wieder zurückzufallen, auf ein Staubteilchen, das seines Weges zur Sonne zog; denn dieses war tausendmal so schwer und groß als das Samenkörnchen. Freilich wollte das nicht viel sagen; es blieb immer noch selbst unsichtbar klein, da sein Durchmesser nur den sechshundertsten Teil eines Millimeters betrug; aber gegen das Samenkörnchen war es doch ein Riese. Die kleine Dauerspore blieb an dem Staubteilchen haften. Dadurch wurde sie mit ihm nach der Sonne hin angezogen. Sie trat ihre Reise nach dem Innern unsers Planetensystems an.

Genau läßt es sich ausrechnen, wieviel Zeit ein Körnchen dieser Größe braucht, um von der Nähe des Neptun der Sonne zuzufliegen. Nach einundzwanzig Jahren war es noch so weit von ihr entfernt wie der Planet Uranus, nach weiteren zwölf Jahren hatte es die Saturnbahn passiert, vier Jahre brauchte es noch bis zur Bahn des Jupiters, und zwei weitere bis es von der Sonne so weit abstand wie der Mars. Bis jetzt war es glücklich ohne Aufenthalt mit immer gleichmäßig wachsender Geschwindigkeit geflogen und hatte keinerlei Abenteuer erlebt. Keiner der Planeten, deren Bahnen es passierte, hatte es gestört, denn sie befanden sich gerade auf weit entlegenen Strecken. Auch die vielen kleinen Asteroiden waren ihm nicht gefährlich geworden, nur einer hatte ihm eine unbedeutende Abweichung versetzt. Aber, ein Vierteljahr etwa, nachdem es die Marsbahn verlassen, näherte sich das Staubteilchen mit seinem Sporenkörnchen einem größeren Planeten, der gerade auf die Stelle zueilte, wo es seine Bahn zu kreuzen hatte. Hier erhielt es eine starke Ablenkung. Die Anziehung des kräftigen Planeten zwang es, ihm entgegenzueilen. Es schoß auf ihn zu und geriet zwischen die äußerst dünn verteilten Molekeln seiner äußersten Atmosphäre. Es befand sich auf der Erde.

Die Dauerspore des Rankenbaums Bio enthielt keine Spur von Feuchtigkeit. Infolge dessen schadete ihr die Kälte des Weltraums nichts, so tief auch seine Temperatur sank. Zwar ward das Körnchen von der Sonne bestrahlt, aber bei seiner Kleinheit gab es diese Wärme sogleich wieder durch Ausstrahlung ab. So war es unversehrt zwischen die äußersten Schichten der Erdenluft gelangt.

Beim weiteren Eindringen prallten immer mehr Luftteilchen auf das Staubkörnchen und erwärmten es stark. Dabei löste sich die Dauerspore von ihrem Weltraumfahrzeug, dem Staubteilchen, ab und schwebte wieder auf eigene Faust in der Atmosphäre. Sie vermochte einen guten Teil Stöße der Luftmolekeln zu vertragen. Ihre Kleinheit half ihr auch jetzt, so daß sie ohne Gefährdung sich der Temperatur der umgebenden Luft anpaßte. Unversehrt und heil schwebte sie über einem Waldgebirge.

Wolken ballten sich zusammen, es regnete. Ein schöner runder Tropfen riß den Weltwanderer herab und klatschte auf die Blätter einer alten Buche. Mehr und mehr Tropfen fielen und schwemmten die Spore abwärts bis auf den Boden. Unmittelbar an der Wurzel einer Efeupflanze, die an der Buche emporgeklettert war, haftete die Spore im erweichten Humusboden und kam zur Ruhe.

Vierzig Jahre hatte die Reise gedauert. Aber auf solche Abenteuer sind die Dauersporen vieler Pflanzen eingerichtet. Bios Samenkörnchen hatte die Zeit glücklich überstanden, ohne seine Keimkraft einzubüßen. In tiefstem Schlummer lagen in ihm alle Energien, sich gegenseitig im Gleichgewicht ihrer Spannungen haltend. In ihnen waren in ruhendem Zustande die Spuren des Lebens bewahrt, die sich dem Geschlechte der Pflanzen auf dem Neptunsmond eingegraben hatten in Billionen Jahren, von jenen Urzeiten, in deren Verlauf ihre Vorfahren allmählich bis zu den Müttern des Idonengeschlechts aufgestiegen waren, bis zu den Erlebnissen ihrer unmittelbaren Eltern, Frens und Fänus. Natürlich nicht alle, aber alle die, welche erforderlich waren, um die Lebensprozesse zu wiederholen, deren Ergebnis sich als Aufbau eines Rankenbaumes vom Geschlechte Bios zeigte. Es war nur nötig, daß die äußern Bedingungen eintraten, jene Prozesse auszulösen, die schlummernden Spannungen zu erwecken und neue Energien in ihren Wirkungskreis hineinzuziehen.

Und die Zeit kam. Die Feuchtigkeit des Bodens lockerte die feste Hülle der Spore. Zahllose Bakterien begannen ihre Zersetzungsarbeit in der Umgebung. Die Zelle vom Neptunsmond regte sich in der Fremde. Sie wuchs, teilte sich, teilte sich wieder, und die neue Genossenschaft kam zum Lichte. Die ersten grünen Körnchen färbten das erste Blättchen. Ein junges Biopflänzchen war aufgesprossen auf Erden.

Mühsam war sein Lebenswerk. Der Buchenschatten und die Deckung durch den Efeu schützten es, sonst hätte es sich in der Sonnennähe des Erdplaneten nicht halten können. Die Stärke der Schwerkraft zog es zur Erde nieder, als Ranke mußte es am Boden kriechen, das sich auf dem Saturnsmond stolz als Baum in die Höhe gerichtet haben würde.

Aber doch hatte es die Bedingungen günstig getroffen. Am Efeu konnte es sich von der Bodennässe emporrichten. Brutknospen wuchsen hervor, fielen ab und wurden von Wind und Wasser zerstreut. Im Winter ruhte alles. Jedoch im Frühjahr grünte die Pflanze wieder auf und strebte kräftiger zur Höhe. Wo Brutknospen zufällig unter eine Efeupflanze geraten waren, sproßten aus ihnen neue Rankenpflänzchen empor. So gab es einzelne Stellen im Walde am Riesengrab, wo Nachkommen Bios, der Pflanze vom Neptunsmond, gediehen. Noch war sie von keinem Menschen bemerkt, unscheinbar unter dichtem Efeu versteckt. Aber im zweiten Jahre entwickelte sich etwas Neues. Blaue Glöckchen brachen hier und da an den Ranken der

Pflanze hervor. Sie bereitete sich, das neue Geschlecht zu erzeugen, die Idonen, die als freie Vernunftwesen auf dem Neptunsmond herrschen.

Würden sie auch auf der Erde bestehen können?

In diesem Jahre kam es noch nicht dazu, die blauen Becher fielen ab, die silberweißen Fäden, die sich gezeigt hatten, verdorrten. Aber im folgenden Frühjahr sproßten neue Kapseln hervor und öffneten sich.

Die Pflanze hatte sich jetzt schon weiter verbreitet. Denn die schönen blauen Becher waren einem jungen Mädchen aufgefallen; sie hatte Ableger der Ranken unter Efeupflanzen gezogen. Die fremde Pflanze aber nannte sie Sternentau. Auch in ihrem Zimmer wuchs ein solches Pflänzchen mit blauen Kapseln.

Und als der Juni ins Land kam, öffneten sich die Becher, die freilich nicht die Größe gewonnen hatten, wie in ihrem Ursprungslande. In einer warmen Sommernacht wuchs es zuerst an einem geöffneten Becher im Schutze des Zimmers schwellend hervor und trennte sich von der Pflanze, noch unbemerkt von dem Mädchen, ein schwach leuchtendes Wesen, eine schwebende Elfe, Fänus Enkel, die erste Idone auf der Erde. Und in den folgenden Nächten kamen nach und nach immer mehr der pflanzensprachkundigen Vernunftwesen hervor, auf dem Friedhof, im Schlafgemach und zuletzt an der Stammutter beim Riesengrab.

Die junge Idone – denn es war ein Idone weiblichen Geschlechts – fand zwar, als sie zur vollen Entwicklung gekommen war, die Überlieferung des Idonentums in sich vor, die durch die Spore vom Neptunsmond mitgebracht war, aber alles, was sich auf die Erde bezog, war ihr natürlich vollkommen fremd. Denn solange der Sternentau es nicht selbst bis zur Produktion von Idonen gebracht hatte, war ihm auch eine irgendwie nähere Verständigung mit den Pflanzen der Erde nicht möglich. Das änderte sich jetzt. Der Sternentau vermochte mit dem Efeu zu sprechen und konnte nun den Idonen übermitteln, was er von den Pflanzen der Erde erfuhr. Allerdings wußte gerade Kitto, der Efeu in Hardas Zimmer, verhältnismäßig wenig von der Pflanzenwelt draußen; denn da die Sprache durch die Wurzeln im Boden vermittelt wurde, die hier infolge der künstlichen Einpflanzung und Hegung im Zimmer von der Muttererde getrennt waren, so blieb der Verkehr zwischen Kitto und Ebah eigentlich auf die Stunden beschränkt, in denen der Efeu einmal bei Regen in den Garten gestellt wurde. Aber der Sternentau hatte jetzt die Sprache der irdischen Pflanzen durch Kitto gelernt, und dies genügte, um der jungen Idone den Verkehr mit den Pflanzen der Umgegend zu ermöglichen.

Nachdem es der Idone schmerzlich zum Bewußtsein gekommen war, daß sie sich unter völlig fremdartigen Verhältnissen befand und daß sie ganz allein stand, ohne jede Hilfe und Gesellschaft gleichartiger Wesen, hatte sie beim Morgengrauen durch das geöffnete Fenster das Zimmer verlassen und war so Hardas Beobachtung entgangen. Harda fand nur die vertrocknete Kapsel.

Unsichtbar schwebte die junge Idone durch die Luft und suchte nach dem Efeu am Riesengrab, Kittos Mutter. Dort, so hatte ihr Kitto gesagt, würde sie noch anderen Sternentau finden. Auch die geöffneten Kapseln in Hardas Zimmer ließen sie schon hoffen, daß sie bald verwandte Wesen in diesem fremden Lande besitzen würde. Bis dahin traute sie nach Idonenart auf die eigne Kraft und suchte sich nach Möglichkeit über die Verhältnisse zu unterrichten.

Zunächst gab sie sich selbst einen Namen – denn das war das Recht der Idonen – und nannte sich Ildu, das bedeutet in der Sprache der Idonen »die einzige«. Sie bemerkte sogleich, daß sie sich gar nicht auf dem Neptunsmond befinden könne, denn die Helligkeit des Tages und die Schwere waren viel mächtiger. Da sie aber bei ihrem Fluge nur von ihrem relativen Gewicht zur Luft abhängig war, und die Luft von nahezu gleicher Zusammensetzung zu sein schien wie auf dem Neptunsmond, so erschwerte ihr dies die Bewegung nicht wesentlich. Nach längerem Suchen war sie zur Buche gelangt und hatte dort durch Ebah und Bio auch von Harda gehört und über die Menschen einiges erfahren, soweit die unklaren Vorstellungen der Pflanzen das gestatteten. Sie war dann in Hardas Zimmer zurückgekehrt, und als diese selbst dort eingetreten war, hatte sich Ildu für kurze Zeit auf Hardas Haupt niedergelassen. Zufällig geschah dies in dem Augenblicke, als Ildu zu Kitto über ihre Unterredung im Walde sprach, worin Ebah ihrer

Liebe und Sorge für Harda Ausdruck gegeben hatte. Bei dieser Berührung fiel es Ildu auf, daß in ihr ganz neue Gedanken geweckt wurden, die nur von einer Gegenwirkung des menschlichen Gehirnes ausgehen konnten, sie wußte jedoch nicht, daß gleichzeitig in Harda die Gedanken Ildus in menschlicher Vorstellungsform reproduziert wurden. Ildu war in gewissem Sinne nicht weniger überrascht und erschrocken als Harda bei diesem ihrem ersten »Anfall«, nur daß diese von der Existenz der Idone nichts wußte. Aber auch der Mensch war für Ildu ein vollständig rätselhaftes und unheimliches Wesen.

Die Idone zog sich aus dem Hause zurück und beschloß, in stillem Nachdenken nach Idonenart für sich zu verweilen, bis sie Genossen fände, mit denen sie sich beraten könne. Doch flog sie dabei aufmerkend in der Umgegend umher, lauschte den Stimmen des Waldes und versuchte in ihrer lebhaften Phantasie zu ermitteln, auf welchen Planeten sie wohl geraten sei. Alles war so massig und schwer, blendend war der Tag, aber um so dunkler die Nacht. Müde wirbelten ihre Ruderfüßchen durch die Erdenluft.

In der nächsten Nacht endlich, als sie den Sternentau besuchte, von dem ihr der Efeu unter der Buche gesagt hatte, daß er unter Hedo auf einem grünen Hügel wachse, da jubelte sie auf; da fand sie eine Anzahl junger Idonen, die eben ihre Kapseln verlassen hatten, und in ihren Reigen sich mischend konnte sie den Erstaunten schon manch wichtige Aufklärungen erteilen über die plumpe und rohe Welt, in der sie sich fanden. Viel Erfreuliches ergab sich dabei freilich nicht. Zeigte sich doch die Körpergröße der Idonen hier geringer, als sie nach der ererbten Vorstellungsweise in ihrer Heimat zu sein pflegte, während die Bodenformen viel gewaltigere waren. Die Idonen planten, daß sich ein Teil von ihnen in der Umgebung von Bios Standplatz Wohnungen bauen sollten, um eine Stammkolonie zu bilden; die übrigen wollten weiter hinaus zur Erforschung der Menschen ziehen unter Führung zweier Idonen, deren Namen Elsu und Gret waren.

Studien

Wenn Kern einmal eine Sache in die Hand nahm, so geschah es gründlich. Schon daß Harda eine noch unbekannte Pflanze gefunden hatte, interessierte ihn, und die vorsichtige und doch bestimmte Art, in der sich Eynitz bei seinem Abendbesuche über den Sternentau aussprach, gefiel ihm ausnehmend. So entschied er sich schnell, alle erforderlichen Mittel für die von Eynitz vorgeschlagene Untersuchung zu gewähren, wobei er noch besonderes Gewicht auf die chemische Seite legte. Im Stillen wirkte dabei natürlich mit, daß er wußte, Harda damit eine Freude zu machen. Er hatte stets das Gefühl, daß er gar nicht genug tun könnte, Harda für das Opfer zu entschädigen, das sie ihm mit ihrem Verbleiben im Hause brachte, und so erfüllte er jeden ihrer Wünsche, den er nur erraten konnte. Und hier sagte er sich dabei, daß er so gewissermaßen ihr einen Ersatz für den Anfang ihres Studiums schaffe. Im Laufe des Gesprächs fragte er direkt, ob der Herr Doktor nicht bei dieser Gelegenheit Harda das Mikroskopieren beibringen könne. Natürlich erklärte sich Eynitz gern bereit.

Im Gebäude des Laboratoriums wurde nun ein geräumiges helles Zimmer speziell zum botanischen Studium des Sternentaus eingerichtet. Zu den Versuchen konnten nur völlig ausgebildete Exemplare benutzt werden. Sie wurden unter Efeu gepflegt, und die Beaufsichtigung dieses Teils lag speziell Harda ob. Sie benützte dazu hauptsächlich die Zeit, in welcher Eynitz durch seine Praxis beschäftigt war. Er war gewohnt, schon am frühen Morgen im Laboratorium zu arbeiten und dann seinem ärztlichen Berufe nachzugehen. Während seiner Abwesenheit erschien Harda im Laboratorium, sorgte für die Pflanzen und führte ein Protokoll über deren Entwicklung. Da gab es immer allerlei zu tun und zu üben. Ganz besondere Freude machte ihr das Zeichnen nach dem Mikroskop.

Wenn Eynitz vor seiner Sprechstunde noch einmal im Laboratorium nachsah, fand er Harda gewöhnlich noch anwesend; denn es bedurfte ja gemeinsamer Beratungen, Mitteilungen, Anweisungen und Pläne. Häufig kam auch der Chemiker Dr. Emmeier hinzu, der sich vorläufig um die photographischen Arbeiten Verdienste erwarb. Am Nachmittag pflegte das Laboratorium sich selbst überlassen zu bleiben. Aber bei Einbruch der Dunkelheit, die freilich jetzt recht spät eintrat, erschien Eynitz nochmals, schloß die Fensterläden und beobachtete unter Ausschluß des Lichtes. Dabei hatte er schon einige Male die Entwicklung selbstleuchtender »Elfen« verfolgt – der Bequemlichkeit wegen hatte auch er sich an diese Bezeichnung für die Wesen, die sich selbst Idonen nannten, gewöhnt – aber stets waren seine Bemühungen, sie festzuhalten, vergeblich gewesen. Er mußte daraus schließen, daß sie imstande waren, seine Maßnahmen zu bemerken und sich ihnen durch Unsichtbarwerden zu entziehen.

Die merkwürdigen Wesen wirkten auf seine Einbildungskraft so mächtig, daß er es bisher nicht über sich gebracht hatte, sie gewaltsam anzugreifen. Diejenigen Pflanzen aber, die in den verschlossenen Apparaten gezogen wurden, waren noch nicht zur Reife ihrer Sporenkapseln gelangt, doch schienen sie nunmehr nahe davor zu stehen. Eynitz hoffte dann, von den Gefangenen zuverlässige Photographien aufnehmen zu können; denn was er bisher erhalten hatte, war meist undeutlich und verwaschen gewesen. Auch waren die bisherigen Films für diesen Zweck nicht geeignet. Jetzt aber waren die bestellten lichtempfindlicheren Platten eingetroffen, und man hatte die ersten Aufnahmen an einer sich eben entwickelnden Kapsel gemacht.

Während diese Studien in der Hauptsache ein Privatinteresse von Harda und Eynitz darstellten, wurde doch nicht außer acht gelassen, daß der Direktor der Hellbornwerke insbesondere eine technische Verwendbarkeit für die neue Pflanze im Auge hatte. Man mußte daher jetzt schon daran denken, genügendes Pflanzenmaterial zu besitzen, falls sich im Laufe der Laboratoriumsarbeiten ergeben sollte, daß man zu praktischen Erfolgen gelangen könne. Daher wurden an geeigneten Stellen im Freien Anpflanzungen von Sternentau angelegt. Das war für Harda freilich ein schmerzlicher Entschluß, eine Art Profanation ihrer Lieblinge. obwohl natürlich von der Eigenart der Pflanzen nicht gesprochen wurde. Sie tröstete sich damit, daß schließlich das Geheimnis der »Elfen« ihr doch bleiben würde. An ihnen hing ihr Herz.

Die stillen Stunden im Laboratorium waren für Harda die liebsten am Tage. Das war eine Tätigkeit, die sie befriedigte, obwohl bis jetzt gerade noch nicht viel für die Lösung der eigentlichen Frage dabei herausgekommen war. Aber man stand ja doch auch erst in den Vorbereitungen. Trotzdem war sie sich bewußt, nicht nur vielerlei Praktisches in der Handhabung der Apparate, sondern auch Theoretisches durch Eynitz' beiläufige Erklärungen gelernt zu haben. Der Werner Eynitz war wirklich nett und liebenswürdig und anspruchslos – es war doch etwas ganz andres, bei der Arbeit kameradschaftlich mit diesem verständigen Manne zu verkehren als nur in der Gesellschaft mit den Herrn zu reden, wo die Unterhaltung Selbstzweck und das Kurmachen auf die Dauer langweilig war, wenn man nicht wirklich ein Herzensinteresse dabei hatte. Allerdings – manchmal – manchmal wurde ihr so seltsam zu Mute – aber nein, das lag nur an der merkwürdigen Stimmung, die sie beide hier überkam. Das war wie eine Forschungsreise in ein unbekanntes Märchenland, in das Elfenreich, wo geheimnisvolle Gestalten plötzlich auftauchten und wieder ins Unsichtbare verschwanden. Glücklicherweise war sie von den seltsamen Anfällen, in denen sie glaubte, die Pflanzen sprechen zu hören, nicht wieder heimgesucht worden.

Waren die Elfen ausgewandert? Sie hatte sie nicht mehr im Dunkeln leuchten sehen. Und die neuen hier im Laboratorium, die wollte sie schon in Zucht halten!

Harda war wieder einmal durch häusliche Geschäfte und einen Besuch aufgehalten worden, so daß sie später als gewöhnlich ins Laboratorium kam. Als sie beim Hausdiener den Zimmerschlüssel in Empfang nahm, erfuhr sie, daß der Herr Doktor heute noch gar nicht hier gewesen sei, aber allerdings habe er die Nacht hindurch bis gegen Morgen gearbeitet.

Im Arbeitszimmer angelangt erkannte Harda bald, was Eynitz zu seiner nächtlichen Arbeit veranlaßt haben mochte. Bei der Untersuchung der Sporenkapseln zeigte sich, daß nicht nur von den offenstehenden zwei vertrocknet waren, sondern auch eine, die in einem der Kästen eingeschlossen war. Die Fäden in den Kelchen waren verschwunden. In der Tat hatte Eynitz spät am Abend den Beginn der Entwicklung beobachtet und nun den ganzen Verlauf abgewartet, um ihn photographisch festzuhalten. Harda untersuchte den Verschluß des Glaskastens und überzeugte sich, daß er nicht geöffnet war. Ein Stückchen Papier, das sie selbst so angeklebt hatte, daß es bei einer Öffnung durch unbefugte Neugierige zerreißen mußte, war unverletzt. Demnach mußte sich die junge »Elfe« noch innerhalb des Glaskastens befinden, obwohl sich durchaus nichts von ihr sehen ließ. Jedenfalls war sie, nachdem die Entwicklung ihren Abschluß erreicht hatte, wie gewöhnlich unsichtbar geworden und Eynitz hatte seine weiteren Arbeiten zunächst eingestellt.

Als Harda sich niederbückte und nochmals genaue Umschau hielt, bemerkte sie zwischen diesem und dem benachbarten Kasten einen Zettel, auf dem von Eynitz die Worte geschrieben waren.

»Bitte Kasten III keinesfalls zu öffnen. Darin entwickelter Gametophyt, seit 3 Uhr 15 Minuten früh unsichtbar.«

Der Zettel war offenbar für Harda bestimmt und auf den Kasten gelegt worden. Sie war aber sicher, daß er bei ihrem Eintritt sich nicht mehr dort befunden hatte, er mußte durch irgend einen Umstand herabgeworfen sein.

Natürlich betrachtete Harda nun erst recht gespannt den Inhalt des Elfengefängnisses. Helles Tageslicht lag darüber, man konnte auch unter die Efeublätter blicken, aber nirgends war eine Spur des Bewohners zu entdecken. Da kam Harda auf den Gedanken, jetzt bei dieser hellen Beleuchtung eine photographische Aufnahme zu machen und zwar mit Abblendung der Strahlen von Rot bis Grün. Vielleicht zeigte die Platte mehr, als das Auge sehen konnte. Sie stellte den Apparat zurecht. Bei der Wahl der Blende fühlte sie sich nicht ganz sicher und griff daher nach der gedruckten Anweisung, um die betreffende Stelle nachzulesen. Hierbei setzte sie sich auf einen der vor dem Arbeitstisch stehenden Stühle und begann in dem Büchlein zu suchen.

Plötzlich empfand sie an ihrer Stirn den kühlen Hauch, den sie von früher her kannte – sie erschrak und griff mit den Händen nach ihrem Kopfe, indem sie das Buch fallen ließ. Aber ihre Hände fuhren sogleich zurück, wie von einem elektrischen Schlage durchzuckt. Sollte sie den Anfall über sich ergehen lassen? Sie fühlte die Kraft ihrer Selbstbestimmung schwinden und erwartete, wieder eine Pflanze vor sich zu sehen und zu hören. Aber sie sah nur den Kasten Nummer III, und diesen immer schärfer. Es war ihr, als sollte sie ihn öffnen. Unwiderstehlich ergriff sie der Trieb, hinzugehen und den Verschluß zu lösen. Aber mit dem deutlichen Bilde des Kastens sah sie auch jetzt den Zettel, den sie wieder darauf gelegt hatte, mit Eynitz' Bitte, keinesfalls zu öffnen. Widerstehen, der Suggestion widerstehen – nur nicht an den Sternentau denken! Die Gedanken konzentrieren – auf etwas Liebes – auf was?

Eine unnennbare Angst ergriff sie – Hilfe! Wer hilft? Geo! Geo! Vor ihre Phantasie zwang sie das Bild des alten Freundes, sie sah sein liebes, trautes Gesicht, sie vernahm seine Stimme. »Ruhig, ganz ruhig – sitzen bleiben – ich komme!«

Der Trieb aufzustehen und den Kasten zu öffnen verschwand – aber die Tür des Zimmers hörte sie gehen – war es wirklich Geo?

Auf einmal schrak sie zusammen – sie fühlte ein Tuch über ihrem Kopfe und schrie auf, fuhr empor – Zugleich vernahm sie einen zweiten Ausruf unwilligen Erschreckens, sie öffnete die Augen, und vor ihr stand Eynitz, ein Handtuch in den leicht erhobenen Händen, das er jetzt eilend fortwarf, um Hardas Arme zu fassen und sie, die vom Stuhle zu gleiten drohte, besorgt und vorsichtig aufzurichten.

Jetzt wußte sich Harda wieder völlig klar, aber sie hielt ganz still und wartete, denn Eynitz fühlte ihren Puls; es dauerte ziemlich lange. Sie beobachtete sein Gesicht, aus dem die Besorgnis wich – sie begann den Vorgang zu begreifen und lächelte.

»Habe ich Sie erschreckt?« fragte Eynitz. »Verzeihen Sie mir. Wie fühlen Sie sich?«

Harda sprang auf.

»Ich danke Ihnen, danke Ihnen herzlich. Haben Sie sie?«

»Leider nicht,« antwortete Eynitz, jetzt ebenfalls lächelnd. »Aber die Hauptsache ist, daß Sie wieder wohl sind – Sie haben Elfenbesuch gehabt – haben Sie sich geängstigt?«

»Ja, aber Ihr Mittel hat geholfen. Ich habe an – ich habe meinen »sittlichen Willen« zuhilfe gerufen. Aber bitte, erzählen Sie doch, was ist eigentlich geschehen? Was haben Sie mit mir gemacht?«

Eynitz war, noch während er sprach, an die Wasserleitung getreten und ließ einen leichten Strahl über seine Hände laufen. Zugleich spürte Harda den scharfen Geruch von Salmiakgeist. Sie wollte noch weiter fragen, aber schon antwortete er.

»Ich bin heute spät aufgestanden, weil ich erst um vier Uhr zu Bett gekommen bin – darüber später. Daher ging ich zunächst in die Praxis. Als ich nun hierher kam – ich wußte ja, daß Sie schon im Laboratorium sind – und die Tür öffnete, blieb ich zunächst starr vor Schreck stehen. Ich sehe Sie mit nach hinten gesunkenem Kopfe auf dem Stuhle, wie es scheint, ohnmächtig liegen. Die Augen starr, die Lippen –«

»Abscheulich! Seien Sie still!« rief Harda zwischen Weinen und Lachen.

»Verzeihen Sie,« sagte Eynitz. »Sie können sich denken, wie mir zumute war – vielleicht auch nicht. Zum Glück fiel mir im Augenblick ein, was hier vorliegen dürfte. Sie hatten mir ja geschildert, wie die Anfälle beginnen, die Sie den »Elfen« zuschreiben. Handelte es sich um einen solchen, so mußte so ein Ding auf Ihrem Kopfe sitzen. Sehen konnte ich natürlich nichts. Zu überlegen hatte ich keine Zeit, denn ich mußte Ihnen beispringen. Ich riß eines der Handtücher herab, die hier hängen, warf es Ihnen über den Kopf und griff zugleich mit beiden Händen so zu, daß ich das Ding notwendig gefangen haben mußte, wenn es dort saß. Und wirklich, ich fühlte einen weichen, mit großer Kraft sich zwischen meinen Händen windenden Gegenstand. Ich wollte ihn festhalten, aber plötzlich empfand ich einen so brennenden Schmerz, daß es mir nicht möglich war – ich mußte die Hände öffnen, und in diesem Augenblicke kamen Sie zu sich. Ich eilte zu Ihnen – da liegt das Handtuch – Sehen Sie, hier und hier – das sind Spuren wie von einer ätzenden Säure, die kann nur die Elfe ausgespritzt haben –«

»Sind Sie verletzt?« fragte Harda ängstlich.

»Ich habe gleich tüchtig mit Wasser gespült und mit Ammoniak nachgeholfen – etwas Rötung. Ich glaube, es ist nicht schlimmer, als wenn man einmal in Nesseln gegriffen hat. Im ersten Augenblick allerdings wirkte der Schmerz lähmend. Doch vor allem, fühlen Sie keinerlei üble Folgen?«

»Durchaus nicht. Aber bitte – haben Sie, als Sie mich erblickten, die Worte gerufen: ›Ruhig, ruhig, sitzen bleiben!‹ Denn die hörte ich.«

»Ich glaube wohl. Ich wollte das Ding fangen. Ich meine, es war von allergrößter Wichtigkeit, zu konstatieren, ob die Anfälle wirklich mit den Elfen zusammenhängen.«

Harda lachte. »Also erst das Experiment, dann der Patient!«

»Fräulein Harda!« sagte der Doktor vorwurfsvoll bittend.

»Sie hatten ja ganz recht. Übrigens habe ich Ihre Stimme nicht erkannt. Schade, daß uns die Elfe entwischt ist«

Eynitz blickte im Zimmer umher. »Wo mag das Biest nun sitzen?« sagte er. »Na, die im Kasten Nummer drei ist uns sicher. Sie haben den Zettel jedenfalls gleich gesehen.«

Harda berichtete, wie es ihr ergangen war.

Sie hatten neben einander am Tische Platz genommen. Eynitz stützte nachdenklich den Kopf in die Hand. Auch als Harda schwieg, sprach er noch nicht. Dann fragte er endlich:

»Von Pflanzen haben Sie diesmal nichts gesehen?«

»Nein, ich sah nur diesen Kasten. Ich hatte durchaus die Vorstellung, daß ich ihn öffnen müßte, und ich bin nicht sicher, ob es nicht doch dazu gekommen wäre, wenn Sie der Sitzung nicht ein Ende gemacht hätten. Was denken Sie nun davon?«

»Die Sache wächst mir über den Kopf,« erwiderte Eynitz bekümmert. »Sie wissen, daß ich bis jetzt immer noch geneigt war, die Gametophyten des Sternentaus nur für eine freilich noch ganz unbekannte Zwischengeneration dieser unerforschten Pflanze zu halten. Ihnen überhaupt Bewußtsein, geschweige denn Intelligenz zuzusprechen, schien mir kein Grund vorzuliegen; selbst Ihre Anfälle ließen sich noch als subjektive Erscheinungen erklären. Aber das heutige Ereignis macht dies unmöglich. Sie haben erwartet, ein Gespräch des Efeus zu hören oder dergleichen, Sie wollten den Kasten nicht öffnen – wie kommen Sie nun auf diese Suggestion? Die Elfe auf Ihrem Kopfe hat sie hervorgebracht, darüber kann kein Zweifel sein, das beweisen meine Hände –«

»Meine Haare sind jedenfalls nicht so brennend, Sie halten sie ja sogar für grün.«

»Ich habe den Widerstand unter dem Tuche deutlich gefühlt. Und niemand kann ein Interesse haben, den Kasten zu öffnen, als die Elfen des Sternentaus. Das setzt aber voraus, daß sie wissen, es befindet sich ein Gefangener darin; ferner daß sie schon versucht haben, ihn zu befreien; dabei mag der Zettel herabgestoßen worden sein; daß sie die Öffnung nicht zustande brachten; daß sie wissen, wir können den Kasten aufschließen. Ja das Merkwürdigste – sie müssen wissen, daß sie die Macht haben, Ihnen Vorstellungen zu suggerieren. Sie wollten Sie zwingen, den Verschluß aufzuheben. Das alles – Fräulein Harda – es ist ganz gegen meine Naturauffassung, aber nur die Erfahrung kann entscheiden. Auch ich muß jetzt annehmen, daß die Elfen des Sternentaus intelligente Wesen sind. Doch wie ist das möglich? Wo stammt überhaupt die Pflanze her? Sie sagten einmal –«

»Nicht von der Erde – aber da wurde ich – hm – ziemlich kräftig zurecht gewiesen.«

Eynitz sah sie bittend an. »Ich muß gestehen,« sagte er etwas verlegen, »die Sache steht jetzt anders. Leider anders.« Er stützte den Kopf in die Hand und schüttelte ihn leise. »Damals glaubte ich, es einfach mit einer biologischen Frage zu tun zu haben. Jetzt ist es bewiesen, daß es sich um intelligente Wesen handelt. Das Problem verschiebt sich. Ich komme zu Hypothesen, vor denen ich mich scheue.«

»Nun also, woher stammt der Sternentau?« fragte Harda mit stillem Triumphe.

»Nicht von der Erde, das muß ich jetzt zugeben. Daß eine derartige Entwicklung auf Erden nicht möglich ist, habe ich schon öfter betont. Daß sie da ist, läßt sich nicht mehr leugnen. Also stammt der Sternentau von einem andern Planeten. Die Vermutung ist nicht so phantastisch, wie Sie vielleicht meinen. Die Ansicht, daß sich Keime durch den Weltraum verbreiten können, wird von den namhaftesten Forschern vertreten. Svante Arrhenius z. B. hat genau ausgerechnet, wie lange eine Dauerspore von genügender Kleinheit brauchen würde, um von der Entfernung des Neptun bis zur Erde zu gelangen. Von welchem Planeten der Sternentau stammt, wird sich natürlich nie nachweisen lassen.«

»Wenn die Marsbewohner kommen, vielleicht wissen die's.«

Eynitz lächelte trübe und fuhr fort:

»Immerhin liegt hier der bisher einzige Fall vor, daß die Einführung eines Keims von nicht irdischem Ursprung sich nachweisen läßt. Schließlich – wir haben ja nur die Tatsachen festzustellen. Aber darin steckt das Entmutigende, über das ich nicht fortkann. Sind diese Elfen wirklich intelligente Wesen, wie dürfen wir sie dann einfach als Objekte des Versuchs behandeln? Sie stehen über den Tieren, sie gleichen uns – nehmen wir das einmal vorläufig an, möglich wäre es – darf ich sie dann schlechtweg töten, um sie zu studieren? Mir widerstrebt es, dann mit Gewalt gegen sie vorzugehen – und doch, was sollen wir tun? Und wie wird man über mich herfallen, wenn ich solche Ansichten bekannt mache. Ich sehe schon die Artikel ›Der Spuk in den Hellbornwerken‹ und Ähnliches.«

Er sprach nicht weiter. Harda reichte ihm ihre Hand hinüber und sah ihn freundlich an.

»Ich fühle mit Ihnen,« sagte sie warm. »Warum sollen wir uns die Elfen, sie mögen nun sein, wie sie wollen – wenn es möglich ist, sich mit ihnen zu verständigen in irgend einer Form – warum sollen wir sie uns zu Feinden machen? Warum nicht lieber zu Freunden? Und ehe wir hierin nicht klar sehen, können wir ja die Sache für uns behalten. Es handelt sich eben um kein naturwissenschaftliches Problem, sondern um ein psychologisches, und das ist unsre Privatsache. Sie brauchen vorläufig gar nichts zu veröffentlichen. Ich bin für abwarten.«

»Es wäre mir auch das Liebste, aber die Sache wird sich herumsprechen. Ihr Herr Vater, der Herr Kommerzienrat, Dr. Emmeier und andre Herren aus der Fabrik kennen doch unsre Versuche. Die Sache wird sich herumsprechen.«

»Haben Sie schon zu irgend jemand anderem als zu mir über die vermutlichen geistigen Qualitäten der Elfen sich geäußert?« fragte Harda lebhaft.

»Nein,« antwortete Eynitz. »Ich glaube ja selbst erst seit der heutigen Erfahrung daran.«

»Nun also, so schweigen wir auch weiter davon, bis wir etwas Bestimmteres wissen. Um was handelt es sich denn für die andern? Um die seltsamen, durchsichtigen Früchte einer fremden Pflanze, die in der Luft umhertreiben, wie so viele Pflanzensamen. Was aber wird hier im Auftrage der Hellbornwerke untersucht? Eine neue Pflanze auf etwaige technische Verwendung. Da versteht es sich schon ganz von selbst, daß niemand darüber reden wird, denn es handelt sich einfach um ein Geschäftsgeheimnis. Außerdem werde ich Vater nahelegen, das gelegentlich noch einmal zu betonen.«

»Und die Photographien?«

»Die Herren, die sie zu sehen bekommen, werden daraus weiter keine Schlüsse ziehen können; im übrigen sind sie auch Geschäftsgeheimnis. Emmeier wird vielleicht irgend etwas aus dem Sternentau herauskochen; bis dahin haben wir Zeit. Also sorgen Sie sich nicht. Lassen Sie uns weiter arbeiten – d. h. arbeiten Sie weiter und lassen Sie mich ein wenig teilnehmen.«

»Ich will,« sagte er herzlich. »Und – wahrhaftig – über dem Zwischenfall hätte ich beinahe vergessen, daß ich ja etwas Neues mitbringe. Emmeier muß fabelhaft fleißig gewesen sein. Eben als ich kam, schickte er dieses Päckchen herüber und ließ sagen, er hätte von all den Aufnahmen, die ich ihm heute in aller Frühe übersandt hatte, schon Probe-Abzüge hergestellt. Da müssen wir doch einmal sehen.«

Er hatte das Päckchen geöffnet. »Da sind zunächst die stereoskopischen mit den farbenempfindlichen Platten. Und hier – da sind auch die vom Kasten III während der Entwicklung der selbstleuchtenden Elfen, und dann habe ich noch ein paar mal im Finstern auf gut Glück geknippst – das kann ja nichts geworden sein –«

Harda war aufgestanden, um das Stereoskop zu holen. Eynitz betrachtete schon eines der Bilder ohne ein Wort zu sprechen. Sie blieb neben ihm stehen und sah mit auf das Bild.

»Da – da ist ja aber etwas darauf,« sagte sie ganz erstaunt.

Eynitz' Hand zitterte leise. Das dünne Papier glitt aus seinen Fingern und rollte sich zusammen.

»Ich will es aufspannen,« sagte er. Schnell hatte er es mit Reißzwecken auf einem Stück Pappe befestigt. Harda nahm es in die Hand und trat damit ans Fenster. Eynitz blickte ihr über die Schulter.

Auf dem durchaus dunklen Blatte erschienen nur an der einen Seite zwei hellere Flecke.

»War es ganz finster im Zimmer?« fragte Harda.

»Vollständig. Die Läden waren geschlossen, nirgends ein Reflex. Ich hatte die Camera auf den Kasten III eingestellt und dann das Licht ausgedreht. Zufällige Flecke können es nicht sein. Es sieht aus wie eine schwebende Figur, darüber eine sitzende. Ich kann nichts anderes annehmen, als daß es zwei »Elfen« sind, von denen ultraviolette Strahlen ausgingen, die auf die Platte wirken, während sie unser Auge nicht wahrnimmt. Es würde mich ja nicht wundern; waren doch die Bilder der sich entwickelnden selbstleuchtenden Elfen viel stärker, als nach dem optischen Eindruck auf unser Auge zu erwarten war.«

»Sie schrieben das ja schon damals chemisch wirksamen Strahlen zu. Die untere Figur gleicht völlig den schwebenden Gestalten, wie ich sie in meinem Zimmer leuchtend erblickt habe. Aber sehen Sie doch, der Schleier sieht wie gemustert aus – geben Sie mir einmal eine Lupe.«

Harda blickte lange durch das Glas. Dann reichte sie es mit dem Bilde an Eynitz und sagte: »Das Bild zeigt verschiedene feine Einzelheiten. Aber prüfen Sie erst. Ich will noch nicht sagen, was ich denke – es ist vielleicht dumm. Übrigens, Sie hatten doch noch eine zweite Dunkelaufnahme.«

»Das Bild liegt auf dem Tische.«

Eynitz vertiefte sich in die Untersuchung, während Harda die andere Photographie mit einer zweiten Lupe betrachtete.

»Diese ist noch viel deutlicher als die erste,« rief sie endlich. »Nun, was meinen Sie?«

»Schauen Sie einmal dort auf das Drahtgeflecht des Kastens,« sagte Eynitz.

»Nicht wahr?« rief Harda eifrig. »Das dunkle Muster auf dem Schleier ist die Abbildung des Drahtgeflechtes. Die untere Elfe befand sich also hinter dem Gitter im Kasten. Der dunkle Raum zwischen beiden Figuren ist die Holzkante des Deckels. Sie verdeckt den oberen Teil der ausgestreckten Arme. Und die andere Elfe sitzt oder kauert auf dem Deckel, außerhalb des Kastens.«

»Und Sie können sogar erkennen, an welcher Stelle das war. Hier ist eine Unregelmäßigkeit im Geflecht und ein vorstehendes Drahtende. Mit der Lupe können Sie es auf dem Schleier sehen. Daß der Schleier auch leuchtet, darf uns nicht wundern – woher das kommt, wissen wir freilich nicht.«

»Nun nehmen Sie nur einmal das zweite Bild. Hier schweben beide scheinbar nebeneinander, aber die eine innerhalb, die andere außerhalb des Gitters auf unsrer Seite. Sie arbeiten, wie es scheint, an den Drähten und machen Befreiungsversuche. Hier sieht man die Köpfe noch deutlicher. Sie tragen Kronen, fünfzackige – mit der Lupe sieht man's.«

»Ja,« bemerkte Eynitz, »man erkennt einige Details des Körperbaus. Diese Zinken am Kopfende sind jedenfalls Sinnesorgane oder Verteidigungsorgane. Ich will das Bild neben dem andern befestigen.«

Harda setzte sich an den Tisch und begann die stereoskopischen Aufnahmen sorgfältig zu betrachten. Inzwischen suchte Eynitz nach passendem Material in einem Schranke und nahm dann zu seiner kleinen Handarbeit an einem andern Tische Platz. Bald war er damit fertig. Aber während dieser mechanischen Arbeit waren seine Gedanken abgeschweift; weit hinweg und doch eigentlich nicht aus diesem Zimmer hinaus; nicht von dem blonden Mädchenkopfe fort, der ihm dort das feine Profil zukehrte.

Was er von Anfang an gefürchtet, war eingetreten. Er wußte es seit der letzten Unterredung am Riesengrab und dem darauffolgenden Abende in der Familie Kern, als der Direktor ihm die Einrichtung des Sternentau-Laboratoriums anbot; er war sich klar, in welche Gefahr er sich begab bei diesem täglichen Umgange mit dem schönen, klugen, liebenswürdigen Wesen. Vergebens suchte er seine Gedanken durch die ernsthafte Arbeit abzulenken, gerade diese führte ja immer zu Harda zurück. Und hier schien ihm alles so hoffnungslos. In ganz Wiesberg war man überzeugt, daß sich Harda Kern mit dem Kommerzienrat Frickhoff verheiraten würde, wenn sie ihm nicht etwa einer von den reichen Dragoneroffizieren fortschnappte. Was konnte er ihr dagegen bieten als seine Liebe, und ob ihr daran überhaupt lag? Sie war immer gleichmäßig freundlich zu ihm. Und doch, so manches Wort, mancher Blick – ach, er zählte sich oft alles im stillen vor – ließen ihn wieder hoffen, daß er ihr nicht gleichgültig geblieben war. Nicht gleichgültig, nun ja, aber deswegen braucht ihr Gefühl doch nur freundschaftliche Hochschätzung zu sein. Und er hatte kein Recht, diese schöne, gemeinschaftliche Arbeit, die Harda so viel Freude machte, eigennützig zu stören. Weder ihr, noch sich, noch der Wissenschaft, noch den Hellbornwerken durfte er das antun. Und nun war noch dieses neue Geheimnis hinzugekommen. Aber was half's?

Er erhob sich, trat zu Harda und reichte ihr den Karton mit den Bildern.

Sie legte das Stereoskop fort und verglich nochmals die Aufnahmen. Beide betrachteten sie gemeinschaftlich. Eynitz stand hinter Harda und hatte die Hand auf die Lehne ihres Stuhles gelegt. Er beugte sich zu ihr herab.

»Ich weiß nicht, was ich denken soll,« sagte Harda. »Es ist wie ein Märchen, und doch so helle Wirklichkeit. Diese merkwürdigen Wesen aus einer andern Welt! Welche Wunder sollen uns noch begegnen?«

Eynitz sah gar nicht mehr die Bilder. Er sah nur einen leichten Schleier von losem blonden Haar, das er gar zu gern aus der weißen Stirn gestrichen hätte, er sah die liebliche Rundung der Wange und einen schlanken, weichen Nacken, und er wußte, daß er alle Elfen der Welt darum geben würde, diesen Hals zu küssen – wenn er wüßte, ob nicht dann alles, alles verschwände – –

»Wir sind wie auf einer verzauberten Insel im Elfenreiche,« sagte er leise. »Wir beide allein, und niemand weiß es.«

Sie schien nichts zu hören. Sie sah nur auf die Bilder.

»Harda –« klang es wie ein Hauch von seinem Munde.

Sie lehnte sich zurück. Er fühlte den leichten Druck ihres Rückens gegen seine Hand. Die schönen braunen Augen wandten sich ihm zu. Nicht zürnend. Hatte sie überhaupt gehört, was er gesprochen? Ruhig lächelnd sah sie ihn an und sagte freundlich:

»Da müssen wir halt ein bissel Geduld mit einander haben.«

Dann stand sie auf und trat an die Kästen.

»Ich glaube, es ist Zeit, ich muß gehen,« fuhr sie fort. »Aber was machen wir nun mit dem armen Ding da drin?«

Eynitz raffte sich zusammen. »Ja,« sagte er, »das ist eine schwierige Frage. Man kann es nicht sehen, man kann es nicht greifen. Man müßte es einmal mit Gummihandschuhen probieren. Aber was soll man dann damit anfangen? Immerhin müssen wir zunächst weiter beobachten. Und selbst, wenn es sterben sollte, so muß man das eben abwarten. Vielleicht wird es dann sichtbar. Auch könnten wir noch Versuche machen, ob sich nicht durch optische Mittel das Objekt wahrnehmbar machen läßt, z. B. durch starke Feuchtigkeit der Luft oder Beimengung andrer Gase, oder im polarisierten Licht, oder sonst wie. Ich bin nicht Physiker genug. Jedenfalls muß noch Verschiedenes ausgedacht werden. Sollte sich aber die Beobachtung des lebenden Individuums nicht mit Erfolg durchführen lassen, so müßte man sich mit dem anatomischen Resultat begnügen. Wir können die Elfen jedenfalls narkotisieren oder sonst töten und den Körper durch ein Härtungsverfahren und neue Färbungsmethoden der Untersuchung zugänglich zu machen suchen.«

»Es tut mir leid, mein Elfenprinzeßchen,« sprach Harda. »Aber ich sehe ein, wir müssen nun einmal konsequent bleiben. Übrigens wird sie morgen wohl noch Gesellschaft bekommen, denn es scheinen noch mehr Kapseln reif zu werden.«

Sie untersuchten jetzt nochmals sämtliche Pflanzen auf ihren Entwicklungszustand.

»Auf alle Fälle,« sagte Eynitz, »komme ich heute abend wieder her, und wenn sich Elfen entpuppt haben sollten, so knippse ich wieder im Dunkeln.«

»Wir könnten wohl auch am Tage Aufnahmen machen,« sagte Harda. »Ich wollte es nämlich eben tun, als der Anfall kam. Das kann doch nicht etwa die Elfe aus dem Kasten gewesen sein?«

»Nein,« antwortete Eynitz, »das war jedenfalls die freie. Ich habe auch die Absicht, noch einmal jetzt zu photographieren. Wollen Sie nicht solange warten?«

»Fürchten Sie auch überfallen zu werden?«

»Nein,« lachte Eynitz, »Die »Elfe« wird wohl von meinem Händedruck genug haben.«

»Dann hat es keinen rechten Zweck, daß ich warte. Ehe Sie entwickelt haben, sitzt die Elfe gewiß längst wieder wo anders. Ich muß nach Hause. Also auf Wiedersehen, spätestens morgen.«

Harda reichte ihm die Hand. Dann war sie aus der Tür und lief die Treppe hinab.

Eynitz kehrte langsam ins Laboratorium zurück. Er machte die besprochene Aufnahme und überzeugte sich am Negativ, daß die Gefangene noch da war; mehr ließ sich nicht ersehen, da die Elfe offenbar während der Sitzung nicht still gehalten hatte.

Eigentlich beabsichtigte er, weiter zu arbeiten, aber die Gedanken wollten sich nicht recht sammeln. Immer wieder mußte er den Druck der Hand und den Blick beim Abschied sich zurückrufen und ihre Worte – Nein, sie zürnte nicht. Wie ein sonniger Schein breitete es sich um ihn. Er hätte aufjauchzen mögen. Aber – Geduld, Geduld!

Pläne

Der nächste Weg von der alten Fabrik nach der Villa ging durch das Pförtchen am Gemüsegarten. Man kam dann auf der Rückseite des Hauses heraus, und wenn man um die Ecke bog, stand man gleich vor der Veranda. Diesen Weg hatte Harda eingeschlagen.

Sie war schnell gelaufen. Wie war doch die Luft so frisch und der Schatten kühl, und die Linden dufteten gar wundersam! Sie sang sich ein Liedchen und tanzte zuletzt danach im Takte. So bog sie trällernd um die Ecke und befand sich plötzlich Frickhoff gegenüber, der eben aus der Veranda trat. Fast wäre sie an ihn angerannt.

»Hallo, Fräulein Harda!« rief er erfreut. »Sie sehen ja aus wie das Leben selbst. Ich bin glücklich, daß ich Sie noch treffe, ich fürchtete schon, ohne Abschied reisen zu müssen.«

Sie fühlte, wie ihr das Blut ins Gesicht stieg.

»Da bin ich aber erschrocken,« sagte sie, indem sie das volle Haar mit den Händen zu glätten suchte. »Entschuldigen Sie, ich hatte keine Ahnung –«

»Bleiben Sie nur so, das ist die schönste Frisur. Ich habe mich eben von Ihrem Fräulein Tante verabschiedet. Ich muß um zwei Uhr nach Berlin.«

»Da darf ich Sie nicht aufhalten. Ich begleite Sie an den Wagen. Gehen Sie in Geschäften?«

»Natürlich,« antwortete Frickhoff, während sie durch den Garten schritten. »Sonst wäre ich jetzt nicht fortgegangen; denn wahrscheinlich komme ich so um Ihr großes Wald- und Wiesenfest.«

»So lange wollen Sie fortbleiben? Das ist ja erst in der nächsten Woche.«

Er glaubte einen Ton des Bedauerns heraushören zu dürfen.

»Leider,« sagte er, »sind die Sachen unaufschiebbar und äußerst wichtig. Es ist möglich, daß sich andere Verhandlungen noch hinausziehen. Aber inbezug auf das, was Sie persönlich interessiert, bin ich sicher, daß der Abschluß günstig wird.«

»Mit der Nordbank?«

»Ja, es handelt sich nur um gewisse, allerdings bedeutungsvolle Modalitäten. Aber die Kocherei soll deshalb nicht verschoben werden.«

»Das ist herrlich,« rief Harda. »Ich freue mich – ich freue mich auch, daß Sie Vater so eifrig unterstützen.«

»Diesmal werde ich aber Provision verlangen – für Abschluß N.«

Er blickte sie erwartungsvoll an. Sie standen vor dem Wagen.

»Ich habe ja die meinige für Abschluß H noch gar nicht verlangt, da wird sich's vielleicht aufheben.«

»Ich hoffe, wir werden einig werden –«

Harda trat an die stampfenden Pferde und beruhigte sie. Frickhoff sagte dem Kutscher, er solle ihn am Gartentor erwarten.

»Sie gehen noch ein paar Schritte mit mir, nicht wahr, Fräulein Harda?« bat er. »Ich habe mich herzlich gefreut, daß Sie in der letzten Zeit so wohlgemut und fröhlich aussahen. Haben Sie mit dem Vater wegen des Studiums gesprochen?«

Harda nickte mit dem Kopfe. Er sah sie ungewiß und fragend an. Hatte sie die Einwilligung des Vaters und war sie deshalb so guter Laune?

»Sie werden doch nicht –« begann Frickhoff.

»Nein, ich bleibe Wiesberg noch erhalten,« sagte sie lustig. »Ich studiere das erste Semester hier – praktische Übungen – im Geschäftsinteresse.«

»Ach ja, freilich, am Sternentau, so heißes ja wohl? Da liest Ihnen Herr Dr. Eynitz ein Privatissimum?«

»Alles im Geschäftsinteresse«

»Und haben Sie neue Erfolge gehabt? Mit den Entdeckungen meine ich natürlich. Wie ist das mit den unsichtbaren Früchten?«

»Sie sind leider immer noch unsichtbar.«

»Was machen Sie nun eigentlich bei der Sache? Inwiefern unterstützen Sie den Doktor? Arbeiten Sie zusammen? Es interessiert mich, zu wissen, wie Sie sich eigentlich beschäftigen.«

»Ja, das ist Geschäftsgeheimnis, da dürfen wir jetzt noch nichts verraten.«

Frickhoff blieb stehen und sah Harda fragend an. Er drohte scherzhaft mit dem Finger.

»Die Sache scheint mir nicht ungefährlich,« sagte er lachend. Innerlich war ihm aber gar nicht wohl dabei.

»Nein, das ist sie wirklich nicht. Diese unsichtbaren Früchte sondern nämlich einen scharfen, ätzenden Saft ab, und da sie in der Luft umherfliegen, so kann man plötzlich eine ins Gesicht bekommen. Herr Eynitz hat sich schon die Hände verbrannt.«

»Aber Sie doch nicht?«

»Ich bin vorsichtig.«

Er wußte nun wirklich nicht sicher, sprach sie im Ernste, oder war das alles bloß scherzhafte Phantasie, oder war es figürlich gemeint. Harda sah es seinem Gesichte an, und es tat ihr leid, daß sie ihrer übermütigen Laune zu viel nachgegeben hatte.

»Sie brauchen wirklich keine Sorge zu haben,« sagte sie ernsthafter. »Diese Art der Beschäftigung macht mir große Freude und ich lerne viel dabei. Besonders das Zeichnen nach dem Mikroskop interessiert mich. Ich bin Vater sehr dankbar, daß er mir diese Möglichkeit verschafft hat. Und – wer weiß – vielleicht kommt dabei wirklich noch etwas Bedeutsames heraus. Aber nun – glückliche Reise! Es ist höchste Zeit, ich muß zu Tisch – ach, und Sie kommen vielleicht gar nicht mehr zurecht.«

»Ich hoffe doch,« sagte er. »Aber es ist wirklich höchste Zeit – für uns beide. Auf frohes Wiedersehen!«

Frickhoff sprang in den Wagen.

Eilig lief Harda durch den Garten zurück. Vom Hause her kam ihr Sigi entgegen.

»Ich komme ja schon!« rief Harda, in dem Glauben, daß Sigi sie holen wolle.

»Brauchst dich nicht so zu beeilen,« sagte Sigi. »Vater ist noch nicht da.«

»Gott sei Dank! Ich dachte schon, es hätte ein Donnerwetter gegeben. Du machst ja ein so grimmiges Gesicht, wie –«

»Es hat nicht gedonnert und ich bin keine Katze. Aber wütend bin ich.«

»Was ist denn passiert?«

»Das Waldfest ist futsch, wenigstens mach' ich mir nichts draus. Es ist Besichtigung angesagt, und gerade am vierundzwanzigsten ist Nachtmanöver. Die Herren vom Militär fallen aus.«

»Na,« sagte Harda, »deswegen würde es auch noch gehen, doch ich verstehe deinen Schmerz, armes Wurm. Aber was fällt denn dem Oberst ein?«

»Der kann nicht dafür. Der Divisionär kommt. Alle sind wütend.«

»Weißt du was, Kleine? Du sollst sehen, wie gut ich bin. Wir schieben das Fest auf.«

Sigi sah die Schwester erstaunt an. »Ein schöner Gedanke – aber das geht doch nicht. Kannst du's etwa regnen lassen? Schlechtes Wetter ist noch meine einzige Hoffnung. Aber wegen der Offiziere – das gibt ein furchtbares Gerede bei den Wiesbergern, da kracht die ganze Erholungsgesellschaft.«

»Nein, Kindel. Wegen der Leutnants fällt es auch nicht aus, aber wollt Ihr etwa die Stadtkapelle engagieren? Nein, da streike ich. Oder wollt Ihr mit einem Orchestrion ausfahren und tanzen? Wenn wir aber die Militärkapelle nicht haben können – und das wird jedenfalls so sein, oder es wird so eingerichtet werden können – dann kann es uns niemand übelnehmen, wenn wir das Fest auf acht Tage verschieben.«

»Du bist ein Engel, ein scheußlicher Engel! Laß dich umarmen!« rief Sigi. »Und da kommt der Vater!«

***

Am nächsten Tage war es Harda nicht möglich, ins Laboratorium zu gehen. Es kam wieder einmal Störung auf Störung. Früh schon sagte ihr der Vater, daß der erste Versuch mit dem neuen Resinitkocher vorgenommen werden sollte. Da mußte sie natürlich dabei sein. Es verging viel

Zeit, ehe alle Vorbereitungen getroffen, alle neuen Einrichtungen nochmals in Augenschein genommen waren. Lange stand Harda oben im obersten Raume des fünf Stockwerk hohen Gebäudes und schaute hinab auf die ausgedehnten Werke und auf das herrliche Landschaftsbild, das sich ringsum ausbreitete. Da blickte auch der Felsen des Riesengrabs hervor und rechts davon – sie bemerkte es zum ersten Male, denn von tieferen Standpunkten war es nicht sichtbar – an einer kleinen Wiese das weiße Häuschen Onkel Geos. Was würde er sagen, wenn er das alles hörte, was inzwischen hier mit dem Sternentau geschehen war, dessen blaue Blümchen ihn schon im vorigen Sommer so gefreut und verwundert hatten. Aber bald, bald wollte sie ihn ausführlich benachrichtigen. Wenn sie nur abends nicht immer so schrecklich müde wäre, und am Tage kam sie nicht zum schreiben. Und drüben im Laboratorium – es war hohe Zeit. Schnell lief sie die endlosen Treppen hinab.

Zu Hause wurde sie schon erwartet. Gerda Wellmut war da und Annemi von Ratuch und es gab eine rege Diskussion über das Waldfest. Mittags fanden sich Gäste ein, es mußte eine Ausfahrt gemacht werden, der Harda sich nicht entziehen konnte. Nach der Rückkehr ging sie schnell einmal auf den Tennisplatz, denn dort waren noch wichtige Verabredungen zu treffen. Es tat ihr schrecklich leid, daß sie heute nichts von Doktor Eynitz und seiner Arbeit gehört hatte.

Auch am Abend nach dem Essen kam noch Besuch, und schließlich, es war schon neun Uhr durch, erschien Eynitz.

Harda freute sich sehr. Sie merkte wohl, daß er hauptsächlich gekommen war, um nach ihr zu sehen, aber auch, weil er ihr etwas Wichtiges mitzuteilen hatte. Und dazu gab sich denn bei dem Umherwandeln im Garten bald Gelegenheit.

Eynitz berichtete. Wie erwartet hatten sich im Laufe des Tages aus einer größeren Anzahl von Sporenkapseln Gametophyten entwickelt. Bei den ersten beiden waren von Eynitz Maßregeln getroffen worden, um die ausgebildeten »Elfen« im Momente der Loslösung festzuhalten. Über der einen hatte er ein Netz so befestigt, daß es leicht unten zuzuziehen konnte, ohne mit dem eingeschlossenen Geschöpf selbst in Berührung zu kommen. Da er bemerkte, daß das Netz mit ziemlicher Kraft in die Höhe gezerrt wurde, sicherte er es noch in einem Drahtgestell. Bei der zweiten Elfe gelang es ihm, im rechten Augenblicke eine Glasglocke überzustülpen und unten durch eine Glasplatte zu schließen, ehe das junge überraschte Wesen heraus konnte. Er sagte sich, daß er sich den Körper einer voll entwickelten Elfe zur Untersuchung verschaffen müsse, und entschloß sich daher, durch Einführung von Chloroform sie zu töten. Nach einiger Zeit bemerkte er an einzelnen schwachen Reflexen, daß sich in der Tat ein vermutlich lebloser Körper in der Glocke befand, den er nun mit der Hand, die er vorsichtshalber durch einen Gummihandschuh geschützt hatte, betasten konnte. Obgleich er den Widerstand zwischen den Fingern wahrnahm, konnte er doch mit den Augen nur unbestimmte trübe Flecken und Streifen erkennen. Zur Aufbewahrung brachte er das Objekt in Alkohol. Sodann schnitt er eine Anzahl Sporenbecher des Sternentaus ab, die sich in verschiedenen Entwicklungsstadien befanden, und konservierte sie ebenfalls teils in Alkohol, teils in andern ihm geeignet erscheinenden Flüssigkeiten.

»Sie sehen,« sagte er nach diesem Berichte zu Harda, »ich habe mich heute damit beschäftigt, eine kleine Sammlung von Präparaten anzulegen. Es ist das die Folge einer gestern nachmittag angestellten Überlegung, über die ich Ihnen Rechenschaft schuldig bin. Wir sind übereingekommen, von dem psychologischen Elfenproblem vorläufig mit niemand zu sprechen. Aber da kannten wir die Photographien noch nicht, die uns lehren, daß wir doch mit der Eigentätigkeit dieser rätselhaften Wesen stark zu rechnen haben. Nun möchte ich es nicht übernehmen, die Verantwortung für etwaige Unterlassungen oder falsche Maßregeln allein zu tragen. Zu einer Veröffentlichung aber ist, wie gesagt, die Frage noch nicht reif. Ich möchte mir daher einen fachmännischen Rat erbitten, falls Sie nichts dagegen haben.

Ich habe heute ein schriftliches Referat über die vorliegenden Beobachtungen aufgesetzt, das ich morgen zu vollenden hoffe, und dies möchte ich dann zwei hervorragenden Fachmännern ganz privatim mit der Bitte um eine Äußerung an mich vorlegen. Ich bin befreundet mit einem Zoologen und einem Botaniker, beide Gelehrte ersten Ranges in ihrem Fache; der erste ist mein verehrter Lehrer, der zweite ein älterer Studiengenosse von mir. Denen will ich den Bericht einsenden und ihnen unser ganzes Material zur Verfügung stellen, erforderlichenfalls sie um ihren Besuch bitten. Mit der etwaigen technischen Verwendung der Pflanze hat das gar nichts zu tun, es handelt sich nur um Ratschläge für die Behandlung der ganzen Frage. Ich glaube daher dies privatim auf eigne Verantwortung unternehmen zu dürfen, vorausgesetzt, daß ich Ihre Einwilligung erlange.«

Ein Weilchen schritt Harda schweigend neben Eynitz her. Sie überlegte. So sollte ihr Elfentraum jetzt schon sich auflösen in das Wachen der fremden Welt? Und doch, was waren Elfen, die mit Chloroform betäubt, in Alkohol aufbewahrt, gefärbt und seziert werden konnten oder sollten? Diese Umwelt der Hellbornwerke war wohl keine Stätte für die luftigen Wesen des Elfenreichs? Ach, hier war auch kein Platz für ihren Traum. Und war es nicht vielleicht Zeit, zu erwachen?

»Ich glaube,« sagte sie, »Sie haben das Richtige getroffen. Es tut mir ja ein wenig wehe, meinen Sternentau so fremder Untersuchung preiszugeben – aber wir müssen es wohl tun. Sie nämlich, Herr Doktor, betrachte ich als Hausarzt, und wenn ein schwerer Fall vorliegt, so ist es wohl Pflicht des Hausarztes, eine Konsultation zu beantragen. Also schreiben Sie nur. Die Sache bleibt ja vorläufig noch in privatem Kreise. Es wird mir immer klarer, Sie dürfen die Verantwortung nicht allein tragen – auch nicht dem Vater gegenüber. Wir werden ja hören, was die Autoritäten dazu sagen. Ich verstehe, daß es für Sie etwas Peinliches hat, unsere Hypothese von der Intelligenz der Sternentau-Elfen, die hier bei uns sicher als etwas ganz Phantastisches aufgenommen werden würde, auszusprechen; und wenn das später einmal doch notwendig wird, so wird es ebenso peinlich sein, daß wir sie solange verschwiegen haben. So sind wir gerechtfertigt, wenn wir erst ein unbefangenes Gutachten abgewartet haben, und wir gewinnen auf diese Weise noch Zeit. Aber meine Anfälle – müssen Sie mich denn da auch hineinbringen?«

»Nur was ich selbst beobachtet habe, also den Angriff im Laboratorium. Ich möchte aber erwähnen dürfen, daß sich daraus einige andere subjektive Erfahrungen der Dame erklären ließen.«

»Aber von den Pflanzengesprächen sagen Sie nichts, bitte!«

»Nein, das will ich nicht. Dagegen darf ich doch die Dame als Entdeckerin des Ros stellarius Kern nennen?«

»Die Dame will Ihnen nicht hinderlich sein, mein Herr!« sagte Harda schalkhaft. Und mit herzlichem Tone fuhr sie fort. »Nun habe ich aber auch eine Bitte – wenn Sie an Ihre Freunde schreiben – ich möchte mich auch an einen Freund wenden. Ich hatte schon längst die Absicht und wollte nur einen entscheidenden Zeitpunkt abwarten. Dann hätte ich es Ihnen jedenfalls gesagt.«

Eynitz sah sie mit Spannung an. »An einen Freund?« fragte er.

»Ja, an meinen Onkel. Oder haben Sie dagegen ein Bedenken? Er ist doch ein Mann, dessen Rat in allen Fällen von höchstem Werte ist.«

»Sie meinen Geo Solves?«

»Ja. Ich habe noch nie etwas Entscheidendes in meinem Leben getan, ohne es ihm vorher mitgeteilt zu haben – viel habe ich ja nicht erlebt. Aber ich werde auch nichts tun, nichts innerlich Entscheidendes meine ich, wenn ich nicht seine Stimme zuvor hörte –«

»Nichts?« fragte er stehen bleibend.

»Nichts,« antwortete sie, ihn voll und klar anblickend. »Das ist keine Unfreiheit, es ist meine Selbstbestimmung. Sein Wort ist auch nur ein Motiv in mir, aber eines, ohne dessen redliche Erwägung ich keinen Entschluß fassen würde, der mich oder andere in tiefsten Lebensinteressen berührt. Darum handelt es sich ja hier wahrscheinlich nicht. Dennoch halte ich es für eine Pflicht der Aufrichtigkeit, daß er von dem unterrichtet wird, was mich so lebhaft beschäftigt.«

»Aber Fräulein Harda – da habe ich doch gar nichts zu wünschen –«

Er schwieg, denn sie setzte wieder ihren Weg fort. Und im Stillen fragte er sich, was bedeutet diese Erklärung? Warum sagte sie ihm das jetzt in solcher Entschiedenheit, in so warmem

Herzenstone? Wie hinreißend war sie in dieser Aufwallung! Und warum erregte sie die Mitteilung so, was doch bei dem Sternentau gar nicht notwendig war? Sollte es eine Warnung sein? Oder war es der Ausbruch einer Stimmung, die sie schon lange in stillem Gedankengang beschäftigt hatte?

Auch Harda fühlte, daß sie vielleicht zu lebhaft geworden war. Aber seine Zwischenfrage »Nichts?« hatte sie gereizt, und sie bereute nicht, was sie gesagt hatte. Und wenn er das Geständnis als einen Ausfluß besonderen Vertrauens auffaßte – nun gut, das war es ja auch – und schließlich – er verdiente es –

Sie gingen noch schweigend neben einander, als Sigis helle Singstimme über den Garten hinklang:

»Frische Erdbeerbowle auf der Veranda.« Und dann das Signal des Sammelns.

Pflanzenrede

Heute vormittag wollte Harda nicht gestört werden. Denn sie beabsichtigte in Ruhe an Onkel Geo zu schreiben und dann ins Laboratorium zu gehen. Daher beeilte sie sich, sobald sie mit dem Vater gefrühstückt hatte, die notwendigsten häuslichen Angelegenheiten zu erledigen. Dann lief sie auf ihr Zimmer und nahm ihre Schreibmappe an sich, die ihren Füllfederhalter und die erforderlichen Briefmaterialien enthielt. Denn es gab nur einen Ort, wo sie sicher war, vorkommendenfalls nicht abgerufen zu werden. Das war die Buche am Riesengrab. Und der Morgen war so schön, windstill, der Himmel leicht umschleiert. Da wollte sie drüben schreiben, im Freien.

Die Tante und Sigi schliefen noch, als Harda sich anschickte, das Haus zu verlassen. Sie ging an der Küche vorbei und sagte, man solle sie nicht suchen, sie habe einen längeren Morgenausflug vor. Und als praktisches Wesen vergaß sie nicht, sich noch einen kleinen Imbiß mitzunehmen. Sie wollte sich sobald nicht sehen lassen.

Nun saß sie vor dem Tisch. Sie besann sich nicht lange. Sie sah den geliebten Freund vor sich und es war ihr, als plauderte sie zu ihm. Sie erzählte einfach, was sie mit dem Sternentau erlebt hatte, hier bei der ersten Begegnung mit dem Doktor Eynitz, wie die Pflanze immer seltsamer geworden sei, wie die Elfen herausgekommen wären; sie sprach vom Laboratorium, wie Werner sie aus einer großen Gefahr gerettet hätte – denn so kam ihr das Abenteuer mit der Elfe jetzt vor – und wie sie beide eigentlich nicht recht wüßten, was jetzt werden solle.

Ihre Feder flog über das Papier, und schnell füllte sich Seite auf Seite. Sie wußte gar nicht, wie viele von den festen hellgrauen Briefbogen sie schon unter den Hut auf der Bank nebenan geschoben hatte.

Verwundert blickte der leuchtende Wald auf das blühende Menschenkind, dessen Wangen sich gerötet hatten im Eifer der Arbeit und in der Erregung des inneren Erlebnisses, das ihm immer bewußter sich gestaltete.

Freudig und erwartungsvoll bemerkten der Efeu und die schattende Buche ihre gute Freundin und tauschten leise ihre Meinungen darüber aus, was sie wohl da unten triebe. Mißgünstig aber blickte so manche andere von den Pflanzen auf den Menschen; denn seit den merkwürdigen neuen Erlebnissen mit dem fremden Gewächse Bio betrachten viele den Menschen erst recht als eine Störung in ihrem eigensten Gebiete. Daß eine Pflanze fliegende, unsichtbare, kluge Wesen hervorbringen konnte, hatte sie stolz gemacht und ließ ihnen den Menschen als weniger achtungswert erscheinen, der offenbar keine Ahnung davon hatte, was Pflanzenmacht und Pflanzenweisheit bedeuteten.

Und so war's ja auch. In feierlicher Stille schien der Wald zu ruhen, unbeweglich bis auf das leise Wiegen eines Zweiges oder Halmes und das Summen der Insekten, die Liebesbotschaft von Blüte zu Blüte trugen. Nichts vernahm der Menschen Sinn. Und doch lebte im Wald ein reger Meinungsaustausch in Rede und Gegenrede. Hin und her zuckte es durch die Wurzeln im Streite der Meinungen.

»Ihr werdet ja sehen,« sagte die Fichte am Felsblock, »die Sache wird jetzt ganz anders werden. Mit der Menschenherrlichkeit geht's zu Ende. Gegen die Idonen können die Treter gar nicht aufkommen. Und wenn erst die Idonen die Menschen gehörig klein gemacht haben, so gelangen auch wir zu unserem Rechte. Dann werden endlich die Pflanzen auf der Erde herrschen, wie sich's gebührt, denn die Idonen gehören zu uns.«

»Nur nicht zu eilig,« antwortete die Roßkastanie. »So einfach ist die Sache nicht. Und ob ihr Fichten gerade dabei gewinnen würdet? Die Idonen denken noch viel aristokratischer als die Menschen. Aber wie kommt ihr überhaupt darauf, daß die Idonen etwas gegen die Menschen haben sollen?«

»Nun das ist doch klar. Im ganzen Walde ist es schon herumgekommen, daß die Menschen große Mengen von der fremden Pflanze, die sich jetzt Bio nennt, fortgenommen haben und in ihren Wohnungen gefangen halten. Bio ist aber die Mutter der Idonen. Wenn nun die Idonen in der Menschen Gewalt geraten, glaubt ihr, daß sie sich das gefallen lassen werden? Sie sind doch nicht fest gewachsen wie wir armen Pflanzen, sie werden alle Gewalttaten der Menschen gegen uns an ihnen rächen.«

»Ich möchte nur wissen, wie sie das tun wollen. Sie sind klein und wenige, die Menschen aber sind groß, und ihr habt gar keine Ahnung, wie viele ihrer sind und was sie vermögen.«

»Aber die Menschen können nicht die Idonen sehen, die Idonen dagegen die Menschen. Und sie verstehen sehr wohl zu schaden, sie haben Arme, mit denen sie allerlei Dinge anfassen können wie die Menschen, und sie haben scharfe Säfte, von denen die Menschen nichts wissen. Ich habe wohl zugehört, wie Bio einmal zu Ebah davon sprach. Und Ebah hat selbst gesagt, daß sie traurig ist, weil Harda so viele Biopflänzchen fortgenommen hat.«

»Das ist wohl wahr,« mischte sich Ebah ein, »aber daß die Idonen darum den Menschen feindlich sein werden, das habe ich nicht gesagt. Denn die Idonen sind klug und gut, und sie werden den Menschen nichts Böses tun, wenn sie nicht müssen.«

»Sie werden aber müssen.«

»Ich hoffe im Gegenteil,« sagte Ebah, »daß es uns gelingen wird, mit Harda zu sprechen, und ihr zu sagen, daß sie die Blümchen nicht abschneiden soll.«

»Mit ihr sprechen! Du willst mit den Menschen sprechen! Ich möchte wissen, wie du das anfangen willst.«

»Freilich kann ich es nicht für mich, aber Ildu hat zu Bio gesagt, daß die Idonen eine merkwürdige Beobachtung gemacht haben. Wenn sie sich auf den Kopf eines Menschen setzen, so können sie unter gewissen Umständen bewirken, daß die Veränderung in ihrem eignen Körper auch bestimmte Veränderungen im Kopfe der Menschen hervorbringen, und dann haben die Menschen die gleichen Vorstellungen, wie sie die Idonen gerade in sich bilden. Ich kann das ja nicht so verstehen, aber die Idonen wissen, wie ihr eigner Körper und wie der der Menschen beschaffen ist und wie damit die Gedanken zusammen hängen. Das verstehen sie besser als die Menschen selbst. Denn die Menschen, so sagt Ildu, müssen das alles erst mit großer Mühe lernen; die Idonen aber bringen das Wissen um ihre eignen Einrichtungen und deren Nutzen schon mit auf die Welt, sie erben es von ihren Vorfahren. Und in dem Lande, wo sie leben und woher sie kommen, da sind sie die Herren, wie es hier die Menschen sind.«

»Da siehst du doch gerade,« rief die Fichte eifrig, »daß sich die Idonen mit den Menschen nicht werden vertragen können. Denn wenn sie dort die Herren sind, werden sie es auch hier sein wollen. Und obwohl es der Menschen viele gibt, und obwohl sie groß und mächtig sind, so werden sie doch gegen die Idonen nichts auszurichten vermögen. Denn die Menschen müssen sterben, die Idonen aber sterben nicht.«

»Wie kommst du darauf?« fragte Ebah erstaunt.

»Ich habe gehört, wie du einmal mit der Buche davon gesprochen hast, daß die Idonen über den Tod der Menschen sich wundern.«

»Ach, wieviel redet ihr doch da im Walde, was ihr gar nicht begreift,« rief die Buche unwillig. »Der Fall liegt viel verwickelter. Da habt ihr uns ganz falsch verstanden. Ich will dir's sagen. Die Idonen sterben nicht wie die Menschen und Tiere und wie auch die Pflanzen, wenn sie alt geworden sind, an Altersschwäche; ihrer Natur nach könnten sie immer weiter leben. Aber sie können getötet werden durch äußere Eingriffe, durch Gewalt, die ihren Körper zerstört oder ihm die Luft abschneidet und dergleichen. Und sie können auch freiwillig sterben. Das tun sie, wenn sie einsehen, daß es besser für sie ist, nicht mehr zu leben. Warum sie so etwas denken können, das weiß ich freilich nicht. Aber Bio hat es gesagt. Sie sollen die weisesten Wesen sein.«

»Nun, dann werden sie schon wissen, wie sie die Menschen zu fassen haben. Sonst wären sie ja auch nicht hergekommen, wenn sie nicht einen bestimmten Plan gehabt hätten. Sie sind Pflanzen, die weisesten Pflanzen. Da werden sie eben gehört haben, daß hier die Pflanzen unterjocht sind, und da haben sie sich gesagt, wir wollen mal den armen Dingern dort Hilfe bringen.«

»Ja, und besonders den Fichten, weil die so bescheiden sind,« bemerkte die Buche ironisch.

»Warum denn nicht?« antwortete die Fichte trotzig.

»Weil sie überhaupt gar nicht wissen, wie sie hergekommen sind,« fiel Ebah ein. »Bio ist in ihren Sporen hierher geweht worden, und du weißt doch selbst, daß die Pflanzen bewußtlos im Schlummer liegen, solange sie im Samen umherfliegen.«

»Da sollten sie aber wenigstens die Gelegenheit wahrnehmen, daß die frechen Treter geduckt werden und endlich einmal die Pflanzen zur Herrschaft kommen. Was wollen sie denn sonst mit den Menschen machen?«

»Vielleicht,« sagte Ebah nachdenklich, »vielleicht werden sie uns wirklich helfen. Aber nicht dadurch, daß sie die Menschen vernichten, sondern indem sie ihnen ihre Weisheit mitteilen, sie belehren und sie besser machen. Sie könnten doch die Menschen überzeugen, daß wir Pflanzen nicht unbeseelt und teilnahmslos im großen Erdleben stehen, sondern daß wir auch mitstreben und mitfühlen am ganzen und daß wir mit den Tieren und Menschen das gewaltige Reich Urd bilden, darin alle lebenden Wesen die gleichen Rechte haben. Und so könnten sie uns versöhnen mit den Menschen, daß wir alle bewußt zusammenarbeiten und uns helfen und freuen am Gedeihen der heiligen Muttererde und uns verstehen, wie ihren Kindern ziemt.«

Da brummte etwas unten am Boden, und das Moos sagte: »Phantastin! Kennst die Menschen nicht, sind zu beschränkt, beschränkt! Sie haben nichts als ihre vergängliche Einzelseele, sie wissen nichts von der Dauerseele, die durch den Erdleib webt, und wenn man es ihnen sagen könnte, würden sie es nicht verstehen. Da werden auch die Idonen nichts ausrichten, so weise sie sein mögen. Warum sollten sie auch nicht weise sein, gehören sie doch zu den Vorkeimen der Kryptogamen?«

Ebah schwieg erst bescheiden, dann aber begann sie zur Buche: »Wenn das weise Moos recht hat, daß die Menschen nichts von der Dauerseele wissen, so können doch wir vielleicht den Idonen helfen, sie zu belehren. Wir müssen die höhere Einzelseele pflegen, die wir beim Blühen erlangen. So nähern wir uns den Menschen, und wenn dann die Idonen gestatten, daß wir mit den Menschen reden, so müssen diese wohl einsehen, daß wir beseelte Wesen sind wie sie, Einzelseelen wie sie, die sich mit Einzelseelen verstehen können. Und von dort werden wir sie hinaufführen zur Allseele der Erdmutter.«

»Du willst wieder aufs Blühen hinaus,« sagte die Buche freundlich. »Und das soll dir ja auch werden. Aber mit der höheren Einzelseele solltest du nicht immer wieder kommen, das ist nichts für uns. Seien wir froh, daß wir nicht zu viel davon haben. Unser Weg zur Einheit mit den Menschen und zur Freiheit auf der Erde ist ein andrer. Es ist Zeit, daß ich dir einmal die alte Sage erzähle, die uns verkündet ist über der Pflanzen Treue und den schlummernden Gott.«

»Wie gern will ich sie hören,« erwiderte Ebah. »Aber sieh, Schattende, da gerade jetzt Harda uns so nahe in deinem Schutze sitzt, könnte ich es nicht jetzt einmal versuchen, ob sie mich versteht, ob ich sie verstehe, wenn einer der Idonen uns verbinden wollte? Vielleicht dürfte ich dann sie selbst fragen, wie sie über die Pflanzen denkt? Vielleicht würde sie mich belehren können, was ich zu tun habe? Ach, Schattende, es wäre doch zu schön, wenn ich einmal mit einem Menschen sprechen könnte!«

»Du weißt ja doch, liebe Ebah, daß wir ohne ihren Willen nicht zu erkennen vermögen, ob Idonen in unsrer Nähe sind, und daß wir es nicht wagen dürfen, solche Bitten an sie zu richten.«

»Aber ich will Bio fragen. Sie kann mit den Idonen sprechen, wann sie will, und ihr sind sie gern zu Gefallen.«

»Nun denn,« sagte die Buche, »so will ich dafür sorgen, daß die andern Pflanzen euch nicht hören und stören.«

Die feinen Tasthärchen Bios, des Sternentaus, schmiegten sich enger an Ebahs Ranken.

»Du brauchst nicht erst zu bitten,« sagte der Sternentau freundlich zum Efeu. »Es sind immer einige von meinen Kindern in der Nähe, denen ich deinen Wunsch mitteilen will. Und wenn sie ihn erfüllen wollen und können, wirst du es bald erfahren.«

***

Harda schob wieder einen Bogen unter ihren Hut und legte sich einen neuen zurecht. Sie schrieb weiter an Geo.

»Ist das nicht eine tolle Geschichte mit unsern »Elfen«? Und was meinst Du nun zu der ganzen merkwürdigen Sache? Werner hat einen Bericht aufgesetzt und will ihn an zwei berühmte Sachkenner .... Verstehst du mich, ich bin es, der zu dir spricht, Ebah, der Efeu, hier vor dir an der Buche, dessen Sproß du in dein Zimmer gepflanzt hast – –«

Harda ließ die Feder fallen, daß ein tüchtiger Klecks auf dem Papier entstand.

»Was schreib' ich denn da?« fragte sie sich selbst. »Da spricht ja in mir etwas – – ja, ja – der Efeu –«

Sie lehnte sich zurück, um ihre Stirn wehte der kühle Hauch, der die Gegenwart eines Idonen anzeigte. Harda wußte, daß sie jetzt wieder einen »Anfall« hatte. Aber sie wehrte sich nicht dagegen. Es war ihr nicht unangenehm, sie fühlte sich auch nicht zu irgend einer Handlung gezwungen, nur vernahm sie deutlich, daß sie angeredet wurde. Dabei war sie sich ihrer Sinne und der Umgebung bewußt, es war nicht anders, als ob wirklich jemand, den sie nicht sah, ein Gespräch mit ihr zu führen suche.

»Ebah nennen mich die Pflanzen,« klang es weiter in Harda. »Ich kenne dich lange, Harda, und ich liebe dich, denn du hast mich beschützt. Höre mich an, ich bin so traurig, daß du ein Mensch bist und keine Pflanze, und nicht mit uns lebst und sprichst und fühlst in unserm großen Reiche, wo die Dauerseele uns alle verbindet.«

Die Stimme schien eine Antwort zu erwarten. Harda fühlte sich ganz ruhig, hier hatte sie offenbar nichts zu befürchten. Lag dieser Stimme wirklich ein objektiver Vorgang im Efeu zu grunde, oder dichtete nur ihre Phantasie? Warum sollte sie nicht eine Antwort geben? Sie war sich bewußt, ganz frei über ihre Gedanken verfügen zu können. Und so antwortete sie in der Tat sofort mit halblauter Stimme:

»Wenn du mich verstehen könntest, lieber Efeu oder Ebah, so würdest du jetzt hören, daß du gar keinen Grund hast, traurig zu sein. Ich bin meinerseits sehr froh, daß ich ein Mensch bin und keine Pflanze, und ich lebe in unserm Seelenreiche und fühle mich durchaus wohl als ein Teil des großen Zusammenhangs, den wir Welt nennen. Na, verstanden wirst du mich ja nicht haben, langes, grünes Schwesterchen und Dauerseelchen?«

Sofort klang es wieder in Harda:

»Ich habe dich sehr wohl verstanden, aber ich kann mir nicht denken, daß du glücklich bist, weil du doch nur eine Einzelseele besitzest, und weil du nicht weißt, daß wir Pflanzen auch beseelt sind und unsre Gefühle und Vorstellungen uns in unsrer Sprache mitteilen können.«

»Wissen konnte ich das freilich nicht,« antwortete Harda, »aber geglaubt habe ich es immer, daß auch die Pflanze beseelt ist, obwohl freilich die meisten Menschen das noch immer nicht zugeben wollen. Beweisen freilich konnten wir es bisher nicht, nur erschließen und vermuten. Und auch jetzt begreife ich nicht, wieso du zu mir in meiner Sprache reden kannst.«

»Ich denke nur in meiner Art,« sagte Ebah. »Aber auf deinem Haupte – fasse nicht dahin – sitzt unsichtbar ein Idone, er stammt von einer Pflanze und versteht, was ich sage, und während er es mitdenkt, arbeitet auch dein Gehirn mit, und die Gedanken setzen sich in den Laut deiner Sprache um.«

»Was sitzt da? Wie nennst du das?«

»Idonen nennen sie sich selbst, sie kommen von einer fremden Pflanze, der du so viel blaue Sterne abgeschnitten hast. Das sollst du nicht tun, bitten dich die Idonen und Bio, ihre Mutter.«

»Idonen und Bio – so also nennt ihr meine Elfen und meinen Sternentau – nun, liebe Ebah, wenn deine ganze Rede wirklich bloß meine Phantasie ist, so möchte ich nur wissen, warum ich für diese mir wohlbekannten Dinge auf einmal neue Namen erfinde.«

»Wie, Harda? Du glaubst, meine Rede sei nur ein Traum von dir? O nein, ich wünsche schon lange mit dir zu sprechen und will gern eine Einzelseele wie du haben, damit wir uns besser verstehen. Dann wirst du begreifen, daß die Einzelseelen alle verbunden sind in der großen Erdseele und daß es von euch Menschen sehr unrecht ist, euch von unserm Reiche auszuschließen.«

»Da kann ich dich beruhigen, Ebah. Wir Menschen wollen auch teilnehmen an dem Ganzen des Erdlebens. Auch wir begreifen mehr und mehr, daß alle Lebewesen nur Organe sind des Planeten und daß unser Bewußtsein in seiner großen Einheit zusammenhängt. Nur geht unser Weg von der Einzelseele zur Allseele, der eure aber umgekehrt von der Dauerseele zur Einzelseele.«

»Ja, diesen Weg gehe ich, ich will blühen, ich will etwas für mich allein sein, und dabei eben hoffte ich, dir zu begegnen. Wie glücklich bin ich, daß ich dich getroffen habe. Nun können wir zusammen blühen! Denn im Blühen gewinnen wir uns für uns selbst allein. Du mußt auch blühen, Harda, im Herbste, wenn meine Blüten sich öffnen. Du wirst merken, wie schön das ist.«

»Blühen –« Harda sprach ganz leise. »Ja, Blühen – aber warum erst im Herbst? Ach, Ebah, ich glaube – doch das kannst du nicht verstehen. Siehst du, das ist bei uns Menschen anders als bei euch. Ich will auch etwas für mich sein, für mich allein, und ich bin es, ein Ich, wie wir es nennen. Aber wenn wir blühen, dann eben verlieren wir die Einzelseele. Dann will ich nicht mehr für mich allein sein, dann will ich sein für – für den andern –«

»Das müssen wir noch besprechen, Harda. Wie verstehe ich das? Wer ist der andere? Auch ein Mensch?«

Eine andere Stimme unterbrach plötzlich die Rede des Efeus. Harda hörte noch deutlich:

»Gefangen! Getötet, getötet ehe er sich einen Namen geben konnte –«

»Wer? Wer? Wer tat es?« Die Stimmen gingen durcheinander.

»Der Mensch, der hier –«

»In jenem Hause hält er Stefu gefangen –«

»Da sitzt ja der Mensch, der so oft dort bei ihm war –«

»Was wollt ihr von Harda?«

»Sie müssen vernichtet werden!«

»Wir wollen die Menschen –«

Die Stimmen brachen plötzlich ab. Der Vermittler hatte sich von Hardas Kopf entfernt, nachdem ohne seinen eigenen Willen die ihn überraschenden Zurufe auch in Hardas Bewußtsein übergeführt worden waren.

Sorgen

Einen Augenblick noch blieb Harda wie betäubt sitzen. Dann war es ihr klar, was das bedeutete, nur bedeuten konnte. Die Stimmen rührten von andern Idonen her, die jetzt im Laboratorium entdeckt hatten, was Eynitz gestern getan, um Material für seinen Bericht zu sichern. Sie kamen zu ihrem Versammlungsplatze, zur Stammutter Bio, um den Genossen zu melden, was geschehen. Es war natürlich, daß sie die Menschen für ihre tätlichen Feinde halten mußten, für Verbrecher. Werner Eynitz ein Verbrecher! Und sie selbst, Harda! Und sie konnten doch nicht anders handeln. Aber was würden die Idonen tun, was wollten sie? Sich rächen? Fürchterlich! Sie konnten es, gewiß, die Unsichtbaren. Wo waren sie?

Harda sprang entsetzt empor. Die Gefährlichkeit der Lage war ihr auf einmal klar geworden. Sie blickte ängstlich um sich her – – Rings alles so still, so friedlich. Kein Laut als das leise Summen der Insekten. Die hohe Buche stand vom Efeu umschlungen in milder Ruhe, freundlich blitzte durch ihr grünes Laub hie und da der lichte Himmel herein. Und hier, zwischen den Ästen, auf dem Platze umher, da sollte ein rachsüchtiger Feind lauern und beratschlagen, was er jetzt gegen sie, gegen ihn, vielleicht gegen die Menschen überhaupt Verderbliches unternehmen könne? War denn das wirklich? War das nicht nur eine Ausgeburt ihrer erregten Phantasie?

So sprich doch, Efeu, sprich weiter, sage mir, was du wolltest, was die – die Idonen – Ja, das Wort war ihr deutlich im Gedächtnis! Idonen und Bio und Ebah, wie der Efeu hieß! Das alles sollte sie auch geträumt haben? Wenn doch der Efeu noch einmal reden wollte, sie würde ihn nach einer Auskunft fragen, die sie, Harda, sich unmöglich selbst geben konnte, und wenn dann die Antwort zuträfe, so wäre ja die Realität bewiesen. Aber freilich die Antwort des Efeus konnte sie nur verstehen, wenn ein Idone auf ihrem Haupte saß. Sollte sie das nochmals versuchen?

Schon machte sie eine Bewegung, um sich wieder vor ihren Brief zu setzen. Aber nein! Das ging ja nicht. Das hieße sich den Idonen geradezu ausliefern, wenn sie wirklich hier herumschwärmten. Und nach allem, was sie erlebt hatte, konnte sie doch gar nicht an der Existenz dieser intelligenten Wesen zweifeln. Höchstens die Übermittlung der Pflanzensprache mochte subjektive Täuschung sein, obgleich sie an der Fähigkeit der Idonen, auf ihr Gehirn zu wirken, nicht zweifelte; das Dasein der Idonen dagegen war objektiv bewiesen, selbst von Werner! Sie durfte sich diese Wesen nicht nahe kommen lassen, wie verlockend auch der Gedanke war, etwas über ihre Pläne zu erfahren. Aber diese würden sie ihr doch nicht verraten.

Noch stand sie unentschlossen, als sich vor ihren Augen der Briefbogen auf dem Tische zu bewegen begann. Nicht wie von einem Windhauch, – es war vollständig windstill – sondern ganz langsam hob sich die eine Ecke wie von unsichtbaren Fingern erfaßt, während das Blatt auf dem Tische nachschleifte.

Starr vor Schreck blickte Harda auf die Erscheinung. Da sah sie, daß auch die Bogen unter ihrem Hute auf der Bank sich vorschoben, und zugleich schien es ihr, als ob ihr Haar gestreift würde. Jetzt raffte sie sich zusammen, sie ergriff das schon schwebende Blatt auf dem Tische und zog es rasch an sich, wobei die obere Ecke abriß, in der freien Luft zurückblieb und dann langsam herabflatterte. Zugleich stürzte sie sich auf die Bogen, die auf der Bank lagen, und die sie ebenfalls mit einiger Kraftanstrengung einem unbekannten Wesen entreißen mußte, warf alles in ihre Schreibmappe, die sie zuklappte, und entfloh, alles andere im Stich lassend, mit schnellen Schritten dem gefährlichen Orte. Sie sprang den Weg nach dem Stege hinab, nur in dem Gefühl, den unheimlichen Unsichtbaren entrinnen zu müssen, und erst kurz vor der Brücke hielt sie an, um sich erschöpft auf einen Stein zu setzen. Nun erst begann sie nachzudenken.

Was sollte sie tun? Wo war sie überhaupt vor diesem Feinde sicher? Wohin fliehen? Nach ihrem Zimmer? Dort hatte sie den ersten Anfall gehabt. Unter Menschen? Das konnte sie jetzt nicht. O Gott! Sie mußte zunächst zu ihm, dem die größte Gefahr drohte, sie mußte ihn benachrichtigen. Aber wie? Würde er noch im Laboratorium sein? Sie mußte nachsehen. Dort war er jetzt vielleicht am sichersten, denn die Idonen schienen ja diese ihnen gefährliche Stätte verlassen zu haben. Mit der Mappe in der Hand, ohne Hut, machte sie sich auf den Weg, durch den Park und hinter dem Hause herum, in dem Wunsche, möglichst jeder Begegnung auszuweichen.

Sie wurde auch vom Hause aus gar nicht bemerkt, nur in der Fabrik begegnete ihr der Postbote, der sich dieses abgekürzten Weges bedienen durfte, um die Privatkorrespondenz in der Villa abzugeben.

»Schon die zweite Post?« sagte sich Harda. »Ist es wirklich schon so spät?«

Der Briefträger blieb stehen, als er sie erblickte, und suchte aus den Briefschaften, die er in der Hand hielt, einige Drucksachen und einen Brief heraus, die er ihr entgegenhielt.

»Etwas für Sie, Fräulein Kern,« sagte er.

»Danke schön, Herr Beck!«

In ihrer Eile nahm sich Harda gar nicht Zeit, nach den Postsachen zu sehen, sie steckte sie in ihre Mappe und lief nach dem Laboratorium. Der Diener sah sie kommen und hielt schon den Schlüssel bereit.

»Der Herr Doktor ist nicht mehr da,« sagte er. »Aber er hat eine Nachricht oben für das gnädige Fräulein zurückgelassen.«

Harda nickte, sprang die Treppe hinauf und öffnete die Tür. Sie legte ihre Mappe auf den nächsten Tisch und sah zunächst nach, ob alle Fenster geschlossen seien – nein, eines stand auf, sie verriegelte es. Die Furcht vor den Idonen beherrschte sie. Dann erst ergriff sie den an auffallender Stelle liegenden Brief von Eynitz und riß ihn auf. Sie las:

> »Hochverehrtes Fräulein. Zu meinem großen Bedauern ist es mir nicht möglich, Ihr Eintreffen abzuwarten, da ich fürchte, daß ich heute überhaupt nicht mehr die Freude werde haben können, Sie zu sprechen. Ich werde zu einer Frau gerufen, wo ich wahrscheinlich bis über Mittag zu tun habe, dann hat sich eine schwere Operation im städtischen Krankenhause und nachher eine gerichtliche Sektion in Moosdorf nötig gemacht, alles Dinge, von denen ich gestern nichts wissen konnte. Nehmen Sie dazu, daß ich dann noch meine gesamte Privatpraxis zu erledigen habe, so werden Sie begreifen, daß ich erst am späten Abend zu unserer Arbeit zurückkehren kann. Ich habe aber heute schon das Wichtigste getan. Der Bericht ist bis auf die Begleitschreiben fertig und liegt im Schrank. Haben Sie doch die Güte, ihn durchzulesen. Morgen früh kann dann alles expediert werden.
>
> Im Laboratorium ist alles in Ordnung, die Gefangenen sind noch da, und über die Sporangien, deren Entwicklung im Laufe der nächsten vierundzwanzig Stunden zu erwarten ist, habe ich die Fangapparate angebracht.
>
> Auf Wiedersehen, wie ich hoffe, morgen früh. In aufrichtigster Ergebenheit Ihr Werner Eynitz.«

Harda seufzte leise. Es war ja doch eine Enttäuschung, daß sie ihn heute nicht sehen sollte. Das wollte sie sich gar nicht verhehlen. Und über das letzte Abenteuer mit den Idonen hätte sie so gern seine Ansicht vernommen. Sie ängstigte sich vor ihrer Rache. Schon einmal hatten sie ihn durch ihren beizenden Saft verletzt, konnten sie ihn nicht im Schlafe – o Gott, sie schauderte in dem Gedanken. Aber er würde sie wahrscheinlich ausgelacht haben.

Immerhin durfte sie etwas ruhiger sein. Vorläufig hatte er nichts zu befürchten. Und hier im Laboratorium schienen sich gegenwärtig keine freien Idonen zu befinden. Hier war sie wohl auch selbst am sichersten und am wenigsten gestört. Nun hatte sie noch Zeit, sich zu überlegen, wieviel sie von ihrer Unterredung mit Ebah mitteilen sollte. Und der Brief an Geo, der mußte postfertig gemacht werden.

Schon halb elf? Nun, noch zwei Stunden, da konnte noch viel getan werden. Wenn der Brief bis ein Uhr in den Kasten kam, so erhielt ihn Geo noch heute mit der letzten Post.

Harda holte zunächst den Bericht aus dem Schranke und dann aus ihrer Tasche ihr Frühstücksbrötchen.

Sie begann zu lesen. Die Handschrift liest sich so nett, dachte sie, dabei gruben sich ihre weißen Zähne in das knusprige Brötchen. Ja, sie war hungrig, erst jetzt merkte sie es. Die erste Seite des Quartbogens war beendet. Nun umblättern, aber vorsichtig, daß kein Fettfleck hineinkommt! Da beißen wir erst noch einmal ab und legen das Frühstück beiseite. So, nun weiter. Die zweite, die dritte, die vierte Seite –

Das Frühstück war vergessen. Die ganze Entwicklung der letzten Wochen stieg wieder vor ihren Augen auf. Wie klar war das alles – und so ruhig. Und wie überlegt, kühl, folgerecht. Sie hörte ihn sprechen, und es war ihr, als sähe er sie dazwischen durch die goldene Brille mit seinen treuen, offenen Augen an. Der Bericht war zu Ende, aber sie sah noch den Verfasser vor sich, als müßte sie ihm zunicken. Sie saß noch eine Weile still und blickte ins Weite. Dann fuhr sie auf und warf den Bericht auf den Tisch.

»Ich bin doch ein dummes Mädel,« sagte sie halblaut, »ich glaube gar, ich sehne mich nach – nach – ja was denn? Nach dem Frühstück!?« Sie ergriff den Rest des Brötchens und verzehrte ihn. Dabei fiel ihr Blick auf die Schreibmappe. »Nun aber zu dir, mein Guter,« dachte sie. »Was mag ich nur da zusammengeschrieben haben!«

Sie öffnete. »So ein Haufen! – Richtig – da ist ja noch die Post! Was ist denn das? Aus Berlin? Das ist doch Frickhoffs Handschrift?«

Harda schnitt den Brief langsam mit dem Papiermesser auf und entfaltete den Bogen. Das war ein langes Schreiben. Das Herz klopfte ihr, aber sie zwang sich, ruhig zu lesen. Bis zu Ende.

Da war es also! Ein Heiratsantrag in aller Form. Es war ein liebenswürdiger, warmgehaltener, herzlicher Brief, der sie nur ehren konnte. Sie verstand die zarte Rücksicht, daß er ihr schrieb, aus der Ferne, jetzt schrieb, und ihr so Zeit gab, mit sich zu Rate zu gehen; sie verstand auch, warum er nicht länger zögern wollte, nicht zögern zu dürfen glaubte.

Lange saß sie in sich verloren und schüttelte nur manchmal leise den Kopf. Ihre Blicke wanderten zwischen den Schriftstücken auf dem Tische hin und her.

Wenn sie jetzt Ja sagte? Dann war ihr Leben entschieden. Glücklich, nach Ansicht der Welt. Ein angesehener, einflußreicher, innerlich tüchtiger und gediegener Mann, nicht unsympathisch, der sie ehrlich liebte und ihr äußerlich alles bieten konnte, was Reichtum vermag.

Warum seufzte sie doch wieder?

Dann griff sie nach dem Briefe an Geo. Sie ordnete und numerierte die Bogen ohne sie ganz zu durchlesen. Unter den Klecks, den die fortgeworfene Feder gemacht hatte, schrieb sie.

»Sei nicht böse, du Lieber, hier hat mich wieder eine Elfe überfallen, und ich habe schreckliche Dinge gehört, sie haben uns Rache geschworen. Ich war nicht imstande weiter zu schreiben, bin es auch jetzt noch nicht. Halte mich aber nicht für verdreht, ich bin ganz ruhig, ich überlege nur. Inzwischen bekam ich einen herzlichen Brief vom Kommerzienrat Frickhoff, worin er mir seine Hand anbietet. Ich schreibe im Laboratorium, ich bin allein, Werner kann erst morgen herkommen. Verzeihe die Eile, ich konnte den Brief nicht mehr durchlesen, du wirst schon das Fehlende finden. Ich muß überlegen und schreibe bald wieder. Was rätst du mir? Antworte mir recht bald. Es küßt dich von Herzen deine Harda.«

Dann setzte sie noch darunter:

Ich mußte den Brief einer unsichtbaren Idone – Elfe – aus der Hand(?) reißen, daher die fehlende Ecke. Es ist wirklich wahr. H.

Sie kuvertierte und adressierte den Brief.

Hierauf nahm sie eine kleine weiße Briefkarte und schrieb:

»Seien Sie auf der Hut vor den »Elfen«, sie wollen sich rächen. Ich hoffe Sie morgen früh zu sprechen.«

Ohne Unterschrift. Auf der Karte oben in der Ecke stand das Monogramm »H. K.« So auch auf dem Umschlag. Adresse: Herrn Dr. Eynitz, Wiesberg, Wilhelmstraße 4.

Harda packte ihre Mappe zusammen, die beiden postfertigen Briefe nahm sie in die Hand. Es war halb ein Uhr.

Jetzt ging sie den Hauptweg zurück, um die Briefe beim Portier in den Postkasten zu stecken. Ihr Schritt wurde zögernder, je näher sie dem Hause kam.

Sigi stand in der Veranda und trommelte ungeduldig mit den Fingern auf dem Geländer. Als sie Harda kommen sah, setzte sie sich an den gedeckten Tisch, faltete die Hände vor ihrem Teller und blickte Harda stumm und streng an.

»Guten Morgen, Kleine!« rief Harda, ihre Mappe auf den Nebentisch legend.

»Wir warten,« sagte Sigi, ohne ihre steife Haltung zu ändern.

»Wer »wir« auf »wen«?«

»Wir, die Familie Kern, auf unsre älteste Tochter.«

»Was ist denn los?« fragte Harda erstaunt. Jetzt erst bemerkte sie, daß nur zwei Gedecke aufgelegt waren.

»Herr Kern belieben verreist zu sein. Fräulein Blattner liegen in ihrem Zimmer, und wir gestatten unsrer Schwester Harda, sich zu setzen. Jetzt aber etwas schleunig, denn wir hungern.« Sie klingelte. »Wo hast du denn bloß den ganzen Morgen gesteckt? Wieder bei deinem Sternentau oder bloß bei deinem Sterne?« fuhr Sigi fort.

»Benimm dich, Kleine,« drohte Harda. »Ich bin jetzt Familienoberhaupt. Sag' einmal ernsthaft, was ist mit der Tante?«

»Sie hat Migräne. Ich kam aus der Stadt, da stand schon der Wagen vor der Tür und der Vater kam herunter. Er sagte nur, daß er plötzlich nach Berlin müsse, ich soll dich grüßen und dir die Depesche geben. Ich werde nicht klug daraus, denn ich kann den Aufsichtsrat und die Nordbank und den Zentralausschuß und den Pech-Abschluß oder wie es heißt, nicht auseinanderhalten.«

Harda studierte die Depesche. Sie war von Frickhoff, aber sie enthielt nur geschäftliche Auseinandersetzungen, weshalb Kerns Anwesenheit in Berlin sofort und unbedingt notwendig sei. Sie nahm das Papier an sich.

»Und die Tante?« fragte sie.

»Ich weiß weiter nichts, sie läßt vorläufig niemand hinein. Vielleicht brummt sie bloß. Ich weiß ja nicht, warum sie bei Vaters Reisen immer wütig ist, sie könnte sich doch endlich dran gewöhnt haben. Du – ja, wo warst du denn? – wir haben das Feuerwerk bestellt, großartig. Schlußtableau – aber was machst du heute für ein weinsteinsaures Gesicht? Ist dir was passiert? Ist dir 'ne unsichtbare Frucht auf die Nase gefallen?«

»Vielleicht mehr wie eine,« sagte Harda seufzend.

»Na?« rief Sigi und blickte die Schwester fragend an. »Soll ich mir dabei etwas denken?«

»Ach, dummes Zeug! Es ging mir nur allerlei durch den Kopf. Erzähl' mir noch was vom Feuerwerk.«

Sigi plauderte, aber Harda faßte nicht viel auf. Sie war in Sorgen. Einen Augenblick hatte sie wirklich überlegt, ob sie nicht Sigi in irgend einer Form vor den Idonen warnen könne. Aber sie sah keinen Weg. Den eigentlichen Sachverhalt durfte sie nicht darlegen, sie wäre auch von Sigi verhöhnt worden. Und über Frickhoffs Antrag konnte sie unmöglich sprechen – das mußte sie doch erst mit sich selbst abmachen. Es war eigentlich ganz gut, daß der Vater nicht da war, so brauchte sie nichts zu verbergen. Nach der Tante mußte sie freilich einmal sehen, davor fürchtete sie sich. Das Ganze aber stand unter der Sorge, daß die Idonen irgend etwas gegen die Menschen unternehmen könnten. Das alles bedrückte sie.

»Du schläfst ja,« sagte Sigi. »Steck wenigstens noch die Kirschen in den Mund.«

»Ja, ich bin müde. Ich bin früh aufgestanden – Mahlzeit, Kleine! Ich geh' auf mein Zimmer.«

Sie ergriff ihre Mappe und ging hinaus. In ihrem Zimmer verdunkelte sie alle Fenster aufs Tiefste, und als sie nirgends etwas Leuchtendes entdecken konnte, tastete sie sich nach dem Diwan. Ermattet sank sie in die Kissen.

Wo waren jetzt ihre Briefe? Sie folgte ihnen in Gedanken. Aber wie seltsam! Die stiegen ja aus dem Briefkasten wieder in die Höhe, in den sie selbst sie geworfen hatte! Kein Wunder, an jedem zog ein schwebendes Figürchen mit zwei Armen und hatte doch noch drei Arme übrig, um in der Luft herum zu fuchteln und ihr etwas zuzuwinken. Die Menschen hätten überhaupt keine Briefe mehr zu schreiben. Wenn sie etwas wünschten, so müßten sie sich an den Efeu wenden. Da kam auch schon der Efeu herangewachsen, er wuchs so schnell, daß ihm Harda gar nicht entgehen konnte, nun legte er sich um sie, er hielt sie fest, aber die Zweige waren wieder Elfen, nur daß sie gerade wie Frickhoff aussahen – nein, ihre Köpfe waren lauter Goldstücke mit Frickhoffs Bildnis – oder war es das von Eynitz? Wie kamen nur die Goldstücke alle in ihren Hut? Der mußte ja zerreißen! Richtig, da fielen sie schon heraus, mehr und mehr, ein ganzer Strom – aber es klang nicht wie Metall, es war ganz still – ganz still – nun sah man's auch nicht mehr – –

Harda schlummerte.

Der Überfall

Es war gut, daß Harda einen tüchtigen Nachmittagsschlaf hatte halten können; denn ihre Befürchtung, daß die Nacht wenig ruhig verlaufen würde, traf ein. Als sie hinabging, um sich nach dem Befinden der Tante zu erkundigen, fand sie diese zwar beim Kaffeetisch auf der Veranda, aber in sehr ungnädiger Stimmung. In der Depesche von Frickhoff und der plötzlichen Abreise Hermanns sah sie nichts, als ein abgekartetes Spiel, wozu ihre ganze Umgebung sich vereinige, um ihrem Schwager Zusammenkünfte mit seiner »Freundin« zu ermöglichen. Vergeblich setzte ihr Harda auseinander, warum diese Berufung der Aufsichtsräte und die Konferenzen in Berlin geschäftlich absolut nötig und dringend wären, und welche wichtigen Beschlüsse davon abhingen. Zwar wagte Minna nicht mehr, direkte Beschuldigungen gegen Harda auszusprechen, aber sie benutzte irgend eine nebensächliche wirtschaftliche Anordnung, die Harda getroffen hatte, um ihr vorzuwerfen, daß sie ihr die Leitung des Haushalts aus der Hand nehmen und ihre Stellung untergraben wolle. Und dann steigerte sich ihr Unmut zu häßlichen Bemerkungen über Hardas botanische Studien und ihren Aufenthalt im Laboratorium des Doktors, so daß Harda aufstand und ohne ein weiteres Wort die Veranda verließ.

Um sich zu zerstreuen, wollte sie zum Tennisspiel gehen, aber noch ehe sie das Haus verlassen hatte, wurde Besuch gemeldet, den sie empfangen mußte. Er blieb über Abend, auch Minna erschien wieder und erfüllte aufs Liebenswürdigste ihre Repräsentationspflichten, so daß Harda schon zu hoffen anfing, der reizbare Zustand würde vorübergehen. Aber kaum waren, nachdem der Besuch sich ziemlich früh verabschiedet hatte, Minna und Sigi zu Bett gegangen, während Harda noch mit ihren Gedanken beschäftigt angekleidet auf dem Diwan ruhte, als sie die Anzeichen eines nervösen Anfalls der Tante vernahm. So vergingen noch einige Stunden in aufregender Pflege, ehe sich Harda zur Nachtruhe zurückziehen konnte.

Wieder schloß sie Jalousien, Fenster und Vorhänge, drehte das Licht aus und spähte umher, ob sie irgendwo das Leuchten von »Elfen« entdecken könne. Es war nichts zu bemerken. Dennoch ängstigte sie sich vor der Nacht, sie wußte ja, daß die Idonen sich nicht sehen zu lassen brauchten, wenn sie nicht wollten. Aber ihre Müdigkeit war so groß, daß sie sich doch zur Ruhe legte.

Als sie in dem völlig verfinsterten Zimmer erwachte und Licht machte, um die Uhr zu befragen, erkannte sie, daß es zwar noch früh am Tage sei, aber doch schon nach Sonnenaufgang. Sie fühlte sich in dem Gedanken beruhigt, daß die Idonen, wenn sie ihr wirklich etwas antun wollten und konnten, wohl die Zeit des Schlafens dazu benutzt haben würden, und daß sie nun zunächst nichts von ihnen zu fürchten habe. Dennoch konnte sie nicht wieder einschlafen, denn die innern Fragen, die nach einer Lösung verlangten, beschäftigten sie jetzt zu lebhaft.

Was sollte sie Frickhoff antworten? Bis jetzt hatte sie diese wichtige Entschließung immer noch zurückgedrängt. Ihr Herz sprach mit keiner Entschiedenheit, aber durfte sie deswegen ohne weiteres nein sagen? Hatte nicht der Verstand so viel für ein Ja vorzubringen?

Sie wußte, daß ein Nein den Vater kränken, wenigstens ihm wehe tun würde, es mußte die ganze Stellung zu Frickhoff und damit wichtige Interessen nachteilig berühren. Zwar würde der Vater ihren freien Entschluß unter allen Umständen achten, doch hätte sie ihm gern die Freude gemacht – – Aber – hier durfte nur ihr persönlicher Wille entscheiden.

Freiheit, Freiheit! Würde sie die gewinnen, wenn sie den Antrag des Kommerzienrats annahm? Wie oft hatte sie das schon überlegt – jetzt mußte sie sich entscheiden.

Die Freiheit in ihrem Sinne würde sie nicht gewinnen. Gewiß würde ihr Leben nicht unnütz sein, aber darum brauchte sie nicht zu heiraten. Darum brauchte sie nicht das Haus zu verlassen und Sigi und ihre Studien – Nein, nein – das Gespräch mit dem Efeu kam ihr in den Sinn – war Frickhoff der andere, für den sie die Einzelseele dahingeben wollte? War das ein Blühen, wie sie es meinte? Sie achtete in Frickhoff den ältern Freund, sie schätzte ihn – aber daß ihr Gefühl nicht Liebe war, das glaubte sie jetzt zu wissen, denn – ja, warum wußte sie es jetzt? Es traten ihr die letzten Erlebnisse so deutlich in Erinnerung, die Stunden im Laboratorium – Gedanken konnte sie nicht formulieren, es war nur eine Stimmung, eine Sehnsucht, ein Wunsch – ja wenn,

wenn –! Aber diesem Gefühlsspiel wollte sie sich nicht hingeben, sich auszumalen, wie es wäre, wenn – nein, das erzeugt so schöne Träume, wilde Träume –

Harda sprang empor. Nein, sie konnte sich nicht entscheiden. Sie wollte warten, bis sie die Antwort von Geo bekommen, bis sie Werner wieder gesprochen hätte. Überhaupt, unter dem Fluche, der auf ihr lag, bedroht von der Feindschaft der geheimnisvollen Elfenmacht, wie konnte sie da sich in das Leben eines andern stellen?

Daß ihr das noch garnicht eingefallen war! Das ging ja nicht. Das war schon ein Grund, wenngleich kein angebbarer, zur Ablehnung gegenüber Frickhoff, auch gegenüber jedem andern. Jedem? Nun ja, wenn einer in der gleichen Not stand – – aber das kam nicht in Frage.

Sie öffnete die Fenster, die Jalousien. Wie herrlich lag der sonnige Sommermorgen vor ihr. Das lockende Grün von Garten und Wald leuchtete in friedlicher Ruhe. Und da schwärmten vielleicht ihre Feinde umher. Wie konnte sie das Frickhoff deutlich machen, wie konnte sie ihm beweisen, welches wundersame Geschick sie von ihm trennte? Nur einer wußte es, aber auch der mußte schweigen, wenigstens vorläufig.

Während sich Harda ankleidete, entwarf sie in Gedanken einen Absagebrief an Frickhoff – immer wieder suchte sie nach neuen Formen verbindlichen, freundschaftlichen Ausdrucks. Dann setzte sie sich hin und schrieb in eilender Hast. Ohne den Brief wieder durchzulesen warf sie ihn in ein Fach ihres Schreibtischs, das sie verschloß.

»Da liege,« sagte sie entschieden. »Wenn ich dich wieder herausnehme, werde ich ruhiger sein und besser wissen, ob ich richtig geschrieben habe. Und nun, hinaus! Was wird der Tag bringen?«

Harda wollte sofort nach dem Frühstück, wobei Tante und Schwester jedenfalls noch nicht anwesend sein würden, nach dem Laboratorium gehen. Denn die neuen Erfahrungen über die Idonen mußten Eynitz sogleich mitgeteilt werden, und das konnte nur mündlich geschehen. Erst als sie sich nach ihrem Hute umsah, fiel ihr wieder ein, daß sie ihn bei ihrer Flucht unter der Buche im Stich gelassen hatte. Sollte sie einen andern aufsetzen? Ach, sie konnte ihn ja nachher dort holen.

In aller Eile frühstückte sie und lief dann den nächsten Weg nach dem Laboratorium. Es war schon sieben Uhr, und da konnte Werner unter Umständen bereits dort sein. Wenn er nun ihre Warnung nicht ernsthaft verstanden hatte? Wenn er in einen Hinterhalt der Elfen gefallen war?

Sie atmete auf, als sie auf ihre hastige Frage vom Diener vernahm, daß der Herr Doktor noch nicht da sei. Den Schlüssel in der Hand wartete sie ein Weilchen an der Tür. Sollte sie sich allein hinaufgetrauen? Eine unbestimmte Angst hielt sie ab, das Zimmer ohne Begleitung zu betreten. Aber den Diener mochte sie nicht rufen.

Bald sah sie Eynitz vom Portierhaus her eilig herankommen. Sie ging ihm langsam entgegen. Er grüßte mit strahlendem Gesicht.

»Sie sind schon hier? Sie waren so gütig –«

»Ich muß Ihnen einiges mitteilen, ehe wir hinaufgehen,« sagte sie gleichzeitig und fühlte, wie sie errötete. »Ich habe gestern ein seltsames Abenteuer mit den Idonen gehabt –«

»Mit den Idonen? Was ist das?«

»Ja, denken Sie, so nennen sich nämlich die Elfen selbst.«

»Die Gametophyten?« Er blieb staunend stehen. »Wie kommen Sie darauf?« Sein Blick prüfte ihre Miene.

»Ich muß es Ihnen erzählen. Lassen Sie uns langsam noch einmal hier auf und ab gehen. Es droht uns Gefahr.«

Drüben im Maschinenhaus puffte der Dampf, die Treibriemen sausten, nebenan stampften die Pocher. Von der Ferne kreischten die Kreissägen. Über die Schienen schob sich rasselnd ein schwerer Lastzug. Mitten im lauten Getriebe der hastenden, schaffenden Arbeit berichtete Harda klopfenden Herzens ein Erlebnis, das ebenso gewiß und wirklich war wie dieses greifbare Menschenwerk, und doch so fremdartig, daß es jeder Unvorbereitete für eine Märchenphantasie halten mußte. Ein Erlebnis aus einem andern Reiche des Bewußtseins. Von der lebendig fühlenden Natur, von der sprechenden Pflanze, von deren Konflikt mit dem forschenden Menschengeiste kündigten sich hier Tatsachen an, die von der gleichen gesetzlichen Notwendigkeit waren wie diese technischen Umwandlungen der Energien, nur daß sie zum ersten Male mit Menschenhirnen in wirksame Berührung kamen.

Harda berichtete über ihre Erlebnisse unter der Buche und ihr Gespräch mit dem Efeu. Den Inhalt davon deutete sie freilich nur an. Im ganzen wurden Beobachtungen dadurch bestätigt, die Eynitz nicht neu waren. Aber die fremden sprachlichen Ausdrücke wie »Idonen« und »Bio«, die hier eingeführt wurden, erregten seine Aufmerksamkeit höchlichst. Für diese Vorstellungen besaß Harda doch schon in »Elfen« und »Sternentau« ausreichende Bezeichnungen. Wie waren diese neuen Worte zu erklären?

»Wenn ich es mir näher überlege,« sagte Eynitz auf Hardas Frage, »so war eigentlich derartiges zu erwarten. Nehmen wir einmal an, nur um uns ein deutlicheres Bild von dem Vorgange zu machen, die Sprache der Pflanzen bestände etwa in feinsten Druckänderungen in den Geweben, so werden diese bei der Übertragung auf das Menschenhirn in bestimmte Innervationen des akustischen Zentrums umgesetzt, die Ihnen als bestimmte Laute, Worte, zum Bewußtsein kommen. Wenn es sich nun um individuelle Vorstellungen des Pflanzenbewußtseins handelt, um Eigennamen wie »Idonen« und »Bio«, so steht für diese im vorhandenen menschlichen Sprachschatze kein geläufiger Ausdruck zur Verfügung. Sie haben ja Namen dafür selbst erst individuell ersonnen. Da werden also die uns unbekannten Formen der Pflanzenmitteilung durch irgend welche eigentümlichen akustischen Bilder in uns ersetzt werden, die Sie als die Klänge »Idonen« und »Bio« vernommen haben. Ich muß gestehen, daß mir gerade diese Abweichung von Ihrem Wortgebrauch als sicherstes Zeichen erscheint, daß es sich hier um eine selbständige, objektive Manifestation des Pflanzenbewußtseins handelt.«

»Und die andern Stimmen, die auf einmal hineintönten?«

»Das kann ich auch nur so erklären, daß hier herankommende Elfen das Gespräch unterbrachen und deren Äußerungen Ihnen noch übermittelt wurden. Ich zweifle nicht, daß Sie da Bruchstücke des Berichts vernommen haben, den die aus dem Laboratorium zurückkehrenden Elfen erstatteten, und Drohungen der überraschten anderen. Und – Fräulein Harda – die Sache will bedacht werden. Jedenfalls war es sehr recht, ich danke Ihnen herzlich, daß Sie mich hier erwartet haben. Bleiben Sie jetzt hier, bis ich mich von der Lage oben überzeugt habe.«

»Auf keinen Fall,« rief Harda bestimmt. »Es muß jemand dabei sein –«

Eynitz begann zu lachen. »Ich hoffe, wir sehen Gespenster! Wahrscheinlich ist alles unverändert. Also kommen Sie nur mit. Aber Sie müssen mir erlauben voranzugehen. Und wenn Sie sehen, daß ich etwa plötzlich verschwinde, so schellen Sie, bitte, falls Sie noch Zeit haben.«

Sie stiegen die Treppe hinauf und Eynitz schloß die Tür auf. Er blieb in der geöffneten Tür stehen. Harda wollte an ihm vorüber. Da die Läden geschlossen waren, empfing das Zimmer nur durch die offenstehende Tür Licht.

Eynitz hielt Harda an der Hand zurück und zog die Tür hinter sich ins Schloß.

»Es riecht nach Alkohol,« bemerkte Harda.

»Wir müssen zunächst im Dunkeln prüfen, ob Elfen da sind,« sagte er. Sie standen Hand in Hand. Harda fühlte alle Angst vor den Idonen schwinden.

»Ich sehe nichts,« sagte sie. Und ihre Hand ihm mit leisem Druck entziehend, tastete sie nach dem Einschalter. Das Licht flammte auf. Sie lief gleich nach den Fenstern, um die Läden zu öffnen. Als sie sich umdrehte, sah sie, wie Eynitz vor dem Kasten III kniete, der die gefangene Idone enthielt. Sie erschrak, in dem Glauben, er sei vielleicht gestürzt, aber schon hörte sie seine Stimme:

»Sie ist fort! Sehen Sie nur. Eine runde Öffnung, wie herausgesägt aus dem Drahtgitter!«

»Und hier, was ist das?« rief Harda. »Glasscherben!«

»Das Gefäß mit Alkohol, das die tote Elfe enthielt, liegt zerschlagen am Boden.«

Sie sahen sich jetzt weiter im Zimmer um.

Es bot ein Bild der Verwüstung.

Sämtliche Kästen waren erbrochen. Bei einigen waren Stücke aus den Drahtgeflechten entfernt, bei anderen runde Ausschnitte aus den Glasscheiben wie mit dem Diamanten herausgeschnitten.

Das Netz, worin die eine Idone gefangen war, lag zerrissen am Boden. Auch alle andern Netze waren zerstört und entfernt. Ob sich vorher Idonen darin gefangen hatten, war nicht festzustellen. Sämtliche Sporenbecher der vorhandenen Sternentaupflanzen zeigten sich abgeschnitten, auch die Stellen, an denen noch Ansätze dazu keimten, waren verletzt, die Pflanzen selbst jedoch verschont.

Das gesamte Material, das Eynitz in mühevoller Arbeit gesammelt hatte, war verloren. Selbst die Photographieen und Zeichnungen schienen unbrauchbar gemacht, soweit sie sich nicht in dem verschlossenen Schranke befanden. Diesen, die photographischen Apparate und die Mikroskope hatten die Idonen nicht beschädigt.

Mit finsterm Blick starrte Eynitz auf die zerstörte Arbeit. Was nun? war seine erste Sorge. War alles verloren? Würde es unmöglich sein, die Studien fortzusetzen? Würden sich die Idonen dauernd den Menschen entziehen oder gar feindlich gegen sie vorgehen? Die Fähigkeit dazu schienen sie ja zu besitzen. Aber auch dann mußte sich das Problem angreifen lassen. Nur freilich, es war nicht ohne Gefahr.

Und eines – eines war nun vorüber! Die goldnen Stunden an ihrer Seite, dieser beglückende Verkehr mit Harda – nein, sie durfte nicht hier weilen, wo unsichtbare Gewalten tätig waren. Und sie sollte er verlieren? Alles andere schrumpfte auf einmal für ihn zum Unwesentlichen zusammen. Er sah nur Harda. Sorge um ihr Ergehen und die Qual, sie entbehren zu müssen, zerrissen ihm die Seele.

Harda hatte sich an den Tisch gesetzt und stützte die Stirn in die Hände. In ihren Augen fühlte sie Tränen. Sie zog ihr Tuch und tupfte die Lider ab. Dann erhob sie sich. Eynitz trat an sie heran.

»Die Rache der Idonen,« sagte er leise. »Ich trage die Schuld, und doch bin ich nicht schuldig. Wir konnten nicht anders handeln. Aber Ihnen gegenüber bin ich verantwortlich. Ich habe Ihnen Ihre Freude geraubt, den Sternentau. Verzeihen Sie mir. Ich gebe den Kampf nicht auf. Ich will alles tun, Ihnen Ersatz zu schaffen. Noch weiß ich nicht – aber –«

Er stockte und begann wieder mit sich bezwingender Erregung. »Auf Fehlschläge muß man gefaßt sein. Es ist mir ja nur um Ihretwillen. Sie dürfen sich nicht der Gefahr aussetzen. Ach, und das hängt ja alles aufs Engste zusammen mit – mit dem, was Sie – mir geworden sind, was ich nicht entbehren kann – Harda –«

Er faßte ihre Hand und zog sie an seine Lippen.

Harda blickte ihn treuherzig an.

Sie wollte etwas sagen, aber ehe sie das Wort fand, fühlte sie sich an ihn herangezogen. Auf einmal hielten sich beide umschlungen und ihre Lippen konnten nicht sprechen. Eine ganze Weile.

Dann klang es selig: »Harda, meine Harda! Ist es denn möglich?«

Ihre angstvolle Spannung löste sich in einem übermütigen Glücksgefühl.

»Möglich? Möglich? Was wirklich ist, muß wohl möglich sein! Ja, ja!« rief sie. »Aber es ist gefährlich hier.«

»Wir bleiben zusammen.«

Sie lag wieder in seinen Armen.

Plötzlich riß sie sich los und eilte nach einem der Stühle an der Wand, wo sie sich niederließ.

»Bleib dort, bleib!« rief sie ihm zu. »Wenn jetzt Idonen hier sind, sie sehen ja alles!«

»Das ist nun ganz gleichgültig,« sagte er lachend. »Denke mal, wenn sie's ausplaudern wollen, da müßten sie's doch gegen andere tun als wir, das gäbe einen schönen Beweis für ihre Existenz.«

Er setzte sich neben sie und faßte ihre Hand.

»Ach,« sagte sie, »so was wird auch ohne Idonen geschwatzt. Aber es ist ja nun egal. Jetzt wollen wir erst mal aufräumen.«

Sie machten sich an die Arbeit, die freilich manchmal unterbrochen wurde. Aber sie sprachen auch sehr verständig dabei.

»Was müssen das für seltsame Wesen sein, die das Metall und das Glas so ohne Werkzeuge durchschneiden können,« sagte Harda, die Glasdeckel eines Kastens betrachtend.

»Ohne Werkzeuge werden sie nicht sein, sie müssen sich etwas derartiges angefertigt haben, sonst hätten sie die Idone in Nummer drei schon früher befreien können. Ich denke nur, ihre Technik wird nicht wie unsre hauptsächlich eine mechanische, sondern mehr eine chemische sein, durch Säuren und Ätzungen wirkend, wie das ja auch ihrem organischen Zusammenhange mit den Pflanzen entspricht. Ihre Mittel sind andre als die unsren, aber nicht schwächere. Und das ist eben meine Sorge. Sie sind gefährlich. Darum wollte ich dich von hier fort haben. Ich – ich hab's nur nicht zustande gebracht.«

»Ich habe keine Angst mehr. Da sie Intelligenzwesen sind, werden sie wohl noch auf irgend eine Weise mit sich reden lassen.«

»Aber das geht nicht! Laß dir ja nicht einfallen, dich noch einmal von einem Idonen besuchen zu lassen. Man kann nicht wissen, was er dir antut.«

»Dazu habe ich auch gar keine Lust.«

»Vorsichtig müssen wir allerdings sein,« begann Werner wieder. »Zunächst müssen wir zu ergründen suchen, was diese ganze Form des Angriffs bedeutet. Daß sie ihre Gefangenen befreien, ist natürlich. Daß sie auch die Toten wegschaffen, könnte auf Pietätsgründen beruhen, die wir bei Intelligenzwesen annehmen müssen. Warum aber zerstören sie ihre eignen Keime, die Sporenbecher von allen Pflanzen, nicht aber die Pflanzen selbst?«

»Wahrscheinlich wollen sie uns auch alles Untersuchungsmaterial entziehen,« meinte Harda. »Die Photographieen, die Zeichnungen – Woher sie das nur wissen? Und wo sie das hingeschleppt haben mögen? Ach, es ist ein Jammer! Die paar Sachen im Schranke sind älteren Datums und nicht viel wert. Wir haben fast nichts mehr!« Sie seufzte.

Werner legte den Arm um sie. »Ich habe noch was, und für alle Idonen tausche ich's nicht ein, was ich gefangen habe.«

»Das hab' ich freilich auch,« sagte sie glücklich. »Und weißt du,« fuhr sie schelmisch fort, »von diesem ganzen Unglück wollen wir einmal vorläufig gar nichts sagen.«

»Daß uns die Idonen durchgegangen sind? Nun ja, da noch niemand etwas davon weiß, daß wir sie gehabt haben, so können wir natürlich zunächst abwarten, was nun wird. Es gibt ja noch Sternentau im Walde und sonst wo. Aber Emmeyer hat doch die Bilder gesehen.«

»Was weiß denn Emmeyer? Die Photographien konnte er sich nicht deuten, die haben nur wir verstanden. Und die merkwürdigen Früchte, an die er denkt, nun, die haben sich eben zersetzt. Weg sind sie! Mag er die chemischen Konsequenzen ziehen.«

»So einfach wird das wohl nicht gehen,« sagte Werner. »Das bedarf noch weiterer Überlegung. Wir können uns Zeit nehmen, der Bericht kann nun doch nicht abgehen – vorläufig. Aber abgesehen von der Idonenfrage – das andre, was wir noch entdeckt haben –«

Er zog sie an sich. »Was wird dein Vater sagen?«

Sie barg das Gesicht an seiner Schulter und wurde sehr ernst.

»Lieber,« sagte sie, »daran laß uns jetzt nicht denken. Zunächst ist er noch verreist.«

»Aber er kommt bald wieder, und dann geht es nicht anders; ich will doch bei euch verkehren, ich will dich doch haben, du holdseliges –«

»Jetzt noch nicht, noch nicht! Ich bitte dich – ich müßte dir Dinge sagen, die ich noch nicht sagen kann – Sieh nicht so finster aus, ich habe dich ja so lieb! Vertraue mir! Ich weiß noch nicht, wenn es möglich sein wird, aber ich werde dir's sagen, sobald der Vater davon wissen darf. Es ist da eine Sache, von der ich auch zu dir noch nicht sprechen kann, weil's andere angeht.«

»Das ist eine furchtbar schwere Frage! Ich sehe gern klar. Ich kann doch hier in dieser Vertrauensstellung nicht deinem Vater, deiner Familie gegenüberstehen, mit dem Bewußtsein, daß – daß –«

»Daß ich dich lieb habe oder du mich? Nun, da kann ich's ja zurücknehmen – ja? Oder ich kann morgen verreisen. Ich gehe auf die Universität.«

»Nein, nein – das kann ich jetzt nicht ertragen!«

»Nun, dann ertrage das andere!«

»Ach, es ist ja so unaussprechlich herrlich, du Glück! Aber die Klarheit –«

Harda fiel ihm um den Hals. »Muß denn alles klar sein?« fragte sie, ihn küssend.

»Ich weiß nicht,« sagte er unter Liebkosungen. »Aber –«

»Aber – das heißt: Adieu Herr Doktor –«

»Aber ich meine ja nur, wenn nun ein andrer um dich anhält – zum Beispiel –«

»Wird abgewiesen –«

»Aber der Kommerzienrat –«

»Ist schon!«

»Harda!«

»Ja, ja, ja!«

Geo

Es war schon recht spät am Vormittag, als die Liebenden vor der Tür des Laboratoriums sehr höflich von einander Abschied nahmen.

Harda ging nach der Villa; sie trat nur schnell ins Haus, in der Hoffnung, daß die zweite Post einen Brief von Geo gebracht haben könnte. Er mußte ihr Schreiben gestern gegen Abend erhalten haben. Wenn seine Antwort mit dem Frühzug um 6 Uhr von Geos Wohnort abgegangen war, so kam sie hier um halb zehn Uhr an und wurde mit der zweiten Post ausgetragen.

Es war nichts da.

Dann fragte sie nach der Tante. Die fühlte sich wohler und war eben mit Sigi nach der Stadt gefahren.

Harda wollte sich eine Arbeit vornehmen. Aber das ging absolut nicht. Doch eins mußte sie – sofort an Geo schreiben! Sie suchte den Federhalter – Ach, der lag ja auch oben an der Buche. Und der Hut – richtig – den wollte sie doch zuerst holen.

Freilich – durfte sie sich an den gefährlichen Ort wagen?

Ei, wenn die Idonen ihr schaden wollten, so brauchtes sie doch wirklich nicht zu warten, bis sie ihnen an der Buche in ihre Gewalt liefe. Und sie wollte sich ja auch dort nicht aufhalten. Nur die Sachen holen und dann zurück!

Übrigens, wie wäre es denn mit einem Messer? Wenn sich so ein Ding von Elfe aufs Haupt setzte, da müßte man doch einfach damit über den Kopf fahren und es zerschneiden können? Sie hatte ein kleines scharfes Dolchmesser in einer Scheide, ein Geschenk von Geo; eigentlich war's als Papiermesser gedacht. Das holte sie sich. Sie fühlte sich dadurch außerordentlich gesichert. Und nun konnte ihr auch Werner nicht vorwerfen, daß sie unvorsichtig gewesen wäre.

Es zog sie nach ihrem Lieblingsplatze. Zu schade, daß sich die Idonen so schlecht benommen hatten! Wie gern hätte sie dem Efeu von ihrem Glücke erzählt. Ja, blühen!

Beim Gehen selbst beeilte sie sich nicht sehr. Das Herz war ihr so voll, durch den Kopf zogen ihr so viele Gedanken, frohe und schwere. Wie sollte das nun zu Hause werden? Von den Verhältnissen in der Familie zu Werner zu sprechen, schien ihr jetzt noch nicht möglich. Und was würden Frickhoff sagen und der Vater, wenn sie nun die Absage schickte? Und Geo? Hätte sie nicht seinen Rat abwarten müssen? Aber heute früh, das war doch so überraschend gekommen; es war ganz unmöglich gewesen, ihm zu schreiben zwischen Werners Erklärung und ihrer Antwort. So meinte es ja Geo auch nicht. Wie das eigentlich alles zugegangen? Das wäre doch komisch gewesen, wenn sie da – –

So in Gedanken, mit einem leichten, glücklichen Lächeln auf dem Antlitz trat sie auf das Plateau und näherte sich der Bank.

Da erhob sich langsam die stattliche Gestalt eines alten Herrn.

Einen Moment stutzte Harda. Dann stürmte sie mit einem Aufschrei auf ihn zu.

»Geo!«

Er fing sie in seinen Armen auf. Sie hing an seinem Halse und küßte ihn.

»Du, du!« schluchzte sie.

»Du geliebtes Kind,« sagte er zärtlich. »So sieht das Glück aus.«

»Du bist ja da!«

Er führte sie zu der Bank und ließ sich neben ihr nieder.

Sie lehnte den Kopf an seine Schulter. Er streichelte ihr Haar und Wange.

Sie umfaßte noch einmal seinen Hals und küßte ihn auf den Mund.

»Sei glücklich, mein Liebstes. Ich weiß alles,« sprach Geo sanft.

Sie sah ihn fragend an.

»Alles?« sagte sie errötend.

»Ja, du Gutes. Alles aus deinem Briefe, du hast ja nur von ihm gesprochen. Und das Letzte sagten mir deine Küsse. Die galten nicht mehr mir.«

Harda barg ihr Gesicht an seiner Brust.

»Du weißt alles.« Sie weinte selige Tränen.

»Ich hab' dich aber so lieb – wie immer –« sagte sie leise.

»Das weiß ich ja, und ich dich auch. Und ich segne dich und erflehe dir alles Menschenheil.«

»Heute früh,« begann sie wieder, »es kam so plötzlich. Die bösen Idonen, die Elfen sind daran schuld. Sie haben unser ganzes Laboratorium zerstört.«

»Wie? Und Werner?«

»Woher weißt du –?«

»Nun im Anfang des Briefes war es ja noch Herr Doktor Eynitz; aber zuletzt hieß es nur noch »Werner« und »wir beide«. Du weißt wohl nicht, daß du dein ganzes liebes Herzel ausgeschüttet hast? Aber du mußt mir noch viel erzählen. Diese Elfen – sie haben euch Schaden getan? Was heißt das? Doch das kommt alles.«

»Und du bist nicht unzufrieden mit mir?«

»Du bist ganz du selbst, wie ich dich kenne, meine Harda. So hast du gehandelt, dir selbst getreu. Und du weißt, das ist das Höchste, was der Mensch kann.«

»Aber ich sorge mich wegen des Vaters. Es wird ihm nicht recht sein. Ich weiß, er wünschte, daß ich Frickhoff – und das wird doch nun nicht gehen –«

»Nein, das wird wohl nun nicht gehen,« sagte Geo lächelnd.

»Der Absagebrief an Frickhoff lag schon in meinem Schreibtisch, ehe ich mit Werner sprach. Ich wollte ihn nur nicht abschicken, ehe ich deine Antwort hatte.«

»Die Rückkehr des Vaters willst du nicht abwarten?«

»Das hat keinen Zweck, denn mein Entschluß ist gefaßt.«

»So schicke den Brief jetzt ab, aber lies ihn vorher noch einmal durch. Und gesteh' einmal, Herzel, was ist denn nun heute früh geschehen? Diese Elfen – daß sie nicht bloß in deiner Einbildung existieren, habe ich freilich aus deinem Berichte ersehen – aber sie haben wirklich einen Angriff auf euch unternommen?«

»Nicht auf uns persönlich, aber auf unsere Präparate, unsere Photographieen; ihre gefangenen Kameraden haben sie befreit und alle Sternentaukapseln abgeschnitten. Komm nur hinüber ins Laboratorium, da kann ich dir alles besser erklären, da kannst du auch Werners Bericht lesen, der nun nicht abgeschickt werden kann.«

»Du wirst wohl jetzt im Laboratorium keine Gesellschaft brauchen können.«

Harda sah ihn hilflos an.

»Habe keine Sorge, ich werde es schon so einrichten, daß ich nicht störe, und ich bin diskret.«

Sie dachte nach.

»Weißt du,« sagte sie, »du kommst doch jetzt mit mir zu uns zu Tisch?«

»Ich hatte die Absicht, denn meine gute Frau Lohmann war trotz meiner Depesche durch meine Ankunft etwas überrascht.«

»Das ist herrlich! Wie bin ich froh! Ich habe mich gefürchtet, nach Hause zu gehen, ich hätte mich ja so verstellen müssen. Aber wenn du plötzlich mitkommst, da sind sie alle wie toll, und es wundert sich niemand, daß ich aus dem Häusel bin.«

Geo nickte lächelnd. »Du geliebtes Kind!« sagte er.

»Aber gleich nach Tisch, da führe ich dich hinüber. Da sind wir ganz ungestört, vor fünf Uhr kommt niemand hin.«

»Wer kommt denn dann?« fragte er neckend.

Sie warf sich an seine Brust. »Komm, komm!« rief sie eifrig. »Es ist Zeit. Ich habe noch so vieles zu erzählen. Aber zu Hause ja nichts verraten!«

»Ich weiß Bescheid, kleine Intrigantin.«

Sie sah ihn erschreckt an. »Tu ich Unrecht?« fragte sie ängstlich.

»Nein, Liebling. Es ist vorläufig nicht anders möglich. Erst müssen wir einmal sehen, wie es eigentlich mit euerm Schicksal, diesen unsichtbaren Feinden steht. Nachher wollen wir das Äußere überlegen.«

Er griff nach seinem großen breitrandigen Filzhut, den er auf den Tisch gelegt hatte.

Das erinnerte Harda an den eigentlichen Zweck ihres Herkommens. Sie sah sich nach ihrem Hute um, ohne ihn erblicken zu können.

»Hast du nicht meinen Hut hier gesehen, als du herkamst?« fragte sie Geo. »Ich habe ihn gestern hier liegen lassen, als ich Reißaus vor den Idonen nahm. So nennen sich nämlich die Elfen. Auch mein Federhalter – der liegt ja unter der Bank – aber der Hut?«

»Ich habe nichts gesehen. Es wird ihn jemand mitgenommen haben.«

»Ach, wer kommt denn hier her! Um den Hut ist's eigentlich noch schade. Vielleicht haben ihn die Idonen ihrer Rache geopfert.«

»Nun erzähle einmal Näheres, während wir gehen. Aber zuvor möchte ich mir jetzt den berühmten Sternentau wieder mal betrachten. Ich habe es doch auch für Blüten gehalten, was ihr als Sporangien erkannt habt.«

»Komm nur! Gleich hier unter dem Efeu. Hier waren gestern –« Sie kniete nieder und bog die Blätter beiseite. »Wo sind sie denn? Da ist etwas abgeschnitten!« Sie suchte an andern Stellen.

»Es ist nichts mehr da – nirgends!« Wieder kniete sie nieder und prüfte genauer. »Man sieht die Stellen, wo die Kapseln gesessen haben. Gerade wie im Laboratorium! Das sind die abscheulichen Idonen gewesen. Sie haben auch hier alle ihre eignen Sprossen an der Mutterpflanze vertilgt.«

Auf einmal sprang sie empor. »Da hinten, da ist noch ein blauer Stern –« rief sie – »aber er bewegt sich –«

Harda griff in den Gürtel und riß ihr Dolchmesser heraus.

»Da muß ein Idone dabei sein, den will ich –«

Sie wollte mit dem Messer nach der Stelle hinspringen. Geo fiel ihr in den Arm.

»Was tust du? Was wolltest du mit dem Dolche? Sprich! Es ist ja nichts zu sehen!«

»Das ist es eben! Ich steche blindlings hin!«

»Nein, nein,« sagte er beruhigend. »Sei vernünftig. Kind. Laß uns lieber beobachten.«

Er hielt sie zurück und nahm ihr sanft das Messer aus der Hand.

»Ich sehe jetzt ganz deutlich die blaue Blume. Sie neigt sich zur Seite.«

»Sie fliegt fort!« rief Harda.

»Wahrhaftig! Sie hebt sich, entfernt sich, als wenn sie jemand trüge.«

»Das tut ein Idone. Soll ich nicht – ich kann noch hin –«

»Nein, nein, Gutes! Es ist mir lieb, daß ich das sehe. Ich habe keinen Zweifel mehr an der Intelligenz dieser Idonen. – Sieh, Harda, wenn du das Wesen jetzt verwundetest, was hättest du davon? Wahrscheinlich würde es dich verletzen. Diese Ablösung der Blume muß durch eine scherenartig wirkende Kraft geschehen sein, die sich wahrscheinlich gegen dich wenden würde. Und mit welchem Recht willst du dem Wesen die Verfügung über sein Geschlecht bestreiten? Wer so planmäßig verfährt, wird seine Gründe haben.«

»Sie wollen uns unsrer Untersuchungsobjekte berauben.«

»Vielleicht wollen sie auch etwas anderes. Ich kann mir denken, sie wollen dieses zukünftige Individuum vor den Qualen schützen, die ihm bevorstehen, wenn es in die Hände der Menschen gelangt. Laß uns nicht in den alten Fehler verfallen, ethische Gebote nur auf Menschen anzuwenden, weil wir nur in ihnen unsergleichen sehen. Die Natur ist freilich eine Einheit unter eigenem Gesetz, das ethische Gesichtspunkte nicht kennt; aber wo sie in das Reich unsres Bewußtseins hineinreicht, wie es hier offenbar der Fall ist, da wird sie unsergleichen, da nimmt sie auch an der großen Forderung teil, als ein sich selbst bestimmendes Wesen geachtet zu werden. Laß uns gerecht sein, so werden wir diese Elfen verstehen lernen. Und nun komm und ängstige dich nicht. Ich habe das Vertrauen, daß wir uns mit deinen Elfen noch irgendwie im Guten abfinden werden.«

»Ach, möchtest du recht haben! Ich habe das ja auch geglaubt und gehofft, bis ich die Drohrufe vernahm. Und der Angriff hat sie bestätigt. Was soll nun aus unsern Forschungen werden? Sie werden überall den Sternentau vernichten, wo er steht.«

»Doch nicht die Stammpflanzen selbst, nur diese neue Generation von Elfen. Und das müssen wir eben zu erforschen suchen, was sie mit diesem Beginnen im Sinne haben.«

»Und dabei willst du uns helfen?«

»Ja, Liebling. Ich will prüfen, sofern ich dazu im stande bin. Denn mir scheint, hier liegt etwas Neues, ganz Großes vor, das noch nie auf Erden erschienen ist. Noch kann ich es nicht genau sagen, aber ich könnte mir denken, daß hier eine Kultur uns entgegentritt, nicht geringer als die menschliche, aber von ganz andrer Form, wie hierher verschlagen von einem andern Sterne, wo andere organische Wesen ihren Aufstieg zur Höhe des Bewußtseins auf anderm Wege gefunden haben. Versuchen wir einmal, von ihnen zu lernen.«

»Wenn es möglich ist. Mit unsrer Naturforschung am Sternentau wird es wohl bald zu Ende sein. Ja, von einem andern Sterne stammt die Pflanze, das meint auch Werner. Ach, wie glücklich bin ich, daß du gekommen bist, Geo! Nun bin ich ruhig, ich hab' keine Angst mehr. Und zu Werner wirst du auch gut sein?«

»Solange er zu dir gut ist. Das weißt du doch?«

»Dann ist alles gut!«

Sie stiegen die Stufen hinab.

Bedauernswerte Erde!

Die Stammkolonie der Idonen in der Nähe ihres Mutterbaumes Bio hatte mit Hilfe der Pflanzen leicht in Erfahrung gebracht, wo Menschen nicht hinzukommen pflegen. Ein solcher Platz war der Gipfel des Felsens, den die Menschen das Riesengrab nannten. Hier, zum Teil noch unter den Wipfelzweigen der Buche, hatten sie ihre schwebenden Wohnungen verankert. Diese waren freilich nicht so anmutig und bequem wie die Bauten auf dem Neptunsmond, denn die Hilfsmittel, die sie auf der Erde fanden, entsprachen wenig ihren Bedürfnissen, und außerdem fehlte ihnen das Beispiel und die Erfahrung ihrer Vorfahren und Volksgenossen. Doch genügten sie, um sie gegen die Witterung zu schützen, und darauf Luftreisen auszuführen. Auch verschmähten sie es nicht, Produkte der Menschenhand zu ihren Zwecken zu benützen, wo sie solche geeignet fanden.

Während die Expedition unter Elsu und Gret, die sich ein eigenes, schnelles Luftfahrzeug hergestellt hatten, vorsichtig und den Menschen unerkennbar sich in den großen Ansammlungsstätten der Erdbewohner umtat und von ihrer Fähigkeit Gebrauch machte, die Vorstellungen der Menschen durch direkte Übertragung von Gehirn auf Gehirn in sich aufzunehmen und zu verstehen, hatte die Stammkolonie die Aufgabe, die neu entstehenden Idonen zu sammeln und das Treiben derjenigen Menschen zu beobachten, denen Kunde von der Existenz der Idonen geworden war. Hier war Ildu, die älteste der irdischen Idonen, die Leiterin.

Es war den Idonen nicht entgangen, daß Eynitz und Harda durch die Einrichtung des Laboratoriums und die Absperrung von Bio-Pflanzen bezweckten, Idonen in ihre Gewalt zu bringen, wenn sie auch die genauere Bedeutung der einzelnen Maßnahmen vorläufig nicht verstanden. Die erste in der Gefangenschaft entwickelte Idone hatte sich dort den Namen Stefu gegeben. Sie war es, die von Eynitz photographiert worden war, zugleich mit Lis, der sie zu befreien suchte. Dieser Idone war es auch, der durch suggerierende Einwirkung auf Harda sie zur Öffnung des Gefängnisses bestimmen wollte und dann Eynitz' Hand verbrannte. Das war nur in der Not der Selbstverteidigung geschehen. Denn die Idonen hegten nicht im Geringsten eine feindliche Gesinnung gegen die Menschen. Diese bedeuteten für sie lediglich Gegenstände des wissenschaftlichen Interesses. Sie wollten an ihnen und an ihrem Denken und Tun die Zustände auf diesem ihnen unbekannten Planeten studieren, und viel zu groß war ihre Achtung vor allem Lebendigen, als daß sie irgend einem organischen Wesen absichtlich ein Leid angetan hätten. Zugleich aber wollten sie zu ihrer eigenen Sicherheit vermeiden, sich den Menschen zu offenbaren. Deswegen scheuten sie sich, zur Befreiung der Gefangenen Mittel anzuwenden, die den Menschen ihre Tätigkeit verraten hätten. Irgend welche entscheidende Entschlüsse über ihr Verhalten gegenüber den Erdbewohnern sollten erst gefaßt werden, wenn die Erforschungs-Expedition zurückgekehrt sein würde.

Das hatte sich nun geändert, als die Idonen von Eynitz' Eingriffen in das Leben der ihrigen Kunde erhielten. Es war dies an dem Morgen, an welchem Harda unter der Buche schrieb. Auf Ebahs Bitten hatte eine Idone, sie hieß Adu, sich auf Hardas Kopf gesetzt, um ihre Unterhaltung mit dem Efeu zu ermöglichen. Dieses Gespräch wurde plötzlich unterbrochen, indem Lis und andere Idonen vom Laboratorium herbeistürzten, wo sie die am Tage vorher von Eynitz vollzogenen Handlungen entdeckt hatten. Derartige Angriffe auf ihre Genossen und ihre Stammpflanze mußten sie aufs Äußerste empören und verletzten zugleich ihre heiligsten Gefühle.

Während Harda nach ihrer Flucht von der Buche im Laboratorium den Brief Frickhoffs las, versammelte Ildu alle Idonen der Stammkolonie über dem Riesengrab zu einer wichtigen Beratung.

In einer Beziehung waren alle sogleich einig, nämlich darin, daß derartige feindliche Handlungen der Menschen für die Zukunft unbedingt verhindert werden müßten, indem man weder Idonen noch Bio-Pflanzen länger in ihrer Gewalt ließe. Man beschloß, zunächst die Gefangenen zu befreien und durch Zerstörung der Apparate die Menschen der Macht zu berauben, sich neuer Gefangener zu bemächtigen. Da man aber nicht sicher wußte, inwieweit sich die Fähigkeit der Menschen erstreckte, doch noch inbezug auf die zurückbleibenden Pflanzen neue Maßregeln zu treffen, um später hervorkommenden Idonen Gewalt anzutun, so entschloß man sich, die weitere Entwicklung dieser Individuen unmöglich zu machen. Denn nach der Anschauung der Idonen war es ein Recht und eine Pflicht der Vernunft, die Ausbildung individuellen Bewußtseins zu verhindern, das nur zum Leide geboren sein würde. Damit war auch zugleich der Gefahr vorgebeugt, daß die Menschen ihre Forschungen fortsetzten.

Freilich blieb es nicht zu vermeiden, daß die Erdbewohner nunmehr von der Macht und den Fähigkeiten der Idonen Kunde erhielten, wenn sie die Zerstörungen sahen, die planmäßig durch die Anwendung ihrer ätzenden Säfte, ihrer kneifenden und würgenden Bewegungsapparate hervorgerufen werden konnten. Aber man sagte sich, daß es kein Schade wäre, wenn sie auch von den Machtmitteln der Idonen unterrichtet würden, deren leibhaftige Existenz sie nun doch einmal entdeckt hatten. Bei einigen der Idonen jedoch, die persönlich unter der Handlungsweise der Menschen gelitten hatten, bildete sich die Ansicht, daß man in der Bekämpfung der Menschen weitergehen solle. Wesen, die sich der Verletzung des Lebensrechtes anderer mit Bewußtsein schuldig machten, verdienten überhaupt keine Schonung. Die Idonen besäßen durchaus die Macht, sämtliche Menschen zu vernichten, denn da sie sich ihnen unsichtbar nähern könnten, so genüge eine einzige kleine Verletzung mit einem giftigen Stachel, oder eine elektrische Entladung, um den einzelnen zu töten. So könne man ohne Schwierigkeit in wenigen Tagen das Land entvölkern.

Es war namentlich Lis, der diese radikale Ansicht vertrat, empört durch die Leiden der gefangenen Stefu, deren Zeuge er gewesen war.

Stefu selbst aber trat für die Menschen ein, die sie genau hatte beobachten können. Ihr Verhalten wiese darauf hin, daß sie keineswegs bloß aus Lust an Schädigung die Idonen angegriffen hätten, sondern daß für die Gesamtheit der Erdbewohner wichtige Interessen dabei im Spiele gewesen wären, die vorläufig den Idonen noch unbekannt seien. Darauf betonte Ildu, daß über keine Frage, die eine Maßregel momentaner Abwehr überschreite, eine Entscheidung getroffen werden könne, bis die Expedition zurückgekehrt wäre. Denn genau genommen kenne man jetzt ja nur die beiden einzigen Menschen, die von den Pflanzen als Harda und ihr Freund Werner bezeichnet würden, und man wisse gar nicht, wie weit das Reich der Menschen sich erstrecke und welche höheren Rechte ihnen vielleicht durch den Zustand ihres Geistes vom Planeten gegeben seien. Dies eben würden Elsu und Gret erforschen, und erst danach könne sich die Entscheidung richten.

Somit wurde nur beschlossen, die Zerstörung des Laboratoriums noch an demselben Abend zu vollziehen.

In der darauffolgenden Nacht kehrte die Forschungsexpedition zurück, und gleich am Morgen, während im Laboratorium Harda und Werner ihr Leid und ihr Glück fanden, wurde der Bericht an die Versammlung der Idonen erstattet.

Gret und Elsu mit ihren Begleitern hatten zunächst, immer nahe der Oberfläche sich haltend, weite Fahrten gemacht, um das Land und seine Bewohner zu beobachten. Dabei wurde von ihnen die weite Ausdehnung dieses Planeten im Vergleich zu ihrem Saturnmond bald erkannt und durch ihre astronomischen Beobachtungen seine Größe bestimmt. Die Menge der Bewohner, die Mannigfaltigkeit ihrer Wohnstätten, die Gestaltung der Oberfläche hatte sie schnell belehrt, daß sie auf diesem äußerlichen Wege schwerlich zu einer Erkenntnis der Eigenart dieses Weltkörpers gelangen würden. Sie schlugen daher nun ein Verfahren ein, das ihrer ganzen, auf die Innerlichkeit des Erlebnisses gerichteten Natur näher lag und ihnen durch die Einrichtung ihres Zentralorgans ermöglicht war; nämlich unmittelbar aus den Gehirnzuständen der Menschen, also aus dem Vorstellungsleben der Erdbewohner, das abzulesen und in sich bewußt aufzunehmen, was die Menschen über sich, ihren Wohnort und ihre Welt überhaupt wußten, dachten und erstrebten. Nicht lange konnte es den Idonen verborgen bleiben, daß eine außerordentliche Verschiedenheit in der Intelligenz und der Weite der Auffassung bei den Menschen bestand, daß es aber gewisse Klassen von Menschen, und in diesen wieder besonders weitsichtige Individuen gab, die in der Lage waren, sie über alles das aufzuklären, was sie selbst zu wissen begehrten.

Indem die Idonen von ihrer Gabe des suggestiven Einflusses Gebrauch machten, stellten sie mit solchen geeigneten Persönlichkeiten ein förmliches Examen an über die Fragen, die ihnen von Interesse waren. Die Menschenhirne selbst waren für sie eine Bibliothek, in der sie alles Gewünschte nachschlagen konnten. Und hierbei gelang ihnen eine wichtige Entdeckung.

Es war ihnen hinderlich und beschwerlich, daß sie, um in einem Menschen zu lesen – wie sie sich ausdrückten – in körperliche Berührung mit seinem Kopfe kommen mußten. Dadurch wurden auch einzelne Menschen auf diese Erscheinung einer äußern Beeinflussung ihres Vorstellungsverlaufes aufmerksam, und die Idonen mußten befürchten, daß man der Ursache dieser Erscheinung von seiten der Menschen nachforschen würde. Aber es gelang Gret, bei einer zufälligen Situation zu beobachten, daß die von dem Bestrahlungsorgan der Idonen ausgehenden Wellen die Eigentümlichkeit hatten, als verbindende Brücke zwischen dem Menschenhirn und dem Zentralorgan der Idonen zu dienen. Sie bezeichneten diese physische Übermittlung als Zerebral-Strahlung. Und nun konnten sie in viel leichterer und ergiebigerer Weise in der großen Bibliothek der menschlichen Gehirne lesen und waren imstande, im Verlauf weniger Wochen sich ein Bild von Menschenart und Menschenkultur zu machen. Bewunderung, Staunen und Mißbehagen wechselten dabei in ihrer Idonenseele, und erfüllt von neuen Kenntnissen, erschüttert von neuen Erfahrungen kehrten die Mitglieder der Expedition zu den ihrigen bei der Stammutter zurück.

»Wohl uns,« sagte Gret zu der Versammlung, »daß ihr nichts weiter getan habt, als die unsrigen gegen die Angriffe der Menschen zu schützen. Denn unser weiteres Verhalten bedarf ernstester Erwägung. Den Planeten, auf dem wir uns befinden, nennen die hiesigen Bewohner »Erde«. Er ist derjenige, den wir als den »Dritten« (nämlich den dritten Planeten von der Sonne aus gerechnet) bezeichnen. Er ist freilich viel kleiner als unser Zentralplanet, um den unser Heimatsstern als Mond kreist, aber er ist sehr viel mächtiger, weil er bereits von sechzehnhundert Millionen Menschen und zahllosen Tieren und Pflanzen bevölkert ist. Diese seine Organe ermöglichen es ihm, eine gewisse Kultur zu erreichen.«

»Kultur?« Eine lebhafte Erregung ging mit dieser Frage durch die Versammlung der daheim Gebliebenen.

»Ich muß diesen Zustand so nennen,« fuhr Gret fort »weil er für die Erde eine gewisse Stufe auf dem Wege zur Vollendung bezeichnet, wenn er auch in unserm Sinne wie Unkultur aussieht. Aber ich weiß kein andres Wort dafür. Der Weg, den dieser Planet in seiner Entwicklung einzuschlagen hat, ist nach unsrer Auffassung ein unbegreiflicher Umweg zur Einheit der Kultur. Dennoch liegt auch darin, wie ihn die Weisesten der Erde allmählich zu erkennen versuchen, eine große Idee. Und ehrfürchtige Bewunderung mag uns erfassen, wenn wir begreifen, wie der unendliche Geist des Kosmos auf einem andern Planeten eine ganz andre Form seiner Verwirklichung einschlagen konnte als bei uns. Müssen wir uns nicht sagen, daß auf jedem der unendlichen Weltkörper wieder andere und andere Formen existieren könnten, das Gute und das Schöne lebendig in die Zeit zu führen, und daß wir kein Recht haben, gerade die Ideale, die unser Glauben an die Gottheit geprägt hat, für die einzigen zu halten, durch die das Leben zur Vollendung dringen kann? Es mag eben jeder Stern, wie er seine eigne Bahn hat, auch seine eigne Gestaltung zum Ewigen besitzen. Aber freilich, jedes lebendige Wesen wird sich den Gesetzen einfügen müssen, die es auf seinem Sterne zu begreifen vermag.

Die Pflanzen der Erde haben von dem Wesen der Menschen nur eine unvollkommene Vorstellung, sie konnten uns daher auch nur unzureichende Angaben machen. Denn sie sind nicht wie bei uns eine periodisch immer wiederkehrende Stufe zur höchsten Entwicklung, sondern nur ein Seitenzweig darin. Aber selbst die Menschen haben erst zum kleinsten Teil den Sinn des Lebendigen begriffen, sie sehen in den Pflanzen nur Mittel für ihre menschliche Existenz, nicht Teilnehmer am Geiste des Planeten.

Es liegt dies daran, daß sich das Tierleben, dessen höchste Stufe durch die Intelligenz des Menschen repräsentiert wird, auf der Erde gleich in seinen tiefsten Formen vom Pflanzenleben getrennt hat, während bei uns, durch den steten Wechsel von pflanzlicher und animaler Generation, auch wir Idonen in unmittelbarem Zusammenhang mit der Dauerseele des Weltkörpers bleiben und so nicht angewiesen sind auf den schwachen Vererbungsbeitrag von Individuum zu Individuum. Wir haben dauernd teil am aufgespeicherten Erbschatz des ganzen Planeten. Mit einem Worte, wir haben eine organische Kultur.

Auf der Erde aber bestehen zwei große Geschlechter, die einander nicht verstehen, die Pflanzen und, als die intelligentesten Tiere, die Menschen. Wie eine Krankheit des Planeten hat diese Spaltung seine Seele zerrissen. Und ganz allmählich erst muß sie heilen. Es ist ein völlig andrer Weg, den der Planet einzuschlagen gezwungen ist. Zwischen den getrennten Reichen seiner Geschöpfe muß die seelische Verbindung äußerlich hergestellt werden, weil sie im organischen Zusammenhang verloren wurde. Das Verständnis für diese Aufgabe zu erreichen, ist Sache des Menschenhirns. Die Menschheit muß durch die Arbeit zahlloser Generationen sich die Herrschaft über die Natur erwerben, um alsdann zu erkennen, daß sie damit die Mittel gewonnen hat, selbst wieder mit der Natur sich zu verbinden. Ihr wächst nicht zu, wie uns, die anschauende Einsicht in den Zusammenhang der Erscheinungen, das Gefühl für den Wert des Einzelwesens und die Pflicht der Gattung, die Kraft des Willens, nur zu erstreben, was im Sinne des Ganzen liegt. In stetem Kampf zwischen vorwärts dringender Einsicht und blindem Naturtrieb verzehrt sich ihre Kraft im Leide des einzelnen. Denn dieser muß sich dem Ganzen erst allmählich unterwerfen, während wir im Besitze des Allgefühls uns freuen, im einzelnen willig des Ganzen gewiß zu sein.

Wohl mögen die Menschen uns dauern. Und doch ist es auch ein Großes um solches Menschenleben. In Arbeit und Erkenntnis ringen sie sich empor, lernen allmählich sich zusammenzuschließen, bezwingen die Widerstände der getrennten Planetenzweige und gewinnen so die Natur auf dem Wege der Intelligenz. Sie haben eine technische Kultur. Und von hier aus lernen sie ihre Mutter verstehen. Wenn sie die eroberte wieder in ihre Arme schließen, wenn sie in der Pflanzenwelt den geschwisterlichen Zweig erkennen werden der emporsprießenden Planetenseele, so wird auch ihnen das Glück der harmonischen Einheit des Planeten aufgehen, während sie jetzt an wunderlichen Mythenbildungen herumdeuten und sich untereinander bestreiten und verfolgen. So dürfen wir die Menschen mehr bedauern als verachten. Auch ihre Kultur führt dem Ziele entgegen; einen andern Weg zur Einheit und zur Höhe gibt es nicht für sie. Sich ihrem Gefühle genießend zu überlassen, würde sie vernichten. Nur Arbeit bringt sie hinauf, wo wir spielend stehen. Idonen, wir sind geraten auf den Planeten der Mühe und der Not.«

Lis schwieg und Elsu ergriff das Wort.

»Ich sehe, liebe Freunde, es fällt euch schwer, so unglückliche Wesen euch vorzustellen, die sich ihrem Gefühle nicht genießend überlassen dürfen, weil ihnen dann das Gesetz des Dauernden als eine äußere Macht hemmend, ja vernichtend, gegenübertritt. Es ist dies die Folge ihrer Trennung von der schaffenden Einheit der Allseele. Nun erleben sie wohl in sich, jeder für sich, diese ewig rege, freie Gestaltung, sie nennen sie Phantasie. Aber das, was sie umgibt, was ihnen gegenübertritt als der immer neu zu gestaltende Stoff, das halten sie für ein äußeres Gebilde, worin erst die wahre Erfüllung ihres Lebens liege; sie nennen es Wirklichkeit. Und so zerreißt sich ihnen das Ganze des Daseins in zwei unversöhnliche Teile, in die innere Freiheit ihrer Phantasie und in die äußere Welt, die sich ihnen entgegenstellt. Keine Befriedigung stillt ihre Sehnsucht, wenn sie ihnen nicht erfüllt wird von dem Geschehen, das sie Wirklichkeit nennen, und die doch nichts anderes ist als die neue Aufgabe für ihre Phantasie. Sie verstehen nicht das Wort: »Leben ist Schein, und Schein ist Leben.« Einer ihrer großen Dichter nannte diesen Gegensatz das Ideal und das Leben. Er ahnte den Weg, wie Schein und Leben eins werden kann im schönen Gestalten. Die Menschen aber ringen nach diesem Leben jenseits des Scheins und zehren sich auf in schmerzvollem Entbehren eines gehofften Gutes, das stets vor ihren Organen zurückweicht, während sie es tatsächlich schon besitzen im Eigenspiel ihres Gehirns. Immer meinen sie, daß über ihren Vorstellungen, über dem Bewußtsein, als das sie die zentralen Reize ihres Individualleibes erleben, noch eine Wirklichkeit liege, die ihnen mehr geben könnte. So hasten sie sich ab in fruchtlosem Jagen nach Unerreichbarem. Denn wenn die eine Sehnsucht ihnen gestillt ist, so wird der neue Zustand wieder zu einer neuen Außenwelt.

Nimmer verstehen sie, daß die echte Wirklichkeit und ihre Erfüllung nur im Eigenspiel der Vorstellungen liegt. Werden und Scheinen ist unser Wandel.

Wenn wir Idonen hinschweben durch den Farbenraum und es treten uns Erscheinungen entgegen, die uns anlocken und erfreuen oder ängstigen und bedrohen, so wenden auch wir unsre Aufmerksamkeit ihnen zu. Dann werden sie unsre Erwartungen erfüllen oder nicht; und wir werden das unsrige dazu tun nach besten Kräften, das Erwünschte zu erreichen, das Gefürchtete zu besiegen oder zu meiden. Soweit gleichen wir den Menschen. Wenn aber der Erfolg nicht eintritt, den wir erhofften, ja an den wir unser bestes Können zu setzen uns verpflichtet glauben, dann werden wir nicht klagen in schmerzlichem Unmut, nicht uns elend fühlen in ungestilltem Begehren, nicht gedemütigt in mißglücktem Tun, nicht verzweifeln im Leide. Denn in uns selbst schaffen wir jederzeit, was der Stoff der Umwelt versagt, aus dem unerschöpflichen Vorrat der Innenwelt, den das Erbe des Planeten in unsern Gehirnzellen angehäuft hat. Wenn die Freude uns lächelt im Reigen der Genossen, wenn das Problem sich löst, dem wir ernsthaft nachsannen, wenn der Flug uns gelang zu nützlicher Tat, wenn der Geliebte uns zärtlich entgegenschwebt, wenn die Idonen rühmen unser Verdienst um Gutes und Schönes, dann beglückt uns die Stunde wie Göttergeschenk. Aber stört uns der stürmische Tag, zerrinnt die Mühe des Denkens fruchtlos, versäumen wir das Ziel, verschmäht uns der Freund und verkennt uns die Zeit, nicht werden wir klagen und zürnen. Denn Leben ist Schein. Sofort baut den Ersatz unser Gemüt freier und höher uns auf. Entschwunden ist, was uns antrieb, oder wir sehen uns am erreichten Ziel im Siege der Phantasie. Klar strahlen Planet und Sonne in unsrer Seele, in schönem Wahne krönt uns der Erfolg, umarmt uns die Liebe. Nicht minder lebhaft ist irgend ein Sinn erregt, nicht weniger kräftig Empfindung und Gefühl, wenn wir selbst auf dem Instrumente spielen, das sonst nur vom Zufall der äußern Begegnung erregt wird. Tiefer und heiliger scheint uns die Wirklichkeit, die aus uns selbst heraussteigt, als jene, die der Hilfe der Umwelt bedarf. Denn die Tat der eignen Phantasie ist die Gabe vom Seelenerbe unsres Stammes, ist Eigenbesitz; jene scheinbare Wirklichkeit aber ist nur gefundenes Gut wie Spielgewinst, wie Gabe des Glücksgottes. Und also sind wir die seligen Kinder des Planeten.

Die Menschen aber haben ihr Erbe verloren, sie müssen es erst wieder gewinnen durch Leid und Mühsal. So mögen wir sie bemitleiden, die Mühseligen. Wir wollen sie nicht stören in ihrem bedauernswerten Leben; denn was wir ihnen antun, das können sie nicht dichtend abstreifen wie wir das Mißgeschick. Lassen wir ihnen ihren Planeten der Not und des Leides.«

»Seid froh,« sagte Telu, eines der Mitglieder der Expedition, »daß ihr nicht den Jammer gesehen habt, der über diesem Erdgeschlechte liegt. Denn furchtbar ist das Los derer, die ihresgleichen zur Welt bringen, die immer wieder sorgen müssen für den unvollkommenen hilflosen Anfang ihrer Gattung und mit ihm durchleben alle Kläglichkeit und Not der überwundenen Entwicklung. Denn nicht wachsen ihnen die Nachkommen gesegnet aus der alten Bodenkraft, sondern ihre Frauen gebären lebendige Kinder. Es ist wirklich wahr, was die Pflanzen euch erzählten. Was aber sollen wir sagen zu diesen unseligen Geschöpfen? Wie können sie je des freien Scheins teilhaftig werden und der Blüte des Lebens im seligen Spiel der Liebe, wenn die furchtbare Verantwortung für die Organe des Planeten über der zartesten Regung ihrer Seele liegt, über der holdesten Wonne ihrer Tage? Weil sie niemals ledig sind der Sorge um das kommende Geschlecht, die uns die pflanzliche Generation abnimmt, so erreichen sie nie die Höhenstufe der Freiheit, im Bewußtsein und Wollen reiner Neigung die einzelnen zu wählen, deren Seelen und Körper zusammenstimmen. Ihre unglückliche organische Entwicklung hat die Liebe, den Gipfel der Weltseligkeit, zum Schauplatze des furchtbarsten Konfliktes gemacht zwischen dem Rechte des Individuums auf Genuß und der Gattung auf Erhaltung. Dauernd bedroht den rosigen Schimmer des Lebensfrühlings die tragische Nacht der Entsagung. Zahllose Schwierigkeiten äußerer Not und innerer Entbehrung sind zu überwinden, ehe ihnen ein Zufall gewährt, was des Lebendigen höchstes Blütenrecht ist, und das reinste Glück wird ihnen zur lastenden Not des Daseins. Darum löst sich ihr Leben nicht auf in schönen Schein. Darum sehe ich nicht, wie diesem Erdengeschlecht Rettung kommen soll. Und darum frage ich, darf man überhaupt den Menschen wünschen, daß sie ihre unlösliche Sorge weiterschleppen sollen auf diesem Planeten der Mühe und der Not?«

Da erhob sich Lis und sprach:

»Dies, ihr Freunde, scheint mir der entscheidende Punkt. Niemals, so glaube ich, werden die Menschen den Fluch ihrer Entwicklungsgeschichte abwerfen, niemals werden sie durch Vernunft dazu gelangen, das Höchste zu vereinigen, was der Idonen heiliges Erbteil ist, Freiheit und Liebe. Dieser ganze Planet scheint mir ein verfehlter Versuch der Natur, ein Mißgriff des großen Sonnengeistes, zum mindesten ein verkrüppeltes Exemplar in dem Dauerreigen der Gestirne. Ein solcher Weltkörper hat kein Recht zu leben. Größere Vorteile vielleicht entstünden dem Sonnensystem, wenn er ausgemerzt würde, ich meine, wenn sein Leben vernichtet würde durch Abtötung seiner höchsten Organe. Besser schiene es mir für die Menschen, gar nicht zu leben, als ein so klägliches Bild nach Vernunft strebender Organismen dem ganzen Weltall zu bieten; besser für sie, im Bewußtlosen auszuscheiden aus dem Lebendigen, als in ihrer Unfähigkeit, die sie die Vollkraft der Hirnschöpfung zu nützen hindert, die Qual des Daseins hinzuschleppen ins Endlose. Wir sind auf diese Erde verschlagen worden als ein höheres Geschlecht von überlegenem Bewußtsein. So meine ich, wir sind bestimmt, diesem verfehlten Zustande des Planeten ein Ende zu bereiten. Ich beantrage, daß wir die Menschen vernichten.«

Ildu erwiderte sogleich:

»Sind wir hierher verschlagen, diesen Planeten zu bessern, so können wir unsere Bestimmung nur verstehen im Sinne des Idonentums als eine Tat der Rettung, nicht der Vernichtung. Dann mögen wir uns verbinden mit den höchsten Organen der Erde, mit den Menschen, ob ihnen durch unsre Hilfe, durch Rat und Lehre eine Kultur von innen, durch Neudichtung ihres ganzen Daseins, zu teil werden könne. Aber nach dem Bericht der Freunde, die draußen bei den Menschen waren, scheint mir dies unmöglich. Gret hat recht, daß der Weg der Erdbewohner ein andrer ist als der unsre. Wir können ihr Hirn nicht umgestalten, wir können auch nicht für sie denken. Unsre Invasion auf der Erde bedeutet, daß eine überlegene Kultur sich neben die der Menschen setzt. Aber das könnte diesen nur dann ein Glück bedeuten, wenn sie sich dazu erziehen ließen, in dieser Kultur zu leben. Was glaubt ihr wohl, wenn es überhaupt möglich ist, welche Zeit dazu nötig wäre? Welch zahllose Generationen von Menschen müßten auf einander folgen, bis die Energie ihrer Gehirne die Vollkraft gewänne, ihrer Eigenwelt eine Stärke zu geben, die dem Einflusse ihrer Umwelt gleich wäre? Nein, die Menschen haben eben auf ihre Weise begonnen, den Jugendfehler des Planeten zu verbessern durch Intelligenz, dabei müssen wir sie belassen. Die Stärkung der Phantasie würde sie jetzt nur verwirren. Den Weg ihrer Entwicklung aber durch Vernichtung einfach abzuschneiden, dazu haben wir kein Recht. Und wer sagt uns, liebe Freunde, daß wir dazu auch nur die Macht haben? Sollen wir jedem einzelnen suggerieren, daß er zu sterben wünsche? Dazu ist doch der organische Zusammenhang mit dem Leben des Planeten zu stark bei den Menschen. Denn was sie verloren haben, ist ja nur das Wissen um die Tatsache, daß ihr eigenes Bewußtsein vom Planeten selbst stammt und in ihm und in den Pflanzen in besondern Formen fortlebt. Den Zusammenhang des physischen Lebens selbst haben sie nicht verloren, den können wir ihnen auch nicht nehmen. Den verlorenen Zusammenhang des Bewußtseins aber können sie durch Erkenntnis wieder gewinnen. Darin mögen wir sie unterstützen.

Ich habe aber noch ein weiteres Bedenken, weshalb ich raten möchte, uns von aller Berührung mit den Menschen lieber zurückzuhalten. Das ist der Gedanke, daß wir selbst noch nicht genügend unterrichtet sind, ob es denn überhaupt möglich sein wird, unter den veränderten physischen Bedingungen, die dieser schwere Planet uns bietet, unser eignes Gedeihen auf der Erde durchzusetzen. Ihr wißt alle, daß wir so leicht und mühelos hier nicht leben, wie es als ererbte Erinnerung an die Existenz der Vorfahren auf dem Heimatsstern uns vorschwebt. Wir entbehren des direkten Beispiels und der Hilfe der früheren Generationen; alles, was wir bedürfen, müssen wir selbst uns schaffen. Vielleicht fehlt uns doch vieles, was das Gedächtnis des Keimes nicht mit herübergebracht hat, was uns nur durch die Lehren der Erfahrung am lebenden Geschlecht überliefert werden kann. Und wer sagt uns, wie unsre eigne Fortpflanzung sich hier gestaltet, wie die Stammutter Bio hier weiter zu gedeihen vermag, ob wir selbst wieder neue Pflanzen des Rankenbaums auszusäen vermögen?«

Ein nachdenkliches Schweigen lag auf der Versammlung. Dann begann Elsu: »Was Ildu sprach, ist sehr ernsthaft zu erwägen. Wir sind schon viele Erdentage in diesem Lande. Wer von den Idonen hat sich vermählt? Wohl haben wir nicht danach zu fragen, aber wenn es geschehen wäre, hätten wir es doch wohl erfahren. Die Glücklichen würden ja doch von der Mutter Bio den Rankenschleier geholt haben. Aber noch sehen wir keine im Festgewande. Und wenn es geschieht, wissen wir denn, ob das Geheimnis des Schleiers in dieser Luft, in diesem Boden sich fortpflanzt? Nirgends fanden wir eine Pflanze hier, die unsern Müttern gleicht, nirgends bei den Menschen ist eine Kunde verbreitet von ähnlichem Wechsel der Generationen. Sind wir aber angewiesen allein auf die Sprossen unsrer ehrwürdigen Bio und ihrer Brutknospen, kann nicht Vermählung von Idonen neue Sporen zu Rankenbäumen erzeugen, dann muß unser Geschlecht bald entarten. Dann sind wir diejenigen, die zu weichen haben.«

»Das gibt den Ausschlag,« sagte Ildu entschieden. »Nicht der Menschen Geschick, sondern der Idonen Wohlfahrt und Würde kann allein maßgebend sein für unser Tun und Lassen. Und wenn es sich zeigt, daß uns die dauernde, kräftige Ausbreitung unsres Volkes auf diesem Planeten abgeschnitten ist, dann ist es nicht Idonenart, zu warten, bis Natur uns zwingt, den Erdgeborenen zu weichen. Stolz werden wir unsern Entschluß fassen, frei zurück zu treten von einer Stelle, wo unser Wirken und Gedeihen verkümmern muß. Ich bin die älteste hier, ich werde um mich schauen, und ihr alle, bis auf die Kinder der letzten Tage, könnt euch prüfen, ob wohl Gefährten sich zusammenfinden zu Seelenreigen und Frohgefühl. Wir wissen von den Pflanzen, daß die Zeit ihres Blühens hier noch mehrere Monde anhält. Aber schon eher werden wir wissen, ob unsre Wahl und unser Wunsch die Hoffnung der Idonen erfüllen wird. Wir müssen es eher wissen, weil wir unser Verhalten zu den Menschen davon abhängig machen wollen. Halten wir uns vorläufig zurück von ihnen! Doch da wir jetzt durch Zerebralstrahlung in ihnen lesen, ja mit ihnen verkehren können, so ist es nicht ausgeschlossen, sie weiter zu beobachten. Handle da jeder nach klugem Ermessen. Sobald es aus irgend einem Grunde wünschenswert scheint, möge er uns zur Versammlung laden an diesem Orte.«

Lis bat noch einmal um Gehör.

»Nicht mehr kann ich meinen Antrag aufrecht erhalten, gegen die Menschen vorzugehen, nachdem Ildu und Elsu unsre eigne Lage so überzeugend und sorgfältig geprüft haben. Keiner möge in andrer Wesen Wunsch und Wille eingreifen, solange die eigne Würde ihm einen Weg gestattet, Schwierigkeiten abzuhelfen. Solche Schwierigkeiten sind entstanden durch unsre Versetzung auf die Erde. Ich sehe jetzt ein, daß wir uns selbst Zurückhaltung aufzuerlegen haben. Wie aber auch unsrer späterer Entschluß ausfallen mag, in einer Hinsicht müssen wir uns schützen. Wir können uns als Idonen den Menschen entziehen. Unsere Pflanzengeneration und deren Sporenkapseln aber können es nicht. Menschen werden sie entdecken und werden Wege finden, wieder aufs neue Idonen in der Gefangenschaft aufwachsen zu lassen, vielleicht weit fort von hier, wo wir keine Macht haben, dies zu hindern. Dem dürfen wir unser Geschlecht nicht aussetzen.

Vielleicht finden wir einmal Orte, wo Menschen nicht hingelangen und Rankenbäume gedeihen können. Zunächst aber halte ich es für notwendig, daß wir keine weiteren Kapseln zur Entwicklung kommen lassen. Zeigt es sich später, daß wir auf der Erde aufhalten können, so sind wir schon Idonen genug, um dann unser Geschlecht zu vermehren. Zeigt es sich, daß wir alle weichen müssen, so wäre es sinnlos, die Zahl der Scheidenden noch zu vermehren. Unsre heiligen Mutterpflanzen selbst zu zerstören, wäre Frevel. Aber ihre Idonensprossen an der Entwicklung zu hindern, scheint mir Pflicht. Denn die Pflanze selbst kann den Trieb des Wachstums nicht hemmen; um Schaden zu vermeiden, muß die Vernunft eingreifen, und diese sind wir. Darum laßt uns überall die Sporenkapseln abschneiden und an einem geschützten Orte bestatten. Die Mutter Bio aber möge uns verzeihen.«

Noch längere Zeit berieten die Idonen hin und her. Dann einigten sie sich auf die Vorschläge, sich selbst zurückzuhalten, bis die Zukunftsfrage entschieden sei, die Sprossen der Mutterpflanzen aber zu beseitigen.

Mit dieser Tätigkeit waren sie noch beschäftigt, als Geo auf dem Wege von seinem Häuschen nach der Villa Kern unter der Buche rastete und dort Harda begegnete.

Schlechtes Wetter

Über dem Feste der Wiesberger Erholungsgesellschaft waltete ein Unstern. Die Verschiebung war zwar beschlossen worden, aber den neuen Termin festzustellen, machte große Schwierigkeiten. Allerlei lokale und persönliche Hindernisse und Rücksichten ließen es unmöglich erscheinen, einen bestimmten Tag jetzt schon anzugeben, und es wurde vorläufig zunächst nur verabredet, daß das Waldfest jedenfalls im Juli stattfinden solle.

Harda Kern hatte die Gelegenheit benutzt zu erklären, daß sie nicht wüßte, ob sie so lange in Wiesberg bleiben würde, und daß sie jedenfalls bäte, statt ihrer Sigi in das Komitee aufzunehmen, was auch geschah. Sigi hatte zwar zuerst, als ihr Harda diese Absicht auf ihrem Zimmer privatim mitteilte, ihre Schwester einfach für verrückt erklärt. Aber als Harda sie neben sich zog und ihr im Vertrauen gestand, daß sie Frickhoff einen Korb gegeben und sich mit Doktor Eynitz heimlich verlobt hätte, da war ihr Sigi unter Küssen um den Hals gefallen und hatte sich ihr ganz zur Verfügung gestellt.

Harda wollte sich nicht gesellschaftlich verpflichten, da sie nicht wußte, ob es ihr nicht in der Tat ratsam erscheinen würde, für einige Zeit das Haus zu verlassen – Besuche bei Verwandten gaben stets einen Vorwand – falls bei der Rückkehr des Vaters Schwierigkeiten entstehen sollten. Im Grunde war es ihr störend, sich jetzt mit soviel Äußerlichkeiten zu beschäftigen, da ihr Innenleben ganz anders in Anspruch genommen war. Neben den Pflichten des Hauses und dem Gedanken an Werner und die Idonen blieb ihr auch wirklich kein Interesse mehr für die übrige Geselligkeit.

Geo Solves hatte am Nachmittage im Laboratorium eifrig Eynitz' Bericht über die Sternentau-Frage studiert und sich mit Harda eingehend ausgesprochen. Als später Eynitz kam, begrüßte er ihn herzlich und überließ dann die Liebenden sich selbst. Er ging nach dem Riesengrab hinauf und saß dort lange allein. Unsichtbar schwebten Idonen um den Sinnenden, und Gedanken banden Seel' an Seele.

Den Abend brachte Geo bei Kerns zu, wo auch Eynitz sich einstellte. Hier verabschiedete er sich von der Familie; denn er hatte die Absicht, schon am andern Morgen nach seinem Wohnort zurückzukehren. Harda aber erklärte er, daß er jeden Augenblick bereit sei, nach Wiesberg zu kommen, falls sie ihn benachrichtige, daß sie es wünsche, und daß er bald auf längere Zeit in seinem Landhäuschen einkehren werde.

Am Tage nach Geos Abreise meldete ein Telegramm, daß Kern in der Nacht von Berlin zurückkehren werde. Jetzt sandte Harda ihren Brief an Frickhoff ab, der, wie sie wußte, noch länger in Berlin aufgehalten war, so daß Frickhoff ihren Brief erst erhalten konnte, wenn sich der Vater schon nicht mehr dort befand. Es war ja natürlich, daß Frickhoff nicht eher eine Antwort erwartete, als bis Harda mit ihrem Vater Rücksprache genommen hatte. Dies aber wollte Harda gerade vermeiden. Der Vater sollte sich einer fertigen Tatsache gegenüber befinden.

Als sie den Vater am Morgen nach seiner Rückkehr beim Frühstück herzlich begrüßte, hielten sie beide die übliche kurze Unterredung, die sich diesmal ihrerseits nur auf Geos Besuch bezog, während der Vater ihr in fröhlichster Stimmung mitteilte, daß nunmehr alle noch schwebenden Abschlüsse zu seiner großen Zufriedenheit erledigt wären. Schon hatte Kern seinen Hut aufgesetzt, als Harda unvermittelt fragte:

»Hat der Kommerzienrat mit dir nicht – nicht über mich gesprochen?«

Kern sah sie erwartungsvoll an und schüttelte den Kopf.

»Nämlich,« fuhr sie dann fort, »er hat inzwischen schriftlich – um mich angehalten, aber – ich kann nicht – ich habe »nein« gesagt – hier ist sein Brief und meine Antwort – die Reinschrift hab' ich gestern schon abgeschickt – sei nicht böse Vater – es ging nicht –«

Sie fiel ihm um den Hals, küßte ihn und war im Augenblick darauf schon im Hause verschwunden.

***

Es war gut, daß die Erholungsgesellschaft ihr Fest verschoben hatte. Denn an dem Tage, auf den es ursprünglich festgesetzt war, trat ein vollständiger Wetterumschlag ein. Wind und Regen rauschten in den Bäumen des Parkes, die Temperatur sank so stark, daß man selbst auf der Veranda nicht sitzen konnte, und im Wohnzimmer der Villa mußte in den nächsten Tagen das Holzfeuer im Kamin lodern. Die Idonen besserten an ihren Wohnungen und überlegten mit Sorgen, wie das werden solle, wenn diese Wetterlaunen des Planeten sich häuften. Einige schlugen vor, in die Höhle im Felsen zu ziehen, die sie bisher schon mehrfach zu technischen Arbeiten benutzt hatten.

Schlechtes Wetter herrschte auch in den Hellbornwerken und in der Familie. Kern ging mit umwölkter Stirn umher, seine Zeit war mehr wie je in Anspruch genommen, und seine kurzen Scherze bei Tische klangen gezwungen.

Über Hardas Ablehnung des Frickhoffschen Antrages hatte er kein Wort verloren. Er teilte nur trocken mit, Frickhoff habe geschrieben, daß er eine längere Reise nach dem Norden anträte und jedenfalls während dieses Sommers seine Villa in Wiesberg nicht mehr beziehen werde.

Bald darauf wußte Harda den Vater abzupassen und fragte ihn bittend, ob er ihr zürne, ob er ihretwegen so verstimmt sei. Da streichelte er ihr die Wangen und sagte: »Nein, mein Kindel, nicht deswegen. Es tut mir sehr leid, das will ich dir offen sagen. Daß Frickhoff jetzt nicht hier ist und auch so bald nicht wieder herkommt, ist mir aus verschiedenen Gründen störend. Aber du armes Kind hast mir schon so viel von deiner Freiheit geopfert, daß ich nicht mehr verlangen darf.« Und abbrechend fragte er.

»Was machen denn deine Studien?«

Sie erzählte Verschiedenes wenig klar durcheinander und fühlte, daß sie dabei errötete, aber sie bemerkte auch, daß der Vater nur halb hinhörte und jedenfalls nicht an das dachte, was sie beschäftigte. So fing sie denn an, ihn geschickt auszufragen, und nach und nach erfuhr sie, was ihn bedrückte.

Zunächst die private Sorge. Daß Minna wieder eine besonders unglückliche Periode hatte, wußte Harda natürlich, da sie selbst nicht am wenigsten darunter litt. Jetzt erkannte sie den Grund dazu in dem Umstande, daß die Verhandlungen nicht vorwärts kommen wollten, die Kerns Rechtsanwalt in seinem Auftrage mit der Dame in Breslau führte. Die Forderungen waren so hohe, daß es vorläufig unmöglich war, darauf einzugehen.

Immerhin fühlte sich Harda einigermaßen durch die Haltung des Vaters beruhigt, es schien ihr, als mache er sich mit dem Gedanken vertraut, sein Versprechen gegen Minna zu erfüllen, wenn nur erst die äußeren Umstände sich günstiger gestalteten.

Zu diesen privaten Sorgen kam eine ernste geschäftliche. Die ersten im Großen angestellten Versuche mit dem neuen Stoffe, dem Resinit, auf das man als Ersatz für Kautschuk so hohe Hoffnungen gesetzt hatte, waren fehlgeschlagen. Die Masse erfüllte nur einen Teil der Anforderungen, die man daran stellen mußte. Sie war allerdings plastisch, biegsam und von geringerem spezifischem Gewicht als der Kautschuk, doch war diese Leichtigkeit nicht den Erwartungen entsprechend, und vor allem fehlte dem Stoff nach der Härtung derjenige Grad von Elastizität, den man verlangte. Irgend etwas hatte im Großen versagt, was die kleineren Proben im Laboratorium voll geleistet hatten. Das kostete Hunderttausende. Es mußten aufs neue Versuche gemacht werden, aber noch wußte man nicht, wo die Ursache des Mißerfolges zu suchen sei.

Das war natürlich eine große Sorge für Kern, um so mehr, als darüber nichts verlauten durfte. Auch Harda fühlte sich bedrückt. Und doch konnte nichts ihr das innere Glücksgefühl rauben, das sie in ihrer Liebe erfüllte. Die heimlichen Stunden im Laboratorium blieben ungestört. Aber die trübe Stimmung des Hauses lag über Hardas Leben.

Nur ein Mitglied in der Familie war unberührt und gleichmäßig fröhlich und heiter. Sigi sang und scherzte, sobald sie zu Hause war, sie trug die Kosten der Unterhaltung, wenn die Familie ohne Gäste sich versammelte. Freilich war sie nicht viel zu Hause. Ihre Gesangstunden und ihr Sprachunterricht in der Stadt beschäftigten sie am Morgen, und wenn das Wetter nicht erlaubte, Tennis zu spielen, so hatte sie dann immer unerschöpfliche Besorgungen in der Stadt oder Komiteesitzungen mit den Freundinnen. Denn die Vorbereitungen zu dem Waldfeste gingen weiter, und es mußte wohl Großartiges geplant sein, wenn man aus der Zeit schließen durfte, die Sigi ihrer Aufgabe zu widmen schien.

Eine eigentümliche Beobachtung hatten Harda und Eynitz im Laboratorium gemacht. An allen den Stellen, an welchen die Sporenkapseln des Sternentaus abgeschnitten worden waren, zeigten sich langsam hervorquellende Tropfen eines Milchsaftes, der bald darauf eintrocknete, und einen festen Verschluß der Wunde bildete. Harda war es zuerst an den Pflanzen in ihrem Zimmer aufgefallen. Aber auch überall dort, wo zufällig ein Einschnitt in die Pflanze stattgefunden hatte, wurde dieser Milchsaft abgesondert und trocknete dann zu einer harzigen Masse ein. Ob dies früher schon so gewesen sei, konnte sich Harda nicht erinnern; jedenfalls war es ihr nicht aufgefallen. Es war ja auch selten vorgekommen, daß die Pflanze verletzt wurde. Jedenfalls war die stark bemerkbare Absonderung des Saftes erst eingetreten, seitdem die Erzeugung von Sporenbechern vollständig verhindert worden war. Eynitz zweifelte nicht, daß sich hier eine Reaktion des Sternentaus auf die Unterbrechung des normalen Fortpflanzungsprozesses zeigte, eine Ausscheidung der einmal im Pflanzenkörper angehäuften Vorratsstoffe, die nicht mehr zur Bildung der fein differenzierten Idonenkörper benutzt werden konnten.

Natürlich hatte Eynitz alsbald die Aufmerksamkeit des Chemikers auf diesen Milchsaft gelenkt, und Dr. Emmeyer bemühte sich, seine Zusammensetzung und seine Eigenschaften zu ergründen. Auch hatte Eynitz mikroskopisch die Gefäße nachweisen können, in denen der Saft im Pflanzenkörper sich absonderte. Emmeyer hoffte, irgend eine große Entdeckung an dem noch unbekannten Stoffe zu machen und hatte ihm vorläufig zu Ehren des Ros stellarius Kern den Namen »Rorin« gegeben. Seit einiger Zeit äußerte er sich gar nicht mehr über seine Versuche, doch arbeitete er rastlos. Wenn Harda ihn befragte, glänzte sein Gesicht freudig, aber er sagte immer nur »danke, danke – gut, ganz gut«, und schützte dringende Geschäfte vor.

Der Juli hatte schon begonnen, da endlich besannen sich die tiefen Zyklonen, die vom atlantischen Ozean herkommend Deutschland mit Sturm und Regen beschenkten, ihre Zugstraße höher nach Norden zu verlegen. Ein weites Hochdruckgebiet begann wieder seinen Einfluß auf das Wiesberger Tal auszuüben, Sigi wurde immer zuversichtlicher in ihren Behauptungen über das Wetterglück des Waldfestes, und Harda hielt es für angemessen, doch noch einmal Forschungen nach dem Verbleib ihres Sommerhutes anzustellen.

Die Idonen hatten sich bisher so zurückhaltend gezeigt, daß die Liebenden in ihren Besorgnissen sich sehr beruhigt fühlten und es fast bedauerten, gar keine Anhaltspunkte mehr für neue Untersuchungen zu finden. Deswegen getraute sich Harda wieder einmal nach ihrem Lieblingsplatze. Da sie gerade die Zeit dazu wählte, in der Eynitz mit Erledigung seiner Praxis fertig zu sein pflegte, so hielt er es für seine unbedingte Pflicht, Harda den unbekannten Gefahren nicht ohne seinen Schutz sich aussetzen zu lassen. Er traf sie, als sie eben das Gatter zum Stege aufschloß. Der Zufall war nicht so überraschend, wie es den Regeln der Wahrscheinlichkeitsrechnung entsprach, da Eynitz schon mehrere Minuten in Sicht des Steges promeniert und dadurch die Zahl der günstigen Fälle eigenmächtig gesteigert hatte.

Das Paar ruhte auf der Bank unter der Buche, wobei sie sorgfältig umspähten, ob sie auch niemand belauschen könne, und begann dann das Gebüsch zu durchstöbern. Daß der Hut noch gebrauchsfähig sein würde, wenn er gefunden werden sollte, nahm Harda allerdings nicht mehr an, nachdem er zwei Wochen bei häufigem Regen im Freien gelegen hatte, aber sie hätte doch gern gewußt, was aus ihm geworden war.

Den Hut fanden sie nun allerdings nicht. Auffallend jedoch war die Menge des vom Sternentau ausgeschwitzten und eingetrockneten Milchsaftes, der in kleinen Perlchen von Erbsengröße sich an den feinen Zweigen der Pflanze fand, so daß sie eine kleine Tüte voll dieser Substanz sammeln konnten.

Schon wollte Harda den Rückweg antreten, als Eynitz zu ihr sagte. »Weißt du noch, am ersten Tage, als du mich in die Höhle zum Leuchtmoos führtest? Laß uns das wieder einmal ansehen.«

Sie schlichen Hand in Hand in den finstern Eingang und gewöhnten ihr Auge an die Dunkelheit. Dann blickten sie in die Tiefe hinab.

Dort funkelte es wieder in grünlichem Lichte, aber es schien eine Veränderung gegen früher vorgegangen. Einerseits zeigte sich der vom Leuchtmoos erfüllte Raum verringert, andererseits aber nach vorn hin ausgedehnt. Erst nach längerer Beobachtung wurde es ihnen klar, daß sich im vorderen Teil der Vertiefung Wasser angesammelt hatte. Es bildete eine glatte, vollständig ruhige Fläche, in der das Moos an den dahinter ansteigenden Felsen sich spiegelte, so daß es mit seinem Spiegelbild ein Ganzes auszumachen schien.

Ein dunkler Gegenstand verdeckte den Lichtschimmer ungefähr in der Mitte des Raumes, und dasselbe wiederholte sich im Spiegelbilde. Um diesen herum erkannte man bei aufmerksamer Betrachtung einen unbestimmten Schein, der sich vom Hintergrund des Leuchtmooses schwach dunkelrötlich abhob.

»Es werden doch nicht Idonen hier sein!« rief Harda, unwillkürlich sich näher an den Geliebten drängend.

»So sieht es nicht aus,« sagte Eynitz. »Aber ob es nicht mit ihnen zusammenhängt, das müssen wir zu erforschen suchen.«

Harda hatte ihr Gesicht näher an den Boden gebracht.

»O sieh doch,« rief sie. »Hier im Wasser um den dunklen Fleck dieses feine Gewebe, wie Spitzen, oder Filigran – das regelmäßige Muster – wie ein Korb baut es sich auf –«

Eynitz bückte sich ebenfalls. »Das ist das Spiegelbild des verschwommenen Heiligenscheins um den Gegenstand dort oben,« bemerkte Eynitz verwundert. »Und das sieht man nur so deutlich im reflektierten Licht? Seltsam – von hier oben sieht man es kaum noch –«

Er dachte nach. Dann griff er in die Tasche und zog Wachsstreichhölzer hervor.

»Mag es uns das Märchen des Leuchtmooses und der schlummernde Riese verzeihen, aber hier müssen wir die Leuchte der Wissenschaft hochhalten – richtiger gesagt: tief.«

Damit brannte er das Zündholz an und streckte den Arm nach unten aus. Die Vertiefung war durchaus nicht so bedeutend, wie sie im Schein des Leuchtmooses aussah. Im nüchternen Lichte des Wachskerzchens erkannte man deutlich, was da lag.

»Mein Hut!« rief Harda überrascht.

»So ist es, hurrah!« lachte Eynitz. »Aber – halt –« setzte er ernster hinzu. »Da ist etwas Wichtiges. Das Spitzengebäude, das wir vorhin sahen, ist verschwunden. Siehst du es noch?«

»Nein. Auch nicht im Spiegelbilde.«

Eynitz warf das abgebrannte Lichtchen fort. Nach kurzer Ruhepause der Augen sah man wieder vor dem Glitzern des Leuchtmooses das schleierhafte Gewebe, aber nur um das Spiegelbild des Hutes.

»Wir müssen das Ding heraufholen,« sagte Eynitz.

»Natürlich, ich will meinen Hut haben,« scherzte Harda.

Eynitz gab ihr die Streichholzbüchse. Sie leuchtete, er kletterte vorsichtig hinab. Das Wasser war ganz flach. Bald konnte er den Hut, den er äußerst bedachtsam nur von unten unterstützte, hinaufheben.

»Nur unten anfassen,« rief er Harda zu, »damit der Aufbau nicht verletzt wird.«

Sie brachten den Hut glücklich herauf. Als das Lichtchen verlosch, erkannte man im Dämmer der Höhle überhaupt nur ungefähr die Umrisse des Hutes. Aber brachte man ihn direkt vor das Leuchtmoos, so trat der Aufbau schattenhaft hervor. Nur unter einem ganz bestimmten Winkel sah man in dem vom Wasser reflektierten Lichte deutlich die feinen Zeichnungen, und zwar in rötlicher Farbe.

Sie staunten das Wunder an.

»Grünlich hier und da rötlich,« sagte Harda.

»Im gewöhnlichen Lichte sieht man's nicht, nur vor dem Leuchtmoose – was heißt das?« bemerkte Eynitz. »Dieses Licht enthält hauptsächlich Strahlen, die vom Blattgrün ausgehen. Wenn man die übrigen vom Spektrum ausscheidet, wird man diese Beleuchtung auch künstlich erhalten können. Aber das Merkwürdigste! Irgend etwas Genaueres zeigt sich nur, wenn das Licht in einem bestimmten Winkel gespiegelt ist – das ist also polarisiertes Licht – – hm! Da muß eine ganz merkwürdige Verbindung von Polarisation und Absorption zusammenwirken.

Der Aufbau wird aus einem doppelbrechenden Stoffe bestehen. O – da fände sich vielleicht ein Weg – – Wenn nun der eine gebrochene Strahl rot wäre – das Blattgrün enthält ja rote Strahlen – « Er verfiel in Nachsinnen und schwieg.

»Ob man das Gewebe auch fühlen kann?« fragte Harda.

»Erst wollen wir das Ganze ans Tageslicht befördern,« meinte Eynitz. Er leuchtete mit den Streichhölzern. Sorgfältig, als hätte sie eine Last zu balancieren, trug Harda den Hut auf den flachen Händen bis zum Ausgang der Höhle. Eynitz bog die Zweige der Buchenbüsche auseinander. Der Hut wurde an den Tisch getragen und wie ein Heiligtum hingelegt. Man sah nichts als den Hut. Jeder hätte lachen müssen, der die Feierlichkeit beobachtet hätte, womit dieser moderne Damenhut, der sichtbare Spuren künstlicher Verbiegung trug, auf dem Tisch deponiert wurde.

»Er muß schon vor dem Regen in die Höhle gebracht worden sein,« sagte Harda. »Ich muß mal tasten.«

Und ehe Eynitz sie hindern konnte, hatte sie ihre Hände dem über dem Hut vermuteten Aufbau genähert.

»Ich fühl's,« rief sie überrascht. »Das ist ja ganz fest! Wie ein Drahtgitter. Man kann alles abtasten. Aber sehen kann man nichts.«

Nun überzeugte sich Eynitz auch von der Tatsache.

»Der Stoff muß dieselbe Lichtbrechung besitzen wie die atmosphärische Luft,« sagte er.

»Was kann das sein?« fragte Harda.

»Meiner Ansicht nach gar nichts anderes, als eine Baulichkeit der Idonen, sagen wir ein Nest, wozu sie aus irgend einer Ursache deinen Hut als Untergrund geeignet gefunden haben.«

»Manchmal glaubt man ja einen Schimmer zu sehen,« bemerkte Harda. »Hier und da Reflexe. Aber nur ganz undeutlich. Doch jetzt – siehst du nicht auch?«

Die Sonne war bisher noch hinter Wolken verborgen gewesen. Jetzt trat sie hervor und bestrahlte das grüne Buchenlaub. Der Reflex fiel auf den Tisch. Und wirklich sah man da schwach, ganz schwach, dasselbe Gitterwerk wie in der Höhle.

Die Sonne verbarg sich wieder und damit verschwand die Erscheinung.

»Was tun wir?« fragte Harda.

»Wir transportieren das Ganze sorgfältig ins Laboratorium, dort werden wir es näher studieren. Ich habe einen Plan. Es scheint, deine Hüte bringen mir Glück.«

»Aber so können wir doch mit dem Hute nicht durch die Fabrik ziehen?«

»Nein, wir werden einen großen Pappkasten herschaffen. Ich will gleich hinuntergehen, du mußt inzwischen unsern Schatz bewachen.«

»Weißt du, sagte Harda, »da will ich lieber den Karton besorgen, bleib du hier. Es wird nicht lange dauern. Übrigens – bis an unsern Garten können wir ja doch den Hut auch so tragen. Schwer ist er nicht.«

»Du hast recht.«

Harda beugte sich nochmals mit dem Gesicht nahe herab, wo sie den Bau mit der Hand fühlte. Die Sonne war wieder hervorgetreten. Der grüne Buchenschein bestrahlte ihr Haupt.

Eynitz neigte sich zu ihr nieder. Er küßte leise ihr Haar.

»Ich glaube, Lieb, du hast Idonenhaar. Es schimmert so geheimnisvoll grünlich wie der Schein des Idonengespinstes. Hier aber halte ich beides. Das ist mein Schicksal.«

Erfolge

Wenige Tage später, es war Anfang Juli, als Harda frühzeitig nach dem Hühnerhofe hinüberschritt, kam der alte Wächter Gelimer augenzwinkernd an sie heran und sagte:

»Nehmen Sie's nicht übel, Fräulein, ich muß Ihnen mal was sagen. Nämlich, drüben auf dem Friedhof, da spukt's wieder. Heute nacht um Zweie hab' ich's gesehen; ganz gewiß. Und jetzt blüht der Goldregen nicht mehr.«

Er blickte sie schlau an.

»Gelimer,« sagte Harda lächelnd, »heute nacht war's wohl sehr kalt?«

»Nee, nee, gar nicht, es war sehr milde. Auch nicht einen Schluck habe ich genommen. Aber es waren viele gelbe und rote Lichter, die zwischen den Bäumen herumflogen.«

Harda versuchte gutmütig, dem Alten seine Beobachtung auszureden, aber sie war jetzt überzeugt, daß sich die Idonen dort bei der Sternentaupflanze, die sich Hedo nannte, ein Stelldichein gegeben hatten. Sie war lange nicht dort gewesen und hatte nur von Eynitz gehört, der einmal am Tage das Grab ihrer Mutter aufgesucht hatte, daß auch dort alle Sporenkapseln abgeschnitten seien. Eine nicht unerhebliche Menge eingetrockneten Rorins hatte er gesammelt und mitgebracht. Vielleicht hatten die Idonen jetzt ihren Versammlungsplatz dorthin verlegt.

Harda beeilte sich möglichst nach dem Laboratorium zu kommen, wo sie Werner zu treffen hoffte. Er wünschte sich jetzt nichts mehr, als wieder einmal auf lebende Idonen zu stoßen. Und das hing mit der Auffindung von Hardas Hut in der Höhle zusammen.

Die Untersuchung im Laboratorium hatte zwei interessante Tatsachen zu Tage gefördert. Zunächst war festgestellt worden, daß in chemischer Hinsicht das Material der feinen Fäden, aus welchen der Bau auf Hardas Hut hergestellt war, identisch war mit dem Rorin. Es war auch gelungen, bei besonderer Behandlung das Rorin in Fäden auszuziehen, die sehr elastisch waren. Zweitens aber verhielten sich diese Rorinfäden in ihren optischen Eigenschaften ganz ähnlich wie das von den Idonen hergestellte Gespinst, wenn sie auch nicht dessen außerordentliche Feinheit und Durchsichtigkeit besaßen.

Eynitz war geneigt daraus zu schließen, daß vielleicht die Idonen ihre Schleier aus demselben Material verfertigten. Wenn das aber der Fall war, so hoffte er, die Idonen auch für Menschenaugen unter Umständen sichtbar machen zu können.

Zahlreiche Versuche im Laboratorium hatten nämlich zu dem Ergebnis geführt, daß das Idonengespinst und in geringerem Grade auch die Rorinfäden Doppelbrechung besaßen. Im Tageslichte und bei gewöhnlichem künstlichem Lichte waren sie schwer sichtbar. Wenn man sie aber samt ihrer Umgebung ausschließlich mit grünem Lichte von derselben Zusammensetzung beleuchtete, wie sie das vom pflanzlichen Blattgrün zurückgeworfene Licht besaß, so zeigte sich von den beiden entgegengesetzt polarisierten Strahlen der eine rot, der andere grün. Löschte man diesen durch einen geeigneten Analysator aus, so erhielt man deutliche, rötlich gefärbte Bilder. Als Analysator hatte in der Höhle der Wasserspiegel gedient.

Auf Hardas Frage, woher das komme, erwiderte Eynitz, daß er die Tatsache eben rein empirisch gefunden habe. Eine ausreichende optische Theorie könne er schon aus Mangel an physikalischen Kenntnissen nicht im einzelnen geben. Die Tatsache steht fest. Die physikalischen Gesetze sind im ganzen Weltall dieselben; dagegen könne der Bau bestimmter Apparate und organischer Stoffe, die Struktur ihrer Gewebe, zahllose Verschiedenheiten besitzen, die wir noch nicht kennen. Je nachdem wir Linsen und Prismen anordnen, vermögen wir optische Instrumente mit den verschiedensten Wirkungen zu konstruieren. Ebenso müssen wir darauf rechnen, in Organismen, deren Zellenstruktur wir noch nicht kennen, auch auf überraschende Apparate und demnach auf optische Erscheinungen zu stoßen, über deren Ursache uns erst eine spätere, wissenschaftliche Untersuchung wird aufklären können. Die Hauptsache aber war vorläufig eine neue Beobachtung.

Der Erfolg, das Idonengespinst durch besondere Beleuchtung sichtbar zu machen, ließ sich auch subjektiv erreichen bei Betrachtung mittels eines farbigen Glases und eines Nicolschen Prismas. Wenn man durch ein Glas sah, das mit Ausnahme der Blattgrünstrahlen alle andern

Farben stark, aber nicht völlig, abblendete, so gelang es, bei einer bestimmten Stellung des Nicols auf dem matten Hintergrunde der Umgebung das Idonengespinst als eine dunkelrötliche Zeichnung zu erkennen. Zu diesem Zwecke hatte sich Eynitz von dem geschickten Wiesberger Optiker einen einfachen Apparat konstruieren lassen, ein Nicolsches Prisma mit passender Blendung vor einem guten Opernglase.

Sollte es nun nicht vielleicht auch möglich sein, Idonen im Tageslicht auf diese Weise sichtbar zu machen?

Ja, wenn man es nur probieren könnte! Aber Idonen hatten sich nirgends mehr gezeigt. Was der Bau auf Hardas Hut für die Idonen bedeutete, war den Menschen nicht bekannt. Doch darauf kam es auch nicht an. In Wirklichkeit war es nicht ein Wohnhaus, wie Eynitz glaubte, sondern eine Konstruktion zu technischen Zwecken, zu deren Unterbau die Idonen in Ermangelung eines andern geeigneten Materials Hardas Hut benutzt hatten.

So war denn Eynitz sehr erfreut, als ihm Harda die Nachricht brachte, daß der alte Gelimer Gespenster gesehen habe.

Er entschloß sich, sogleich seinen Apparat auf dem Friedhof zu probieren, ob es ihm gelänge, vielleicht Idonen auf diese Weise zu bemerken. Freilich, wer konnte sagen, ob die Idonen sich überhaupt noch am Schauplatz ihrer nächtlichen Versammlung befanden? Aber es war doch die Hoffnung dazu vorhanden.

Gern hätte ihn Harda begleitet und sich an dem Versuche beteiligt. Indessen schien es beiden zu auffallend, zusammen nach dem Friedhofe zu gehen und sich dort längere Zeit aufzuhalten; denn man mußte darauf rechnen, daß man stundenlang auf gut Glück zu warten haben würde.

Es war Eynitz sehr peinlich, daß er sich Hardas Vater gegenüber noch nicht erklärt hatte und so beide zur Verheimlichung ihrer Liebe gezwungen waren. Aber Harda hatte sich bis jetzt nicht entschließen können, zu ihm von ihren häuslichen Verhältnissen zu sprechen, bis nicht irgend eine Klärung inbezug auf des Vaters häusliche Verhältnisse eingetreten wäre. Und so nahm sie das Glück ihrer Liebe als ein Geschenk, wie es sich bot, und wartete vertrauensvoll auf den Augenblick, der ihr die Möglichkeit geben würde, es zu offenbaren.

Harda hatte, etwas zurück im Zimmer stehend, Werner nachgeblickt, als er zu seiner Expedition nach dem Friedhof ging, und verharrte so noch eine Weile nachdenklich. Da sah sie ihren Vater in eifrigem Gespräch mit Doktor Emmeyer vom chemischen Laboratorium her auf das Kontor zuschreiten. Schnell war sie die Treppe hinabgehuscht.

»Darf ich mit?« rief sie dem Vater zu und hängte sich an seinen Arm.

Die dunklen Augen des Vaters leuchteten fröhlich, als er zu ihr aufblickte.

»Du kommst schon zu spät,« sagte er scherzend. »Es war sehenswert, was mir eben Herr Emmeyer gezeigt, erklärt und bewiesen hat. Und – Harda –« er blieb stehen und nickte ein paar mal langsam mit dem Kopfe – »alle Achtung! Eine großartige Sache. Es handelt sich auch um dich, um deinen Sternentau.«

Harda blickte zu Emmeyer hinüber.

»Haben Sie etwas mit dem Rorin herausgebracht, Herr Doktor?« fragte sie.

»Ich muß es dem Herrn Direktor überlassen, zu bestimmen, was ich darüber mitteilen darf,« sagte Emmeyer lächelnd.

»Dann steht's gut, das seh' ich dir an, Vater!« rief Harda fröhlich. »Natürlich muß ich alles wissen.«

»Ich ginge gern noch einmal mit dir, um mich mit dir zu freuen, Herzel. Aber meine Zeit drängt. Die Post wartet schon. Vielleicht ist Herr Emmeyer so freundlich, dir die nötigen Erklärungen zu geben. Sagen Sie ihr nur alles. Und das will ich dir schon jetzt verraten, Kind. Wir kaufen dir jede Quantität Rorin ab, d. h. wir nehmen das Vorkaufsrecht für sämtliche Sternentaupflanzen in Anspruch. Überlege dir deinen Preis.«

Über Hardas Gesicht blitzte es übermütig. »Ich weiß ihn schon! Leb wohl, Vater. Kommen Sie nur, Herr Doktor, ich bin furchtbar neugierig.«

Sie traten in das Gebäude. Vorsichtig nahm Harda ihre Kleider zusammen und schlüpfte zwischen den Apparaten und Bottichen hindurch.

Emmeyer legte die Proben von Resinit vor, große Stücke in rohem Zustande und in gehärtetem, sowie in verschiedene gebrauchsfähige Formen gebracht. Er erklärte:

»Zunächst darf ich daran erinnern, daß sich unser Resinit vom Kautschuk in einem wesentlichen Punkte unterscheidet. Der Kautschuk erhält seine Festigkeit und Elastizität erst durch das Vulkanisieren, wenn er zugleich in die Form gebracht wird, in der er zur Verwendung kommen soll. Unser Resinit aber, dessen Grundstoff ja mit den Gummisäften gar nichts zu tun hat, besitzt alle seine Vorzüge schon als Rohmaterial, so daß es als solches zur Versendung kommen kann, und verliert diese bei der Formgebung nicht, die durch einfaches Pressen bei sehr mäßiger Erwärmung geschieht. Das hier nun ist unser bisheriges Fabrikat, Sie kennen es ja. Und dieses hier ist das neue, gewonnen durch Zusatz von Rorin. Den Unterschied im Gewicht fühlen Sie schon mit der Hand.«

Harda wägte die beiden gleichgroßen Stücke, die Emmeyer ihr gab, in beiden Händen und sagte überrascht:

»Das neue ist ja nur halb so schwer.«

»Ja,« sagte Emmeyer mit freudestrahlendem Gesicht. »Aber es hat noch andre Eigenschaften.«

Sie gingen weiter. Emmeyer erläuterte die Prüfungen auf Härte, auf Elastizität, auf Inanspruchnahme durch Druck, durch Zug, durch Torsion. Hier der Widerstand gegen Abreiben und Abschleifen, hier die Ausdehnung bei Temperaturerhöhungen, hier die isolierende Wirkung bei elektrischen Strömen. Alles hatte sich bedeutend vorteilhafter erwiesen als bei dem früheren Produkt, vor allem aber übertraf die Elastizität alle Anforderungen, die man nur an das Resinit stellen konnte.

Harda staunte.

»Aber das ist ja glänzend, Herr Doktor!« rief sie. »Wenn das nur im Großen nicht etwa wieder versagt?«

»Das ist ausgeschlossen diesmal. Denn – der Versuch ist schon gemacht und gelungen. Da« – sie traten in einen neuen Raum – »da sind die drei Blöcke im Großen, von denen die Proben, die Sie gesehen haben, abgeschnitten sind. Das ist eine Überraschung, gelt?«

Harda sah ganz verwundert von den Resinitblöcken auf den Chemiker und wieder zurück. Sie wußte nicht, was sie denken sollte.

»Ich verstehe nicht, Herr Doktor – wo kommen die Blöcke her? Sie konnten doch nicht heimlich die Kocher in Tätigkeit setzen.«

»Nein,« lachte Emmeyer. »Das ging freilich nicht. Dies hier ist ein Teil von dem alten, verunglückten Produkt, drei Doppelzentner; die habe ich in der üblichen Weise nochmals verflüssigt und dann mit einem Zusatz von Rorin versehen und so weiter. Nach der Härtung haben sie fast das doppelte Volumen bekommen und alle die Eigenschaften, die wir erprobt haben. Wir können also unser bisheriges Fabrikat ohne weiteres veredeln.«

Harda schlug die Hände zusammen.

»Das wäre ja – nein, ist es wirklich wahr? So ein Glück! Da gratuliere ich. Aber wie ist das möglich? Woher hatten Sie soviel Rorin?«

»Wirklich verbraucht habe ich von dem angewendeten nur drei Gramm, auf den Doppelzentner ein Gramm, auf das Kilo ein Zentigramm. Aber es ist kein Zweifel, daß wir später auch davon noch einen Teil werden sparen können.«

»Das ist ja unglaublich.«

»Die mikroskopische Untersuchung erklärt das Rätsel. Die Masse ist nämlich von zahllosen mikroskopischen Hohlräumen durchsetzt, die jene günstigen Veränderungen der Eigenschaften bedingen, sowohl die Verminderung des spezifischen Gewichts als die Elastizität.«

»Aber wie kommt es, daß unsere ersten Proben auch so gut ausfielen, und dann doch der Versuch im Großen nicht gelang?«

»Diese ersten Proben zeigten, wie wir erst später unter dem Mikroskop erkannten, auch die poröse Grundstruktur. Aber niemand konnte wissen, welcher Nebenumstand sie hervorgebracht hat. Auch jetzt war es ja nur ein Versuch aufs Ungewisse, den ich mit dem minimalen

Zusatz von Rorin machte, und ein Glücksfall, daß ich das Richtige traf. Nunmehr ist mir erst klar geworden, warum wahrscheinlich die ersten Proben so günstig ausfielen – es befanden sich auch einige weniger gute dabei, doch konnten wir uns das damals nicht erklären. Ich erinnerte mich nämlich, daß ich in denselben Räumen den Saft von Sternentaupflanzen eingekocht hatte, und ich darf wohl annehmen, daß die Spuren von Rorin, die dadurch ohne unser Wissen gegenwärtig waren, schon den ersten Erfolg hervorgerufen hatten.«

»Wie können aber solche geringe Zusätze so gewaltige Änderungen erzeugen? Ich verstehe nicht –«

»Wir nennen das eine katalytische Wirkung. Das Rorin tritt gar nicht in die Verbindung des Stoffes, des Resinits, dauernd ein. Es beschleunigt nur den chemischen Prozeß der Verbindung der übrigen Bestandteile, und durch diese Beschleunigung bildet sich die poröse Struktur. Ein Vergleich: Eine Maschine will nicht in Gang kommen, die Reibung der einzelnen Teile an einander ist zu groß. Da bringen wir eine Kleinigkeit Öl dazwischen, und das Schmiermittel, obgleich es kein Teil der Maschine wird, ermöglicht doch erst ihren Gebrauch. Ein solches Schmiermittel ist das Rorin für den Gang der chemischen Maschinerie. Es ist eben Glückssache, wenn man's findet.«

»Auf die Weise ist alles Glückssache. Machen Sie Ihr Verdienst nicht kleiner, als es ist, Herr Doktor! Ich freue mich ja so sehr!«

»Lassen wir das Verdienst, der Verdienst ist die Hauptsache! Denken Sie, die Herstellungszeit des Resinits wird nun auf die Hälfte herabgesetzt. Was das allein für eine Ersparnis bedeutet!«

»Aber nun kommt noch der Preis des Rorins dazu, den kennen Sie doch gar nicht,« sagte Harda lächelnd.

»Ja, da sind wir freilich auf Sie angewiesen, gnädiges Fräulein. Aber hübsch ist es, daß Ihr Sternentau, da mit seinen unsichtbaren zerfließenden Früchten nichts anzufangen war, uns dafür seinen Milchsaft beschert hat. Wir werden es nun wohl gar nicht mehr zur Fruchtentwicklung kommen lassen?«

»Nein,« antwortete Harda nachdenklich, »damit wird's nun freilich wohl nichts werden. Na, ich will schon den Rorinpreis so stellen, daß die Hellbornwerke bestehen können und Sie auch.«

Ein junger Mann kam herein und trat eilig auf Emmeyer zu.

»Herr Direktor Kern ist am Telephon,« sagte er, »und läßt das gnädige Fräulein bitten, möglichst bald zu ihm ins Privatbüro zu kommen.«

»Ich komme schon,« rief Harda. »Also adieu, Herr Doktor, grüßen Sie Ihre liebe Frau. Die wird sich auch schön freuen, daß Sie einen so großartigen Erfolg erzielt haben.«

»Die darf noch nichts wissen, noch niemand, ohne Einwilligung der Direktion. Aber daß mir Ihr Herr Vater bereits eine erhebliche Zulage versprochen hat, das darf ich schon sagen. Und daß sie sich heute noch das Kostüm zum Sommerfest –«

»Das blaue, das ihr zu teuer war? Ja, ja, das soll sie nur nehmen!«

»Ich will's ihr sagen! Vielen Dank, gnädiges Fräulein.«

Harda schüttelte Emmeyer die Hand und lief zum Vater hinüber.

Als sie eintrat, saß er nachdenklich vor seinem Tische. Jugendlich frisch sprang er auf, ging ihr entgegen und zog sie dann neben sich auf das Sofa.

»Mädel,« sagte er, sich die feinen Hände reibend, »heute ist ein Glückstag. Da liegt das Aktenstück. Es ist alles fix und fertig, sie kann mir nichts mehr anhaben. Der Justizrat hat's durchgesetzt. Aber –«

Er zog die Augenbrauen in die Höhe und strich sich das Haar mit beiden Händen von hinten über die kahlen Schläfen.

»Geld kostet es – Harda – 's ist schauerlich. Ich weiß wirklich nicht, ob ich's tun durfte.«

»Selbstverständlich, Vater! Das ging nicht anders. Ich habe dich ja so gebeten – was es auch koste, die Breslauer Geschichte muß aus der Welt.«

Er seufzte und sagte darauf. »Ich freu' mich ja auch, daß es so weit ist. Sie will heiraten, dazu braucht sie so viel, meint sie – – Und es ist mir jetzt wirklich recht schwer. Ich werde von meinen Hellbornaktien verkaufen müssen, gerade jetzt, wo sie binnen kurzem hinaufschießen müssen. Denn nach dem neuen Verfahren – Ich bin überzeugt, wir werden nächstes Jahr dreißig Prozent Dividende geben können.«

»Verkaufen sollst du nicht, Vater. Ich kann ja frei über meine Staatspapiere verfügen. Die nimmst du. Wird es reichen?«

»Das schon, jedoch – sicher ist sicher –«

»Ich will's aber. Ich will nämlich selbst spekulieren. Wir werden uns schon verständigen. Was du dadurch gewinnst, wird halbiert. Ich vertraue auf meinen Sternentau.«

»Ja, Herzel, ich glaube, das kannst du. Das ist eine tolle Geschichte. Es ist mir ja nicht recht, dich in Anspruch zu nehmen. Und doch ist es wohl das Vorteilhafteste für uns alle. Nun, wir werden uns schon einigen, ich will mir die Sache noch berechnen. Ich muß ja doch an Sigi denken. Als deine Großmutter starb, lebte Sigi noch nicht, sie hat nichts Eigenes, ich muß für sie sorgen.«

»Eben darum sollst du alles von mir nehmen. Ich würde mich schon durchschlagen, auch wenn 's verloren ginge. Aber wie's heute steht, so mache ich zweifellos ein gutes Geschäft. Und nun laß dich mal küssen, Vater! Ich bin ja so glücklich. Nun wird alles gut werden.«

»Du bist mein braves Mädel.« Er sah mit Stolz zu ihr empor, die vor ihm stand.

»Und du bist nicht mehr böse, daß ich – daß ich den Brief an Frickhoff –«

»Ach Kind, da wollen wir gar nicht mehr davon sprechen. Sorge du nur dafür, daß dein Sternentau richtig Rorin produziert. Wir werden ihn massenhaft brauchen. Das Wunderzeug muß methodisch angepflanzt werden.«

»Hm,« sagte Harda wichtig. »Was denkst du von unsrer Sternentau-Kommission? Wir mußten doch auf Material für die Zukunft denken, falls wirklich etwas Brauchbares aus dem Ros stellarius herauskommen sollte. Gleich in der ersten Woche haben wir Kulturen angelegt, hinten bei den Warmhäusern und im Walde, d. h. wo der Park an den Wald stößt. Da haben wir schon ganze Reihen von jungen Pflanzen gezogen, die im Herbst ausgesetzt werden können. Ich weiß von der Anpflanzung in meinem Zimmer, daß sie dann schon im Frühjahr – blühen – na ja, – natürlich muß Efeu dabei sein, sonst gedeiht der Sternentau nicht. Aber da werden wir wohl später andre Aushilfe finden.«

»Das ist prachtvoll. Wir haben ja noch ein großes Waldgebiet.«

»Übrigens, der Sternentau, von dem das erste Rorin stammt, gehört eigentlich Onkel Geo. Und wie die Brutknospen gelöst und verpflanzt werden müssen, das hat Herr Doktor Eynitz erst richtig herausbekommen. Überhaupt, die ganze Idee zu den Anpflanzungen geht von ihm aus –«

»Hm, ja, mit Onkel Geo und dem Doktor müssen wir uns einigen. Dabei rechne ich mit auf dich. Überhaupt, Kind, ich bin dir so zu Dank verpflichtet.«

»Vater!«

»Wir müssen auch an dich denken. Du sollst froh und glücklich sein, du wünschest dir Freiheit. Bis jetzt ging's eben nicht anders. Aber nun wird doch wohl Minna sich beruhigen. Wenn es ihr besser geht, dann ließe sich vielleicht bald dein Wunsch erfüllen. Es wäre mir natürlich sehr schwer, dich nicht mehr hier zu haben; aber – wenn du den Kommerzienrat genommen hättest, wärst du ja zum Winter auch fortgegangen. Wenn du also wirklich noch auf die Universität willst – zum nächsten Semester – ja, dann hätte ich eigentlich kein Recht mehr, dich hier zu halten. Du hast dir doch deine Freiheit verdient.«

Harda saß still auf ihrem Platze mit niedergeschlagenen Augen. Sie hielt die Hände auf dem Schoße gefaltet. Beide schwiegen.

Nach einiger Zeit begann Harda:

»Ich gehe nicht fort, bis wir nicht sicher sind, daß die Anfälle der Tante aufgehört haben – oder – bis Sigi aus dem Hause ist. Allein lasse ich sie nicht, sie soll nicht erleben, was ich erlebt habe.«

Kern zog sie an sich. »Du armes, liebes Kind,« sagte er, »das wird ja besser werden. Ich werde das Meinige dazu tun.«

»Du kannst es,« sagte sie, den Vater mit großen Augen ansehend.

»Du meinst –?«

»Wir sind nun beide erwachsen. Wir haben ja so oft davon gesprochen. Wenn wir beide fortgingen, so wäre es doch das Beste – nicht? Ihr habt Euch doch so lieb, eigentlich. Es würde sich dann auch niemand wundern. Ich sehe keinen Grund, warum du nicht dein Versprechen einlösen solltest?«

Kern schwieg und sagte dann:

»Laß mir nur Zeit, Herzel. Erst denken wir einmal an dich. Du sollst nicht hier gefesselt sein. Jetzt sind ja wohl die Sternentau-Studien im Wesentlichen zu Ende. Da wird dir hier das Getriebe bald wieder zu viel werden, du wirst dich in deiner Weise beschäftigen wollen, und du sollst frei sein. Dafür zu sorgen, bin ich dir schuldig. Wegen Sigi werde ich dann schon einen Ausweg treffen. Vielleicht hat sie selbst Lust, einmal auf ein Jahr anderswohin zu gehen –«

»Vater,« unterbrach ihn Harda mit plötzlichem Entschluß, »mach dir keine Sorgen. Ich gehe nicht fort– diesen Winter noch nicht – freilich, was dann sein wird – das werden wir ja sehen –«

»Du willst nicht mehr studieren?«

»Doch, aber anders. Erst noch hier.«

»Hier. Wie? Bei Doktor Eynitz vielleicht?«

Harda sprang auf und legte dem Vater ihre Hände auf die Schultern. Sie beugte den Kopf zu ihm herab und sprach halblaut.

»Vater, ich will dir was sagen. Fall' nicht aus den Wolken. Ich hab' mich mit Werner Eynitz heimlich verlobt. Nun ist es heraus! Wir lieben uns. Heute schick' ich ihn dir noch her. Bis jetzt wollte ich's nicht, weil ich nicht konnte – weil ich's nicht übers Herz bringen konnte, von dem häuslichen – Jammer – zu sprechen.«

Sie schluchzte. Er streichelte ihre Wange.

»Aber jetzt – braucht man ja davon nichts mehr zu sagen. Jetzt bleib' ich nur wegen Sigi, aber das kann ich doch auch, wenn wir öffentlich verlobt sind. Und dazu sollst du mir deine Einwilligung geben.« Sie trocknete ihre Augen. Und da Kern noch schwieg, fuhr sie fort: »Weißt du Vater, er ist ja doch mein Sozius beim Sternentau, er ist doch beteiligt, es ist ja eigentlich eine Geschäftssache. Die Geschichte mit dem Sternentau ist noch gar nicht zu Ende – ich weiß nicht, was ich rede –«

Kern faßte sie in seine Arme. Er war wirklich wie aus den Wolken gefallen. Dann sagte er:

»So steht die Sache? O du –« er küßte sie – »nun, da ist freilich nicht viel zu sagen. Wer weiß denn davon?«

»Niemand – doch einer, Onkel Geo – weißt du, du warst doch verreist – sonst –«

»Sonst hättest du mir' s auch nicht gesagt? Ich kenne dich doch! Nun begreife ich auch die Absage. Ei, ei! Aber das geht nicht so! Schick mir nur gleich den Doktor her –«

»Vater, du bist nicht ungehalten? Er wollte durchaus zu dir gehen, aber ich hab's ihm verboten.«

»Und er mußte folgen? Na, der wird's gut haben. Also, ich lasse ihn zu Tische bitten, verstanden? Aber, wie willst du ihn denn jetzt auftreiben?«

»Ich weiß, wo er ist. Adieu, Vater!«

Harda fiel dem Vater wieder um den Hals und drückte ihn an sich. Dann riß sie sich los und war im Augenblick aus der Tür. Sie stürmte aus dem Hause, mit wirrem Haar. Die Comptoiristen sahen ihr neugierig durchs Fenster nach, als sie über den Platz eilte.

Ohne Hut, wie sie aus dem Laboratorium dem Vater entgegengesprungen war, lief sie jetzt durch die Fabrik, an der Portiersloge vorüber, die breite Straße entlang, dem Friedhofe zu. Er mußte ja noch dort sein, er mußte!

Sie war schon an der Villa vorüber und hatte den Park zur Rechten. Wo die Straße eine Biegung nach links machte, begegnete ihr auf einmal Leutnant von Tielen. Er schien es sehr eilig zu haben und grüßte etwas verlegen, ohne sie anzusprechen. Auch Harda hatte keine Lust sich aufzuhalten. Sie mäßigte ihre Schritte nicht und dachte nur, wo kommt der jetzt her? Vielleicht von den Schießständen? Dann hat er freilich einen Umweg gemacht. Das helle Kleid, das eben im Park hinter dem Gebüsch verschwand, hatte sie gar nicht bemerkt.

Erst als sie das Tor des Friedhofs erreicht hatte, blieb sie stehen und strich ihr Haar zurecht. Einen Augenblick dachte sie. »Habe ich mich nicht übereilt? Hätte ich nicht noch warten sollen? Oder es ihm zuerst sagen, daß ich mit dem Vater sprechen will? Muß er sich nicht wundern, daß ich plötzlich selbst getan habe, woran ich ihn so dringend hindern wollte?«

Aber sie suchte sich sogleich selbst ihren raschen Entschluß zu begründen. Ihr Verhältnis zum Vater, ihre ganze Situation hatte sich ja heute plötzlich verändert. Und selbst wenn die Tante in ihrem nervösen Zustande beharrte, so war doch der Anlaß fortgefallen, der ihr des Vaters wegen den Mund verschloß. Minna war dann einfach eine Kranke, und darüber konnte sie mit Werner sprechen, er war ja Arzt.

Das alles flog ihr blitzschnell durch den Sinn, aber eigentlich klar wurde sie sich nicht. Sie überließ sich ganz ihrem Gefühl. Und auf einmal überfiel sie wieder die Angst – wenn er die Idonen gefunden hatte, wenn sie doch gegen ihn feindlich vorgegangen wären – –

Mit Herzklopfen eilte sie durch die verwachsenen Gänge des Friedhofs nach der bekannten Stelle. Aber immer langsamer wurde ihr Schritt. Jetzt sah sie hinter dem Gesträuch eine Gestalt. Sie erkannte Werner. Vorsichtig schlich sie näher. Sie mußte lächeln. Er saß auf der Bank, auf der sie so oft geruht hatte. Neben ihm lag sein Strohhut und einige in Holz gefaßte bunte Glastafeln. Mit der rechten Hand hielt er sein Opernglas auf einen bestimmten Punkt gerichtet, während er mit der linken an der Einstellung des Nicols drehte. Sie folgte seinem Blicke. Dieser wies auf die Spitze eines Grabsteines in etwa zehn Schritt Entfernung. Dort konnte sie nichts erblicken. Leise trat sie noch einen Schritt vor.

Da knackte ein Zweig unter ihrem Fuße.

Werner nahm langsam die Hände mit dem Instrumente herab und drehte sich vorsichtig um. Er erkannte Harda und winkte ihr mit einer Kopfbewegung, zu schweigen. Sie schlich sich neben ihn.

Er gab ihr das Glas in die Hand.

»Vorsichtig!« flüsterte er. »Auf dem Borningschen Grabstein.«

Sie blickte durch das Instrument.

»Siehst du?« fragte er leise.

»Noch nicht,« antwortete sie ebenso. »Doch – jetzt – deutlich. Wie ein Schattenriß, eine zierliche Figur, rötlich hebt sie sich gegen die Baumwand ab.«

Eynitz nickte mit dem Kopf. »Viel heller, merkwürdiger Weise, als ich erwartet hatte.«

»Reizend,« bemerkte Harda. »Ich sehe nicht bloß den Schleier, ich sehe den ganzen Kopf. Sie bewegt die feinen Fühler. Darunter zwei dunkle Kreise.«

»Die Augen.«

»Dann kommt das Schleierkleid. Oh – ich glaube, sie sieht mich an –«

Harda schwieg, aber sie hielt noch immer das Instrument vor ihre Augen.

»Ja, ja –« sagte sie jetzt wie geistesabwesend. »Ganz sicher. Du hebst die Arme. Nein, nein. Sage es Ebah. Wir wollen die Pflanzen lieben –«

Die Hände sanken ihr herab.

Eynitz griff rasch zu.

»Was ist dir, Liebste?« fragte er erschrocken.

»Nichts, nichts. Ich sah eine Idone. Sie sprach zu mir. Ich weiß nicht, wie das möglich ist. Sie fragte mich, ob ich sie sähe und was sie jetzt täte. Dann fragte sie weiter, ob wir die Idonen verfolgten. Ich weiß nicht genau, was ich sagte, aber ich dachte, daß ich mit dem Efeu sprechen möchte und daß ich wohl weiß, die Pflanzen sind auch fühlende Wesen. Dann konnte ich das Glas nicht mehr halten.«

Eynitz hatte noch, während Harda sprach, wieder durch das Instrument nach dem Platze geblickt.

»Es ist nichts mehr zu sehen. Nirgends. Sie sind fort. Aber ich habe vorher wenigstens fünf oder sechs Idonen beobachtet. Kein Zweifel, wir können sie jetzt wahrnehmen, wenn wir wollen. Du brauchst dich nicht mehr zu ängstigen. Aber nun laß dich zuerst einmal begrüßen, Herzblatt. Fühlst du dich auch wohl?«

»Ganz wohl, wohler wie je. Ich bin ja so glücklich. Darum komm' ich hergelaufen.«
Sie schmiegte sich an ihn.

»Aber daß sie zu dir sprechen konnte –« begann Eynitz.

»Ach du,« schmeichelte Harda, »davon nachher. Du weißt ja noch gar nicht, warum ich hier bin.«

Sie wartete seine Frage nicht ab.

»Ich habe mit dem Vater gesprochen. Du möchtest gleich zu ihm kommen. Du sollst bei uns zu Tisch sein. Jetzt weg mit den Dingern, das hat nachher Zeit. Und das Rorin – na, du wirst staunen. Komm, komm! Ich erzähle dir unterwegs.«

Sie ergriff das Kästchen mit den Gläsern und zog den völlig Überraschten mit sich fort.

Elfen-Erbe

Der Blick von Geos Häuschen lief über grünende Wiesenflächen, weiterhin war er zum großen Teil von bewaldeten Hügelköpfen beschränkt. Nach Osten aber schweifte er weit hinein in das Wiesberger Tal mit seinen Dörfern, und im Süden ragte der Höhenkamm des Gebirges mit kühn geschwungenen, luftgetönten Formen herüber.

Geo Solves begleitete Eynitz vom Hause bis zur Tür seines Gärtchens, die nach dem schmalen, ländlichen Fahrwege sich öffnete.

»Nochmals meinen herzlichsten Dank,« sagte Eynitz. »Und nicht wahr, Sie nehmen es mir nicht übel, daß ich mir erlaubte, Sie zu stören, um aus Ihrem eigenen Munde zu hören, was Sie meiner Braut schon gesagt haben. Ich war ja doch nicht sicher, ob Sie nicht, um sie zu schonen und vor jeder Aufregung zu behüten, sich vorsichtiger ausgedrückt haben, als mir gegenüber nötig ist.«

»Dies nehme ich Ihnen gar nicht übel, im Gegenteil, es freut mich, daß Sie mir Gelegenheit gegeben haben, die ganze Frage mit Ihnen zu erörtern. Dieses plötzliche Verschwinden aller Idonen aus Ihrem Gesichtskreise, nachdem sie durch Ihre Gläserkombination für unsre Augen wahrnehmbar gemacht worden waren, mußte ja Bedenken erregen. Ich kam deswegen sofort her, als mir Harda die Nachricht telephonisch mitteilte, und habe hier bereits zwei Tage beobachtet, ehe ich mich unten in der Villa offiziell meldete. Und – ich sagte Ihnen ja schon – ich muß den Elfen als ein besonders günstiges Versuchsobjekt erscheinen, denn sie haben mich oft besucht, und, ich möchte sagen, direkt ausgefragt.«

Im Eifer des Gesprächs blieben beide an der Pforte stehen.

»Das war mir eben so ganz besonders interessant,« sagte Eynitz. »Ich konnte mir gar nicht erklären, daß sich dort auf dem Friedhof eine Idone offenbar mit Harda in Verbindung gesetzt hatte, ohne daß sie, wie das sonst der Fall war, ihren Kopf berührte. Sie nannten das Zerebralstrahlung.«

»Ja, so hat sich mir der Begriff in meinem Sprachzentrum gestaltet. Die Erregung geht von den Idonen aus, und sie haben mir dadurch mancherlei mitgeteilt. Um es nochmals kurz zusammenzufassen – diese merkwürdigen Wesen wissen jetzt, daß wir sie sehen können, und versichern, daß sie sich ganz von uns zurückziehen wollen. Wann und wie? Ob ich das erfahren werde, weiß ich noch nicht, aber ich zweifle nicht daran, daß es geschieht.«

»Also bleiben für uns zwei Hauptpunkte als Folgerungen. Erstens, wir haben keine neuen Angriffe von ihnen zu befürchten. Zweitens, wir können keine neuen Studien an ihnen machen. Das erstere ist erfreulich, das zweite ist schmerzlich.«

Geo bewegte zustimmend den Kopf.

»Und dennoch müssen wir froh sein, daß sich diese Vernunftwesen so entschlossen haben. Denn der Kampf mit ihnen hätte zu schweren Krisen führen können und für uns zu unerträglichen Situationen.«

»Nun aber bleibt die Frage,« fuhr Eynitz fort, »wie verhalte ich mich der Öffentlichkeit gegenüber? Ich habe doch noch einige Photographien und mikroskopische Präparate, ich habe das sogenannte Nest, und vor allem, ich habe an Ihren Beobachtungen einen Zeugen von zweifelloser Autorität.«

»Mein lieber Herr Doktor,« bemerkte Geo lächelnd, »darauf bauen Sie besser nicht. Bestehen Sie darauf, so würde ich mich ja verpflichtet fühlen, für Sie einzutreten, aber, glauben Sie mir, das würde Ihnen auch nicht viel nützen. Man würde eine achtungsvolle Verbeugung machen und mit Achselzucken sagen, na ja, der alte Solves fängt nun auch an, Gespenster zu sehen. Da hat ihm wohl seine Phantasie einen Streich gespielt.«

»So sollte die Menschheit von dieser folgereichen Tatsache nichts erfahren?«

»Die Menschheit – warum nicht? Aber in der Form des wissenschaftlichen Beweises – von diesem Versuche möchte ich Ihnen abraten. Sie werden zugeben, es hat einen eigentümlichen Beigeschmack, wenn Sie darlegen, es gibt eine Pflanze mit einem Generationswechsel, deren

zweite Generation intelligent Wesen sind, und wenn Sie dann auf das Verlangen, diese vorzu-
zeigen, sagen müssen: Ja, die sind verschwunden. Statt ihrer sondert die Pflanze jetzt einen
Milchsaft ab, der für die Industrie von größter Bedeutung ist. Insbesondere verdienen die Hellbornwerke daran Millionen.«

»Sie haben recht. Es ist alles so einfach, so klar, so natürlich – aber dem Außenstehenden,
der das nicht mit erlebt hat, wird es immer phantastisch erscheinen. Und aus Rücksicht auf die
Resinitfabrikation muß ich zurückhaltend sein.«

»Auch aus Rücksicht auf Harda. Die Konkurrenz würde eine etwaige Veröffentlichung bei
Ihrer Stellung zu Kern als eine unerhörte Reklame herabwürdigen. Warum sollen Sie sich ohne Not zum Märtyrer einer Überzeugung machen, indem Ihre Motive falsch und höhnisch
gedeutet werden? Da eben die Rolle der Idonen auf der Erde ausgespielt zu sein scheint, so
liegt auch kein aktuelles Interesse zur Veröffentlichung vor. Vervollständigen Sie Ihren Bericht,
aber deponieren Sie ihn bis auf weiteres an sicherer Stelle.«

»Es wird wohl das Beste sein. In der Tatsache jedoch, daß es, wenngleich nicht auf der Erde, eine derartige biologische Entwicklung gibt, und daß den Pflanzen ein unter Umständen
mitteilbares Vorstellungsvermögen zukommt, darin liegen Beweismittel von so überzeugender
Kraft für die Beseelung der Pflanzen vor, daß diese zur Geltung gebracht werden sollten.«

»Die Beweismittel würden aber nur dann erfolgreich sein, wenn sie Ihnen jederzeit zur Verfügung ständen, wenn Sie lebende Idonen auf der Naturforscherversammlung vorführen könnten.
Falls aber die Idonen von der Erde verschwinden, so sind wir auf den guten Glauben angewiesen.«

»Leider,« seufzte Eynitz.

»Wir wollen darum nicht zu sehr klagen,« sagte Geo. »Die Wissenschaft geht ihren Weg langsam, zuletzt werden sich immer Beweise für das finden, was wir zu verstehen reif sind. Für diejenigen aber, deren Neigung sich schon dem tiefen Gedanken von der Einheit des Erdbewußtseins
entgegen drängt, für die kann das nicht verloren sein, was wir davon erlebt haben. Und da wird
es früher oder später einmal gelingen, unsrer Zeit zum Bewußtsein zu bringen, nicht bloß,
daß es eine Pflanzenseele gibt, sondern daß es selbst bei einer Mitteilung der Pflanzenseele
an die Menschenseele mit natürlichen Dingen zugehen kann. Und die Hauptsache ist doch
immer, daß wir Erdenwesen alle uns verstehen lernen im gemeinsamen großen Bewußtsein
des Göttlichen.«

»Sie werden den Weg finden,« bemerkte Eynitz nach einer Pause bescheiden. »Der Dichter
vermag ihn zu wandeln.«

Geo blickte sinnend weit in die Landschaft und bewegte leicht das weiße Haupt.

»Wir wollen uns nicht mißverstehen,« sagte er. »Der Dichter hat keine Tendenz. Der Dichter
kann nur eine Form finden für das, was seine Seele im Innern bewegt, um es lebendig zu machen
in dem schönen Schein, der Wahrheit ist und Leben für alle, die daran teilnehmen. Aber wohl
kann in einem Dichter das Erlebnis jenes Zusammenhangs von Pflanze und Mensch so mächtig
werden, daß er es darzustellen versucht; selbstverständlich nicht um zu lehren, nein, sondern um
einem Gefühle Dauer zu verleihen, das nach Form verlangt. Solche Versuche sind berechtigt.«

»Ja,« entgegnete Eynitz, »aber es ist immer noch etwas anderes, ob der Dichter nur der Pflanze
seinen Mund leiht, wie das Märchen von je getan hat, oder ob sein Werk uns zwingt, die Pflanze
selbst zu hören als Kind der Mutter Erde, entsprechend unserm gegenwärtigen Wissen über
die Natur.«

»Na,« sagte Geo lächelnd, »zerbrechen wir uns nicht den Kopf. Nehmen Sie jetzt die Sache
zunächst praktisch und freuen Sie sich des Gewonnenen. Also heute soll endlich das große
Waldfest werden. Nun, Sie haben prächtiges Wetter.«

»Harda und ich wollen uns erst am Abend einfinden, wenn alles bereits im Gange ist. Die
näheren Bekannten wissen ja schon, wie es mit uns steht, also inzwischen wohl auch die ferneren.
Morgen früh erhalten sie dann die Verlobungskarten. Werden Sie auch zum Feste kommen?«

»Nein, lieber Doktor. Für mich ist das nichts. Und nun – leben Sie wohl. Viel Vergnügen.«

Er schüttelte Eynitz die Hand und sah ihm mit stillem Lächeln nach, wie er rüstig den Landweg hinabeilte. Dann schritt er langsam in das Haus.

***

Am späten Nachmittage, als die Schatten der Bäume sich über die Wiesen hinzustrecken begannen, wandele Geo Solves von seinem Hause dem Platze unter der Buche zu.

Er ließ sich auf der Bank nieder, labte sein Auge am grünen Lichtspiel des Laubes und folgte ausruhend seinen Gedanken, die in der Stille des Waldes umherwanderten. Wie oft hatte er hier gesessen und gelauscht der befreienden Stille, bis ein noch holderes Lachen aus dem Walde grüßte und das Glück der Jugend selig erneute. Ach, wenn nur sie das Glück fand, das sie verdiente! Ihr geheimnisvollen Elfen, wenn ihr um Menschenschicksal euch kümmert, segnet sie mit dem heiteren Frieden eurer Freiheit!

In seine Träume versunken fragte Geo sich gar nicht, was ihm aus der eignen Seele emporstieg, oder was ihm vielleicht eine freundliche Elfe zustrahlte. Wie ein Teil der lebendigen Natur atmete er mit dem erfrischenden Abendhauch des Waldes und verstand sein Geflüster.

Lag wirklich der Riese im Felsengrab? Regte er sich unwillig, gestört in seiner Ruhe? Oder war es der alte Gott, auf dessen Erwachen die Pflanzen hofften? Warum zog und schwebte es so seltsam durch die Luft um den Höhleneingang, flüsterte rings im Dämmer der Schatten bei Buche und Pflanzen? Worauf wartete der Wald?

Unberührt von der geheimnisvollen Erregung türmte sich der verwitterte Steinhaufen des Riesengrabes. Fester Granit war's ja freilich, aber doch nur ein Trümmerberg. Droben vom Felswall des Gebirges war er herabgestürzt, als noch ein längst entschwundener Gletscher das Helletal erfüllte. Fortgeschoben hatte ihn das Eis talabwärts mit dem hohen Steinwall, den es vor sich auftürmte. Das Eis war fortgeschmolzen, die Stirnmoräne des Gletschers war liegen geblieben, durch sie hatte sich die Helle die schäumende Bahn gebrochen.

Pflanze auf Pflanze wanderte zu und siedelte sich an. Mit ihnen waren die Tiere gekommen und der Mensch. In der Höhle flammte das neue Licht auf, das der Mensch entzündet hatte, das heilige Feuer. Und die hohe Eiche war gewachsen, die knorrige, und Menschen hatten sich unter ihr gelagert.

Aus jener Zeit war eine Sage gegangen durch die Geschlechter der Eichen und von ihnen vererbt zu den Buchen, als sie die Herrschaft im Walde antraten.

Eng schmiegte sich der Efeu an die Äste der Schattenden, als sie an diesem erwartungsvoll heranziehenden Abend zu Ebah von der Hoffnung der Pflanzen sprach, von der Hoffnung der Pflanzen auf ihren schlummernden Gott.

Denn sie erzählte der Lauschenden die Sage vom mächtigen Erdengott, der einst hier herrschte und lebendig war, der die Massen der Gesteine hob und zertrümmerte, der die Wasser rauschen ließ und im Sturmwind einherjagte, der im Donnerstrahl hinzuckte und leise, leise webte und baute in den zahllosen winzigen Tröpfchen des gestaltenden Lebensstoffes. Er waltete in den kleinen grünen Körnchen der Pflanzen, die es verstanden, die Luft zu zerspalten, und in den beweglichen Zellen, die das Erdreich nach Lebensnahrung durchwühlten. Sein Atem durchwehte den rauschenden Wald, und alles vernahm ihn, was darin wurzelte und wuchs und blühte, was darin kroch und summte und heulte von huschenden Tieren. Ihn verstand auch der Mensch, dem selbst die züngelnde Flamme gehorchte; und er verehrte in heiligem Schauer das göttliche Leben, das da flutete durch Stein und Pflanze und Tier wie durch Weib und Mann und die ruhmvollen Seelen der Helden. Das war das große Reich des Kampfes und der Liebe, darin alles zusammenwirkte, sich bedrängte, ergänzte, verzehrte und gebar und immer neu sich emporhob zur Welt des Lebens; das war das Reich der ewig werdenden Natur, die Gemeinsamkeit des Lebens im Heimatsstern, in der Erde, das Reich Urd.

Schwache und Starke gab's, Geringe und Mächtige, Kleine und Große in dieser umfassenden Einheit, aber in ihnen allen lebte die eine, dauernde Seele des Heimatssternes, der sie zeugte, nährte und zu sich nahm. Das eben fühlten sie alle als ihres Lebens Gemeinsamkeit. Die Pflanzen umtasteten mit ihren Wurzeln den schaffenden Gott, die Menschen riefen ihn an, im

Vertrauen stammelnd unter der Eiche, worin sie seine Wohnung sahen. Mensch und Tier und Pflanze, sie alle fühlten sich eins mit der nährenden Erde und dem wärmenden Himmelslicht im Zusammenhang des Gottes, der sie in sich faßt; still, gelassen und tief das sprossende Pflanzenreich, dunkel und flüchtig das Tier, und in unklarem Schauer der Mensch, in Furcht und Hoffnung.

Es kamen aber fremde Menschen ins Land und verkündeten einen fremden Gott. Von dem sagten sie, er wolle nicht im Walde wohnen und nicht in der Eiche und wolle nichts wissen vom Reiche Urd, dem ewig werdenden; denn er selbst habe die Erde und die Pflanzen und die Tiere geschaffen, damit sie dem Menschen dienen sollten. Nur zu den Menschen rede er. In einem neuen Geiste sollten sie sich verbinden, daß sie sich verstehen in einem gewaltigen Reiche des Glückes und der Liebe. Denn jenes Reich sei über der Erde, dahin könne nicht gelangen der wüste Wald und das heulende Tier, sondern nur der Mensch. Ihm allein glühe das Licht der Seele in ewiger Dauer und reinem Scheine; die Erde aber und ihre Geschöpfe seien seelenlos und tot. Hier im Reiche des Gewordenen müsse alles zugrunde gehen; unendlich walte das Leben nur da drüben, da droben.

Und die Menschen glaubten ihm. Nicht mehr genügten ihnen ihre Brüder in Wald und Busch; sie begannen zu verachten, was da wächst und leuchtet und sich freut und hofft im Scheine der Sonne und im Leben des schaffenden Planeten.

Da verleugneten sie den Gott der Erde und legten die Axt an seine Eiche.

So fielen die Menschen ab vom Reiche Urd und suchten nach einer neuen Seele, deren Nahrung, wie sie glaubten, sich nur finden lasse in jenem Reiche jenseits der Muttererde. Da wurden sie gelöst von Tier und Pflanze und der heiligen Einheit der Werdewelt.

Die Eiche stürzte, der Gott aber stieg hervor als Wetterwolke auf die Höhe des Gebirgs und schleuderte zürnend den Blitzstrahl in das Tal hinab und fluchte den Menschen, die ihn verleugneten. Dann zog er sich zurück tief in die Schluchten der Erde und harrte besserer Zeiten.

Und weiter sprach die Buche zur lauschenden Ebah:

»Wir Pflanzen aber blieben treu dem Gotte der Eiche. Darum zürnt uns der Seelengott jenseits der Erde und machte die Menschen taub für unsre Rede. Einst aber kommt die Zeit, da wird der Erdengott wieder erwachen und einziehen in sein altes Reich des ewig Lebendigen. Dann werden auch die Menschen uns wieder verstehen, dann werden sie sich mit uns vereinen als Brüder und mit uns leben als Kinder der großen Muttererde und fühlen in ihrer heiligen Dauerseele. Das aber ist es, was die Pflanzen erflehen vom Schicksal des Planeten, daß bald der Gott erwache, der im Berge schlummert, und von ihnen nehme das Leid, verkannt zu sein von den Menschen als seelenlos und stumm. Und so hoffen sie auf ihn, und lebhafter zittert es durch alle ihre Fasern, wenn in der Nacht geheimnisvoll ein Leuchten zieht ums Riesengrab.«

Als die Buche geendet hatte, schwieg Ebah lange in stillem Nachdenken. Dann sprach sie bescheiden:

»Hättest du mir die alte Kunde geraunt, Schattende, als ich zum ersten Male dich bat, da hätte ich wohl gläubig mit dir gehofft, daß der Gott uns erretten könne. Denn das ist ja unser Wunsch, daß er Einheit bringe mit den Menschen. Nun aber hat die neue Pflanze bei uns ihre Kapseln entfaltet und das Geschlecht der Idonen ist herausgestiegen, erleuchtet von einem Geiste, der noch größer ist als Menschenweisheit, und hat uns neue Einsichten eröffnet in die Seele der Menschen. Du weißt ja selbst, wieviel wir durch Bios Vermittlung erfahren haben von dem, was die Idonen über die Menschen erforschen konnten. Und wenn auch wir Pflanzen nicht alles zu erfassen vermögen von dem großen Zusammenhange, in welchem die Lebewesen der Erde stehen, so habe ich doch begriffen, daß wir uns von den Menschen eine falsche Vorstellung gemacht haben.«

»Willst du damit zweifeln an der ehrwürdigen Sage, die wir Buchen erhielten von den Eichen jener Zeit, da der Gott noch wachte?«

»Ich glaube gern, daß die Sage wahr berichtet von einem Vorgang, der in der Menschen Seelen eine Wandlung hervorbrachte. Aber der Gott, der in der Eiche wohnte und der jetzt im

Berge schlummern soll, und der Seelengott, der ihn vertrieben hat, das können doch nicht wirkliche Lebewesen sein wie Pflanzen, Tiere oder Menschen oder wie die Planeten selbst. Das sind doch nur Bilder für jene Art zu denken, die in den Lebewesen mächtig ist. Und wenn du vom Erwachen des Gottes sprichst, so ist damit bloß gemeint, daß eine gewisse Anschauungsweise allmählich durch eine andre ersetzt werden wird; ich meine, daß in den Menschenseelen die Vorstellung von der Einheit der Erde wieder Macht gewinnt. Also sagt uns die alte Kunde auch nichts andres, als was wir hoffen, nämlich daß zwischen den Lebewesen der Erde sich ein besseres Verständnis vorbereitet. Und wenn ich recht verstanden habe, was Bio von den Forschungen der Idonen berichtete, so haben eben die Menschen den richtigen Weg eingeschlagen, von ihrer Seite her unser Pflanzenwesen besser zu verstehen.«

»Du selbst aber, Ebah, die jetzt so weise redet, hast ja die Menschen belehren wollen, was sie sollen.«

»Ja, Schattende, doch ich habe jetzt eingesehen, daß ich es wohl gut meinte, aber Unmögliches mir erdachte. Ich habe es eingesehen, seitdem ich mit Harda selbst sprechen durfte und nun lange unser Gespräch nachträglich erwog. Hat doch auch Harda meiner Tochter Hedo gesagt, daß sie um unsre Seele wisse, als die Idone Adu ihre Gedanken vermittelte. Schon viele Menschen mag es geben, die uns unsern Seelenanteil am Pflanzengeiste nicht mehr absprechen. Aber ich weiß auch, daß wir Pflanzen in dieser Sache nichts tun können. Du hast mir die Geduld gepriesen als der Pflanzen höchsten Vorzug. Geduld zu gewinnen, darin will ich dir folgen. Wir müssen es abwarten, daß uns die Menschen unser Recht gewähren. Aber wir dürfen jetzt froh darauf vertrauen, daß der Planet uns wieder reicheren Seelenanteil schenken wird. Harda habe ich verstanden, besser als ich die Idonen verstehe, wenn sie sagte, daß die Menschen von der Einzelseele zur Allseele kommen. Dahin streben sie, und da müssen sie die Pflanzen treffen. Ich aber will ausharrend fortschreiten auf meinem Wege und dem Herbste vertrauen, der mir die Blüte bringt. Dankbar bin ich den weisen Idonen, daß ich reden durfte mit einem Menschen, und daß ich nun weiß, auch er hat mich lieb, den ich für den besten und liebsten halte.«

»Weißt du,« sagte die Buche gemütlich, »ich sehe ein, daß du eigentlich meiner Erziehung gar nicht mehr bedarfst. Dein Umgang mit den Menschen hat dich so klug gemacht; vielleicht bist du nächstens auch stark genug, deine Äste ohne meine Hilfe zu tragen.«

»Spotte nicht, Schattende. Ich bin freilich etwas klüger geworden, weil ich über den engsten Kreis der Pflanzenseele hinausschauen durfte. Ich glaube nicht mehr blindlings an alles, was das weise Moos uns lehren will; ich weiß, daß Menschen andre Aufgaben haben als Pflanzen. Aber eben darum bleib' ich bescheiden. Denn klug sein heißt seine Grenzen erkennen. So weiß ich wohl, daß mein Blick zwar hinausreichen kann über die Dunkelgrenze deines Buchenlaubes, daß aber mein Stamm deiner Stärke bedarf, du Gute, mich zu schützen und zu tragen. Und so erkenne ich auch der Pflanzen Bestimmung. Eine andere mag sie sein drüben auf dem Idonenstern, wo die Generationen wechseln zwischen wurzelnden Pflanzen und schwebenden Hütern der Vernunft. Bei uns auf Erden ist es unsre Sache, in Stille zu dienen dem Leben des Planeten; des Menschen Pflicht aber ist es, in Mühe und Hast sich weiter und weiter hinaufzuarbeiten, damit er die Ruhe wiedergewinne in der Einsicht, in dem Wissen um das Leben des Planeten. Und ich weiß nicht, was schöner ist: Gezwungen sein zu herrschen wie der Mensch, oder freiwillig zu dienen dem Ganzen wie wir.«

»Das Schönste aber ist,« sagte eine Stimme, »zu verstehen, daß zwei Streitende beide recht haben können.«

»Oh, du bist es, Bio, die da spricht?« rief der Efeu. »Das ist schön, denn du warst so still in der letzten Zeit, daß ich gar nicht gewagt habe, dich zu fragen, was diese Bewegung am Riesengrab bedeutet.«

»Ihr werdet es erfahren, wenn es geschehen ist. Die Idonen berieten mit mir, und ihrem letzten Entschlusse werdet ihr beiwohnen dürfen durch meine Vermittlung.«

»Warum nahmen sie dir alle deine Kapseln? Warum weinst du diese Tränen des Harzes, das aus deinen Wunden quillt?«

»Weil ich das Opfer bringen muß dem Planeten, auf den wir verschlagen wurden. Wo wir nicht umgestalten können, müssen wir uns anpassen. Wir sind nicht mehr auf dem Sterne der schönen Freiheit, wo wir gedeihen zur Eigenfreude. Wir sind auf dem Planeten der ausnutzenden Arbeit. Nun werden wir ihm dienen wie alle seine Pflanzen. Nicht mehr die schwebenden, leuchtenden, ihr Leben dichtenden Idonen werden wir erzeugen, sondern den schweren Saft zum Vorteil des schaffenden Menschen, daß er ihn verwerte. Uns bleiben nur die Brutknospen zur Fortpflanzung in jüngeren Geschlechtern. Auch vom Schutze deiner Blätter werde ich dann unabhängig werden. Und wie ihr alle, so werden auch wir an unserm Teil mitarbeiten, daß es den Menschen gelinge, Herr zu werden über die Erde durch seine Mittel der Arbeit und des Denkens, damit er sich dem Verständnis nähere seiner eigenen Bestimmung zum Ganzen.«

»Aber die Idonen?«

»Sie wissen, was sie tun, und wollen es.«

***

Von ferne wehte ein leichter Ostwind von Zeit zu Zeit leise Klänge herüber, muntere Weisen vom Tale her.

»Was ist das für ein beharrliches Gewackel in der Luft,« sagte der Waldmeister ärgerlich, denn seine kleinen Klettchen begannen borstig zu werden. »Es verdrießt mich schon lange.«

»Eine Rücksichtslosigkeit von den Tretern ist es,« antwortete der Sauerklee. »Jetzt, wann sich ein vernünftiges Wesen zur Ruhe faltet, da fangen sie an unten am Waldrand, wo die große Wiese ist, ein allgemeines Gezittre zu veranstalten.«

»Eine Rücksichtslosigkeit?« riefen die Gräser. »Eine Gemeinheit ist's. Wenn sie's noch in ihren Häusern täten! Aber auf der Wiese treten sie herum und stampfen mit ihren Beinen, unsern Brüdern und Schwestern zertreten sie Halme und Wurzeln. Schon klagen es uns die Genossen.«

»Ruhe doch!« gebot die Buche.

»Die hat gut reden, auf der können sie nicht tanzen,« murrte das Gras.

»Es schwebt in der Luft, es streift an meinen Blättern, es drängt sich um Bio,« flüsterte Ebah.

Idonen nahten sich, mehr und mehr zogen heran, von den verborgenen Stellen, wo sie ihre Wohnungen aufgeschlagen hatten, kamen sie, um sich zu entscheidender Beratung bei der Stammmutter zu versammeln. Alle stellten sich ein, beide Geschlechter, eifrig verhandelten sie untereinander, Lis mit Stefu, Gret mit Elsu und die andern alle, bis Ildu um Gehör bat.

»Die Stunde ist gekommen, liebe Freunde,« begann Ildu, »daß wir uns entschließen über unsre Zukunft. Eines habt ihr alle schon erfahren. Unsrer größten Vorzüge einen, der uns das Übergewicht über die Bewohner dieses Planeten sicherte, haben wir eingebüßt. Wir können den Menschen nicht immer unsichtbar bleiben, wann wir wollen. Sie haben ein Mittel gefunden, uns wahrzunehmen im Licht. Selbst wenn es dunkel ist und wir unser Leuchten unterdrücken wollten, würden sie durch ihre starken Farbenstrahlen uns sichtbar machen können. Schon dadurch also ist es ausgeschlossen, daß wir im Kampfe mit den Menschen uns auf diesem Planeten behaupten können, der ihnen gehört.

Ob in Freundschaft es möglich sei? Weise Menschen, die wir bestrahlend fragten, wußten uns nichts zu sagen; denn wir durften ihnen nicht zu viel von unserm Wesen enthüllen, und das Wenige verstanden sie nicht. Einer aber, – ihr wißt wohl, daß er dort unter der Buche ruht, der zu den wenigen gehört, die um unsre Existenz wissen, ist der Meinung, daß wir uns den Menschen nicht offenbaren sollten. Denn sie dulden keinen andere Herrn auf der Erde als ihresgleichen. Wie aber könnte ein freier Idone andern Wesen sich unterordnen? Doch dies alles tritt zurück gegen die Hauptfrage, die nun zu stellen ist: Kann unser Geschlecht dauern auf der Erde im Wechsel mit dem Rankenbaum? Und so frage ich heute: Sind Freunde unter uns, die sich vermählt haben?«

Niemand antwortete.

»So frage ich dich, ehrwürdige Mutter Bio, kam niemand zu dir, den Rankenschleier sich zu fordern zum Festgewande? Schwebte niemand um dich zum Seelenreigen im Frohgefühl?«

»Niemand kam, niemand sah ich,« sprach Bio feierlich.

Die Idonen schwiegen.

Endlich begann Lis:

»So ist es denn klar. Wir sind nicht die lebensmächtigen Idonen, wie sie auf unserm Heimatsstern herrschen. Versagt ist uns das Heil der werbenden Sehnsucht, versagt der Trieb und die Macht uns zu einen im höchsten Blütenglück. Keiner von uns und keine hat sich den Genossen zugewandt anders als im freundschaftlichen Sinne der Hilfsbereitschaft, und kein neues Geschlecht befruchteter Rankenbäume wird aus Sporen auf dieser Erde entsprießen. Sollen Idonen kommen stets nur aus den alten Pflanzen, um immer schwächer und schwächer hinzuwelken auf der schweren Erde? Das haben wir schon abgelehnt. Sollen wir selbst noch weiter dauern ohne Hoffnung für die Zukunft? Nein, ihr Freunde, ich habe meinen Entschluß gefaßt.

Ich will nicht leben auf einem Sterne, wo es für den Idonen keine Liebe gibt. Auch auf dem Heimatsstern kommt es vor, daß dem einzelnen erhoffte Liebe sich versagt. Aber dort fließt sein Leben dahin im schönen Scheine, und Entbehrung wandelt sich zur Fülle des Traumes. Hier aber schwindet die Eigenmacht des Glückes. Selbst die Sehnsucht lebt nicht auf, dumpf wandeln Tag und Nacht ihren öden Taktschritt und kein inneres Feuer entzündet Gluten im eigenen Herzen oder in anderen. So ist mir würdiger zu scheiden vom Sonderleben zur Freiheit, die ich wähle im Werden des Unendlichen.«

»Recht sprachst du,« rief Stefu. »Ich auch will nicht weilen, wo ich nicht blühen kann, ja wo blühen oder nicht blühen mir weder Freude noch Leid ist. Ich will mit dir scheiden aus eigner Wahl und diesen Leib lösen im Bade der ewig neuen Gestaltung.«

»Wir auch, wir wollen es,« riefen die Idonen. »Laßt uns zerfallen durch unsern Willen ins Unsichtbare.«

»Wohl, ihr Freunde,« erklang Ildus Wort, »auch ich denke so. Doch ihr wißt, ein jeder ist frei in seinem eignen Entschluß. Eines nur hindert mir die Freiheit der Entscheidung. Sollen wir schwinden von diesem Planeten, ohne daß unser kurzer Besuch seinen Bewohnern ein dauerndes Gastgeschenk bringt, eine Hilfe ihnen, die im Zwange des Verstandes hinleben ohne unsre Freiheit? Soll nichts für die Erde bleiben, um auf die Zeit zu deuten, wo Planet und Planet sich helfen werden? Gibt es keine Möglichkeit, ihnen wenigstens ein Zeichen zu geben, daß die Boten hier waren jener großen Einheit, die im Leben der ganzen Welt besteht, die Planet mit Planet, Organismus mit Organismus verbindend den unendlichen Gott selbstschaffend lebt?«

Da begann Bio, die Pflanze, langsam:

»Ein Zeichen laßt ihr hier, wie sie es selbst verstehen und ihnen am besten ist. Das ist mein Saft, der ihnen quillt, daß sie ihn nützen zu den Zwecken, die ihnen Erdenmacht verleihen.«

»Bio hat recht,« sagte Elfu. »Denn Erdenmacht allein führt sie zur Freiheit, die sie der Gottwelt eint. Jener Saft wird sie den Stoff bereiten lehren, woraus sie einst die Fahrzeuge des Höhenfluges bauen, um selbst sich zu verbinden zu einer Menschheit, die in der Natur ihre eigne Göttlichkeit erkennt.«

»So mag es sein,« schloß Ildu. »Menschliches dem Menschen! Denn Götterboten verstehen sie nicht. Wir aber mögen uns bereiten, einzugehen zur Freiheit des Gesetzes, das wir wollen.«

Das leise Rauschen in den Baumblättern hörte auf, auch die ferne Musik schwieg mit dem Winde. Ganz still war's. Schräg fielen die Sonnenstrahlen durch das Laub und berührten die Stirn des Mannes, der auf der Bank ruhte. Wie aus einem Traume erwachend blickte er um sich.

Jetzt stützte er den Kopf in die Hand und sammelte seine Gedanken.

»Was hört' ich doch vom Erwachen des Gottes, vom Verstande der Menschen, von der Idonen Liebe und Freiheit?

Was fehlt den Menschen? Warum haben sie die Freiheit des dauernden Lebens noch nicht gewonnen? Hört ihr mich, weise Idonen? Wißt ihr denn, was den Menschen den Blick trübt, wenn sie ihren Gott suchen?

Ja, sie suchen ihn, aber sie töten ihn durch ihre Rede.

Daß sie sich noch nicht befreien konnten vom Zwange des Bekennens, das ist es, was sie darnieder hält. Denn dieser Zwang ist der Feind der Freiheit für immerdar. Die unendliche

Einheit des lebendigen Seins läßt sich nicht fassen in das Gesetz des Verstandes allein. Sie flutet zugleich in dem Unsagbaren, in dem Unausdenklichen, in dem, was nur in dem Ich erwacht, das sich miterlebt in der ganzen Welt, in der Liebe.

Aber sprich es nicht aus, was dich durchdringt, denn dann mußt du es denken, und was du denkst, mußt du bestimmen, beschränken. Darum ist jedes Bekenntnis eine Beschränkung, ist eine Minderung der unendlichen Gottheit, eine Verstümmelung des religiösen Gefühls. Weil sie den Gott noch nicht miterleben in seiner unendlichen Seele der Welt, so müssen sie noch immer ihn suchen jenseits des Gesetzes als einen Schöpfer der Natur. Darum gibt es gar so viele, die da glauben, den Gott zu bestimmen mit ihrem Bekenntnis, und Göttermacht zu zwingen und zu nützen für das Werden der Wirklichkeit. Für sie alle schläft noch der lebendige Gott in harter Steingruft. Ihr aber, ihr Idonen, habt durch die Stimme, die ihr der Pflanze lieht, einen Weckruf erschallen lassen dem schlummernden Gotte, den die Menschen wohl vernehmen können. Und das ist das Gastgeschenk eures Geistes.

Wenn die Menschen verstehen werden, daß ihre Seelen zusammen fühlen und empfinden mit denen der Pflanzen als Teile des lebendigen Planeten, so wie alle Körper zusammenwirken als gesetzliche Teile der räumlichen Einheit, dann wird der schlummernde Gott erwachen und heraussteigen aus seiner steinernen Gruft in das Himmelslicht und machtvoll leben hier auf Erden wie in allen Welten, die im Raume kreisen.

Nicht mehr als der alte Naturgott, als der Geist der Berge und Haine und geängsteten Menschen, den man anflehen kann mit Opfern und Gebeten; nicht als der Zauberer, der Willkür übt und den Sprüche zwingen.

Nicht als der große Himmelsgott, ob er liebe oder zürne, den man bekennen muß als Schöpfer und Lenker, der im Diesseits herrscht und aufs Jenseits verweist und dem man dienen muß nach der Vorschrift der Mächtigen oder der Massen.

Nicht als der dunkle Gefühlsgott, der das Gesetz verschmäht und die notwendige Ordnung des Kosmos, der den Verstand tötet, um leben zu können im Schwärmerwahn.

Sondern als das lebendige Gesetz, als der Gott, dessen Allgewalt verstanden wird in der Wandlung des Räumlichen, und der zugleich sich erlebt als fühlendes Ich in Zellen und Planeten, in Pflanzen und Menschen, als die unerschöpfliche Einheit werdender Wirklichkeit und schaffenden Scheines, deren Macht wir vertrauen.

Dann sind Mensch und Natur nicht feind, nicht Herr noch Diener, sie sind Freunde im gleichen Gefühle als Teile des lebendigen Alls und Ichs. Die Natur wächst hinauf im Menschen zum Bewußtsein der Freiheit, die Werden und Wollen in eins schafft. Der Mensch versteht und erlebt sich in der Natur als das unsterbliche Ich, das im Wandel der Formen liebend und lebend aufwärts ringt.

Dann waltet lebendig der Gott, der die Berge türmt und in Wolken wettert, bauend im grünen Körnchen der Pflanzenzelle, ebenso aber im Menschenhirn, das die sausenden Werke schafft drüben am Waldrand und den Sturz des rauschenden Flusses umwandelt in Licht und Arbeit. Und es beugt sich der Mensch demütig vor der Größe des gemeinsamen Wirkens, eins sich fühlend mit dem lebendigen Zusammenhang, darin das Fäserchen der Pflanzenwurzel am Marke des Erdballs saugt.

Denn sie sind Teile desselben Gottes, lieben mit ihm und herrschen mit ihm durch Kleinstes und Größtes. Und der Gott verlangt keine Sprache, denn er lebt. Und sie suchen keine Sprache, denn sie leben.«

Durch die Stille des Abends zog es wieder wie ein leises Huschen und Rauschen von unsichtbarer Gegenwart. Die Idonen schwebten den Abschiedsreigen um Bio. Die Mutter vernahm ihre Worte.

»Wie auf dem weiten Wasser des Sees im leichten Windesspiel die Welle schwingt, so tauchen wir auf im unendlichen Meere des Werdenden, ein Gedanke des Planeten, aufgeregt vom Hauche des ewig Wollenden.

Der Strahl der Sonne spiegelt und bricht die Welle, daß ringsum leuchtet und farbig glitzert die nährende Luft. In uns beschaut sich in neuen Gestalten, in wechselnden Zeiten der dauernde Gott.

Es ruht der Hauch und langsam glättet sich die Welle zur ebenen Fläche. Was tausendfach schillernd die einzelnen freute, steht in klarem Bilde als Ganzes vor der Seele der Welt. Wir aber leben im vergleichenden Auge des Ewigen.

Leben ist Schein und Schein ist Leben. Freut euch, Idonen! Im goldenen Schein schwinden wir selig und scheinen weiter dem höheren Auge zu höherem Leben. Freut euch, Idonen, im ewigen Schein!«

Höher stiegen die Idonen bis über den Felsen und umkreisten langsam schwebend den Wipfel der Buche.

Sie winkten hinab und Ildu sprach:

»Bio, wir schwinden. Sage uns, Mutter, den Segen des Scheidens!«

Und es klang von unten:

»Fließet hin, fließet hin in die Fülle des Alls!

Diesmal nicht streut ihr die Zellchen des Lebens ins Ungewisse, ob sie gedeihen zur grünenden Pflanze, künftiger Idonen Mutter.

Euch selbst löst ihr auf vom Scheine zum Werden in neuer Gestaltung, die wir nicht wissen.

Das Ich vergehe mit freiem Willen im ewigen Ich. Denn nimmer grüßt euch auf diesem Sterne die eigene Freiheit. Ihr aber wählt die unendliche Mutter im weiten Raume. Von Sonnen zu Sonnen wandern die Strahlen, in neuen Welten glühen die Seelen, und nimmer vergeht, was sich selbst gewollt nach freiem Gesetze.

Fließet hin, fließet hin in die Fülle des Alls!

Ich aber segne, die fröhlich scheiden, und heiterer Seele spend' ich den Gruß.«

Ein heiliges Schweigen lag im Walde. Blau glänzte der Himmel durchs Buchengrün. Des ewigen Werdens Frieden und Freude segnete die Erde im Abschiedsgruße der zerfließenden Boten der Freiheit.

Da klang es drüben vom Tal herüber lauter in heiteren Tönen. Ein ferner Schall kündete freudigen Reigen der Menschen. Im Grase rauschte es leise.

Sinnend erhob Geo das Haupt. Zwei weiche Arme umschlangen den Überraschten, zwei leuchtende braune Augen blickten ihm ins Antlitz.

»Harda!« rief er.

»Da bin ich! Leb wohl, du Guter. Denkst du, ich werde hinabgehen ohne Gruß von dir? Ich wußte, wo ich dich finde.«

»Hab' Dank, du Liebe, hab innigen Dank! Und Freude sei dir bei den Menschen, zu denen du heute trittst als glückliche Braut. Weißt du, was hier geschah? Die Idonen sind geschieden von der Erde in freiem Entschlusse. Du aber magst nun sorglos schreiten, nichts mehr hast du zu fürchten von den Unsichtbaren.«

»Die Armen!«

»Die Glücklichen, sage. Sie wählten willig ihr Scheiden. Dir aber gehört ihr Erbe.«

»Und dir mein Dank. Du lehrtest mich ihre Freiheit.«

»Weil du selbst frei warst in innerster Seele. Und nun leb' wohl, dein wartet das Glück. Auf Wiedersehen am Tage bei den Menschen in lebendiger Freude.«

»Auf Wiedersehen!«

Hinter den Büschen verschwand das weiße Kleid.

Geo richtete sich auf. Noch einmal klang es von der Ferne:

»Auf Wiedersehen!«

Schluss

Nicht lange Zeit nach dem glänzend verlaufenen Waldfeste der Erholungsgesellschaft war Sigi eines Tages unerwartet vor den Vater getreten und hatte ihn mit einem Geständnis überrascht. Unter Küssen und Tränen erklärte sie ihm, daß sie und Konrad Tielen sich liebten und daß sie sich unbedingt heiraten würden. Vergeblich setzte ihr Kern auseinander, warum das nicht anginge; daran könnten sie vor vielen Jahren nicht denken, denn der Leutnant hatte nichts, und er selbst sei durchaus nicht in der Lage, das nötige Vermögen herzugeben. Sigi blieb bei ihrem Vorsatz. Dann würden sie eben warten. Und außerdem, behauptete sie in ihrer entschiedenen Weise, hätte der Vater neulich selbst erklärt, daß er bei dem Aufschwung, den die Hellbornwerke infolge der Resinitfabrikation nähmen, voraussichtlich in drei Jahren ein reicher Mann sein werde. Das müsse man abwarten, meinte der Vater.

Nun gab es lange Familienkonferenzen mit Harda und der Tante, zu denen auch Hardas Bräutigam zugezogen wurde. Diese führten wieder dazu, daß zwischen Kern und Minna vertrauliche Aussprachen stattfanden.

Seit der definitiven Erledigung der Breslauer Angelegenheit, die zeitlich mit Hardas Verlobung zusammenfiel, war in Minnas Gesundheitszustand eine erfreuliche Besserung eingetreten. Sie war ruhiger und gleichmäßiger geworden, ihre natürliche Liebenswürdigkeit wurde nicht mehr durch plötzliche Verstimmung unterbrochen, ihr ganzes Wesen verjüngte sich. Harda stand jetzt ausgezeichnet mit ihr, zumal seit festgesetzt war, daß Hardas Vermählung mit Eynitz im Herbst schon stattfinden solle. Es hatte sich durch Kerns und Solves' Verbindungen Gelegenheit geboten, daß Eynitz in der Hauptstadt der Provinz, die zugleich Universitätsstadt war, eine sehr günstige Stellung übernehmen konnte.

Schließlich kam es zu einem wohlüberlegten Entschlusse, der für alle Beteiligten eine glückliche Lösung versprach. Kern und Minna einigten sich endgültig, ihre Verbindung zu vollziehen. Wenn die Töchter nicht mehr im Hause waren, so fielen alle die übrigen Rücksichten fort, die Kern bisher in dieser Beziehung zurückgehalten hatten.

Sigi und Tielen sahen ein, daß es berechtigt war, wenn der Vater von den jungen Leuten noch eine Probezeit für ihre Liebe verlangte, ehe ihre Verlobung öffentlich anerkannt wurde. Zunächst verließ Sigi mit Minna zusammen das Haus und begleitete die Tante in ein Bad, wo diese bis zum Herbst lediglich ihrer Erholung lebte. Im September reiste dann, nachdem alle Vorbereitungen getroffen waren, Kern von Harda begleitet nach dem Aufenthaltsorte Minnas, und seine Vermählung mit ihr wurde in aller Stille vollzogen. Hierauf kehrte Harda mit Sigi nach Hause zurück, und nach einer Woche etwa wollten die Eltern nachkommen, um Hardas Hochzeit in Wiesberg zu feiern, wozu in der Fabrik schon die eifrigsten Vorbereitungen stattfanden.

***

Leichte Herbstnebel liegen über Park und Wald. Vom Gebirge sind sie herabgesunken, immer tiefer und tiefer ins Tal. Der Waldrand schimmert zwischen den dunkeln Fichten in bunten Farben der Laubbäume, noch ruht ein geheimnisvoller Schleier darüber. Aber mehr und mehr hellt er sich auf, wie die steigende Sonne die Nebel über der Wiese verzehrt. Dort, vor dem Walde, flammt ein noch vollbelaubter Ahorn mit seiner gelben Krone wie leuchtendes Gold, ein Freudenfeuer der Siegerin Sonne.

Da rollt der Wagen in rascher Fahrt vom Bahnhofe durchs Gartentor auf die Villa Kern zu. Das Fräulein und die Köchin stehen vor der Tür und winken mit Tüchern, der alte Gelimer grinst vergnüglich und verbirgt seine Flasche sorgfältig in der Tasche. In Freudensprüngen umkreist Diana den Wagen, aus dem Harda und Sigi herabspringen. Mit dem Frühzug waren sie in Wiesberg angelangt.

Am Nachmittag stieg Harda den Weg zur Buche am Riesengrab empor. Sie setzte sich auf die Bank. Heute brauchte sie keine Störung durch die Idonen zu fürchten. Freilich, auch keiner mehr vermittelte ihr die Rede des Efeus.

Ob er wohl nun blühen mochte?

Da oben hinauf in die Krone der Buche reichen ihre Blicke nicht.

Aber der Wald spricht jetzt noch ganz anders zu ihr als vor der Ankunft der Elfen. Harda kann ihnen nicht zürnen, daß sie feindlich gewesen waren, hatten sie sich doch nur selbst verteidigt. Ja, sie waren holde Wesen, die Boten einer lichten Welt, wo die Freiheit wohnt. Diese Freiheit hatte sie nun auch selbst gefunden mitten im hastenden Treiben der Menschheit, die sich ihr verlorenes Erbe in rüstiger Arbeit erkämpft, die wieder mitfühlen will mit der heiligen Mutter Natur, wieder mitleben in ihrer großen Einheit. Überall begegnet ihr der Gruß der Genossen, die sich in immer höheren und reiferen Formen heraufringen zum gleichen Verständnis. Und leise sagt sie sich die Worte des Dichters:

>»Du führst die Reihe der Lebendigen
> Vor mir vorbei und lehrst mich meine Brüder
> Im stillen Busch, in Luft und Wasser kennen.«

Hoch oben aber im Buchengipfel rührt der Efeu zärtlich an die Zweige und flüstert in seiner Sprache:

>»Schattende, ich blühe, blühe!«

Es waren nicht mehr die breiten, fünflappigen, tief ausgebuchteten Blätter, sondern eine längliche Eiform hatten die Blätter des Lichttriebs angenommen, die sich hier zum freien Lichte streckten. Zwischen ihnen sproßten in Dolden grüne Sternchen hervor, die Blüten des Efeus. Und eine Wespe flog eilig im Sonnenschein und trug die Boten der Liebe von Blüte zu Blüte.

>»Schattende, ich blühe, und die Wespe fliegt! Wie ein seliges Heil wächst es in mir. Ich bin bei dir, ich bin mit euch allen, ich bin im Walde! Aber ich ganz allein bin noch einmal für mich, für mich selbst. Ich bin die Welt, darin der Gott erwacht ist; jetzt weiß ich es, denn ich blühe.«

Unten am Stamme der Buche erhebt sich Harda. Ein Leuchten des Glückes verklärt ihr Auge. Sie löst eine Ranke des Sternentaus vom Efeu und schlingt sie in ihr Haar.

Ende

12447381R00089

Printed in Germany
by Amazon Distribution
GmbH, Leipzig